Daphne Mahr

Book Love

Aus Versehen buchverliebt

ueberreuter

Eins

An diesem ganz speziellen Mittwoch in der letzten Woche der Sommerferien war von Anfang an irgendetwas faul. Es begann mit dem nervigen Läuten meines Handys. *Quak, quak, quak.*

Wäre es nicht mein total süßer Sitznachbar Jonas gewesen, der mir den Klingelton kurz vor den großen Ferien heimlich von Shawn Mendes' *There's Nothing Holdin' Me Back* zu *Quarks, der Frosch* umgestellt hatte, hätte ich es längst wieder geändert. Doch so erinnerte mich jedes Quaken an Jonas' honigbraune Augen, den knuffigen Leberfleck auf seiner linken Wange und vor allem an die Zeit vor seiner Erdbeer-Knutsch-Aktion … Als ich eine letzte Hoffnung gehabt hatte.

Seufzend vergrub ich mich unter der Bettdecke, bis nur noch meine Nasenspitze hervorblitzte, und ignorierte das Läuten. Leider war Quarks, der Frosch, ziemlich hartnäckig. *Quak, quaak, quaaak, quaaaak.*

Irgendwann reichte es mir. Wie automatisch tastete meine Hand nach dem Smartphone auf dem Nachttisch. Ich schaute gar nicht, wer mich anrief, sondern nahm einfach ab. Genau als ich es gegen mein Ohr drückte und dazu ansetzte, etwas zu sagen, musste ich laut gähnen.

»Ähm, Emma, du schläfst doch nicht ernsthaft immer noch?«, fragte die Stimme meiner besten Freundin Leona.

Ich riss die Augen auf. *Immer noch?* Es war gerade einmal acht! Das ist eine menschenunwürdige Zeit für die Ferien.

Aber das sah Leona anders. Sie hörte sich an, als würde sie einen Hochleistungsmarathon laufen, wahrscheinlich war sie wieder einmal mit ihrer frühmorgendlichen Joggingrunde beschäftigt. Was Sport betraf, konnte Leo einem echt ein schlechtes Gewissen machen. Ich war meistens froh, wenn ich es morgens schaffte, ohne Stress meine Cornflakes zu essen. Sie hingegen lief sogar vor Unterrichtsbeginn stets eine halbe Stunde durch den Park UND aß anschließend supergesunde, vollwertige Bio-Granola-Flocken mit frischem Obst.

Einmal mitlaufen hatte mir für den Rest meines Lebens gereicht. Neben Leona hatte ich mich wie eine Achtzigjährige gefühlt, die es höchstens mit den Nacktschnecken im Schrebergarten meiner Großeltern aufnehmen konnte.

»Nee, ein Frosch hat mich geweckt«, murmelte ich und rieb mir Schlafsand aus den Augen.

»Ein Frosch?« Leona kicherte. Den Geräuschen nach zu urteilen, machte sie gerade Dehnübungen an einer Parkbank. »Hast du diesen doofen Klingelton etwa immer noch nicht umgestellt? Hm, er passt natürlich wirklich gut zu Jonas, diesem Frosch. Aber man sagt ja, die werden zu Prinzen, wenn die richtige Prinzessin sie küsst.«

»Bestimmt«, murrte ich zerknirscht. »Betonung auf *richtige*.«

»Vielleicht kannst du ihn beim Back-to-School-Ball doch noch erlösen«, entgegnete Leona.

»Hast du vergessen, dass er mit Megan hingeht?«

»Na und? Ich komm übrigens gleich nach dem Joggen bei euch vorbei.«

Langsam rappelte ich mich auf, während Leona weiterkeuchte: »O Mann, ich hab die ganze Nacht nicht geschlafen. Es ist so aufregend und cool! Heute erfahre ich das Ende. Kannst du dir das vorstellen? Darauf warte ich seit zwei Jahren!«

Ich kniff die Augen zu kleinen Schlitzen zusammen. Welches Ende? O Gott, *das* Ende!

»Scheiße, Leo, sorry, aber ich muss jetzt sofort runter in den Laden. Also wenn du mich suchst, ich bin dort. Bis später!«, rief ich und pfefferte das Handy in hohem Bogen auf mein Kissen. Dann presste ich die Hände vor mein Gesicht und quiekte einmal laut: »Ahhhh!«

Mist. Mist. Mist. Heute war dieser verdammte Tag und ich war noch nicht unten in der Buchhandlung. Mit einem Schlag war die Müdigkeit verflogen. Wie von der Tarantel gestochen sprang ich auf und trat dabei mit dem nackten Fuß direkt auf die Kante eines am Boden liegenden Buches. Autsch. Das fing ja wirklich gut an. Warum hatte ich mich auch darauf eingelassen, für ein bisschen zusätzliches Taschengeld bei meinem Vater im Laden mitzuhelfen? Aber ich wollte Pa nun mal nicht im Stich lassen, nachdem seine zickige Aushilfe Philippa wieder einmal krank war. So wie jedes Mal, wenn wichtige Dinge bevorstanden.

Diese Sache heute Abend war sogar verdammt wichtig. Pa drehte seit Wochen völlig am Rad, weil die berühmte Bestsellerautorin Hannah Ruderer ausgerechnet in seiner kleinen Buchhandlung ihren neusten Fantasykitsch vorstellen würde. Ich hatte ja wirklich keinen blassen Schimmer, wie es dazu gekommen war, denn bei *Bücher Grünwald* handelte es sich eigentlich nicht um einen dieser Läden, in denen normalerweise große Events stattfanden. Dafür war der Laden viel zu winzig, altmodisch … unbedeutend. Pas Geschäft lebte vor allem von treuen Stammkunden und Touristen, die sich auf der Suche nach Briefmarken (obwohl Pa die gar nicht verkaufte) durch die Eingangstür verirrten.

Doch heute war alles anders. Hannah Ruderer las nämlich nicht aus irgendeiner ihrer Geschichten vor, sondern aus dem heiß ersehnten finalen Band der seit Monaten gehypten Fantasytrilogie *Zwanzig Minuten vor Mitternacht*. Die Meute würde uns also heute Abend die Bude einrennen. Mir graute jetzt schon davor!

Das lag nicht nur daran, dass ich grundsätzlich nicht besonders gerne im Laden aushalf – jeder, der meinen Vater schon einmal bei der Arbeit erlebt hatte, verstand das –, ich konnte die Begeisterung für diese kitschigen Romane einfach nicht nachvollziehen.

Alles drehte sich darin um den blonden Lackaffen Phil Brandfair, einen adeligen Zeitreiseschnösel aus dem britischen Sussex des neunzehnten Jahrhunderts, der mithilfe des Wandschrankes seines Opas eines Tages im einundzwanzigsten Jahrhundert landet – genauer gesagt, direkt im Zimmer des ahnungslosen Au-pair-Mädchens Esmeralda. Sie ist auf dem riesigen Landhaus der stinkreichen Familie Brandfair (Phils Nachfahren) dafür zuständig, sich um die dreijährigen Teufelsbraten William und Dorian zu kümmern. Ungefähr zehn Seiten später sind Phil und Esmeralda unsterblich ineinander verliebt, gäbe es da nicht ein Riesenproblem: Vinzenz, Phils hinterhältiger Ziehbruder, der ebenfalls über die besonderen Fähigkeiten dieses Wandschrankes informiert ist. Schlimmer noch, wie es sich für einen echten Fiesling gehört, setzt er alles daran, Phil die wunderschöne Esmeralda auszuspannen. Außerdem will er der mächtigste Zeitreisende der Welt werden, weshalb er Phil erst einmal aus dem Weg schaffen muss. Und das war es auch schon. Sehr viel mehr Handlung gab es nicht. Doch mit seinen blauen Augen, coolen Machosprüchen und vor Kitsch triefenden Liebesbekundungen brachte Phil auch ganz ohne Tiefgang tagtäglich Tausende von lesewütigen Mädchenherzen zum Schmelzen – eines dieser Herzen gehörte leider Leona.

Für einen Phil aus Fleisch und Blut hätte sie alles gegeben. Seitdem der erste Band erschienen war, erzählte sie mir ständig, dass ihr einzig wahrer, heiß ersehnter Mr Right genau diese Art Junge sein müsse. Blond, groß, muskelbepackt, strahlend blaue Augen und natürlich im Idealfall auch noch ein britischer Lord mit irgendwelchen magischen Fähigkeiten. Eine ziemlich verfahrene Sache, weil Phil nun einmal eine Romanfigur war und Pickel-Tommy aus der Schule, der Leona ungefähr seit der sechsten Klasse anhimmelte, diese Anforderungen nicht einmal annähernd erfüllte. Auch wenn ich verstand, dass Leona nicht scharf drauf war, herauszufinden, wie sich eine Zahnspange beim Rumknutschen anfühlte, hatte ich manchmal ein bisschen Mitleid mit Tommy. Besonders, wenn er

Leo wieder einmal bereitwillig die Mathehausaufgaben zum Abschreiben zusteckte oder ihr die Schultasche trug. Kurz vor den großen Ferien hatte er sie sogar gefragt, ob sie im Herbst mit ihm auf den Back-to-School-Ball gehen würde. Allerdings war das ein wirklich schwacher Moment gewesen, nämlich fünf Minuten nachdem Leona ihre versiebte Matheklausur zurückbekommen hatte, weshalb ihr ein genuscheltes »Okay« über die Lippen gerutscht war (sie wollte ihm nicht das Herz brechen, immerhin gab er ihr gratis Nachhilfe).

Pickel-Tommy war aber allemal besser als gar keine Begleitung! Damit versuchte ich sie schon die ganzen Ferien hindurch zu trösten. Traurig war nur, dass *ich* diejenige war, auf die *genau das* zutraf, weil ich völlig unnötig auf Jonas' große Frage gewartet hatte. Der hatte mir nur Blätter aus meinem Collegeblock geklaut und mich in der Bushaltestelle auf die Wange geküsst, um eine Woche später mit Megan Jonson (dem Mädchen mit dem hollywoodreifen Namen, dem amerikanischen Vater und alljährlichen Flugreisen zu ihren Großeltern nach Kentucky) in der Eisdiele rumzumachen. Dabei hatte er sie sogar mit Erdbeeren gefüttert … MIT DEM MUND. Am Ende blieb mir also nichts von Jonas außer *Quarks, dem Frosch* auf dem Handy.

Ich hetzte ins Badezimmer, spritzte mir kaltes Wasser in mein sommersprossiges Gesicht und versuchte den schulterlangen, fuchsroten Wirrwarr auf meinem Kopf in einen streng geflochtenen Zopf zu bändigen. Mit mäßigem Erfolg, meine Haare machten immer nur, was sie wollten – was leider bedeutete, dass sie mich heute wie eine wild gewordene Räubertochter aus dem Wald aussehen ließen. Manchmal waren diese roten Haare und die vielen Sommersprossen wirklich eine Strafe, aber immerhin erinnerten sie mich an Mama. Sie war gestorben, als ich erst zwei Jahre alt gewesen war. Bis auf die haselnussbraunen Augen, die ich von Pa hatte, sah ich ihr zum Verwechseln ähnlich.

In der Küche begrüßten mich eine leere Packung Cornflakes und saure Milch. Großartig. Damit fiel heute also auch noch das Frühstück ins Wasser. Was für ein Katastrophentag!

Die Krönung war dann aber definitiv der stuntreife Sturz über die Wendeltreppe, die unsere Wohnung direkt mit der Buchhandlung verband. Als wäre das nicht schlimm genug gewesen, endete meine Flugbahn auch noch unmittelbar vor den perlmuttfarben lackierten Fußnägeln der Spinatwachtel, Pas treuster Stammkundin. So hieß die natürlich nicht wirklich, aber wegen ihrer giftgrünen Klamotten und der komischen Vogelnestfrisur hatte ich ihr irgendwann mal diesen Codenamen verpasst.

Die Spinatwachtel kaufte sich gerade einen Roman mit dem Titel »Die flammende Lust des Highlanders« (oder so ähnlich) und fragte mich allen Ernstes, ob eine Vierzehnjährige nicht zu alt für lustige Rutschpartien auf dem Geländer wäre. Dann faselte sie irgendwas von Erwachsenwerden und Pippi Langstrumpf, während sie Giacomo Casanova – ihren Langhaar-Chihuahua mit einem Stammbaum, der sich laut Spinatwachtel bis in die tiefsten Tiefen des dunklen Mittelalters zurückverfolgen ließ – von einem Arm auf den anderen wechselte.

Leider sprudeln einem die schlagfertigen Antworten nicht unbedingt über die Zunge, wenn man mit einer schmerzenden Pobacke am Boden sitzt und einen alle anstarren.

Über diesen peinlichen Auftritt beklagte sich mein Hintern auch zwanzig Minuten später noch, als ich in dem winzigen Eckschaufenster mit Blick auf die kopfsteingepflasterte Kleegasse herumkroch und mich bemühte, Pas Anweisungen von draußen zu verstehen. Schlagartig war er auf den Gedanken gekommen, dass ihm die Dekoration, die er vergangenen Sonntag gemacht hatte, nun doch nicht sensationell genug für ein Event wie dieses war … Er konnte fürchterlich pingelig sein. Manchmal stellte ich mir die Frage, was wohl aus ihm geworden wäre, hätte er nicht diesen Laden von

Uropa Heinrich geerbt. Aber die einzige Antwort war wohl, dass er dann trotzdem eine Buchhandlung eröffnet hätte. Pa war nun einmal ganz und gar besessen von Büchern.

Er zupfte sich unruhig am Kinn herum. »Emma, nimm noch etwas Glitzer für den Boden. Es soll richtig magisch wirken! Die Leute müssen in den Augen geblendet werden, wenn sie vorbeigehen. Ja, das kommt eher hin. Noch mehr! Ach nein, jetzt hast du das Bild verrückt. Man muss Phil und Esmeralda sehen können!« Seine Stimme drang dumpf durch die Scheibe hindurch. Er stand draußen auf der Straße, obwohl es in Strömen regnete. Sein graues Sakko war schon ganz nass und einzelne Regentropfen hatten sich in den Stoppeln seines hellbraunen Dreitagebarts verfangen.

Ich seufzte und zog eine Grimasse.

Pa tat, als würde er meine miese Laune gar nicht wahrnehmen, und rückte die runde Brille, die ihn immer ein bisschen wie eine Eule aussehen ließ, zurecht. »Karottenzwerg, ich mach das doch lieber selbst. Bau bitte die Stühle auf, da kann man nichts falsch machen.«

Das war der Grund, weshalb ich lieber nicht in der Buchhandlung aushalf. Was hatte ich denn, bitte schön, falsch gemacht? Als ob man mir nur Aufgaben für Kleinkinder zutrauen könnte. Außerdem verabscheute ich es, wenn Pa mir diesen absolut belämmerten Spitznamen gab, den mir der orange Flaum eingebrockt hatte, der mir als Baby auf dem Kopf gewachsen war. *Karottenzwerg*. Den würde ich wohl nie wieder loswerden.

Ich schnaubte und ließ die Hand energisch in dem Eimer voll Glitzerkonfetti versinken, wodurch er links und rechts überquoll. Dann stand ich so rasch auf, dass ich dabei mit dem Hinterkopf gegen den aufgeklappten Schaufensterrahmen donnerte. Erschrocken trat ich in den Glitzerkonfetti-Eimer und rutschte aus. Um das Gleichgewicht zu halten, ruderte ich noch eine Weile mit den Armen in der Luft herum, doch es war längst zu spät. Ich plumpste mit voller Wucht rücklings auf den Bestsellertisch hinter dem Schaufenster. Die spitze Kante des neusten Thriller-Megasellers bohrte sich zielsicher in meinen Rücken, mein rechtes Bein schoss reflexartig in die Luft und der Eimer wurde einmal quer durch den Verkaufsraum gekickt. Na super. Damit war mein Höchstmaß an peinlichen Aktionen in der Öffentlichkeit für die nächsten paar Jahre hoffentlich endgültig erreicht … Wäre ja eigentlich alles nicht weiter tragisch gewesen, hätte sich nicht das ganze Glimmerkonfetti über mich, die Bücher und den Boden verteilt. Beziehungsweise … wäre der Eimer nicht mitten auf dem Kopf eines alten Mannes gelandet, der eben neben die Kasse getreten war und sich eines der Zitronenbonbons, die dort in einem bauchigen Glas standen, in den Mund geschoben hatte. Zum Glück trug dieser Opa einen schwarzen Hut in Melonenform, so war er wenigstens ein kleines bisschen vor dem unerwarteten Wurfgeschoss geschützt. Es klapperte gewaltig, als der Eimer auf den Boden fiel, dort noch eine winzige Drehung vollführte und schließlich bewegungslos liegen blieb.

»Nanu?« Der Opa hob eine seiner dichten Brauen.

Wenige Sekunden später kam Pa zur Tür hereingestürmt.

Ich warf ihm einen unschuldigen Blick zu und pustete mir eine rote Haarsträhne, die sich aus meinem Flechtzopf gelöst hatte, von der Stirn. Ich wagte es nicht, mich auch nur einen winzigen Zentimeter vom Fleck zu rühren, denn ich konnte genau fühlen, wie sich der harte Buchdeckel des Thrillers unter mir immer mehr verbog. Bestimmt war es besser, wenn Pa davon erst mal nichts erfuhr. Seiner Gesichtsfarbe nach zu urteilen, stand er auch so schon kurz vor einem Nervenzusammenbruch.

Er wandte sich an den alten Mann. »Entschuldigen Sie vielmals! Meine Tochter hilft aus, und sie ist wahrscheinlich der größte Tollpatsch, den die Welt jemals zu Gesicht bekommen hat. Haben Sie sich verletzt?«

»Ach was.« Der Opa schnippte ein Konfetti von seiner Schulter. »Ich finde, sie kann ruhig häufiger aushelfen. Ich bin ein großer Freund der Slapstick-Kunst im Stil des einzigartigen Charlie Chaplin.«

Slapstick-Kunst? Charlie Chaplin? Was quasselte der denn für seltsames Zeug? Und so was musste ich mir von einem Kerl anhören, der mit seinem schwarzen Mantel aussah, als wäre er geradewegs dem neunzehnten Jahrhundert entsprungen! Warum trug der überhaupt mitten im Sommer einen Mantel? Ich war mir ganz sicher, ihn noch nie zuvor in der Buchhandlung gesehen zu haben. Seine schneeweißen Haare reichten bis knapp über die Ohren, wo sie sich zu dünnen Locken kringelten, und seine Oberlippe wurde von einem beachtlichen Schnauzbart geziert, der sich seitlich links und rechts zu zwei abstehenden Schnecken kräuselte. Am auffälligsten war jedoch das eigenartige Monokel, das er soeben aus der Brusttasche seines Mantels zog und sich mit einem komischen Brummgeräusch vor das linke Auge schob.

Wer trug denn im einundzwanzigsten Jahrhundert noch ein Monokel?

Aber der Kerl schien sich damit keineswegs seltsam vorzukommen. Er trat näher an mich heran und beäugte mich durchdringend durch das Glas. »Uns steht ein großer Abend bevor. Nicht wahr?«

Endlich schaffte ich es, mich aus meiner Schockstarre zu lösen. Während ich vom Bestsellertisch kletterte, ließ ich das zerquetschte Buch mit einem geschickten Handgriff hinter meinem Rücken verschwinden und setzte dazu an, etwas zu sagen, aber meine Zunge war wie gelähmt. Ich brachte keinen Ton heraus.

Der Mann schien keine Antwort zu erwarten. »Ein wirklich, wirklich großer Abend«, murmelte er leise. Noch mitten im Sprechen machte er sich auf den Weg zur Tür. Bevor er den Laden verließ, nahm er seinen Hut ab und deutete eine leichte Verbeugung in meine Richtung an. Dann verschwand er schnellen Schrittes auf die Straße. Ich konnte ihn nur noch wie einen dunklen Schatten am Schaufenster vorbeihuschen sehen.

Ich drehte mich zur Kasse, hinter der Pa so tat, als sei ihm nichts aufgefallen. Kein Wunder, eigenartige Kunden waren für ihn Alltag. Da musste man nur mal an die Spinatwachtel denken.

Pa summte leise die Melodie von *O Tannenbaum* und zog frisch gedruckte Mitternachts-Trilogie-Fan-Lesezeichen aus ihrer Verpackung. Phil umgeben von lila Glitzer. Kitsch pur.

»Kanntest du den?«, fragte ich und bemühte mich, den krumm gebogenen Thriller hinter meinem Rücken zu verstecken.

Pa sah von den Glitzerlesezeichen auf. »Nein, Karottenzwerg. Aber er schien sich für die Lesung heute Abend zu interessieren.«

»Der Typ war mindestens achtzig«, wunderte ich mich. »Seit wann lesen alte Opas Romane für Teenies?«

»Ach was.« Pa zuckte die Schultern. »Manche Geschichten sind in jedem Alter schön zu lesen. All Age.« Offenbar war er jetzt mit der Position der am Kassentisch aufgefächerten Lesezeichen zufrieden, nachdem er sie mindestens zehnmal von links nach rechts gerückt hatte.

Er ging zum Schaufenster und sein Gesumme wechselte zu *Hänschen klein*. Bei jedem seiner Schritte drehte ich meinen Oberkörper mit. Wie sollte ich dieses doofe Buch bloß wieder loswerden?

»Kümmerst du dich jetzt um die Stühle?«, erinnerte Pa mich an meine eigentliche Aufgabe. »Und das Glitzerkonfetti muss auch vom Boden gesaugt werden.«

Das war die Lösung. Der Staubsauger! Ich nickte schwach und machte mich rückwärts auf den Weg in das kleine Büro hinter der Kasse.

Pa sah mich verwundert an. »Denkst du nicht, dass es schneller geht, wenn du dich umdrehst?«

»Äh, das Schaufenster wird wirklich schön«, lenkte ich ab und setzte das fröhlichste Lächeln auf, das ich draufhatte. »Aber guck mal, Vinzenz geht's wohl nicht so gut.«

Der kleine Pappaufsteller mit Oberbösewicht Vinzenz lag umgekippt neben Phil und Esmeralda.

»Oh!«, rief Pa. Er ließ sich wirklich leicht auf andere Gedanken bringen, das war gut. Sofort widmete er sich dem armen Vinzenz und kümmerte sich nicht weiter um mich.

Ich erreichte den Kassentisch, wirbelte herum und verschwand mit einem Affentempo im Büro.

Zwei

»Ich zittere jetzt schon vor Aufregung.« Leona hielt mir ihre ausgestreckte Hand mit den abgeknabberten, schwarz lackierten Fingernägeln unter die Nase. »Ist das ein Traum? Schlafe ich noch? Emma, zwick mich mal.«

Es war kurz vor achtzehn Uhr, wir hatten es uns in der letzten Stuhlreihe gemütlich gemacht. Zwei Stunden hatte ich gebraucht, um den Raum für heute Abend in Schuss zu bringen. Hin und wieder waren Kunden durch die bereits ordentlich zurechtgerückten Reihen spaziert und hatten alles durcheinandergebracht, aber jetzt war es geschafft. Die viele Arbeit hatte mir dabei geholfen, nicht mehr an den Thriller denken zu müssen. Wirklich widerlich, was man in so einem Staubsauger alles findet – von rosaroten Kinderhaargummis, halbgelutschten Pfefferminzbonbons bis zu Giacomo Casanovas Hundehaaren. Und neuerdings eben auch einen verbogenen Thriller. Mein Plan lautete, Pa zu erzählen, Philippa hätte das Buch versehentlich aufgesaugt. Das hätte zwei Vorteile mit sich gebracht: erstens Ärger für Philippa (die konnte ich sowieso nicht leiden), zweitens keinen Ärger für mich. Allerdings waren mir, noch während ich mit den Händen in diesem superekeligen Staubhaufen gewühlt hatte, bereits die ersten Zweifel gekommen. Wirklich glaubwürdig klang das alles ja nicht gerade, denn wie sollte der fette Schinken durch das Saugrohr gepasst haben …? Blöderweise blieb keine Zeit, den Plan zu perfektionieren. Mit jeder verstreichenden Minute wurde die Anspannung größer. Um in Ruhe letzte Vorbereitungen für die Veranstaltung treffen zu können, hatte Pa vorübergehend den Laden geschlossen. Doch jetzt war es fast achtzehn

Uhr. Bald würde die Menschenmasse, die sich bereits den halben Nachmittag draußen auf der Kopfsteinpflasterstraße vor dem Eingang tummelte, hereinströmen.

»Nein, Leo, das ist die Realität«, brummte ich genervt. Sie erzählte mir jetzt bestimmt schon zum hundertsten Mal, wie aufgeregt sie war. »Und wenn nicht, dann ist es ein Albtraum. Mein Tag war der absolute Horror. Mir tut jetzt noch alles weh!« Ich rieb mir den Rücken dort, wo ich beinahe von dem Thriller gepfählt worden war. Bestimmt prangte an dieser Stelle bereits ein blauer Fleck in der Größe einer Wassermelone.

Leona schenkte mir ein mitleidiges Lächeln. Sie trug ihre rabenschwarz gefärbten Haare heute zu einem knubbeligen Dutt hochgesteckt, aus dem links und rechts einzelne Strähnen ragten, und blinzelte mir durch die Gläser ihrer eckigen Brille mit den breiten Rändern entgegen. Wie immer wurden ihre smaragdgrünen Augen von einem dicken, schwarzen Kajal umrahmt, seit ein paar Wochen durchlebte Leona nämlich ihre »schwarze Phase«. So nannte Pa das zumindest jedes Mal, wenn er sie zu Gesicht bekam. Es bedeutete nicht nur, dass Leona sich schwarz schminkte, sondern auch nur noch schwarze Kleidung trug. Heute war es ein pechschwarzes Kleid, das bis knapp über die Knie reichte. Ihre Füße steckten in plumpen Doc Martens mit rosa Blümchenaufdruck, der einzige Farbklecks an ihrem Outfit. Sie sah ein bisschen aus wie Grufti-Schneewittchen.

»Hast du den ersten Band dann doch noch bis zum Ende gelesen?«, lenkte Leona ungerührt von meiner Verletzung ab und schob sich dabei einen Kaugummi in den Mund. Ein erfrischender Pfefferminzgeruch verbreitete sich. Das bisschen Mitleid, das sie eine Sekunde gezeigt hatte, war wohl schon wieder verflogen.

»Die Frage meinst du wohl nicht ernst?« Ich gähnte demonstrativ.

»Eigentlich schon.«

»Du weißt doch, dass ich den ersten Teil abgebrochen habe, als Esmeralda im Ententeich mit Phil geknutscht hat. Ich wusste bereits vier Kapitel früher, was aus den beiden wird. Und ich hasse es, wenn Storys so vorhersehbar sind.«

»Du kannst das gar nicht wissen, weil es noch nicht mal am Schluss von Band zwei geklärt wurde«, entgegnete Leona. »Wir erfahren es erst heute. Außerdem war es ein Badeteich!«

Sie pustete eine Kaugummiblase und ließ sie mit einem lauten Knall wieder platzen.

»Dann verrate ich es dir gerne schon einmal.« Ich lehnte mich lässig zurück und sah meiner Freundin direkt in die Augen. »Esmeralda und Phil werden nach Möglichkeit A: heiraten, natürlich erst, nachdem sie herausgefunden haben, dass doch auch Esmeralda durch den Zeitschrank gehen kann, weil die Zeitreisefähigkeit bei zu viel Körperkontakt ansteckend wirkt und sie in der Lage ist, eine umgedrehte Zeitschleuse zwischen dem einundzwanzigsten und dem neunzehnten Jahrhundert zu öffnen. Oder Möglichkeit B: gemeinsam durchbrennen, weil Phil dem Streit mit Vinzenz entkommen möchte. Möglichkeit B hat allerdings dann auch wieder Möglichkeit A zur Folge. Es besteht aber auch noch eine winzige Chance auf Lösung C: Sie sterben. Mein Favorit, dann gibt es nämlich sicher keine Fortsetzung. Passiert aber leider nicht, weil es ein Happy End geben muss.«

»Schwachsinn.«

»Du wirst schon sehen. Vielleicht bekommt Esmeralda aber auch noch vorher ein magisches Zeitreisebaby. Das wird der Protagonist vom vierten Band.«

»So ein Quatsch.« Leona stupste mich gegen die Schulter. »Esma ist fünfzehn! Und es muss sich jetzt erst einmal klären, wie die Sache zwischen ihr und dieser rätselhaften Ballbegleitung weitergeht.«

Ach ja. Das hatte ich glatt vergessen. Der miese Cliffhanger von Band zwei, bei dem Esmeralda auf einem Maskenball von einem geheimnisvollen Jungen – bei dem es sich nur um Oberfiesling Vinzenz handeln konnte – zu einem Tanz verführt worden war.

Leona hatte sich tagelang darüber aufgeregt, wie die Autorin ihren Fans so ein gemeines Ende hatte antun können, wenn sie doch genau wusste, dass die ein Jahr auf die Fortsetzung warten mussten.

»Ich hätte auch gern so ein aufregendes Leben wie Esmeralda, vielleicht sollte ich nächsten Sommer Au-pair in England werden«, schwärmte Leona weiter. Sie seufzte verträumt und knabberte am Nagel ihres Daumens, was nicht so klug war, da der Lack dadurch noch mehr bröckelte.

Ich schmunzelte. »Dann müsstest du aber erst der Schminke und den schwarzen Klamotten abschwören, sonst nimmt dich keine versnobte Adelsfamilie. Sie würden dich für eine teufelsanbetende Gruftibraut halten, die sich nachts auf Friedhöfe schleicht, um dort mit den Toten zu sprechen. Kann ja niemand ahnen, was für ein Hosenscheißer du in Wahrheit bist.«

Ausgerechnet in diesem Moment betrat Pa den Raum. Er musterte mich mit kritischer Miene, und es dauerte einen Augenblick, bis mir klar wurde, weshalb er so übertrieben streng guckte, obwohl er ganz genau wusste, dass Leona und ich nur miteinander herumalberten. Er war nicht alleine.

Das Erste, was ich von ihr wahrnahm, war ein pudriger Rosenduft, der sich innerhalb kürzester Zeit im ganzen Raum verbreitete. Ich kannte dieses Parfum von meiner Oma Frieda. Offenbar hatte Hannah Ruderer eine Vorliebe für Alte-Frauen-Parfums. Seltsam für jemanden, der aussah wie Mitte dreißig, romantische Schnulzen schrieb und dann auch noch einen derartig wild gemusterten Blazer über einer knallpinken Bluse mit weißen Tupfen trug. Minnie Maus wäre bestimmt vor Neid erblasst!

Ich konnte fühlen, wie sich Leonas gesamter Körper neben mir anspannte.

Hannah Ruderer stand direkt hinter Pa und hielt einen nagelneuen Mitternachtsroman in ihren Händen. Sie drückte das Buch so fest gegen ihren Oberkörper, als hätte sie Angst, es würde jede

Minute runterfallen. Dabei musterte sie uns neugierig mit ihren dunkelbraunen Augen.

»Sind das die Mädchen, Cornelius?« Ihre Stimme hatte einen zuckersüßen Klang. Viel zu süß für meinen Geschmack. Wie jemand, der davon ablenken möchte, dass er eigentlich irgendeinen ganz bösen Plan verfolgt. Das machte mich sofort misstrauisch.

Wieso nannte sie Pa überhaupt ›Cornelius‹? Normalerweise taten Geschäftskontakte das nicht. Und wieso hatte er ihr von Leona und mir erzählt? Obwohl sich natürlich eigentlich viel mehr die Frage stellte, *was* Pa ihr gesagt hatte.

Gut, was Leona betraf, gab es da schon einige Dinge, die bestimmt nützlich waren, wenn man sich bei Hannah Ruderer einschleimen wollte. Mir fielen auf Anhieb hundert Sachen ein: Der größte Fan, den die Welt jemals gesehen hat, hat die ersten beiden Bände schon so häufig gelesen, dass sie selbst nicht mehr sagen konnte, wie viele Male es nun wirklich gewesen waren, und, und, und … Aber über mich?

Pa neigte sich zu Hannah Ruderers Ohr. »Ja, jetzt lernst du meine Emma kennen.«

Huch. Was hatte das denn zu bedeuten? Vermutlich hätte ich dieses Getuschel gar nicht hören sollen, so verschwörerisch klang es. Doch Heimlichtuerei war noch nie Pas Stärke gewesen. Schon als Vierjährige war mir keines seiner Geheimnisse entgangen, weshalb Weihnachten, Ostern und meine Geburtstage immer ein bisschen langweilig gewesen waren. Auf der anderen Seite mochte ich Überraschungen sowieso nicht.

»Wie aufregend«, machte Hannah Ruderer meine Verwirrung noch schlimmer.

Im Gegensatz zu Pa versuchte sie gar nicht erst zu flüstern. Ihr Blick durchbohrte mich, als wäre ich ein besonders wertvoller Gegenstand – zum Beispiel die letzte Zitrone auf Erden, die sie sich dringend in den Tee pressen wollte.

Ich spielte bereits mit dem Gedanken, mich aus dem Staub zu

machen – die Sache wurde mir langsam, aber sicher zu bunt –, als sie näher kam und sich völlig unvermittelt direkt neben Leona und mich auf einen der Klappstühle plumpsen ließ. »Ach.« Sie sah uns an und schälte ihre Füße aus den rosaroten Pumps. »Diese Schuhe bringen mich um.«

Kein Wunder. Das waren ja echt Mörderabsätze!

Verwundert beobachtete ich, wie sie ihre Beine lässig auf die Lehne des vorderen Stuhles platzierte und sich, die Arme hinter dem Kopf verschränkt, zurücklehnte. »Herrlich.« Jetzt wackelte sie zufrieden mit ihren großen Zehen herum. Ihre dunkelroten Nägel waren absolut perfekt lackiert, so bekam das bestimmt nur eine professionelle Pediküre hin.

»Seid ihr so nervös wie ich? Ich habe die ganze Nacht kein Auge zugetan«, sagte sie. »Es ist immer wieder eine Zerreißprobe für mich, bis ich die Reaktionen meiner Leser kenne. Wer weiß, vielleicht werdet ihr mich nach diesem Band alle hassen?« Sie lachte leise.

Was sollte ich darauf erwidern? Ich konnte Hannah Ruderer schlecht sagen, dass sie sich, was meine Meinung zu ihren Texten betraf, keine Sorgen machen brauchte, da ich ihre Geschichten schon immer gehasst hatte und für den Rest meines Lebens hassen würde. Und zwar, weil sie nicht nur unrealistisch, einfallslos und kitschig waren, sondern auch vor Klischees nur so trieften.

Deshalb verpasste ich Leona einen sanften Seitenhieb mit dem Ellenbogen. Es war besser, wenn sie das Sprechen übernahm.

»S… solange Esmeralda nicht mit Vinzenz zusammenkommt«, stammelte sie heiser.

»Mmmh.« Hannah Ruderer ließ die Stirnfalten tanzen. »Das wäre schlimm, nicht wahr? Wir werden sehen.«

»Aber …«, setzte Leona an, doch sie konnte nicht aussprechen, weil Pa ihr zuvorkam.

Er tippte unruhig auf seine Armbanduhr. »Hannah, hättest du etwas dagegen, wenn wir langsam anfangen? Es ist schon fünf vor.

Sonst zertrümmern mir deine Fans am Ende noch das Schaufenster.«

»So spät?« Hannah Ruderer rutschte mit den Beinen von der Lehne des Stuhles, im Aufstehen strich sie sich den zerknitterten Blazer glatt. »Na gut, lasst uns loslegen. Schade, ich hätte mich gerne noch ein bisschen mit den Mädchen unterhalten. Das holen wir nach, okay?« Ein breites Lächeln bildete sich auf ihren Lippen.

Ich brummte ein verhaltenes »Mhm«, was glücklicherweise niemand hören konnte, da Leona mich mit einem lautstarken »Jaaa, das wäre so krass!« übertönte.

Hannah Ruderer nickte. »Wird gemacht. Ach, ihr zwei Süßen, zieht niemals Schuhe an, die ihr vorher noch nie getragen habt. Das ist absolut tödlich.« Sie schaukelte abwägend mit dem Kopf. »Ich werde wohl barfuß lesen müssen.«

Der Raum war rappelvoll mit Leuten, es waren mehr, als eigentlich in die Buchhandlung passten. Viele mussten stehen oder hockten auf dem Fußboden. Ich weiß nicht, ob der Laden schon jemals zuvor so viele Menschen gesehen hatte. Aber dieses unfreiwillige Gruppenkuscheln schien kaum jemanden zu stören.

Ich rutschte mit dem Oberkörper ein wenig tiefer und musterte Hannah Ruderer kritisch. Unter dem Tisch konnte man deutlich ihre übereinandergeschlagenen, nackten Füße erkennen, mit denen sie immer wieder herumwackelte.

Dabei war sie die ganze Zeit damit beschäftigt, das kleine Mikrofon vor sich zurechtzurücken. Als es endlich ihrer Vorstellung entsprach, goss sie sich Wasser in ein Glas.

Auf Pas Stirn hatten sich kleine Schweißperlen gebildet. Hier drinnen war es durch die vielen Menschen aber auch echt so heiß wie in einer Sauna.

Nachdem er sich einige Male mit einem Stofftaschentuch das Gesicht abgetupft hatte, griff Pa ebenfalls nach einem Mikrofon, beugte sich nach unten und flüsterte Hannah Ruderer irgendwas ins Ohr. Sie lächelte ihn an und nickte. Ich bekam das komische Gefühl, ihre Augen wären dabei für eine Sekunde in meine Richtung gewandert. Zugegeben, in diesem Moment hätte ich schon gerne gewusst, was die beiden da Wichtiges zu tuscheln hatten. Es wirkte so geheimnisvoll, als würden sie einen Plan aushecken. In Wirklichkeit ging es wahrscheinlich nur um total langweiliges Zeug, die Lautstärke des Mikrofons oder so.

Dann begann Pa mit einer Vorstellung der Autorin. Ziemlich überflüssig. Wahrscheinlich wusste jeder Anwesende, wer Hannah Ruderer war. Aber anscheinend störte es auch niemanden, noch einmal aufgezählt zu bekommen, welche Meilensteine sie im Laufe ihrer Karriere schon erreicht hatte.

»Es ist mir eine große Freude, diesen außergewöhnlichen Gast bei uns begrüßen zu dürfen. Bitte einen großen Applaus für die einzigartige, tolle, wunderbare Hannah Ruderer«, beendete Pa nach gefühlt fünfundneunzig Minuten seine Lobeshymne. Mir war jetzt schon sterbenslangweilig.

Die Leute applaudierten. Ich klatschte ein bisschen mit, aber eigentlich nur, weil ich nicht auffallen wollte. Außerdem konnte ich bei Leos Begeisterung direkt neben mir gar nicht anders. Nach dieser persönlichen Begegnung zuvor war sie innerhalb von nur wenigen Sekunden vom Mega-Fan zum Hyper-Fan mutiert. Soweit das überhaupt noch möglich gewesen war.

»Hannah ist selbstverständlich nicht ohne Anlass zu uns gekommen«, nahm Pa seine Rede wieder auf. »Heute ist ein ganz besonderer Tag.«

»O ja, und wie!«, pflichtete Hannah Ruderer ihm strahlend bei. Wieder hatte ich das Gefühl, ihr Blick würde sich auf mich richten. Mann, warum machte sie das die ganze Zeit?

Pa lächelte ins Publikum. »Wir feiern gemeinsam das Erscheinen des großen Finales der grandiosen Romantrilogie *Zwanzig Minuten vor Mitternacht* – und da ich sicher bin, dass ihr alle kaum erwarten könnt, wie es mit Phil und Esmeralda weitergeht, will ich euch gar nicht länger auf die Folter spannen. Hannah, der Abend gehört dir.«

Sie bedankte sich in ihrer zuckersüßen *»Ich tu ganz freundlich, aber werde euch anschließend alle töten«*-Tonlage für die nette Vorstellung, bevor sie das vor ihr liegende Buch irgendwo in der Mitte aufklappte und mit einem verschwörerischen Lächeln sagte: »Ihr wisst noch, dass Esmeralda am Ende von Band zwei gemeinsam mit einem geheimnisvollen Jungen mit düsterer, venezianischer Maske auf den traditionellen Sommernachtsball der Familie Brandfair gegangen ist. Und wir alle können ahnen, wer das war. Esmeralda findet es kurz nach dem Tanz ebenfalls heraus. Was auf dem Ball passiert, müsst ihr selbst lesen. Aber eines, das kann ich euch verraten«, sie begann zu flüstern, »Esmeralda zerfrisst das schlechte Gewissen.«

Ich rollte unauffällig mit den Augen. Was denn sonst? War doch klar, dass sie mit dem »geheimnisvollen Jungen« (also Vinzenz) herumgeknutscht hatte, nur damit im dritten Band nun für mindestens die ersten hundert Seiten ordentlich Drama herrschen konnte.

Hannah Ruderer trank einen Schluck, bevor sie loslegte. Ihre Lesestimme war ein leises Säuseln, wahrscheinlich sollte das die Romantik fördern. Während sie sprach, wackelten die Spitzen ihres hellbraunen Bobs so sehr hin und her, dass sie gegen ihr Kinn stießen. Das kitzelte schon alleine beim Zusehen.

Ich merkte, wie Leona immer stiller wurde. Eigentlich war ich nicht einmal sicher, ob sie vor lauter Spannung nicht völlig zu atmen vergaß.

Phil saß gegenüber, zerschnitt das Stück Truthahn auf seinem Teller und hob immer wieder den Blick. Esmeralda war wie elektrisiert. Seine wunderschönen, hellblauen Augen funkelten. Die Bilder ihres gemeinsamen Augenblicks im Badeteich schlichen sich in ihren Kopf. Wie sollte sie ihm nur sagen, dass sie mit Vinzenz getanzt hatte? Er würde ihr das niemals verzeihen. Aber sie wusste ja nicht einmal, ob sie selbst jemals wieder den eigenen Anblick im Spiegel ertragen konnte. Ihr Herz war zerrissen. Diese beiden Jungen brachten sie mit der Magie, die sie glitzernd umspielte, völlig um den Verstand. Esmeralda fühlte eine Sehnsucht in dem Ausmaß schierer Unerträglichkeit durch ihren ganzen Körper rasen. Sie wollte Phils Arm über den Tisch hinweg berühren, doch sie wagte es nicht. Sie war sicher, er würde ihre schändliche Begegnung mit Vinzenz einzig und alleine durch das heiße Pulsieren ihrer Fingerspitzen wahrnehmen.

Ich gähnte und beobachtete neugierig die Gesichter im Publikum. Alles war interessanter als Esmeraldas pulsierende Fingerspitzen. Plötzlich erspähte ich den alten Mann mit dem Monokel in der ersten Reihe. Verwundert kniff ich die Augen zusammen. Er hielt ein Notizbuch mit braunem Ledereinband auf seinem Schoß und schrieb konzentriert etwas hinein. Wer ging denn auf eine Lesung, um selbst zu schreiben? Oder notierte er sich etwa jedes Wort mit?

Ich tippte Leona am Oberarm an. »Schau mal, der alte Typ da vorne, der mit dem Monokel …«

Leona reckte den Kopf und musterte ihn flüchtig.

»Was soll mit ihm sein?«

»Der war heute schon mal bei uns. Was macht der da?«

Leo zuckte mit den Achseln. »Wer weiß, vielleicht gehört er zu Hannah Ruderer. Da muss er eben was aufschreiben.«

»Und was?«

»Weiß ich doch nicht, könnte ihr Imageberater sein.«

»Imageberater? Haben so was nicht nur Politiker? Außerdem würde ich ihr eher eine Stilberatung empfehlen.«

Leona winkte ab. »Ist doch egal. Vielleicht ist er ja auch ein Journalist, immerhin geht es hier um etwas.«

»Den Eindruck hat er am Vormittag aber nicht gemacht.« Ich stützte die Ellenbogen seufzend auf meine Oberschenkel und schaute wieder nach vorne. Pa sah mit gerunzelter Stirn zu mir. Er war wohl ein bisschen böse, dass ich während der Lesung herumtuschelte. Wie immer erwartete er, dass ich diese Angelegenheit als eine echte Grünwald besonders ernst nahm. Aber das tat ich ja auch! Wenigstens fiel mir, im Gegensatz zu allen anderen, das kuriose Benehmen dieses Mannes auf. Die gesamte Lesung hindurch ließ er nicht ein einziges Mal von seinen Notizen ab. Erst als Hannah Ruderer das Buch zuschlug (endlich!!!) und verkündete, nun Exemplare zu signieren, unterbrach er sein konzentriertes Schreiben und der Notizblock verschwand in seiner Manteltasche. Die musste ganz schön geräumig sein, mindestens so sehr wie der Koffer von Mary Poppins, denn nicht einmal eine winzige Ecke des Ledereinbands schaute noch heraus.

Gespannt verfolgte ich, wie der alte Mann sich erhob. Jedoch reihte er sich nicht in die Schlange von Mädchen ein, die aufgeregt darauf warteten, der Autorin ihrer Lieblingsgeschichte ganz nahe zu kommen und ein Autogramm zu ergattern, sondern eilte stattdessen aus dem Raum.

Sofort sprang ich von meinem Sitzplatz auf und wirbelte herum. Die Menschenmasse verstellte mir die Sicht, sodass ich unmöglich erkennen konnte, ob er dabei war, die Buchhandlung zu verlassen.

Ich lief erst mal zu Leona, die sich natürlich längst in der Warteschlange eingereiht hatte, und packte ihren Arm. »Schnell, wir müssen ihm hinterher!«

Leona zuckte erschrocken zusammen. »Was? Wem?«

»Dem alten Opa! Er ist gerade abgehauen.«

»Vielleicht geht er ja auf die Toilette? Alte Leute müssen ständig«, mutmaßte Leona. »Zum Beispiel mein Großonkel Albert. Der hält es bei keiner Familienfeier länger als eine halbe Stunde aus. Obwohl ich mir bei ihm nicht sicher bin, ob er nicht nur versucht, sich vor Papas Reden zu drü…«

»Komm jetzt.« Ich hatte nun wirklich keine Nerven für weitere Diskussionen. Es war offensichtlich, dass hier etwas nicht stimmte. Also zog ich Leona einfach mit mir, was das Mädchen, das hinter ihr anstand, sofort ausnutzte, um einen Schritt vorzurücken.

Leona registrierte das mit einem wütenden Blitzen in den Augen. »Wenn das eine von deinen Spinnereien ist, dann bist du mir mindestens fünf Schokomuffins schuldig«, drohte sie mir. »So wie vor den Ferien, als du dachtest, unser Direktor wäre ein Dealer, und wir deinetwegen Mathe verpasst haben. Verdammt, Mathe! Kein Wunder, dass ich mit Pickel-Tommy auf den Ball gehen muss. Wenn ich noch einmal eine schlechte Note in Mathe bekomme, kündigt Mama das Netflix-Abo.«

Ich reagierte gar nicht auf ihre Einwände, denn ich hatte längst entdeckt, dass die Bürotür hinter der Kasse einen Spalt offen stand.

»Der Kerl ist ins Büro!«, japste ich.

Drei

Der Lichtschalter klickte. Einen kurzen Moment blendete die Helligkeit der grellen Neonröhren an der Decke in den Augen. Ich blinzelte und blickte auf das weiße Metallregal, in dem fein säuberlich die Kundenbestellungen standen. Gelbe Post-its mit Namen klebten auf den Buchrücken, alles in alphabetischer Reihenfolge angeordnet. Die meisten Bücher waren noch in eine transparente Folie eingeschweißt. Zaghaft tastete ich mich bis an das Regal vor und versteckte mich dahinter. Links um die Ecke konnte ich direkt ins Büro spähen. Hier lagerte Pa all die Ordner für die Buchhaltung und anderen todlangweiligen Kram, von dem ich absolut keine Ahnung hatte.

Irgendetwas raschelte dort. Es klang, als würde jemand mit hastigen Bewegungen einen Stapel Papier durchwühlen. Beunruhigt hielt ich die Luft an. Mein Herz pochte wie wild, und vor Aufregung durchfuhr mich ein heftiges Zittern. Ganz langsam, ich wollte so wenig Geräusche wie möglich verursachen, drehte ich mich wieder um. Hinter mir stand Leona und presste den Rücken gegen die verschlossene Tür zum Verkaufsraum. Ihr Gesicht war kreidebleich. Ohne Zweifel hatte auch sie gehört, dass gleich um die Ecke jemand herumschnüffelte. Eine falsche Bewegung, ein Ton zu viel, und dieser jemand hätte uns entdeckt. Im Gegensatz zu mir hasste Leona Abenteuer (solange sie nichts mit Jungs und Rumknutschen zu tun hatten). Sie las zwar gerne und träumte durchaus davon, so wie die Helden ihrer Lieblingsbücher in magische Irrungen und Wirrungen verstrickt zu werden. Wenn es dann aber mal tatsächlich ans Eingemachte ging, bevorzugte sie doch eher das stinknormale Leben einer durchschnittlichen Vierzehnjährigen.

Ich legte den Finger vor meine gespitzten Lippen und wisperte: »Du bleibst hier und passt auf, dass niemand durch diese Tür geht.«

Leona nickte hastig. Sie hatte offensichtlich keine sonderlich große Lust, mich bei der Suche nach dem Eindringling zu begleiten. Ich holte einmal tief Luft, um mich selbst innerlich auf alle Eventualitäten vorzubereiten, und huschte ins Büro. Dort blieb ich abrupt stehen. Einige Ordner lagen offen über den altmodischen Sekretär verteilt und die grüne Schreibtischlampe brannte. Ein leises Surren ging von ihr aus. Doch von dem rätselhaften Monokel-Opa fehlte jede Spur, nur der Drehstuhl mit dem grauen Stoffbezug schwang noch ein wenig, als hätte sich gerade erst jemand mit einer hastigen Bewegung davon erhoben. Ich ließ meine Augen durch den Raum wandern. Unter dem Schreibtisch versteckte sich niemand, mal ganz davon abgesehen, dass der Kerl aufgrund seines Alters vermutlich nicht mehr beweglich genug war, um sich an diese Stelle zu verkriechen. Neben dem Sekretär befand sich ein schmaler, weißer Schrank. Schnell ging ich näher und riss die Türen auf, aber auch hier fand ich nichts, bis auf die händisch beschrifteten Rücken mehrerer Aktenordner. Grübelnd biss ich mir auf der Unterlippe herum. Eine andere Versteckmöglichkeit gab es in diesem Raum nicht. Der alte Mann konnte sich doch nicht einfach in Luft aufgelöst haben?

Ich trat an den Schreibtisch und begutachtete die Unterlagen in den aufgeschlagenen Mappen. Nur irgendwelche Bestellungen. Doch dann bemerkte ich ein lila Schillern unter einem der Blätter. Zaghaft streckte ich die Hand aus und lupfte es in die Höhe. Darunter verbarg sich eine Programmvorschau. Der dritte Band der Mitternachts-Trilogie wurde auf der aufgeschlagenen Seite prominent angekündigt. Verwundert nahm ich das kunterbunte Heft.

»Der Zeitenzauber geht in die letzte Runde. Herzschmerz und magische Romantik garantiert!«

Ein gezeichneter blonder Junge tanzte mit einem ebenso blonden Mädchen, während der Kopf eines dunkelhaarigen Jungen mit argwöhnischem Blick aus einem Schrank hinter dem verliebten Paar lugte. Daneben die Inhaltsangabe und eine Abbildung des schnulzigen Covers. Gerade wollte ich die Vorschau wieder weglegen, als mir eine handschriftliche Notiz ganz am Ende der Seite ins Auge fiel. Geschrieben mit blauer Tinte, die sich ein wenig verschmiert hatte. Die Buchstabenführung wirkte insgesamt ziemlich zittrig.

»Lies den Anfang! Heute noch!«

Das war nicht Pas Handschrift. Ein Schauer durchfuhr mich. Erschrocken pfefferte ich das Heft auf den Tisch und beschloss, zu Leona zurückzukehren.

Vielleicht wäre es besser, Pa von der ganzen Geschichte zu erzählen? Immerhin hatte sich hier eine fremde Person herumgetrieben und geschäftliche Informationen durchwühlt. Blieb nur die Frage, ob er mir das alles glauben würde, ich konnte schließlich nichts beweisen. Und er hielt mich für einen Menschen mit – seine Worte – überbordender Fantasie.

Gerade als ich mich umwenden wollte, blieb meine Aufmerksamkeit bei einem weiteren Gegenstand hängen – unmittelbar neben der Programmvorschau lag ein altes, abgegriffenes Buch. Es handelte sich dabei mit Sicherheit nicht um Ware, die versehentlich bei den Unterlagen auf dem Schreibtisch gelandet war. Bei *Bücher Grünwald* gab es nämlich keine antiquarische Abteilung und dieses Werk hatte definitiv schon ein paar Jahrhunderte auf dem Buckel. Der Einband war aus dunkelblauem Stoff. Vorsichtig griff ich danach und las die auf dem Buchdeckel eingeprägte Goldschrift: *Das sonderbare Leben des Krötensammlers Korbinian Krötenstaub*.

Was für ein beknackter Titel! Bei Gelegenheit musste ich Pa fragen, was das für ein Roman war. Ich legte ihn zurück.

Leona stand immer noch dicht bei der Tür, in der Zwischenzeit war aber wieder etwas Farbe in ihr Gesicht zurückgekehrt. »Und, hast du ihn erwischt?«, flüsterte sie.

Ich schüttelte betreten den Kopf. »Er hat sich aus dem Staub gemacht.«

»Hm, hier ist niemand vorbeigekommen. Gibt es einen anderen Weg?«

Bei diesen Worten erstarrte ich vor Schreck. Natürlich, ich war so dumm! Er war über den Hinterausgang in den Hof abgehauen. Mit etwas Glück konnten wir ihn noch abfangen. »Schnell!«, rief ich und rannte los, dieses Mal dicht gefolgt von Leona. Wir stürmten durch das Büro bis zu dem winzigen Übergang, der zu einer Toilette und anschließend weiter in den Hof führte. Vor der verschlossenen Tür hielt ich an und drückte die Klinke herunter. Es war abgeschlossen. Verärgert rüttelte ich noch einmal und trat dann mit dem Fuß gegen das Holz. Das hier war der einzige Eingang, für den ich keinen eigenen Schlüssel besaß, weil Pa es nicht nötig fand, dass ich jederzeit durch den Hintereingang ins Büro konnte. Geschäftsunterlagen blablabla ... Jetzt zeigte sich, wie sinnvoll seine Übervorsicht war.

Leona bückte sich und stützte die Hände auf ihren Knien ab. »Emma, er kann nicht rausgegangen sein. Wie sollte er denn die Tür geöffnet haben?«

»Aber dann muss er noch da sein, es gibt nur diese beiden Ausgä...« Ich hatte den Satz noch nicht zu Ende gesprochen, als ein lauter Knall ertönte. Die Lichter der Neonröhren gingen schlagartig aus. Von einer Sekunde auf die andere standen wir in völliger Dunkelheit. Auch die Schreibtischlampe leuchtete nicht mehr.

»Ein Stromausfall?«, wunderte ich mich.

An einem Tag wie dem heutigen würde Pa eine derartige technische Panne mit Sicherheit völlig aus der Fassung bringen.

Nachdem wir uns durch die Finsternis getastet hatten und ich endlich die Türklinke zum Verkaufsraum niederdrückte, staunte ich nicht wenig darüber, dass es im Kassenbereich vollkommen still war. Bei über hundert Leuten, die während einer Signierstunde von einem Stromausfall überrascht wurden, war das doch ziemlich merkwürdig. Meine Verwunderung wurde noch ein ganzes Stück größer, als ich den Raum betrat und nicht einmal die dunklen Umrisse anderer Personen sehen konnte. Alles schien perfekt aufgeräumt, so wie es gewöhnlich nur der Fall war, wenn Pa bereits Feierabend gemacht hatte und über die Wendeltreppe nach oben in unsere Wohnung gegangen war.

»Wo sind die denn alle?«, flüsterte Leona.

Ich gab keine Antwort, kramte hastig das Handy aus meiner Hosentasche und starrte fassungslos auf den Bildschirm. Es war bereits dreiundzwanzig Uhr. Wie konnte das sein? Bestimmt hatten wir uns nicht länger als eine Viertelstunde im hinteren Bereich des Geschäfts aufgehalten. Wenn die Anzeige aber stimmte, dann waren es in Wahrheit ganze VIER Stunden gewesen. Ratlos schlich ich weiter bis zum gläsernen Eingangsbereich, um das Metallschild zu betrachten, das daran hing. In großen Buchstaben zeigte die Seite mit der Aufschrift *»Geschlossen«* hinaus auf die Kleegasse. Ich konnte fühlen, wie das gesamte Blut aus meinem Gesicht wich.

Nervös kramte ich in den Seitentaschen meiner Jeans nach dem Wohnungsschlüssel. Noch während ich suchte, schlich ich vorsichtig die Holzstufen der Wendeltreppe empor.

Oben stellte ich verärgert fest, dass ich meinen Schlüssel in all der Eile heute Morgen wahrscheinlich irgendwo in meinem Zimmer vergessen hatte. Er befand sich nicht in meiner Hosentasche und natürlich war der Wohnungseingang abgeschlossen. Ich klopfte laut. »Pa, kannst du bitte öffnen?« Eine Minute verstrich, in der nichts geschah, dann hämmerte ich erneut gegen die Tür. »Hallo, du hast uns eingesperrt!« Wieder nichts. Zaghaft presste ich mein Ohr an die Tür und lauschte. Totenstille. Nicht einmal ein Schnarchen war zu hören. Pa legte sich nach der Arbeit meistens aufs Sofa und las. Aber so laut, wie ich geklopft hatte, hätte er mich dabei garantiert gehört, selbst wenn er eingenickt wäre. Solange er nicht schnarchte, hatte er normalerweise einen relativ leichten Schlaf. Irgendetwas stimmte hier ganz und gar nicht …

Vier

Ich ging die Treppe wieder hinunter, knipste das Licht meines Handys an und leuchtete direkt in Leonas verängstigtes Gesicht. Ihr strubbeliger Dutt hatte sich fast aufgelöst, was sie ein wenig aussehen ließ, als stünden ihr die Haare vor Schreck zu Berge. »Die können doch nicht alle einfach verschwinden, eben waren noch fast hundert Leute hier«, keuchte sie. »Ruf deinen Vater an, er muss uns hier rausholen!«

Ich hielt Leona den Bildschirm des Smartphones vor die Nase, auf dem unübersehbar *»Kein Netz«* stand. Leonas Augen weiteten sich und wirkten verdächtig wässrig. »O Mist, Emma, was ist hier los? Waren wir in einem Zeitloch?«

Wir kannten einander seit dem Kindergarten und es war kein großes Geheimnis, dass Leo immer schon Schiss in der Dunkelheit gehabt hatte (außerdem vor Spinnen und den Schwänen im Park).

Ich legte tröstend einen Arm um ihre Schulter. »Nein, Zeitlöcher gibt es in der Realität nicht. Wir haben einfach nur vor lauter Aufregung übersehen, wie lange wir im Büro waren. Ich bin sicher, Pa merkt bald, dass er uns hier vergessen hat, und dann kommt er uns holen.« Das hoffte ich wirklich.

»Und was machen wir bis dahin?«, schniefte Leona.

»Keine Ahnung.« Mein Blick fiel auf das Lesepult, an dem Hannah Ruderer zuvor barfuß gesessen hatte und ihre neusten kitschigen Ergüsse vorgelesen hatte. Dort lag noch eine letzte signierte Ausgabe *Zwanzig Minuten vor Mitternacht*. Lächelnd löste ich mich von Leona und nahm das Buch in die Hand. »Wir können das Ende lesen, darauf hast du dich doch schon gefreut.«

»Ich lese doch nicht das Ende zuerst«, antwortete Leona entsetzt und verschränkte die Arme vor der Brust. Sie ließ sich auf einen der Stühle plumpsen. Wenigstens war darüber ihre Angst für einen Moment vergessen. »Dafür muss ich erst einmal wissen, was dazwischen alles passiert. Wie Phil die Sache mit Esma und Vinzenz löst … und so.«

»Hm.« Ich nahm hinter dem Lesepult Platz und legte den Roman vor mich auf die Tischplatte. Mit der rechten Hand hob ich die Handylampe an, sodass der Buchdeckel gut beleuchtet wurde, mit der anderen blätterte ich fast bis an den Schluss. Dieser Wälzer war beinahe vierhundert Seiten stark, aber die Fans wären vermutlich sogar in Begeisterungsstürme ausgebrochen, hätte er über tausend Seiten gehabt. Jede Kapitelüberschrift wurde von kringeligen Rosenranken umrandet, auf denen die schemenhaften Schattenzeichnungen kleiner Figuren tanzten.

Ich räusperte mich übertrieben, sah Leona an und sagte in nasalem Tonfall: »Vielen Dank für das zahlreiche Erscheinen, heute lese ICH, gefeierte Bestsellerautorin Emma Grünwald, aus meinem neusten Werk. Wir beginnen mit dem …« Verwundert hielt ich inne. Plötzlich hatte ich das eigenartige Gefühl, jemand hätte dicht an meinem Ohr *»Anfang«* geflüstert. Mist. Wahrscheinlich spielte die eigene Angst mir einen Streich, denn selbst wenn ich das Leona auf gar keinen Fall zeigen durfte, fand ich die Buchhandlung in der Dunkelheit auch nicht unbedingt wenig spooky. Besonders die düsteren Ecken zwischen den Regalen.

»… Ende«, fuhr ich fort. *»Ein Flüstern in der Nacht.«*

Und in diesem Moment war mir, als würde es bei den Kinderbüchern eigenartig knarzen. Gab es Mäuse im Laden?

Vielleicht sollte Pa die dicke Perserkatze Kunigunde in Zukunft nicht immer wegjagen, wenn sie sich wieder einmal aus der Nachbarswohnung über den Hof ins Büro geschlichen hatte, um ein Nickerchen auf den Aktenordnern zu halten. Obwohl ich bezweifelte, dass Kunigunde mit ihrem pelzigen Schwabbelbauch tatsächlich noch in der Lage gewesen wäre, eine wendige Maus zu jagen. Vor zwei Wochen war das Zottelvieh erst in der Katzenklappe stecken geblieben, woraufhin ich unserer alten Nachbarin dabei geholfen hatte, die verzweifelt zappelnde Kunigunde zu retten.

Aber was, wenn die Geräusche gar nicht von Mäusen kamen? Sondern von … Nee. Ich räusperte mich und schob alle Überlegungen beiseite. Bloß nicht reinsteigern. Das war genauso, wie wenn man sich nachts nicht mehr aufs Klo traut, nur weil man sich vorher einen blutrünstigen Horrorschinken mit dämonenbesessenen Dreijährigen oder üblen Psychomördern reingezogen hatte. Nichts weiter als Kopfsache. Dieses Zeug entstammte der Fantasie abgedrehter Drehbuchautoren, solche Dinge passierten nicht in echt. Ich musste vernünftig bleiben. Also las ich mit möglichst gelassener Stimme:

Esmeralda schlich durch den nachtdunklen Wald. Aus allen Winkeln glaubte sie …

»Lies den Anfang.«

Scheiße. Schon wieder. »Was soll das, Leo?«, rief ich erschrocken.

Leona hob verwundert den Kopf. »Ich habe doch gar nichts gemacht!«, sagte sie alarmiert.

»Ja, klar. Haha, ich lach mich tot.« Genervt wendete ich mich wieder den Buchseiten zu. »… *ein gespenstisches Raunen* …«

»Anfang!«

Okay. Jetzt reichte es. Irgendwo hatte der Spaß sein Ende. Ich donnerte den Einband zu. »Hör auf! Das ist nicht lustig!« Doch als ich meine Freundin anschaute, merkte ich, dass ihr Gesicht ganz blass war. Wie ein heller Punkt stach es aus der Dunkelheit hervor. »Ich war das echt nicht«, flüsterte sie mit erstickter Stimme. »Aber ich hab es gehört.« Sie griff sich ängstlich an den Hals. In der Finsternis konnte man es nicht sehen, aber vermutlich bildeten sich dort gerade ihre roten Panikpusteln. Die bekam Leona vor jeder Matheklausur und offenbar auch, wenn es spukte.

»Logisch warst du das«, entgegnete ich ein bisschen hoffnungsvoll. Ehrlich gesagt, wollte ich mir wirklich nicht überlegen, ob mein Uropa im Laden herumspukte. Das hatte ich Philippa erzählt, um ihr Angst zu machen. Aber heute fand ich den Gedanken selbst nicht mehr witzig.

Und Leona offensichtlich auch nicht. Sie klapperte bereits panisch mit den Zähnen. »Nein, Emma, das war ich nicht«, sagte sie. »Wie lange dauert das denn noch, bis dein Dad bemerkt, dass er uns vergessen hat?«

Genau in diesem Moment klappte der Buchdeckel wie von selbst auf und legte die erste Seite frei. Ach du Schande, was lief hier für ein abgefahrener Scherz? Hockte Pa gemeinsam mit dieser aufgeblasenen Autorenschnepfe in einem Versteck und lachte sich einen Ast? Wenn dem so war, dann fand ich das alles andere als unterhaltsam.

Ich schlug das Buch hastig wieder zu, als sei nichts gewesen.

»Ist ein Fenster offen?«, flüsterte Leona mit starrem Blick auf das Lesepult. Jetzt war sie nicht mehr bleich vor Angst, sondern fast schon weiß wie Milch.

»Welches Fenster?« Ich lehnte mich mit meinem ganzen Gewicht auf den Einband, damit er sich im Fall der Fälle nicht wieder öffnen konnte. »Außer dem Schaufenster gibt es hier keins.«

»Aber wie war das dann möglich?« Bei dieser Frage zitterten Leonas Lippen. Ich konnte nicht antworten, denn ich spürte ein furchterregendes Kribbeln unter der Handfläche, genau an der Stelle, an der ich mit dem Buch in Berührung kam. Als würden Hunderte kleine Ameisen an meinen Fingern entlangkrabbeln. Und dann … bissen sie zu! Panisch zuckte ich zurück, so hastig, dass ich dabei fast vom Stuhl kippte. Im selben Moment blätterte sich das Buch erneut bis zum ersten Kapitel auf. Ich sprang in die Höhe und wich langsam ein Stück nach hinten. »Was zum …?«

»Lies den Anfang!« Klar und deutlich die heisere Stimme eines Jungen. Sie drang … aus den Seiten des Buches? Von der Decke? Aus den Regalen um uns herum?

Verdammt. Ich hatte offensichtlich den Verstand verloren. Seltsam war nur, dass Leona es auch hörte. Und verrückt wurde man normalerweise nicht gemeinsam, oder etwa doch?

Unsicher trat ich wieder einen Schritt auf das Buch zu und beleuchtete die aufgeklappte Textstelle. Die Rosenranken der Überschrift drehten sich wild im Kreis.

»Zeitsprung für Anfänger«, begann ich dennoch ganz langsam zu lesen.

Der Junge saß eng neben Esmeralda auf der Holzbank, über den beiden breitete sich der nachtschwarze Himmel voll funkelnder Sterne aus. Esmeralda konnte in jeder Faser ihres Körpers fühlen, wie seine Hand warm und kitzelnd nach ihrer griff. Immer noch trug sie die dunkle, venezianische Maske. Er hingegen hatte seine bereits abgestreift und zu den Füßen ins Gras fallen lassen. Mitternacht war vorbei, man durfte das Geheimnis rund um die eigene Identität lüften. Aber in Wahrheit war es gar keines. Esmeralda wusste, wer neben ihr saß, wer sie zu den Klängen von Tschaikowskys Blumenwalzer mit Lachshäppchen gefüttert hatte und wer in den vergangenen Stunden ihr Tanzpartner gewesen war. Dennoch konnte sie jetzt kaum noch atmen vor Aufregung. Es war deutlich, was er plante. Die Gedanken an Phil drängten sich in ihren Kopf, das schlechte Gewissen. Sie hatte ihn hintergangen, mit jedem einzelnen Walzerschritt in Vinzenz' starken Armen und jedem Bissen von den köstlichen Schnittchen in seiner Hand. Gleich würde sie ihren schandhaften Gefühlen erliegen. Vinzenz zog sie mit jeder Sekunde mehr und mehr in seinen Bann, obwohl sie ahnte, dass es wie so oft ein Trugspiel war. Sie war geblendet von seinem charmanten Grinsen, mit dem er versuchte, die Dunkelheit seines Charakters zu verber…

Mitten im Satz brach ich ab. Die Buchstaben hatten sich bewegt. Zwar nur für einen kurzen Moment, doch eindeutig waren V und Z im Namen Vinzenz auf und ab gehüpft wie zwei Flummibälle.

Mir wurde schlecht. Unruhig warf ich einen Blick auf mein Handy.

23 Uhr 39.

Scheiße. Wie würde es denn erst in einundzwanzig Minuten, mit Beginn der Geisterstunde, zugehen, wenn es jetzt schon so spukte? Krochen dann kopflose Untote aus der Kassenlade?

Und machten sich weitere Bücher selbstständig? Das war ja eine absolut schauerliche Vorstellung.

Ein neuerliches *»Den Anfang!«* ließ mich zusammenzucken. Was auch immer hier los war, bestimmt tat ich lieber, was diese mysteriöse Gespensterstimme verlangte.

… die Dunkelheit seines Charakters zu verbergen. Esmeralda wusste genau, dass Vinzenz eine Blamage für die Familie Brandfair war. Für etwas Ruhm und Ehre tat er alles, um von seiner niederen Herkunft abzulenken und den neiderfüllten Hass auf seinen wohlgeborenen Bruder zu besänftigen. Ganz egal von welch abgrundtiefer Niederträchtigkeit. Dennoch schaffte er es, immer wieder den perfekten Gentleman zu mimen. So wie jetzt. Er lehnte sich nach vorne, fasste ihre Maske, bedachte sie mit einem dunklen Lächeln und zog sie schließlich sanft von ihren Augen. Esmeralda war wie gelähmt. Ein Teil in ihr wollte wegrennen, der andere bleiben. Phil. Phil. Phil. Aber es half nichts. Vinzenz. Vinzenz. Vinzenz. Seine Lippen …

Klack. Im Kassenraum war irgendetwas mit einem lauten Rumpeln umgekippt. Ich bekam kaum noch Luft und war mir sicher, dass es nicht mehr lange dauern würde, bis ich tatsächlich auf den Boden kotzen musste, so benommen fühlte ich mich. Das Geräusch war ertönt, als die Uhr umgesprungen war.

Zwanzig Minuten vor Mitternacht.

Mit zitternden Fingern griff ich nach dem Buch und wollte gerade dazu ansetzen, die nächsten Sätze vorzulesen, als auf einmal das Licht der Handylampe ausfiel, mir der Roman entglitt, über den Tisch rutschte und direkt vor Leonas Füßen landete. Mit einem lauten Aufschrei sprang sie in die Höhe und rannte davon, um sich zusammengekauert in einer dunklen Ecke zu verstecken. Fassungslos starrte ich auf das Buch am Boden, das sich mit einem unwahrscheinlichen Tempo wie ein Kreisel drehte. Es sah aus, als würden kleine Blitze zwischen den Seiten hervorschießen und die Dunkelheit durchbrechen. Alles knisterte, raschelte und knackte wie ein Lagerfeuer.

Ich brauchte einen Moment, um meinen ganzen Mut zu sammeln, bevor ich darauf zustürmte, es mit beiden Händen fasste und entschlossen in den Nebenraum rannte. Dort schleuderte ich es mit voller Wucht hinter den Kassentisch. Ich konnte Papier reißen hören, aber das war mir völlig egal. Auf keinen Fall wollte ich diese Geschichte auch nur eine Sekunde länger in meiner Nähe haben. Auch wenn Pa morgen bestimmt ausflippen würde, weil ich es durch meinen Wurf beschädigt hatte. Das signierte, heiß begehrte Werk einer berühmten Bestsellerautorin. Aber mal im Ernst, das konnte man so oder so nicht ruhigen Gewissens verkaufen. Wer wollte schon freiwillig ein verhextes Buch?

Ich atmete heftig aus und drehte mich zu Leona, die sich immer noch bei den Diätbüchern versteckte, als auf einmal direkt hinter meinem Rücken ein ohrenbetäubender Krach ertönte. Wie der Schuss eines Gewehres.

Ohne einen Blick über meine Schulter zu werfen, hetzte ich davon, packte Leona an der Hand und riss sie mit mir in den hintersten Winkel der Buchhandlung.

Leonas Nägel krallten sich fest in meinen Oberarm. Aneinandergepresst und mit angehaltener Luft lauschten wir nach den Geräuschen, die aus dem Kassenbereich kamen. Jemand schlich über die knarrenden, alten Holzdielen.

»O Gott«, flüsterte Leona dicht an meinem Ohr. »Was sollen wir jetzt denn nur tun? Vielleicht ist das ein Geist. Oder noch schlimmer, der Monokel-Opa. Was, wenn du recht hattest und der echt ein totaler Psycho ist? Wie Jack the Ripper. O Gott, Emma! Was, wenn er die anderen längst abgemurkst hat?«

»Schsch«, zischte ich. »Wie hätte er das denn anstellen sollen? Dann wäre hier doch alles voller Blut.«

Okay. Das waren wohl nicht grad die richtigen Worte gewesen, um Leona zu trösten. Ihre Augen erreichten schlagartig die Größe von Golfbällen und sie schluckte einmal schwer.

Plötzlich erklang ein röchelndes Husten. Wer oder was auch immer dort drüben war, er, sie (oder es?) schien sich nicht gerade einer blendenden Gesundheit zu erfreuen. Genau genommen schien es jetzt sogar, als würde die Person gleich ersticken. Was mich gar nicht so sehr gestört hätte, dann wären wir den Eindringling unmittelbar los gewesen. Doch nach einigen Minuten beruhigte sich der Hustenanfall und kurz darauf sagte eine männliche Stimme (viel zu jung für den Monokel-Opa): »Welch schauderöses Gefühl. Ich hatte es mir anders vorgestellt. Nun, wo ist sie?« Kurzes Schweigen. »Verzeiht, weshalb versteckt Ihr Euch? Wo seid Ihr?«

Ich erstarrte zur Salzsäule und drehte langsam den Kopf zu Leona, die sich mittlerweile die Hand vor den Mund presste, um die eigenen Atemgeräusche zu dämpfen.

Wieder knarrten die Dielen und dumpfe Schritte waren zu hören. Der Einbrecher kam näher. Ich überlegte, ob wir es irgendwie schaffen konnten, ganz hinter das Bücherregal zu kriechen. Aber da war kein Platz zwischen Holz und Wand. Mein Blick blieb bei dem großen Pappaufsteller hängen, der die Lesung von *Zwanzig Minuten vor Mitternacht* beworben hatte. Er sah genauso aus, wie die Fan-Lesezeichen, die Pa heute Nachmittag sortiert hatte. Lila, glitzernd, scheußlich und mit den schattenhaften Umrissen eines

Jungen, der sich gerade in einen magischen Zeitenwirbel stürzte. Die gesamten vergangenen Wochen hatte ich mich über dieses kitschige Werbeteil lustig gemacht. Jetzt war es unsere Rettung.

Wortlos bedeutete ich Leona, mir geräuschlos zu folgen. Auf allen vieren rutschten wir über den Boden davon. Wir hatten nur diese eine Chance, unbemerkt zum Pappaufsteller zu gelangen.

Als auch Leona mit ihrer Schuhspitze dahinter verschwand, betrat jemand den Raum. Mein Herz raste wie verrückt. Ich konnte es bis in meinen Hals fühlen.

»Wo steckt Ihr?«, hörte ich die fremde Stimme fragen, da fasste ich einen Entschluss. Ich musste handeln, ehe es zu spät war. Eiligst fasste ich das erstbeste Buch aus dem nächstgelegenen Regal und sprang auf. Leona raunte zwar noch: »Was machst du da, lass den Scheiß!«, aber es war schon zu spät. Das Pappdisplay kippte mit einem dumpfen Geräusch um. Im selben Moment zuckte eine hochgewachsene Jungsgestalt zurück. Ich hob das Buch an und donnerte es beherzt an den Kopf des Eindringlings.

Ha, der würde bestimmt nie wieder auf die Idee kommen, bei *Bücher Grünwald* einzubrechen!

»Beim Schnauzbarte Queen Victorias, was tu–«, jaulte er auf. Und im nächsten Moment war er auch schon bewusstlos zusammengeklappt.

Fünf

Das Licht der Handylampe ging wieder. Es leuchtete einen Jungen mit schwarzen Strubbelhaaren und einer kleinen, blutigen Beule auf der Stirn an. Bestimmt war er nur ein bisschen älter als Leo und ich. Sein Aufzug sah jedoch ordentlich schräg aus. Ein Frack über einem roten Hemd und dazu eine dunkle Stoffhose und kniehohe Reiterstiefel. Kein normaler Junge lief heutzutage freiwillig in diesem Outfit durch die Gegend.

»Du hast ihn erschlagen«, flüsterte Leona geschockt.

»Unsinn.« Ich ging in die Hocke, um ihn etwas näher zu betrachten, und befühlte seinen Hals. »Er hat noch Puls.«

Jetzt kniete auch Leona sich neben ihn. »Bist du sicher?«

»Ja, außerdem ist man nicht so schnell tot.«

»Aber schau mal, sein Gesicht glitzert.«

»Hm.« Das war wirklich seltsam. Ich legte den Kopf zur Seite und ließ zaghaft meinen Zeigefinger an seine Wange wandern, bis ich mit der Fingerkuppe dagegenstieß. Gerade als ich meine Hand wieder wegzog und den Glitzerstaub musterte, der nun an meiner Fingerkuppe klebte, riss der Junge schlagartig seine Augen auf. Ein knalliges Dunkelblau. Fast unecht, wie eingefärbte Kontaktlinsen. Jetzt erst merkte ich, dass seine Lider von dunklen Rändern umrahmt wurden, als hätte er sich großzügig Kajal drum herumgeschmiert.

Leona und ich machten synchron einen Satz nach hinten. Doch der Fremde wirkte nicht weniger erschrocken. Entgeistert starrte er uns an, richtete blitzschnell den Oberkörper auf und rutschte auf dem Hosenboden ein Stück davon, bevor er panisch auf die Füße sprang. Kurz wankte er, schaffte es aber gerade noch, sich an einem der Regale abzustützen, und tastete dann heftig atmend nach der Wunde an seiner Stirn. »W… was soll dieser Unfug? Ihr schlagt mich, um mich im Anschluss … unflätig … zu … zu betatschen? Seid Ihr noch bei Trost?«

Unflätig? Betatschen? Welche Schraube war denn bei dem locker? So sprach heutzutage doch kein Mensch unter neunzig. Außerdem war *er* wohl derjenige, der einfach hier eingebrochen und somit erst mal mit einer ordentlichen Rechtfertigung an der Reihe war. »Was suchst du in meiner Buchhandlung?«, fuhr ich ihn an.

»Eure Buchhandlung?« Der Junge musterte mich. Neugier blitzte in seinen Augen auf.

»Was meinst du mit *eure? Meine.*« Ich holte tief Luft und versuchte, möglichst ruhig zu klingen. Wenn der merkte, dass er mir Angst machte, kam er sich bestimmt gleich cool vor. »Eigentlich gehört der Laden natürlich meinem Dad … ist doch egal jetzt … ich wohne hier jedenfalls.«

»Ach, zwischen den ganzen Büchern? Charmant. Dann wohne ich jetzt auch hier, sehr schön. Das übertrifft meine Erwartungen ganz trefflich. Und wenn ich mir Euch kleinen Backfisch so ansehe … Ihr macht einen adäquaten Eindruck. Es hätte wahrlich schlimmer kommen können. Stellt Euch vor, ich wäre in den Fängen einer zwölfjährigen Satansanbeterin gelandet. Das einundzwanzigste Jahrhundert ist, was das betrifft, nicht unbedingt vertrauenerweckend.«

Backfisch? Der hatte echt ein Rad ab. Entsetzt schüttelte ich den Kopf. »Bist du irgendwo ausgebrochen? Vielleicht aus einem Irrenhaus?«

Der Junge rümpfte die Nase und rubbelte sich gleichzeitig an seiner Verletzung herum. »Ich bitte Euch, selbstverständlich nicht. Ganz im Gegenteil. Der Textsprung wurde vollbracht. Ein wahrhaft vortreffliches Glück. Alle Faktoren zugleich.«

»Was quasselst du da?« Ratlos wechselte ich einen Blick mit

Leona, doch die schien leider das Sprechen verlernt zu haben. Super. Das nannte ich mal freundschaftlichen Beistand.

Und als wäre er nicht sowieso schon eigenartig genug, machte der Spinner jetzt auch noch einen großen Schritt auf mich zu und presste die Augenlider fest zusammen. »Gehe ich richtig in der Annahme, dass Ihr gelesen habt?« Er fuhr sich mit der Handfläche über die Wange, betrachtete sie und verzog die Lippen zu einer gequälten Schnute. »Uff. Weshalb bloß müssen diese Verlage immerzu diesen Glitzer auf unser Cover geben? Auf das Antlitz einer Fee könnte ich durchaus verzichten.«

»Wieso sollen *wir* gelesen haben?« Ich verstand kein Wort.

»Nein, nicht ihr, sondern Ihr.«

»Sag ich doch.«

»Nein, sagt Ihr nicht! Ich meine Euch.«

»Äh … du meinst …«

»Nur Euch. Die junge Dame mit den feuerroten Haaren.«

Sollte das ein Kompliment sein? Dafür kapierte ich jetzt, dass der Typ nicht nur ein bisschen daneben war, sondern schlicht und ergreifend komplett crazy sein musste. Warum sonst quatschte er mich mit einer so steinzeitlichen Höflichkeitsfloskel an? Da qualmte einem ja Staub aus den Ohren.

»Du darfst ruhig Du zu mir sagen«, presste ich hervor und schluckte. »Mal davon abgesehen, dass du eigentlich ein mieser Einbrecher bist. Und was ist mit deinen Augen passiert?«, wich ich mit weichen Knien der Frage nach dem Lesen aus. Was ging es ihn an, ob ich vorher aus diesem verfluchten Buch gelesen hatte?

»Meine Augen?« Verwundert strich er sich mit dem Zeigefinger über den schwarzen Rand und musterte ihn. »Ach. Kohlestift. Wisst Ihr, meine Maske hatte große Löcher, deshalb musste ich nachhelfen. Sah anders nicht sonderlich gut aus. Es ist mir leider nicht möglich, Euch das zu zeigen, weil ich die Maske im Buch gelassen habe.«

Bei diesem Satz griff Leona mich plötzlich beim Arm. »Ach du heilige Scheiße … Vi… Vin…!«

»Hä?« Ich drehte mich mit verwirrtem Blick zu ihr.

Leona schnappte nach Luft. »Das ist Vinzenz!«

»Was? Wer?«, entfuhr es mir.

»Vinzenz Brandfair«, keuchte Leona.

Mir wurde flau. Großartig! Jetzt drehte Leo völlig durch. Fan einer Fantasytrilogie zu sein, das war die eine Sache. Zu glauben, der Fiesling – der offenbar am Anfang des drittens Bandes gleich mal die weibliche Protagonistin mit Lachshäppchen fütterte und anschließend abknutschte (Hallo? Fischmundgeruch?) – wäre schlagartig zum Leben erwacht, war eine ganz andere. Natürlich, vorher war es unheimlich zugegangen. Die Existenz von Geistern konnte ich mir durchaus vorstellen … eine real gewordene Romanfigur hingegen nicht. Geister ließen sich immerhin mithilfe einiger okkulter Ansichten erklären. Die Seele eines toten Menschen wechselt nicht ins Jenseits, oder so ähnlich. Aber ein Typ aus einem Buch? Wie sollte das funktionieren? Das waren doch nur schwarze Buchstaben auf weißem Papier, die zuvor irgendjemand in einen Computer getippt oder meinetwegen auch mit Tinte irgendwo draufgekritzelt hatte. So oder so, es gab absolut nichts daran, das zum Menschen werden konnte.

»Lord Vinzenz Richard Oswine George Brandfair, wenn Ihr es genau wissen wollt«, meinte der Fremde mit einem müden Lächeln in Leonas Richtung, während er immer noch damit beschäftigt war, sich das Gesicht abzureiben. Jetzt war es eine Mischung aus schwarzem Kohlestift und Glitzer. »Richard nach meinem Urgroßvater, Oswine nach meinem Großvater und das George steht für meinen Vater. Doch Ihr dürft mich Vinz nennen. Vinzenz mutet so ernst an. Und überhaupt, diese Variante mit den vielen Z, geradezu abscheulich. Wieso hat mich die alte Schabracke nicht englisch Vincent genannt? Oder Vince? Ich bin doch Brite! Aber was soll's. Natürlich könnt Ihr auch Master Vinz sagen, falls Ihr Euch mit einer standesgemäßen Ansprache wohler fühlt. Es liegt bei Euch. Wer ist denn nun meine Leserin?« Aus einem unerfindlichen Grund glotzte er gezielt mich an, als wüsste er sowieso, dass ich vorgelesen hatte. Mir fiel vor Schreck das Buch, mit dem ich ihm eins über die Rübe gezogen hatte, aus den Händen.

»Ah. Ich dachte mir, dass ich Eure Stimme gehört hatte. Wie war doch gleich Euer werter Name?«

»Emma. Der *werte* Name ist Emma.« Verdammt. Wieso verriet ich ihm das überhaupt?

Ächzend schmierte er sich Glitzer in die Hose. »Nun, Miss Emma, begrüßt Ihr Eure Gäste immer auf diese schmerzhafte Weise? Vielleicht ist es Euch ja nicht bewusst, Ihr habt meiner Wenigkeit durch Euer Vorlesen zu einem Textsprung verholfen. Also bin ich jetzt Euer Gast. Genau genommen bin ich für die Dauer meines Aufenthaltes sogar an Euch gekettet. Seid jedoch völlig unbesorgt, ich bin ein angenehmer Gast. Wenn meine Mutter ansonsten auch wenig Wert auf mich legt, so doch auf meine gute Erziehung. Ich hatte von klein an die beste Gouvernante der britischen Insel, die gute Miss Marple.«

Ja, klar. Und Sherlock Holmes war sein Reitlehrer.

Ich stand im Türrahmen, der in den Kassenbereich führte, und sprach kein Wort. Ganz sicher wollte ich nicht, dass dieser Oberspinner »an mich gekettet« war. Wenn es hoch kam, dann kannte ich den Typen gerade einmal zehn Minuten. Und das reichte mir auch schon. Außerdem ließ sich leider nicht so ganz abstreiten, dass er wirklich zur Beschreibung des bösen Vinzenz passte. Man konnte sich durchaus vorstellen, dass er direkt von einem Maskenball kam. Und zuvor hatte schließlich ausgerechnet das letzte signierte Buch verrücktgespielt. Vielleicht war es tatsächlich kein Zufall, dass kurz darauf dieser Junge aufgetaucht war?

Zwanzig Minuten vor Mitternacht.

Doch das hätte auch bedeutet … Mir war schon wieder ganz schwindelig. Vinzenz war nun mal nicht gerade der Held seiner Geschichte, sondern derjenige, der …

… versuchte, hinter seinem charmanten Grinsen die Dunkelheit seines Charakters zu verbergen. Der es schaffte, den perfekten Gentleman zu spielen, um von seinen wahren Absichten abzulenken …

… der so hart im Nehmen war, dass ihn beim Knutschen nicht einmal Fischmundgeruch störte … und der es nun auf mich abgesehen hatte. Auf mich! Emma Grünwald, die mit diesen Romanen absolut nichts anfangen konnte. Nein, nein, nein. Ganz ruhig bleiben. So ein Schwachsinn. Vielleicht hatte ich mir bei dem Treppensturz heute Morgen einfach nur eine ganz heftige Gehirnerschütterung zugezogen? Ja, das musste es sein! Vinzenz war eine Halluzination. Leider wirkte er dafür aber erschreckend real. Er hatte sogar richtig menschliche Bedürfnisse.

»Habt Ihr ein Wasserklosett?«, riss er mich aus den Gedanken. »Dummerweise vergisst diese abgetakelte Fregatte immer, eine Pinkelpause in die Handlung einzubauen. Ein schreckliches Verhängnis. Vor allem habe ich auf diesem Ball überaus viel Champagner getrunken, ich wollte Esma bezirzen. Ein kleiner Schwips schadet nie, nicht wahr?« Er lachte und schien auf eine Antwort zu warten, doch als diese nicht kam, spitzte er überrascht die Lippen. »Oho. Das Wasserklosett?«

Leona schubste mich leicht an. »Ich glaub, der meint das Klo.«

»D… dort«, stammelte ich heiser, deutete in den Raum hinter der Kasse und beleuchtete mit dem Strahl meiner Handylampe die Bürotür. »Aber das Licht geht nicht.«

»Seid unbesorgt, ich stamme zwar aus dem 19. Jahrhundert, doch wie Ihr wisst, bin ich Zeitreisender und entsprechend im Besitz dieser höchst praktischen neuen Erfindung namens Taschenlampe.« Er atmete erleichtert auf und eilte davon.

Kaum dass er weg war, starrte ich Leona entgeistert an, die mit offenem Mund hinter ihm hersah.

»Leo, was machen wir jetzt?«

»Ich habe nicht den leisesten Schimmer.«

»Wir müssen ihn wieder loswerden, bevor er … er … etwas anstellen kann.«

»Ja.« Leona nickte. »Das ist Vinzenz. Er hat auf jede erdenkliche Weise versucht, Phil den Garaus zu machen. Zum Beispiel mit Gift, Feuer und …«

»Ich will das lieber nicht wissen«, entgegnete ich schnell und hoffte insgeheim immer noch, dass das in Wahrheit ein verdammt langer, abgefahrener Albtraum war, aus dem ich jede Sekunde in meinem Bett liegend aufwachen würde.

Nur irgendwie geschah das nicht und es fühlte sich leider auch nicht wie ein Traum an.

»Möglicherweise löst er sich in Luft auf, wenn es draußen hell wird«, überlegte Leona. »Wie eine Geistererscheinung.«

Zaghaft warf ich einen Blick auf die Uhr. Es war halb eins in der Nacht. Bis zum Sonnenaufgang konnten wir also noch lange warten.

»Emma …« Leona schluckte so laut, dass man es hören konnte. »Was ist, wenn das einer von Vinzenz' bösen Plänen ist? Er versucht doch, auch andere Jahrhunderte zu bereisen, um der mächtigste Zeitreisende der Welt zu werden. Wer weiß, vielleicht hat er es jetzt mit der Realität versucht …«

Ich sah sie verzweifelt an. »Leo, das ist doch nur eine Geschichte und der Kerl existiert eigentlich gar nicht!« Mein Kopf rauschte. Leider blieb keine Gelegenheit mehr, um sich weiter Gedanken darüber zu machen, denn Vinzenz – oder wer auch immer, aber wenn nicht Vinzenz, wer dann? – kehrte schon zurück. Er schien sein Gesicht gewaschen zu haben, kein Fleck Farbe war mehr darin zu erkennen. In der einen Hand hielt er eine Taschenlampe, in der anderen ein dickes Buch. O Mann! Das musste er irgendwo im Büro mitgehen lassen haben! »Gib das sofort zurück. Du darfst hier nichts anfassen«, rief ich entgeistert.

Vinzenz betrachtete es nachdenklich. »Ein Lexikon. Hättet Ihr die Güte, es mir zu leihen? Ich muss diese Welt näher verstehen.«

»Dann fang mal mit dem Sprechen an. Kein Teenager redet so schwülstig daher wie du.« Ich riss ihm das Lexikon aus der Hand. Bestimmt würde ich ihm nicht erlauben, einfach die Ware meines Vaters einzustecken.

»Nun, Ihr vergesst, meine Wenigkeit stammt aus dem Jahre 1880. Das lässt sich nicht ändern, meine Autorin wollte es so«, antwortete Vinzenz.

»Du meinst Hannah Ruderer?«, fragte ich. Wenn das wirklich kein Traum war, dann hatte dieser Typ ganz gewaltig einen an der Klatsche. Oder ich. Aber selbst wenn es ein Traum war, hatte ich anscheinend nicht mehr alle Tassen im Schrank. Sonst würde sich mein Unterbewusstsein kaum so einen Unsinn ausdenken.

»Genau die.« Vinzenz verschränkte die Arme vor der Brust und wippte mit dem linken Fuß. »Ist Euch die Gute näher bekannt, werte Miss Emma?«

Die Sache mit der normalen Sprache schien er jedenfalls schon mal nicht hinzukriegen.

»Wir haben sie heute gesehen«, sagte ich. »Sie ist berühmt.«

»Ach?« Vinzenz wirkte ernsthaft überrascht.

»Na ja … sie hat schon Preise bekommen.«

»Tatsächlich? Wieso? Hat sie das *Epsom-Derby* gewonnen? Wohl kaum. Bei diesem fragwürdigen Verständnis für Pferde, wäre sie lange vor dem Startschuss aus dem Sattel gekippt. Sie hat mich in Band eins rücklings auf einem Shetlandpony reiten lassen. Wieso beim Popel der Queen sollte ich etwas derart Dummes tun? Nun, mit welcher Leistung hat sich diese Person also einen Preis verdient?«

»Ähm … sie hat euch gemacht?«, meinte ich irritiert.

Vinzenz hob perplex eine seiner dichten, schwarzen Brauen. »Ein Preis für meine Wenigkeit? Oho.«

»Eher für euch alle. Esmeralda, Phil und …«

»Phil«, knurrte Vinzenz. »Herzlichen Dank, ich habe genug gehört.« Unvermittelt drehte er sich um und verschwand im anderen

Raum. Es klang, als würde er sich auf den Drehstuhl hinter der Kasse plumpsen lassen. Auch nach einigen Minuten kehrte er nicht mehr zurück.

»Was hat er denn jetzt?«, raunte ich Leona zu.

»Er kann Phil nicht leiden«, erklärte sie. »Sonst hätte er nicht ständig versucht, ihn abzumurksen. Obwohl ich ein bisschen komisch finde, dass Vinzenz so … na ja, ich hätte ihn mir noch viel wütender vorgestellt.«

»Ist bestimmt besser so. Lassen wir ihn einfach in Ruhe schmollen und warten hier, bis mein Vater den Laden öffnet. Morgen ist der Spuk ja hoffentlich vorbei und Vinzenz wieder in seinem Roman. Wir dürfen nur nicht einschlafen, damit er uns nichts antun kann. Eine von uns beiden muss immer Wache halten.«

Leona lachte nervös auf. »Ich schlafe sicher nicht ein, solange dieser Typ nebenan sitzt.«

Sechs

Draußen auf der Straße konnte man Stöckelschuhe über den Asphalt klappern hören und kurz darauf das Schrillen einer Fahrradklingel. Die Kleegasse erwachte langsam zum Leben. Behäbig öffnete ich meine Augen. Mein Rücken schmerzte und mein Kopf brummte ganz gewaltig. Blinzelnd sah ich mich um. Wieso war ich nicht in meinem Bett? Ich lag in der Buchhandlung, inmitten der Stühle, die von der gestrigen Lesung stehen geblieben waren. Doch dann fiel mir alles wieder ein.

Mist.

Neben mir schlummerte Leona vor sich hin. Ihre Haare waren komplett zerzaust, sie hielt die Brille in der Hand und hatte die schwarze Farbe ihres Lidstriches quer über ihre Wange verwischt.

Schlaftrunken rappelte ich mich in den Schneidersitz und rieb mir ächzend das Gesicht. Zumindest konnte ich den Jungen nirgendwo sehen, was mich doch wieder ein wenig hoffen ließ, dass der schlimmste Teil der letzten Nacht ein Albtraum gewesen war. Wie sollte es auch anders sein. Eine Romanfigur aus Fleisch und Blut? Was hatte ich gestern gegessen? Fliegenpilze? Ich musste unwillkürlich kichern. Dann gähnte ich einmal herzhaft, reckte meine Arme in die Luft und … erstarrte in dieser Position. Ein greller Schrei war aus dem Kassenraum gedrungen. Derartig laut, dass nun auch Leona mit nur einem Wimpernschlag wach war. »Was war das? Hast du das gehört?«, rief sie alarmiert.

O nein. O nein. O nein. Bitte nicht. Das durfte nicht wahr sein. Das konnte nicht wahr sein!

Ich sprang auf die Beine und eilte dorthin, woher der Schrei gekommen war. Im Türrahmen blieb ich stehen.

Mist.

Wir hatten zwei Probleme. Genauer gesagt: Riesenprobleme.

Problem Nummer eins: Philippa war von ihrer eintägigen Schweinegrippe genesen und hier, um den Laden zu öffnen. Wie eine Statue mit weit aufgerissenem Mund stand sie zwischen Kasse und dem Bestsellertisch. Nicht einmal ihr blonder Pferdeschwanz wippte. Ihre Arme baumelten schlaff an ihrer Seite hinunter. Der Griff ihrer schwarzen Handtasche hing an ihrem Zeigefinger, kurz vor dem Absturz.

Noch hatte Philippa zum Glück nicht bemerkt, dass ich hier war. Sie würde mir bestimmt kein Wort über die vergangene Nacht glauben und Pa lauter Unsinn erzählen, sodass ich für den Rest der Woche Hausarrest aussitzen müsste.

Ganz sicher sogar.

Da war nämlich auch noch Problem Nummer zwei: Vinzenz.

Der wahr gewordene Albtraum, der es sich zum Schlafen auf dem Kassentisch gemütlich gemacht hatte. Okay. Vielleicht war ER das Problem Nummer eins. Wenn nicht sogar das einzige Problem.

Mit den Reiterstiefeln an seinen Füßen hatte er zu allem Überfluss auch noch den Drehständer mit den kunterbunten Postkarten umgestoßen, die sich nun großflächig über den Boden verteilten. Kurzum: Es sah aus, als wäre heute Nacht ein Tornado Windstärke hundert durch den Laden gefegt.

Und direkt vor den Spitzen von Philippas blauen Pumps lag die Ausgabe der Mitternachts-Trilogie, aus der ich gestern vorgelesen hatte. Schwarz wie ein Stück Kohle. Das schien Philippa nun ebenfalls zu bemerken, denn sie senkte den Blick. Keine Sekunde später presste sie die Hand mit den Plastikfingernägeln vor den Mund und ließ ihre Handtasche endgültig fallen. Ihrer Mimik nach hätte man locker annehmen können, eine tote Ratte – oder Schlimmeres –

läge vor ihr. Ein verbranntes Buch war allem Anschein nach zu viel für ihre Nerven. Verständlich. Warum zum Geier sah das aus, als hätte man es an einem Grillspieß über dem Feuer geschmort? Es – beziehungsweise das, was davon übrig war – hatte sogar ein Loch. Ja. Ein Loch.

»Was ist passiert?« Leona kam angestürmt und packte mich von hinten an den Schultern. »Ups.« Als sie merkte, was los war, wurde sie augenblicklich still. Auch meine beste Freundin wusste, mit wem wir es bei Philippa zu tun hatten. Sie war quasi die Reinkarnation von Lord Voldemort. Ganz besonders, wenn ihr etwas zusätzliche Arbeit verursachte. Leider ließ sich nun einmal nicht abstreiten, dass das der Fall war. Wer sonst sollte die verstreuten Karten wieder einsortieren? Oder diesen Glitter vom Boden putzen?

Ich kniff gequält die Brauen zusammen. Jetzt war es sowieso zu spät, Philippa hatte uns entdeckt und funkelte mich mit ihren froschgrünen Hexenaugen an. »Seid ihr das gewesen?« Die Farbe ihres Gesichts konnte locker mit einer feurigen Chilischote konkurrieren.

Sicherheitshalber gab ich erst mal keine Antwort. Das war wie im »Tatort«, wenn Verdächtige festgenommen wurden. Alles, was man sagte, konnte gegen einen verwendet werden. Also besser still sein. Pa wusste zwar, dass Philippa lieber krank am Badesee lag, als zu arbeiten, aber leider kannte er mich noch besser. Es war nicht das erste Mal, dass ich in den Verdacht geriet, hier unten Dummheiten ausgefressen zu haben. Erst vor einem Monat hatte ich nach einer kleinen Meinungsverschiedenheit aus Rache ein paar blutrünstige Gruselcomics zu den Kinderbüchern umsortiert.

Im Gegensatz dazu war ich dieses Mal aber komplett unschuldig. Es mangelte mir nur leider an Beweisen.

Eigentlich war es auch nicht notwendig, viel zu sagen, denn Philippa ließ ohnehin keine Zeit für Erklärungen. Heftig gestikulierte sie mit ihren Händen und wetterte ungebremst los: »Ihr fackelt hier

Bücher ab? Spinnt ihr komplett? Wer ist überhaupt dieser Junge? Emma, warte nur! Wenn das dein Vater erfährt. Ich möchte nicht in deiner Haut stecken.«

Mir fiel gerade wieder ein, weshalb ich Philippa noch nie hatte ausstehen können. Sie tat immer so erwachsen, obwohl sie erst siebzehn Jahre alt war.

Zum Glück wachte Vinzenz jetzt endlich auf und zog somit die gesamte Aufmerksamkeit dieser tollwütigen Pute auf sich. Wurde auch Zeit.

Im ersten Moment wirkte er verwirrt, als er sich mit einem verwunderten Blick in Philippas Richtung durch die Haare fuhr. Zugegebenermaßen sah er in diesem frühmorgendlichen Tageslicht gar nicht so übel aus, obwohl ihm die Kanten eines Buchdeckels Falten in die Wangen gedrückt hatten und er noch halb schlief. Aber das leuchtende Dunkelblau seiner Augen stach etwas mehr hervor und die schwarzen Haare baumelten ihm kess auf die Stirn, sodass die kleine Wunde nicht zu sehen war. Ein ungewöhnlich attraktiver Bösewicht, kein Wunder, dass Esmeralda ihm auf dem Ball nicht hatte widerstehen können.

Stopp.

Was dachte ich hier gerade für Zeug? Nur weil er attraktiv war, machte das die Sache noch lange nicht besser. Und auch wenn man mal ganz von der Tatsache absah, dass sich seine Anwesenheit nach allen Regeln der Vernunft nicht auf eine logische Weise erklären ließ, hatte sein Auftauchen mir jetzt schon gewaltige Schwierigkeiten bereitet. Ungefähr im Ausmaß einer nuklearen Katastrophe, wenn nicht schlimmer. Da konnte er noch so gut aussehen …

»Oho«, sagte er und lächelte höflich, während er elegant vom Kassentisch rutschte. Er zupfte sein Frackoberteil und das Hemd zurecht, bevor er auf Philippa zuging, dicht vor ihr stehen blieb, ihre rechte Hand fasste, sie sanft zu seinem Mund führte und mit seinen Lippen einen Kuss andeutete. »Es tut mir aufrichtig leid, diese Situation ist wirklich unglücklich. Aber ich hatte ja keine Ahnung, dass ich gleich so eine reizende Lady treffen würde …« Er zwinkerte.

Igitt. Das war ja widerlich schleimig. Aber es zeigte Wirkung. Philippa entzog ihm ihre Hand, wandte den Blick leicht verlegen ab und hauchte heiser: »Ähm, ja. Schon gut. Geh jetzt bitte, ich muss hier aufräumen, wir öffnen in einer Stunde, und wenn es dann so aussieht, verjagt das die Kunden. Aber du kannst … ähm … gerne mal wiederkommen.« Mitten in diesem Satz fixierte sie mich mit bösen Augen. Dieser giftige Blick jagte mir einen eisigen Schauer vom Scheitel bis in die Zehenspitzen. »Mein Chef wird allerdings sehr daran interessiert sein, was hier passiert ist. Vor allem, wie seine Tochter in die Angelegenheit verwickelt ist. Ich würde ihr den Rat geben, sich eine gute Erklärung einfallen zu lassen.«

»Hm.« Vinzenz nickte. »Nun, vielleicht kann ich da helfen. Kommt mit mir.«

»Äh, okay.« Philippa klimperte verblüfft mit den Wimpern.

O Mann. Was hatte der denn jetzt vor?

Erstaunt beobachtete ich, wie er sie gentlemanlike beim Arm griff, hinter das Kassenpult führte und die Tür zum Büro aufstieß. »Bitte, da drinnen.«

Philippa machte einen Schritt nach vorne, um in den Türspalt lugen zu können, da gab Vinzenz ihr einen unsanften Schubs. Sie schrie erschrocken auf, doch er schlug die Tür zu und drehte den Schlüssel um.

Philippa hämmerte gegen das Holz. »Lasst mich sofort wieder raus! Das wird Konsequenzen haben! Emma, ich warne dich ein letztes Mal …«

»So.« Vinzenz wandte sich wieder Leo und mir zu. »Das wäre erledigt. Gehen wir?«

Bestürzt starrte ich ihn an. »Moment mal, wir können sie doch nicht einfach so im Büro einschließen!«

»Sagt wer?«, fragte Vinzenz unbeeindruckt und machte sich im selben Moment bereits auf den Weg hinaus in die Kleegasse.

Noch einmal warfen Leo und ich einen beunruhigten Blick in Richtung Büro, ehe wir Vinzenz hastig hinterherstürmten.

Sieben

Ich atmete den fruchtigen Duft des Blaubeer-Cupcakes und den Dampf des Kakaos vor meiner Nase ein. Nach solch aufwühlenden Ereignissen entspannte das die Nerven.

Unser Weg hatte deshalb kurzerhand in Leos und mein Stammcafé für Krisensitzungen geführt. Mit einem Blaubeercupcake fiel die Entwicklung taktischer Problemlösungsstrategien leichter. Im Normalfall drehte es sich dabei um Jungs. Heute sah die Sache leider ein wenig anders aus. Denn das Problem saß gegenüber auf einer mit rosa Blümchen verzierten Polstersitzbank und knabberte an einem Schokomuffin.

Vinzenz hatte sich einfach nicht abschütteln lassen. Mit riesigen Augen war er uns wie ein Tourist, der unter einem gewaltigen Kulturschock litt, durch die verwinkelten Gassen unserer Kleinstadt gefolgt. Seltsam für einen Zeitreisenden. Eigentlich hätte er doch an so einiges gewöhnt sein müssen. Auf der anderen Seite konnte man nicht gerade behaupten, man würde ihm die Romanfigur nicht anmerken. Wenigstens hatte er den Frack ausgezogen. Das rote Hemd, die Stoffhose und die Reiterstiefel sahen zwar immer noch etwas dämlich aus, aber bei Weitem nicht wie diese Jacke mit Schwalbenschwanz, die nun zusammengeknüllt neben ihm lag.

Ich nahm einen großen Bissen, kaute nachdenklich und leckte mir dann die klebrigen Finger ab. »Also, jetzt schieß mal los. Was soll das alles?«

Vinzenz schaute überrascht auf. »Wie meinen, Miss Emma?«

»Du glaubst doch nicht, dass wir …«, ich deutete erst auf Leona und dann auf mich selbst, »… das hier für normal halten? Es passiert nicht gerade alle Tage, dass eine Romanfigur aus einem Buch klettert. Um genau zu sein: Das passiert *nie.*«

Ich schob den Teller ein Stück zur Seite und lehnte mich mit verschränkten Armen über den Tisch. »Weißt du, warum? Weil es gar nicht möglich ist. Rein physikalisch, anatomisch oder was auch immer. Du existierst nicht! Nachdem Philippa und die Kellnerin dich aber gesehen haben, muss ich davon ausgehen, dass du nicht nur eine Halluzination von uns beiden bist.«

Vinzenz schmunzelte selbstgefällig. »Das ist doch gut, oder? Immerhin heißt es, Ihr seid nicht dem Wahnsinn verfallen.«

»Pah.« Ich funkelte ihn an. »Du schuldest uns eine Erklärung.«

»Gerne.« Immer noch lag dieses etwas süffisante Lächeln auf seinen Lippen, als er unvermittelt seine Hand über den Tisch streckte und mir damit einfach den Unterarm entlangfuhr. Seine Finger fühlten sich warm an und seine Berührung kitzelte so sehr, dass ich davon Gänsehaut bekam. Trotzdem zuckte ich erschrocken zurück. »Was soll das?«, fuhr ich ihn an.

»Nun, Ihr wolltet eine Erklärung«, antwortete Vinzenz und schob beiläufig seine Stirnfransen zur Seite, um die kleine Wunde, die ich ihm mit dem Buch zugefügt hatte, freizulegen. »Ich existiere. Ganz real, mit allem, was dazugehört. Durch meine Adern fließt Blut. Und Ihr, werte Miss Emma, habt einen wesentlichen Teil zu meiner Existenz beigetragen.«

»Träum weiter!« Ich lachte nervös auf. »Dann wäre ich ja deine Mutter oder so. Also nein. Aber da fällt mir ein, wie alt bist du überhaupt?«

Vinzenz ließ sich die Haare wieder in die Stirn fallen. »Also bitte, Ihr kennt doch wohl meine Geschichte.«

Auch wenn es mir grundsätzlich hätte egal sein können, kam ich mir in diesem Augenblick blöd vor, weil ich die Romane nicht gelesen hatte. Diese Blöße wollte ich mir gegenüber Vinzenz nicht geben – aber anscheinend verriet mich mein ertappter Gesichtsausdruck. Plötzlich bildete sich dieses unsympathische, garstige

Grinsen auf Vinzenz' Lippen. Wenn ich ihn zuvor noch nicht gehasst hatte, dann tat ich das spätestens ab diesem Moment. »Ihr scherzt! Die Tochter des Buchhändlers liest nicht. Nun, wenn das so ist. Im dritten Band bin ich gerade sechzehn geworden und aus diesem habt Ihr mich geholt. Und natürlich seid Ihr nicht meine Mutter. Das fände ich außerdem in höchstem Ausmaß enttäuschend.«

Sein schmieriges Lachen ließ mir beinahe das Blut in den Adern gefrieren. Was sollte das nun schon wieder für eine grenzenlos plumpe Anspielung sein?

»Meine Mutter ist Lady Olivia Charlotte Ermintrude Ethelred Brandfair«, ergänzte er dann.

»Nee«, mischte Leona sich mit vollem Mund ein. »Sie ist nur deine Ziehmutter und Lord George Brandfair dein Ziehvater. Er hat dich als Kleinkind in London am Fischmarkt gefunden und hatte Mitleid mit dir, weil du so verwahrlost warst. Du bist gar kein richtiger Lord.«

Vinzenz zuckte gleichgültig die Schultern. »Nun, mag sein. So sagen manche. Dann habt Ihr wohl alle Bücher gelesen, im Gegensatz zu dieser unbelesenen Buchhändlers-Tochter.« Jetzt betrachtete er mich ziemlich abschätzig. So ein Idiot! Es musste ja nicht jedes Mädchen eine begeisterte Leserin kitschiger Fantasyromane sein und dann auch noch über die komplizierten Familienverhältnisse der Figuren Bescheid wissen.

»Pah, ich konnte schon mit drei lesen. Aber ich bevorzuge nun mal echte Spannungsliteratur. Geschichten, die das Hirn fordern und deren Ende ich nicht schon nach den ersten zwei Seiten weiß. Zum Beispiel Tolstois *Krieg und Frieden*«, sagte ich in ähnlich schwülstigem Tonfall wie er. Eigentlich hatte ich absolut keine Ahnung, worum es in *Krieg und Frieden* ging, doch Uropa Heinrich war letztes Jahr beim Lesen von dem fetten Schinken gestorben und es war das Erstbeste, was mir in den Sinn kam. Außerdem klang es ziemlich intelligent. Bestimmt gab es nicht viele Teenagermädchen, die Tolstois *Krieg und Frieden* gelesen hatten.

»Was Ihr nicht sagt.« Schon wieder dieses überhebliche Grinsen in Vinzenz' Gesicht. »Wisst ihr also, wie alles endet?«

»Ähm, klar.« Super, das hatte ich jetzt vom Schwindeln. »Erst ist Krieg, dann Frieden.« Kam bestimmt halbwegs hin.

Er lachte. »Einfältiges Ding, ich meinte doch in meinen Romanen. Ihr sagtet doch, Ihr wusstet nach zwei Seiten, wie alles endet.«

»Na ja, Phil und Esmeralda kommen auf jeden Fall zusammen. Vielleicht heiraten sie. Dann gibt es ein Zeitreisebaby«, riet ich ins Blaue.

»Nun, möglich.« Er steckte den letzten Rest seines Muffins in den Mund. »Das ist mir bedauerlicher Weise nicht bekannt.«

»Wie?« Verwirrt glotzte ich ihn an und auch Leona wirkte ziemlich ratlos. Das wollte schon etwas heißen, wenn die unangefochtene Expertin in Sachen Mitternachts-Trilogie einmal nicht verstand, worum es ging. Aber sie hatte ja auch noch keine Gelegenheit gehabt, den dritten Teil zu lesen.

Vinzenz machte auf einmal den Eindruck, als würde es ihm ziemlich schwerfallen, über dieses Thema zu sprechen. »Ich sterbe vorher«, sagte er nach einer Weile mit gedämpfter Stimme.

»WAS???« Leona sprang kerzengerade in die Höhe und warf dabei vor Schreck fast den Tisch um. Durch die Erschütterung schwappte Kakao aus meiner Tasse und verteilte sich über die Holzplatte. Hastig griff ich nach einer Serviette, um die Pfütze wegzuwischen, bevor sie auf den Boden tropfen konnte. Die Leute um uns herum guckten schon ganz komisch.

Leona setzte sich wieder, atmete lautstark aus und fixierte Vinzenz. »Dankeschön, jetzt hast du mich komplett gespoilert. Ich wollte das lesen!«

Vinzenz seufzte leise. »Verzeiht, aber es erklärt nun einmal, weshalb ich hier bin.«

»Nope, tut es allerdings nicht«, entgegnete ich. »Ob du tot bist oder lebendig, wissenschaftlich betrachtet ist das nicht möglich. Fangen wir also bei der Frage an, was gestern Nacht passiert ist.«

»Gut.« Vinzenz faltete die Hände vor seiner Brust und lehnte sich zurück. »Eine genaue Erklärung habe auch ich nicht. Also zumindest wie das physikalisch vonstattengeht, was Euch so dringlich interessiert. Aber Ihr solltet schlichtweg akzeptieren, dass es Dinge im Leben gibt, die sich nicht rein naturwissenschaftlich erklären lassen. Jedenfalls war ich von Anfang an nicht zufrieden mit der Entwicklung der Geschichte. Doch was blieb mir, außer das mitzuspielen? Doch als diese impertinente Schreiberliese ungefähr die Mitte des zweiten Bandes zu Papier gebracht hatte, verstand ich mit einem Schlag, was für ein tragisches Schicksal mir blüht.« Er verstummte und sah Leona und mich erwartungsvoll an. Wir reagierten nicht. »Sie wollte mich in die ewigen Jagdgründe schicken. Mir den Garaus machen. Mich …«, begann er.

»Schon klar, wir haben es verstanden«, unterbrach ich ihn genervt und rollte mit den Augen.

»Welch Wunder«, spottete Vinzenz. »Wie dem auch sei, ich entwickelte den Plan, einen Textsprung zu vollbringen und ihr hinterhältiges Vorhaben zu durchkreuzen. Leider ist mir das nicht rechtzeitig gelungen. Nun bleibt nur noch eins. Sie muss diese ganze Miesere wieder umschreiben.«

»Was ist ein Textsprung?«, warf ich verwirrt dazwischen.

»Die einzige Möglichkeit, die reale Welt zu betreten«, erklärte Vinzenz. »Das ist höchst komplex und es wäre müßig, das zwei einfältigen jungen Damen zu erläutern. Nur so viel: Ich benötigte einen Leser mit viel Fantasie, der eine Szene liest, in der ich möglichst leidenschaftlich handle. Ein Glück, dass Ihr, Miss Emma, Euch dazu habt überreden lassen, den Anfang zu lesen. Am Ende hält sich meine Leidenschaft in Grenzen. Denn, um es mit Charles Dickens' Worten zu sagen, da bin ich längst tot wie ein Türnagel. Und ein Textsprung muss im Übrigen bei Vollmond geschehen. Das macht die Angelegenheit nicht leichter. Hat man einen geeigneten Leser, ist nicht Vollmond. Ist Vollmond, fehlt der passende Leser. Ein Teufelskreis.«

»Und was hat dieser olle Monokel-Opi mit dir zu schaffen?«, fragte ich.

»Wer?« Vinzenz zog die Stirn kraus.

»Da war ein alter Mann mit Monokel bei Hannah Ruderers Lesung«, erklärte Leona. »Er kam uns etwas komisch vor.«

»Nun«, entgegnete Vinzenz. »Das muss Zufall sein, wenn auch kein sehr verwunderlicher. Sie hat bestimmt viele seltsame Verehrer. Aber mit meinem Textsprung hat er nichts zu tun. Die gestrige Nacht war eine Fügung des Schicksals.«

»Für dich vielleicht«, seufzte ich. Mir schwirrte der Kopf. »Nur noch zu dieser Sache mit den Ketten … Also von mir aus darfst du gerne einfach gehen, du musst wirklich nicht bei mir bleiben. Ich spreche dich frei.«

Meine Worte rangen Vinzenz nur ein müdes Schmunzeln ab. »Tut mir leid, darüber habt Ihr keinerlei Macht. Wenn ich mich mehr als hundert Schritte von Euch entferne, saugt mich die Geschichte wieder auf. Und glaubt mir, die Reise durch die Buchseiten ist keineswegs angenehm. Ich möchte sie nicht öfter als unbedingt notwendig wiederholen müssen. Ich bleibe also lieber bei Euch.«

Toll. Was für eine mordsmäßige Froschkacke. Ich hatte mir durch das laute Vorlesen von einer schmalzigen Lovestory meinen höchstpersönlichen Stalker eingehandelt. Einen mit schwülstiger Ausdrucksweise. Und schuld an allem war eine Schriftstellerin in rosa Klamotten, die barfuß Lesungen hielt und von der falschen Muse geküsst worden war (falls Vinzenz nicht log und in Wahrheit plante, Leona und mir demnächst aus dem Hinterhalt eins überzubraten). Das konnte heiter werden.

Acht

Es waren noch genau zwei Stunden, bis Pa den Laden für heute schließen würde. Ich stand an die Hauswand auf der anderen Seite der Gasse gelehnt und beobachtete durch die Schaufensterfront wie er damit beschäftigt war, eine alte Dame mit Pudellocken bei der Wahl eines Buches zu beraten. Da war er unschlagbar. Manchmal genügte ihm ein einziger Blick, um zu wissen, welche Geschichte für welche Person geeignet war. Fast als könne er Gedanken lesen. Auch wenn ich es mir meistens nicht anmerken ließ, ein bisschen stolz war ich deshalb schon auf ihn. Heute wusste ich jedoch nicht, ob ich mich jemals wieder unter seine Augen trauen konnte. Bestimmt hatte Philippa die ganze Story mit dem Chaos und dem Buch völlig überspitzt dargestellt und mich gnadenlos angeschwärzt.

»Miss Emma, was gedenkt Ihr zu tun? Noch länger Löcher in die Luft starren?«, riss Vinzenz mich aus den Gedanken. Ruckartig drehte ich den Kopf zu ihm, er stand ein bisschen abseits. Leona war in der Zwischenzeit nach Hause gegangen und hatte mich alleine mit diesem Spinner zurückgelassen. Und der bildete sich weiterhin felsenfest ein, unsichtbare Fesseln würden ihn an mich ketten.

»Wir machen gar nichts«, schnauzte ich. »Dank dir weiß ich nicht, was mich heute erwartet, wenn mein Dad von der Arbeit kommt. Oder wie stellst du dir vor, dass ich ihm dieses verkohlte Buch erkläre?«

»Hm.« Vinzenz rieb sich nachdenklich die Nasenspitze. »Ihr könntet schlichtweg erzählen, es habe auf unerklärliche Weise und vollkommen von alleine Feuer gefangen. Das wäre Euch kaum anzukreiden. Die Wahrheit muss niemand erfahren.«

Ich legte meine Stirn in extra böse Falten. »Die Wahrheit ist, dass ich *nichts* damit zu tun habe.«

»Doch, das habt Ihr sehr wohl, Miss Emma.« Vinzenz biss sich auf die Unterlippe, als mein wütender Blick ihn traf. »Ihr hättet es im Moment meines Textsprunges nicht werfen dürfen. Auf diese Weise konnte meine Reisebahn explodieren. Hättet Ihr es einfach ruhig gehalten, wäre das weitaus sinnvoller gewesen. Doch habt keine Angst, ich werde es Eurem werten Daddy nicht verraten. Ein solcher Schuft bin ich nicht.«

»Pff.« Schnaubend wandte ich mich von ihm ab. Jetzt schob er mir ernsthaft auch noch die Verantwortung für diese ganze Katastrophe zu! Aber immerhin war meine Existenz im Gegensatz zu seiner nicht von ihm abhängig. Sollte er doch zusehen, wo er ohne mich hinkam. Schnell stieß ich mich von der Hauswand ab und ging wortlos auf die andere Seite der Gasse zu der grünen Eingangstür neben der Buchhandlung. Über diese gelangte man in den kleinen Hinterhof, der wiederum zu einem Treppenaufgang führte, über den man direkt in die Wohnung über dem Laden kam. Meistens nahm ich den Weg durch die Buchhandlung selbst, weil ich auf diese Weise Pa begrüßen konnte. Aber heute war ich froh, mir die Begegnung mit ihm erst einmal zu ersparen. Er würde mich in der Anwesenheit von Kundschaft zwar niemals zurechtweisen, doch seine tadelnden Blicke genügten völlig, um mir ein ordentlich schlechtes Gewissen zu machen.

Ich kramte den Ersatzschlüsselbund aus meiner Hosentasche, den wir bei Leonas Mutter im Friseursalon abgeholt hatten. Den gab es als SOS-Lösung, seit ich mich als Achtjährige einmal ausgesperrt hatte, während Pa auf Geschäftsreise gewesen war und Oma Frieda es nicht rechtzeitig nach Schulschluss aus ihrem Schrebergarten geschafft hatte. Die Folgen: Drei Stunden in der Kälte und zwei Wochen Grippe.

Vinzenz sprang mit einem Satz neben mich. »Miss Emma, was wird das?«

Genervt schreckte ich hoch und starrte ihm sauer in seine dunkelblauen Augen. »Würdest du ENDLICH dieses belämmerte *Miss Emma* lassen? Das ist ja nicht mehr auszuhalten! Und zu deiner Info, ich gehe nach Hause. Duschen. Dann warte ich auf meine Hinrichtung.«

»Grundgütiger, Hinrichtung? Wegen des Buches?« Vinzenz zog eine erstaunte Miene. »Ihr habt ganz schön harte Gesetze hier in der realen Welt.«

»Ja, also pass auf«, drohte ich ihm. »Und ich nehme dich sicher nicht mit zu mir nach Hause. Einen schönen Tag noch.« Ich schloss auf und drückte die schwere Holztür nach innen.

»Sekunde, so geht das aber nicht.« Energisch streckte Vinzenz seinen Arm aus und verstellte mir auf diese Weise den Weg. »Ich habe Euch doch gesagt, dass ich in Eurer Nähe bleiben muss.«

»Ja«, knurrte ich. »Aber deshalb darfst du noch lange nicht bei mir wohnen. Wie sollte ich deine Anwesenheit denn meinem Vater erklären?«

»Ich könnte mich als Euer Geliebter ausgeben«, schlug Vinzenz vor. »Glaubt mir, in solchen Dingen bin ich durchaus geübt.«

»Das kannst du knicken.« Flink duckte ich mich und schlüpfte unter seinem Arm hindurch. Noch bevor er mir hinterherkam, knallte ich die Tür vor seiner Nase zu.

Geschafft.

Im Hof atmete ich aus und lehnte mich mit dem Rücken gegen das Holz, während ich ihn draußen klopfen hören konnte. »Dumme Gans. Macht sofort auf!« Seine plötzlich gar nicht mehr feine Wortwahl enttarnte ihn. Er besaß gerade einmal so viel Anstand wie Räuber Hotzenplotz, wenn überhaupt. Diese Gouvernante Miss Marple hatte ihren Job wohl doch nicht ganz so gut gemacht.

»Hau ab!«, rief ich. »Hundert Schritte reichen, such dir irgendwo eine Parkbank.« Ich wartete noch einen kurzen Augenblick auf eine Reaktion. Aber sehr zu meiner Verwunderung kam nichts mehr. Anscheinend war ich ihn gerade tatsächlich losgeworden. Wow. Das war leicht gewesen.

Wahrscheinlich ist es das beste Gefühl der Welt, wenn man nach einer so ereignisreichen Nacht und einem Tag wie diesem aus der warmen Dusche kommt, in den kuscheligen Schlafanzug schlüpft, die lebendig gewordene Romanfigur losgeworden ist und es sich mit einem Glas eiskalter Orangenlimonade auf der Couch im Wohnzimmer gemütlich machen kann.

Ich zog die flauschige Decke über meine Füße. Die letzte Stunde vor Pas Rückkehr wollte ich noch meine Ruhe haben, weil ich sowieso nicht wusste, was mir danach blühte. Das hing ganz davon ab, wie sehr Philippa übertrieben hatte. Nachdenklich nahm ich einen kräftigen Schluck und starrte die bis zum Bersten gefüllte Bücherwand an. Unsere Wohnung unterschied sich in dieser Hinsicht kaum vom Laden einen Stock tiefer. Nur liefen hier natürlich keine Kunden herum. Die meisten Einrichtungsgegenstände stammten noch aus dem Besitz von Uropa Heinrich und der hatte sie wiederum von seinen Eltern geerbt, dementsprechend unmodern sahen sie aus. Aber eigentlich mochte ich die vielen alten Möbel, das vermittelte mir manchmal in Kombination mit den hohen Altbauwänden den Eindruck, in einem kleinen Schloss zu wohnen. Allerdings einem, das zu ungefähr fünfundneunzig Prozent aus einer Bibliothek bestand. Vermutlich gab es kein einziges Buch der Weltliteratur, das Pa nicht besaß. Die mussten natürlich irgendwo untergebracht werden.

Mein Blick blieb auf dem in die Jahre gekommenen Röhrenfernseher hängen. Das Teil fand ich allerdings ziemlich peinlich. Noch dazu war der seit ungefähr hundert Wochen kaputt, aber Pa kümmerte sich nicht weiter darum. Jedes Mal, wenn ich ihn daran erinnerte, vertröstete er mich, ich solle doch einfach stattdessen ein ordentliches Buch oder die Zeitung lesen, denn Fernsehen sei ohnehin schlecht für die Vorstellungsgabe. Was das betraf, lebte er mehr in der grauen Vorzeit.

Gerade trank ich den letzten Rest meiner Limo, als *Quarks, der Frosch* loslegte. *Quak, quak, quak.* Leonas Name leuchtete auf dem Handybildschirm auf. Bestimmt wollte sie wissen, ob ich die Sache mit dem verkohlten Buch bereits geklärt hatte. Es war ohnehin Zeit für eine Krisenbesprechung – ohne Vinzenz.

Ich stellte das leere Glas auf den Couchtisch und hob ab. »Hi, Leo, ich habe nachgedacht.« Ich wartete, aber da keine Antwort kam, sprach ich einfach weiter: »Vinzenz hat doch gesagt, dass er sich in Luft auflöst, wenn er sich mehr als hundert Schritte von mir entfernt. Vielleicht ist das der Weg, ihn endgültig loszuwerden. Wir könnten deine Mutter bitten, mit uns ins Shoppingcenter am Stadtrand zu fahren. So schnell kommt er uns nicht hinterher.«

»Interessant.« Diese Jungenstimme am anderen Ende der Leitung klang gar nicht nach Leona. Erschrocken starrte ich den Bildschirm meines Smartphones an. »Ähm, Vinzenz?«

Mir rutschte das Herz fast in die Hose. Wie kam er an Leonas Telefon? Hatte er sie überfallen, geknebelt und ausgeraubt? Aber er wusste doch gar nicht, wo sie wohnte. Auf jeden Fall hatte ich ihm gerade ungefiltert meinen klug durchdachten Plan verraten. Mist. Den konnte ich mir jetzt abschminken.

»Wie ich bereits sagte, nennt mich Vinz.« Irgendwie war er ganz aus der Puste. »Ich fände es zudem überaus nett, wenn Ihr mir ENDLICH öffnen würdet. Es ist ungemütlich hier oben, die Tauben sind bisher eine höchst fragwürdige Gesellschaft. Dieses zerrupfte Federvieh hat seine Notdurft auf meiner Hand entrichtet. Ich weiß überdies nicht, wie lange ich mich noch halten kann. Und ich sagte, ich bin ein echter Mensch. Am Boden zerschellen ist keineswegs die schönste Art zu sterben. Ich bin außerdem sicher, Euer werter Daddy wäre mäßig begeistert, wenn meine sterblichen

Überreste vor seiner Buchhandlung von der Straße gekratzt werden müssen.«

»Was redest du da?«, wunderte ich mich.

»Dreht Euch um, dann wisst ihr es«, kam als Antwort.

Langsam wanderte mein Blick nach hinten über die Lehne des Sofas. Ich hielt vor Schreck die Luft an, als ich Vinzenz draußen vor der Fensterscheibe entdeckte. Mit einer Hand klammerte er sich seitlich an der Regenrinne fest, in der anderen hielt er Leonas Smartphone. Sein Gesicht war vor Anstrengung gerötet und sogar aus einiger Entfernung konnte ich die Schweißperlen erkennen, die ihm von der Stirn tropften. Das Raufklettern musste ziemlich anstrengend gewesen sein, schon vom Zusehen bekam ich Phantommuskelkater. Was dachten sich wohl die Passanten, die dort unten gerade durch die Kleegasse schlenderten? Zumindest schien noch niemand die Polizei gerufen zu haben.

Hastig sprang ich vom Sofa und huschte mit nackten Füßen über den knarrenden Parkettboden zum Fenster. Das riss ich anschließend so energisch auf, dass Vinzenz sich erschrocken zurücklehnte. »Ich bitte Euch, Miss Emma. Wir wollen jetzt keine Dummheiten begehen.«

»Tja.« Mit verschränkten Armen baute ich mich vor ihm auf. »Sag mir einen Grund, weshalb ich dich reinlassen sollte.«

»Nun …« Vinzenz keuchte angestrengt. »Wir könnten uns über eine Möglichkeit unterhalten, wie ich mich von Euch löse.«

Das klang interessant. Ich stützte mich mit beiden Händen auf dem Fensterbrett ab, wodurch Vinzenz keine Chance hatte, mich auszutricksen und ungehindert hereinzuklettern. »Schieß los.«

Er wich meinem Blick nicht aus. »Nein.«

»Wie, nein?«

»Erst, wenn ich nicht mehr um mein Leben fürchten muss.«

»Du bluffst«, enttarnte ich seinen hinterhältigen Trick.

»Bei Queen Victorias Rattenschwanz, denkt Ihr ernsthaft, ich hätte Interesse daran, noch länger die Zeit mit einer mir dieser Art übelgesinnten Irren zu verbringen, wie Ihr es seid? Darf ich Euch daran erinnern, dass Ihr mich mit einem Buch erschlagen wolltet?«

Das war die absolute Höhe! So was musste ich mir echt nicht von einem Fantasyroman-Fiesling an den Kopf werfen lassen. »Ich soll irre sein? Du bist doch seit drei Bänden in Folge damit beschäftigt, hinterhältige Mordpläne an deinem Bruder zu schmieden.«

Vinzenz funkelte mich wütend an. »Das könnt Ihr nicht verstehen. Denken scheint nicht Eure Stärke zu sein, sonst würdet Ihr nicht diese haarsträubend dummen Pläne entwickeln, von denen Ihr denkt, sie würden Euch gegen unsere Verbindung helfen. Ihr habt keine Ahnung von den Konsequenzen!«

Ich schnaubte genervt. Aber mir wurde trotzdem bewusst, dass wir langsam einen Weg finden mussten, um die Situation zu lösen. Wenn wir uns nur stritten, kamen wir schon mal nicht weiter. Ich trat zur Seite und streckte ihm helfend die rechte Hand entgegen. »Also gut, komm rein.«

Vinzenz zögerte einen Moment misstrauisch, doch dann nahm er meine Hand und hievte sich mit einem leichten Sprung ins Zimmer. »Ich danke Euch.« Die Sache mit dem charmanten Grinsen ließ sich spätestens jetzt bestätigen, das hatte er wirklich drauf … ein aufdringlicher Idiot war er trotzdem. Schweigend überlegte ich, wieso die Jungs an meiner Schule eigentlich allesamt nicht mit seiner Attraktivität mithalten konnten. Lag wohl daran, dass er einem erfundenen Roman entstammte und deshalb völlig unrealistisch aussah. Obwohl sich eine dünne Narbe von seiner linken Wange bis zu seinem Auge zog. Die stammte von einer Kampfszene aus dem ersten Teil, in der Phil ihn mit dem Schürhaken eines Kamins erwischt hatte. So weit kannte auch ich die Story. Auf jeden Fall kam ich mir plötzlich ein wenig albern dabei vor, ihm barfuß und nur in meinem schlabberigen, weißen Plüschpyjama mit Hello-Kitty-Aufdruck gegenüberzustehen.

Ihn allerdings schien das keineswegs zu irritieren, er hatte nämlich ganz andere Sorgen. »Ich würde meine Hand gerne von diesem stinkenden Taubendreck befreien, wenn es Euch nicht stört.«

IGITT! Das war ja absolut ekelhaft. Er hatte es doch nicht wirklich gewagt? Langsam ließ ich den Blick zu meiner Hand wandern, mit der ich ihm eben noch hereingeholfen hatte.

»Keine Sorge«, schmunzelte Vinzenz. »Die Versuchung war groß, doch langsam solltet Ihr wissen: Ich bin kein Schuft.«

»Du …«, setzte ich sauer an, als ich auf einmal vom Schlüsselklirren an der Wohnungstür unterbrochen wurde. Kurz darauf rief Pas Stimme: »Emma, ich bin zurück! Kommst du bitte sofort ins Wohnzimmer? Wir müssen reden.«

Neun

»Schnell, versteck dich unter der Couch!«, flüsterte ich, packte Vinzenz am Ärmel und zog ihn in Richtung Sofa.

Draußen im Flur waren schon Pas Schritte zu hören. Der Schlüsselbund raschelte, vermutlich platzierte er ihn gerade wie jeden Abend nach der Arbeit auf der kleinen Ablage neben dem Eingang und schlüpfte dabei in seine potthässlichen Hauspantoffel, von denen ich schon lange dachte, dass sie eigentlich verboten gehörten. Oma Frieda hatte sie Pa letztes Jahr vom Weihnachtsmarkt mitgebracht (wahrscheinlich war sie beim Kauf nicht mehr ganz nüchtern gewesen). Sie bestanden aus dunkelgrünem Filz und an der Spitze war ein Elefant eingestickt, der mehr wie ein durch radioaktive Strahlung mutiertes Ungetüm aussah.

Ich versuchte Vinzenz energisch an den Schultern auf den Boden zu drücken und in den schmalen Spalt unter der Couch zu jagen, was gar nicht so einfach war, weil er sich dagegen wehrte und noch dazu um einiges stärker als ich war.

»Nehmt Eure Pfoten weg! Da passe ich niemals drunter.«

»Sei gefälligst leise, sonst hört mein Vater dich! Halte die Luft an und zieh den Bauch ein, dann klappt das schon.« Unruhig schielte ich zur Wohnzimmertür. Pa schlurfte gerade den Gang entlang. Dort blieb er, wie es schien, vor meinem Zimmer stehen und klopfte an. »Karottenzwerg, bist du da?«

Wunderbar. Das verschaffte uns einen winzigen Zeitvorsprung.

Inzwischen hatte Vinzenz sich widerwillig seinem Schicksal ergeben und zwängte sich leise ächzend in das Versteck. Als er vollständig unter der Couch lag, griff ich nach der Kuscheldecke und hängte sie so über die Sitzfläche, dass der Spalt zwischen Sofa und Boden verschwand. Nur auf der einen Seite standen noch die Spitzen seiner Reiterstiefel hervor, aber es war zu spät, um mich darum zu kümmern. Pa betrat das Wohnzimmer. Zum Glück konnte er die Schuhe aus dieser Perspektive nicht sehen. Ich musste nur dafür sorgen, dass er auf gar keinen Fall näher kam.

»Da bist du ja«, sagte er. »Wieso hast du nicht reagiert?«

»Ähm«, stammelte ich, drehte mich in seine Richtung und trat mir selbst auf den nackten Zehen herum. »Ich … ich … hab dich gar nicht gehört … war gerade so vertieft.«

»So?« Pa hielt eine weiße Plastiktüte in der Hand, die er nun auf der Platte des Esstisches abstellte und anschließend daraus Kartonboxen vom Take-Away-Chinesen hervorfischte. Der unverkennbare Geruch von Hühnchen süß-sauer breitete sich im Raum aus. »Was hast du denn gemacht?«

»Puh.« Mit einer auf rätselhafte Weise zum Leben erwachten Romanfigur gezankt und sie anschließend unter dem Sofa versteckt? Nervös ließ ich den Blick umherschweifen. Sofort fiel mir das Buch auf dem Couchtisch neben meinem leeren Glas ins Auge. *Es* von Stephen King. »Gelesen.«

Jetzt hob Pa den Kopf und musterte mich. Warum sah er dabei so skeptisch aus? An Lesen war doch wirklich nichts dran. Fernsehen konnte ich ja schlecht sagen, nachdem unser Fernseher immer noch kaputt war und es voraussichtlich auch die nächsten hundert Jahre bleiben würde.

»Hm«, brummte er. »Ich dachte, da wäre eine Jungenstimme.«

»Nein«, antwortete ich schnell. »Das war Leo … also, nein. Ich war das. Ich hab ihr vorgelesen … am Telefon … und dabei meine Stimme verstellt. Dann wirkt es gruseliger.«

Pa zog eine Braue hoch – diese Mimik kannte ich leider zu gut, sie hatte zu bedeuten, dass er mir kein Wort glaubte –, zeigte dann allerdings nur auf die dampfenden Kartonboxen. »Sieh mal, dein Lieblingsessen. Kommst du bitte an den Tisch?«

Ich schluckte und ging zaghaft näher. Pa war komisch still. Das geschah immer, wenn er fürchterlich verärgert war oder ihn etwas beunruhigte. Aber ich musste kein Spürhund sein, um ahnen zu können, welche dieser beiden Möglichkeiten momentan vorlag. Ein Gedanke an das Chaos in der Buchhandlung genügte. Seltsam war allerdings, dass er extra für die Strafpredigt meine Leibspeise mitgebracht hatte. Dieses Hühnchen süß-sauer war wahrscheinlich so was wie meine Henkersmahlzeit.

Zu meinem Schrecken merkte ich, dass er sich mit Blick auf das Sofa setzen wollte.

»Ich möchte heute dort sitzen«, sagte ich schnell.

»Das ist aber immer mein Platz«, wunderte Pa sich.

»Ja … ich bin doch ein bisschen klein für mein Alter und hab gerade in einer Zeitschrift gelesen, dass es gut für das Wachstum ist, wenn man beim Essen nach Norden schaut.« So einen Schwachsinn hatte ich wirklich noch nie gehört, vor allem hatte sich an meiner Größe seit zwei Jahren nichts mehr verändert. Ich würde niemals größer als einen Meter sechzig werden, das war die genetische Veranlagung meiner Mutter. Aber mir fiel keine bessere Ausrede ein und außerdem erwischte ich ihn mit diesem Argument eiskalt im »Guter-Vater-Modus«. Seufzend erhob er sich und ging einmal um den Tisch herum. »Was liest du denn für Zeitschriften?« Dennoch platzierte er sich mit dem Rücken zur Couch.

Puh. Erleichtert ließ ich mich auf den Stuhl sinken. Damit war ein Problem wenigstens teilweise unter Kontrolle gebracht.

Zaghaft zog ich die Reisbox zu mir und fuhr mit der Gabel hinein, als Pa sich mit vollem Mund räusperte und mir auf einmal direkt in die Augen sah. »Philippa hat mir etwas erzählt«, sagte er schmatzend.

»Ja?« Nervös wich ich seinem prüfenden Blick aus. Philippa. Hoffentlich hatte der Geist von Uropa Heinrich zur Strafe ordentlich viele Bücher auf ihren Kopf regnen lassen.

»Gibt es etwas, das du mir sagen möchtest?«, fuhr Pa fort.

Hä? Was hatte er denn jetzt? Natürlich wollte ich ihm nichts sagen. Mal ganz davon abgesehen, dass Philippa das garantiert ohnehin längst übernommen hatte, ohne die geringste Ahnung davon, was vergangene Nacht passiert war. Der Textsprung und dieses ganze Hokuspokus-Zeug rund um Vinzenz und diesem Fantasykitsch, dem er entstammte. Wortlos nahm ich einen Bissen und schüttelte mit dem Kopf.

»Emma.« Die Art, wie Pa meinen Namen aussprach, klang gar nicht so ermahnend, wie es zu erwarten gewesen wäre. Es war seine besorgte Stimmlage. »Du warst heute Nacht nicht in deinem Zimmer. Denkst du, ich hätte das nicht bemerkt? Und erreichen konnte ich dich auch nicht. Es ist mir zwar erst etwas spät aufgefallen, weil ich … selbst noch etwas zu erledigen hatte. Wann hast du dich weggeschlichen und wen triffst du denn eigentlich regelmäßig, abgesehen von Leo?«

Aha! Pa war also gar nicht zu Hause gewesen! Warum das?

Irritiert kaute ich mein Essen und fragte mich, was bitte schön für eine Rolle spielte, mit wem ich befreundet war.

Das tat doch nichts zur Sache. Und ich hatte die Nacht außerdem nicht freiwillig in der Buchhandlung verbracht. Genau genommen traf Pa die größte Schuld, immerhin hatte er uns vergessen. Aber dieses *winzige* Detail schien er genauso zu vergessen.

»Du darfst mir eine Woche Hausarrest geben«, sagte ich nach kurzer Überlegung. Ein Herumreiten auf seiner Verantwortung hätte mir nur noch mehr Ärger eingehandelt. »Ist voll okay für mich. Das verstehe ich, wegen des Buchs und so.« Ich schob mir eine große Portion in den Mund und lächelte bemüht.

Pa fuhr sich mit der Hand über die Bartstoppeln, in denen sich ein Reiskorn verfangen hatte. »Ja? Eine Woche? Sollten es nicht zwei sein?«

Mist.

»Oder welches der beiden Bücher meinst du? Das verkohlte oder das im Staubsauger?«, bohrte Pa weiter.

Ich kniff die Lippen zusammen. Shit. Der blöde Thriller.

Musste der mir ausgerechnet jetzt zum Verhängnis werden? Allerdings hätte ich es ahnen können, Philippa hatte heute Morgen irgendwie den ganzen Glitzer vom Boden saugen müssen.

Ich brachte keinen Ton raus.

»Aber das ist alles halb so wichtig«, murmelte Pa leise.

Jetzt glotzte ich ihn ungläubig an. Hatten Aliens meinen Vater entführt und durch ein weniger literaturverrücktes Modell ausgetauscht? Oder wer zum Kuckuck war dieser Mann?

»Was war das für ein Junge heute Morgen? Der mit dem Frack?«

Mein Herz hörte auf zu schlagen, zumindest fühlte es sich für einen winzigen Moment danach an. Ich schnappte nach Luft und aß hastig noch mehr, ohne zu antworten. Verdammt, verdammt, verdammt! Ich brauchte eine Ausrede, und zwar so schnell wie möglich. Aber mein Gehirn schien auf einmal nicht mehr richtig zu funktionieren.

»Emma.« Jetzt wirkte Pa doch ein bisschen angesäuert. »Du bist kein kleines Kind mehr und interessierst dich schon für … *gewisse Dinge* … und … also … Ich weiß, dass dir deine Mutter fehlt. Aber du kannst mit mir reden. Bevor Dummheiten passieren.«

Ach du liebe Güte! Das wurde immer schlimmer. Ich umschloss die warme Essensbox mit beiden Händen und zog sie ganz nahe an mich heran. Dummheiten? Was denn für Dummheiten? Pa plante doch wohl nicht ernsthaft, jetzt und hier eines dieser ultrapeinlichen Aufklärungsgespräche mit mir zu führen? Sicherlich würde ich das Thema »Emma Grünwald, Jungs und andere Katastrophen« nicht mit ihm beim Abendessen diskutieren, erst recht nicht mit Vinzenz als stillem Zuhörer unter der Couch. Ich wartete doch sogar noch auf meinen ersten richtigen Kuss, nachdem Jonas bisher nicht mehr als diesen Wangenkuss für mich übrig gehabt hatte. Außerdem hatte ich in der Schule im Biounterricht nicht gepennt und wusste längst, dass die Babys nicht vom Storch gebracht wurden. Es gab also absolut nichts zu besprechen!

»Ähm«, stammelte ich ausweichend und beförderte, um Zeit zu gewinnen, noch einen Happen Reis zwischen meine Zähne, sodass ich Pa nun mit aufgeplusterten Backen ansah. Unter normalen Umständen hätte ich mich längst aus dem Staub gemacht, aber jetzt konnte ich unmöglich das Wohnzimmer verlassen, ohne dabei Gefahr zu laufen, dass Vinzenz entdeckt wurde. Bei der ganzen Sache gab es allerdings noch ein Problem, das meine Augen immer größer werden ließ, während ich damit beschäftigt war, meinen Vater mit dem unschuldigen Blick eines Babyhamsters anzuglotzen. Hinter seinem Rücken kroch Vinzenz gerade aus seinem Versteck.

O Gott! Am Ende erwachte genau in diesem Moment die Schlechtigkeit seines Daseins als Bösewicht in ihm und er plante, sich unbemerkt an Pa anzupirschen, um ihn kaltblütig abzumurksen und mich anschließend zu entführen! In seine Buchwelt! Falls das überhaupt ging. Hoffentlich nicht. Denn das wäre definitiv der Gipfel dieses Desasters! Dort könnte ich ja nicht einmal die Polizei rufen. Die Mitternachts-Trilogie war obendrein so ziemlich die letzte Geschichte auf Erden, in die ich gerne hineingeraten wollte. Okay. Abgesehen von diesem Stephen-King-Psychoschocker dort drüben auf dem Couchtisch.

Vielleicht war eine Entführung in Wahrheit sogar die gesamte Zeit hindurch Vinzenz' heimlicher Plan gewesen! Ich glaubte, ein Blitzen in seinen unrealistisch blauen Augen zu erkennen, während er mich wortlos ansah. Ich musste etwas unternehmen, bevor hier alles komplett aus dem Ruder lief.

»Machst du uns Tee?«, fragte ich also abrupt.

Pa schüttelte verwirrt den Kopf. »Tee?«

»Ja.« Ich schielte nervös an seiner Seite vorbei und beobachtete, wie Vinzenz sich aufrichtete. Wenigstens tat er das geräuschlos. Trotzdem bekam ich fürchterliches Herzklopfen. »Bitte. Tee. Dringend«, verfiel ich in verzweifeltes Gestotter. »Zum Reden. Ich muss dir dringend etwas erzählen. Da gibt's nämlich ein Problem, das ich habe. Aber das kann ich dir nur sagen, wenn wir Tee trinken. Es geht um Jungs. Besser gesagt, einen Jungen. DEN Jungen.«

Pa entgleiste die Miene. »Den Jungen?«

»Erst Tee. Bitte.«

»Was ist denn los? Du bist ja ganz blass«, sorgte Pa sich.

Eltern konnten es einem aber auch echt schwer machen. Unruhig biss ich mir auf die Unterlippe und betete, er würde endlich in die Küche gehen. Auf diese Weise hätte ich zumindest eine winzige Chance gehabt, Vinzenz unauffällig in mein Zimmer zu schmuggeln. Oder, falls notwendig, mit irgendeinem schweren Gegenstand auszuknocken und wegzuschaffen.

Aber Pa nahm die Sache mit dem Tee offenbar nicht sonderlich ernst. »Weißt du, meine Kleine, als ich deine Mutter kennengelernt habe, waren wir beide nur ein paar Jahre älter, als du es jetzt bist. Sie ist jedes Wochenende in die Buchhandlung gekommen und hat heimlich Bücher gelesen, ohne sie zu kaufen. Eigentlich hätte ich deshalb etwas sagen müssen, aber stattdessen habe ich sie monatelang unauffällig beobachtet. Ich wollte ihr das nicht verbieten, weil sie dann wahrscheinlich nicht mehr zu uns gekommen wäre. Ihre Besuche waren für mich aber der einzige Weg, sie regelmäßig zu sehen. Sie war unglaublich hübsch, mit ihren langen roten Haaren, den vielen Sommersprossen und diesem selbstbewussten Blick, den sie während des Lesens aufgesetzt hat. Deine Mutter war wirklich … einzigartig.«

Ich lächelte angespannt. Jetzt war echt nicht der richtige Zeitpunkt für eine von Pas Erzählstunden, auch wenn ich normalerweise liebte, Geschichten über meine Mutter zu hören. Das gab mir das Gefühl, sie ein Stück kennenzulernen. Doch Vinzenz stand in der Zwischenzeit bereits vollständig aufgerichtet neben dem Sofa und grinste mir frech zu.

»Jedenfalls«, fuhr Pa ahnungslos fort, »denke ich immer wieder darüber nach, was sie dir in bestimmten Situationen sagen würde. Du erinnerst mich sehr an sie, weil du genauso klug bist. Und ich bin sicher, dass sie dir in Bezug auf Jungs raten würde, nichts zu überstürzen. Sie hat mich auch ein Jahr zappeln lassen, bevor sie mir erlaubt hat, sie zu einem Date auszuführen. Dann dauerte es noch mal ein halbes Jahr bis zu unserem …«

Mir war bereits gewaltig übel. So detailliert wollte ich das alles nämlich gar nicht wissen, und Vinzenz schlich sich nach wie vor näher, während Pas Ausführungen nur noch ganz dumpf an mir vorbeirauschten. Durch heftiges Blinzeln versuchte ich Vinzenz klarzumachen, dass er keinen Schritt weitergehen durfte. Aber er ignorierte mich einfach, bis er ganz knapp hinter Pas Rücken zum Stehen kam. Ich schluckte, als ich sah, dass Vinzenz den Finger anhob. Alles fühlte sich an wie in Zeitlupe. Nur einen kurzen Moment, ein winziger Atemzug, und schon berührte er fast Pas Schulter, als dieser sich gerade noch in letzter Sekunde erhob. Das kam so unerwartet, dass Vinzenz erschrocken zurückwich.

»Gut, dann brühe ich uns mal eine Kanne Tee auf, damit du mir erzählen kannst, wo der Schuh drückt. Wir klären das, keine Sorge«, sagte Pa und lächelte mich an.

Mir war ganz heiß, als er davonging und schließlich hinter dem klirrenden Holzperlenvorhang in die Küche verschwand. Dabei drehte er sich kein einziges Mal um, sodass ihm der stocksteif im Raum stehende Vinzenz gar nicht auffiel. Erleichtert stieß ich Luft aus. Die Erklärungsnot, in die ich durch Vinzenz' entsetzliche Aktion beinahe geraten wäre, wollte ich mir nicht einmal im Kopf ausmalen. Jetzt war der Plan jedoch klarer als jemals zuvor. Ich musste ihn wieder aus meinem Leben kriegen, bevor Pa auch nur ansatzweise von ihm erfahren konnte. Als Bücherwurm besaß er zwar sicher viel Fantasie, aber diese Geschichte überstieg auch die.

Energisch sprang ich in die Höhe. »Du spinnst wohl!«, zischte ich, obwohl ich Vinzenz vor Zorn am liebsten lautstark angebrüllt und ihm den Reis samt chinesischer Soße über den Kopf gekippt hätte.

In der Küche summte schon der altmodische Teekessel, und Pa klapperte mit dem Geschirr. Es war nur eine Frage von wenigen Minuten, bis er zurückkehren würde. Also schnell. Rasch lief ich um den Tisch herum und packte Vinzenz beim Ärmel seines roten Hemdes. »Du kommst jetzt mit!« Entschlossen zog ich an ihm, er strauchelte kurz, doch dann folgte er widerwillig.

»Es erschließt sich mir nicht, weshalb Ihr mich Eurem Daddy verheimlichen wollt. Er scheint ein ehrenwerter Mann zu sein. Vielleicht kann er uns helfen. Hat er Kontakt zu Hannah Ruderer?«

Zum Glück ertönte genau in diesem Moment das durchbohrende Kreischen des Teekessels. Vinzenz' Stimme war also bestimmt nicht bis in die Küche zu hören gewesen.

Ich gab keine Antwort und zerrte ihn weiter in den Flur. Dort trieb ich ihn schnurstracks auf die Tür mit den bunten Holzlettern »EMMA« zu. Ein Relikt aus der Zeit, als ich solche Dinge cool gefunden hatte, so circa als Vierjährige. Opa August hatte die Buchstaben aus dem eigenhändig umgesägten Ahornbaum im Schrebergarten geschnitzt, deshalb mussten sie hängen bleiben. Pa nannte es den »symbolischen Wert«.

Jetzt stieß ich Vinzenz in mein Zimmer. »Du wartest hier.«

»Ich weiß nicht, womit ich mir eine solche Behandlung verdient habe«, motzte Vinzenz und zupfte mit empörtem Gesichtsausdruck die Falten in seiner Kleidung glatt. »Ihr seid grob. Vielleicht täte Euch ein Erziehungsinternat gut, in dem junge Damen kochen, stricken und backen lernen. Ich werde es Eurem Daddy vorschlagen.«

»Das hier ist meine Welt und wir spielen nach meinen Regeln, ist das klar?«, klärte ich ihn auf.

»Hm.« Vinzenz zuckte die Schultern, doch als ich den Schlüssel innen abzog und außen ins Schloss steckte – das hatte ich heute Morgen von ihm gelernt –, erstarrte er. »Moment, was habt Ihr vor?«

»Ich sagte doch, du bleibst hier.« Ohne ihn eines weiteren Blickes zu würdigen, warf ich die Tür zu und drehte den Schlüssel um. Das rote M der EMMA-Buchstaben fiel auf den Boden. »Wenn du einen Mucks von dir gibst«, ich legte die Lippen dicht an die Tür, »frage ich meinen Vater gleich, ob er mit mir einen Ausflug mit dem Auto macht. Irgendwo weit weg. Das sind mindestens hundert Schritte.«

»Das würde ich nicht raten, falls Euch Euer Leben lieb ist«, knurrte er zurück. Dann wurde es ganz leise. Anscheinend hatte er sich abgefunden. Aber seine letzten Worte waren alles andere als beruhigend. Wenn mir mein Leben lieb war? Ach du liebes bisschen! Die Härchen auf meinen Unterarmen stellten sich auf.

»Mit wem sprichst du?«

Erschrocken zuckte ich zusammen und drehte mich um. Pa stand im Übergang zwischen Wohnzimmer und Flur, eine Kanne dampfenden Tee in der Hand.

»D… das M ist abgefallen. Vielleicht war das der Geist von Uropa«, stammelte ich. Ich konnte meinen Herzschlag fühlen. Der wurde noch heftiger, als Pa ein lang gezogenes »Hmmm« murmelte und näher kam. Direkt neben mir blieb er stehen. »Also Karottenzwerg. Soll ich dir jetzt glauben, dass du Gespräche mit einem Gespenst führst?« Er bückte sich, hob den Holzbuchstaben in die Höhe und hängte das M zurück an seinen Nagel.

»Ja.« Ich schluckte. »Oder … nein … natürlich nicht, das wäre ja ziemlich verrückt.«

»Allerdings.« Pa musterte mich besorgt. »Hast du Fieber?« Nachdenklich legte er mir seine freie Hand auf die Stirn, wie er es immer getan hatte, als ich noch ein kleines Kind gewesen war. »Du fühlst dich zumindest normal an. Dann komm jetzt mal zurück ins Wohnzimmer, du wolltest mir doch etwas erzählen.«

Ach ja. Das musste ich mir auch noch ausdenken.

Zehn

Eine Stunde war ich damit beschäftigt gewesen, meinem Vater von Leonas fürchterlichem Liebeskummer zu berichten. Was natürlich alles grenzenloser Schwachsinn war, aber meiner besten Freundin ein wenig Herzschmerz anzudichten und Pas Ratschläge einzuholen, wie man ihr helfen konnte, fühlte sich hundertmal weniger unangenehm an als jede andere Lösung des Dilemmas. So war Vinzenz – der seltsame Junge mit dem Frack, der am Morgen mit uns in der Buchhandlung herumgehangen hatte – kurzerhand zu Leonas Cousin fünften Grades aus England geworden, in den Leo sich dummerweise verknallt hatte. Dummerweise deshalb, weil es da natürlich das Problem mit der gemeinsamen Familie gab. Aber so was kam schon mal vor, das konnte man in genügend Büchern lesen. Und sie waren ja auch nur fünften Grades miteinander verwandt, also halb so wild.

Im Verlauf des Gespräches war mir allerdings auch klar geworden, dass Leona mir diese hirnrissige Lügengeschichte niemals verzeihen würde. Sie durfte also unter keinen Umständen davon erfahren. Zumindest hatte Pa ziemlich erleichtert gewirkt, und das beruhigte mein schlechtes Gewissen ein wenig.

Nun stand ich vor meiner Zimmertür. Pa hatte sich mit einem Buch auf das Sofa zurückgezogen und stellte endlich keine weiteren Fragen mehr. Ich legte das Ohr an die Tür und lauschte. Es war nicht ein Ton aus dem Inneren meines Zimmers zu hören.

Eigentlich rechnete ich bereits mit dem Schlimmsten. Wenn Vinzenz so fies war, wie es in seinen Herkunftsromanen geschrieben stand, hatte er sicherlich das gesamte Mobiliar aus dem Fenster geworfen. Umso überraschter war ich, als ich das perfekt aufgeräumte Zimmer betrat. Ich erkannte es kaum wieder. Ordnung war nämlich nicht gerade mein Spezialgebiet. Aber heute war das Bett gemacht, keine Kleidung (hatte ich eigentlich meine BHs weggeräumt?), Schulhefte, Bücher und auch sonst keine Gegenstände kullerten auf dem Boden herum und meine drei knolligen Kakteen am Fensterbrett waren symmetrisch nebeneinandergerückt. Es machte den Eindruck, als wäre Vinzenz die vergangene Stunde mit Aufräumen beschäftigt gewesen. Er saß auf dem Boden, lehnte dabei den Rücken gegen die Wand und las vertieft in einem Buch. Erst als ich endgültig eintrat und die Tür hinter mir zuzog, blickte er auf.

»Miss Emma, auch wieder da?« Seine Augen fixierten mich mit einem feindseligen Funkeln. Die Sache mit dem Einsperren nahm er mir offenbar ziemlich übel. Mit Schaudern dachte ich an die Drohung, die er zuvor durch die Tür gezischt hatte: *Falls Euch Euer Leben lieb ist.*

Ich hatte keine große Lust herauszufinden, wie er das gemeint hatte. Er war bekanntlich mit allen Wassern gewaschen. Beispielsweise im ersten Teil der Trilogie hatte er heimlich einige Tropfen Gift in Phils Weinglas geschmuggelt, woraufhin Phil beinahe gestorben wäre, hätte Esmeralda nicht so rasch reagiert und ihn reanimiert. Mit einer Herzdruckmassage und gekonnter Mund-zu-Mund-Beatmung.

Vielleicht war es doch keine so gute Idee gewesen, Vinzenz zu provozieren. Aber letztendlich gab es hier keine Möglichkeit für Giftbeschaffungen, zumindest solange ich kontrollierte, wo er sich herumtrieb. Die Apotheke in der Nachbarschaft kam jedenfalls schon mal auf die Liste der verbotenen Orte. Bekam man dort überhaupt Gift? Auch egal. Im Grunde durfte Vinzenz sowieso nirgendwo unbeaufsichtigt hin.

Er rappelte sich hoch und warf seine Lektüre theatralisch aufs Bett. »Keine Sorge, ich habe mich in diesem chaotischen Zimmer ganz köstlich amüsiert. Mit *›echter Spannungsliteratur, Geschichten die das Hirn fordern und deren Ende man nicht schon nach den ersten zwei Seiten weiß‹: Bibi Blocksberg.*«

Mein Blick wanderte zu dem Buch, das er so energisch von sich gepfeffert hatte, und dann wieder zurück zu ihm.

Seine Mundwinkel zuckten bedrohlich, während er die Arme vor der Brust verschränkte. »Gefangenen im Mittelalter ging es besser als mir in Euren Fängen. Die haben wenigstens Wasser und Brot bekommen, Ihr lasst mich hier gnadenlos verhungern. Habt ihr schon einmal überlegt, dass auch ich nicht ohne Nahrung leben kann? Mein Magen knurrt seit Stunden und meine Kehle ist trockener als die Sahara.« Plötzlich bildete sich ein triumphierendes Grinsen auf seinen Lippen. »Das ist eine Wüste in Afrika.«

Ich verzog den Mund. Jetzt verwandelte er sich vom gewöhnlichen Fiesling auch noch in einen nervigen Klugscheißer. Mal davon abgesehen, dass ich nicht doof war und natürlich wusste, wo die Sahara lag.

»Mach mal halblang, du wolltest mich hintergehen«, erinnerte ich ihn an die miese Aktion von vorhin.

Vinzenz sah mich überrascht an. »Weil ich Euren Daddy begrüßen wollte? Ich dachte schlichtweg, dass es höflich wäre. Schließlich musste ich meine Hand in dem Polsterbezug seines Sofas von diesem exorbitant scheußlichen Taubendreck befreien, nachdem Ihr mir nicht gestattet habt, sie zu waschen. Allerdings war es da unten derart staubig, dass die paar Flecken nun auch nicht weiter ins Gewicht fallen. Ihr solltet euch dringend ein anderes Dienstmädchen anschaffen. Was ist mit diesem blonden Mädchen? Wieso putzt es nicht?«

»Philippa ist die Aushilfe in der Buchhandlung und nicht unser Dienstmädchen«, sagte ich.

»Das sollte sie aber besser sein, dieser Haushalt hätte eines nötig. Obendrein werde ich nun einige Zeit bei Euch wohnen, bestimmt wäre Euer Daddy froh, wüsste er von mir.«

Für einige Zeit. Wie sich das anhörte, so unendlich lange. Mir wurde ganz anders. »Ich möchte aber nicht, dass er von dir erfährt. Du bleibst nämlich nur ganz kurz.«

»Habt Ihr häufiger solche Geheimnisse?« Ein eigenartiges Grinsen wanderte über Vinzenz' Mund. »Sorgt sich Euer Daddy deshalb? Weil Ihr Euch für *gewisse Dinge* interessiert?«

Ich spürte Blut in meine Wangen schießen, aber ich wusste nicht, ob vor Scham oder vor Wut. Wahrscheinlich beides. Dieser Kerl war die menschgewordene Unverschämtheit. Da half es am ehesten, seine Worte zu ignorieren. Also ließ ich mich im Schneidersitz auf den Boden sinken. Es war Zeit für eine gründlich durchdachte Strategie. Und zwar sofort. »Du hast gesagt, dass es eine Möglichkeit gibt, mit der ich wieder meine Ruhe vor dir habe«, kam ich zu den wichtigen Dingen.

»Oho. Ihr meint, mit der meine Wenigkeit wieder von Euch erlöst wird«, entgegnete Vinzenz und setzte sich gegenüber. »Das alles hier ist eine einzige Zumutung. Unter Eurem Bett lebt eine Ratte.«

»O nein!« Daran hatte ich vor lauter Aufregung gar nicht gedacht. Erschrocken duckte ich mich und lugte in den Spalt zwischen Lattenrost und Boden. »Hast du Mister Murphy geweckt?«

»Für wen haltet Ihr mich? Das Gespenst von Canterville? Ich fasse keine Ratte an. Dieses Vieh überträgt Krankheiten, zum Bespiel den schwarzen Tod.« Er schüttelte sich angeekelt. »Beulenpest, widerlich.«

»Das ist keine Ratte!«, schnauzte ich und richtete mich so energisch auf, dass ein paar rote Strähnen aus meinem Flechtzopf sprangen. »Mister Murphy ist ein Chinchilla. Er ist nachtaktiv, und wenn man ihn tagsüber stört, dann kriegt er Stressdurchfall, also mach das bloß nicht.« Ich öffnete meine Haare vollständig und flocht einen neuen Zopf.

»Argh, das ist wirklich …« Vinzenz' Gesichtsausdruck nach zu urteilen, glaubte er mir nicht so ganz, dass es sich bei Mister Murphy um keine Ratte handelte. »Kommen wir zurück zu Eurer Frage. Es gibt in der Tat einen Weg, um die Ketten zu lösen.«

Ich seufzte erleichtert und knotete meine Haare wieder mit dem Gummiband zusammen. »Wie denn?«

»Bringt mir etwas zu essen, dann sag ich es Euch.«

»Das nennt man Erpressung«, stellte ich genervt fest.

»Nun.« Vinzenz zuckte die Schultern. »Ich bin nun einmal ein Schurke. Bedankt Euch bei Hannah Ruderer.«

»Das werde ich machen, darauf kannst du Gift nehmen!« Rasch sprang ich auf. Ich war sicher, es wäre besser, ihm erst mal zu geben, was er verlangte. Draußen brach langsam die Abenddämmerung an und die vergangene Nacht in der Buchhandlung war nicht sonderlich erholsam gewesen. Ich wollte wenigstens heute eine ordentliche Mütze voll Schlaf bekommen, ohne mich ständig darum sorgen zu müssen, was dieser Kerl wohl gerade anstellte.

Ein mickriges Stück Camembert und eine halbe Salatgurke lachten mir hämisch aus dem Kühlschrank entgegen. Das war typisch. Pa hatte wieder einmal nicht daran gedacht, dass man hier ab und an auch einmal (abgesehen von Tiefkühlmenüs) den Essensvorrat auffüllen musste. Aber Vinzenz hatte es sowieso nicht anders verdient. Nun war nur zu hoffen, dass Romanfiguren über einen kleinen Magen verfügten und entsprechend leicht satt zu kriegen waren.

Ich platzierte Gurke und Käse auf einen Teller, legte noch zwei Scheiben trockenes Toastbrot dazu und verließ die Küche. In der anderen Hand hielt ich eine große Flasche Limonade. So rasch wie möglich huschte ich durch das Wohnzimmer, in dem Pas lautes Schnarchen vom Sofa bis an meine Ohren drang. Der Stephen King war wohl nicht besonders spannend. Zum Glück. So blieb mir die Frage erspart, weshalb ich nach dem vielen Reis immer noch hungrig war.

Vinzenz' Augen verrieten sofort seine mäßige Begeisterung.

»Scherzt ihr?«, fragte er ungläubig. »So bewirtet Ihr Eure Gäste? Nicht einmal Scones habt Ihr zu bieten? Im Übrigen besteht ein anständiges Sandwich zumindest aus Schinken, Senf und Mayonnaise, nicht aus Grünzeug und verschimmeltem Käse.«

Langsam reichte es mir. Energisch drückte ich ihm den Teller in die Hand. »Das ist französischer Blauschimmel-Camembert, den kauft man schon schimmlig und der ist ganz exquisite.« So nannte Pa ihn zumindest; ich selbst hatte ihn noch nie probiert.

Vinzenz verzog das Gesicht.

»Sei froh, dass es nicht nur Wasser und Brot ist. Außerdem ist das keine gewöhnliche Gurke, meine Oma Frieda hat sie in ihrem Schrebergarten angebaut. Sie gewinnt sogar Preise dafür.« Ich wusste, dass das ein bisschen lächerlich klang, aber es war nun mal die Wahrheit.

»Preise? Für Gemüse?«, staunte Vinzenz, während er unsicher an der Gurke roch, als ob er Angst hätte, ich könnte sie vergiftet haben.

Ich nickte. »Ja, beim nationalen Gurkenwettbewerb vom Verband der Schrebergärtner. Sie hat letztes Jahr den ersten Platz belegt. Für die schönste, längste, geradeste Gurke.«

Jetzt sah Vinzenz mich ganz komisch an, aber er sagte nichts, bevor er sich wieder auf den Boden setzte und ohne weitere Beschwerde mit einem lauten Knacken in die Gurke biss. Eine Weile kaute er andächtig, dann zuckte er mit den Schultern. »Oho.«

»Sag ich doch.« Ich ließ mich auf die Knie sinken, schraubte die Limonade auf und reichte sie ihm. »Dann kannst du mir jetzt ja zwei Fragen beantworten. Nummer eins: Weshalb hast du Leonas Handy? Nummer zwei: Wie werde ich dich noch heute Nacht los?«

»Nummer eins: Es ist ihr aus der Tasche gerutscht und ich habe es aufgehoben. Was denkt Ihr von mir? Dass ich ein Dieb bin?« Er grinste amüsiert. »Mir scheint, Miss Leona hat es nicht wirklich vermisst. Aber ihr wart ja auch den ganzen Tag zusammen unterwegs, dem Anrufverlauf nach telefoniert sie sowieso nur mit Euch und ihrer Mutter.«

Ich funkelte ihn böse an. »Sag bloß, du hast auf deinen doofen Zeitreisen auch genauestens gelernt, wie man Handys bedient.«

Vinzenz nahm noch einen Bissen von der Gurke. »Miss Emma, da habt ihr ausnahmsweise einmal richtig geraten. Selbstredend weiß ich, wie man diese neumodischen Dinger bedient. Oft genug musste ich Esma ihres entwenden, um Phil in einen Hinterhalt zu locken.«

»Na klasse«, knurrte ich.

»Wer ist dieser Jonas?«

O Mann. Wie kam er jetzt darauf? Bestimmt hatte er alle von Leonas und meinen hochprivaten Nachrichten durchstöbert. Dieser Mistkerl.

»Weiß Euer Daddy von diesen Absichten?«, wertete Vinzenz mein Schweigen als Einladung, noch mehr Salz in die Wunde zu streuen.

Ich seufzte. »Das ist … privat.«

»Ich stecke meine Nase mit dem größten Vergnügen in Eure Privatangelegenheiten«, entgegnete Vinzenz mit Blick auf den Teller. »Die wichtigen Details kenne ich ohnehin längst. Er hat mit einer *blöden Oberziege* namens Megan *rumgemacht* und Ihr hofft, dass sie eine bisher unentdeckte Erdbeerallergie hat, die ihr rote Furunkel ins Gesicht zaubert. Wegen all der Erdbeeren, die dieser Jonas ihr mit seiner Zunge in den Mund geschoben hat. Habt Ihr diese Person etwa ausspioniert? Beim Tête-à-Tête? Wie unanständig.«

Ich war mir nicht ganz sicher, was genau er unter einem Tête-à-Tête verstand, aber ich konnte es mir denken und merkte, wie mein Gesicht sich knallrot verfärbte. Verfluchte Veranlagung. Dennoch versuchte ich, möglichst selbstbewusst zu klingen. »Man stöbert nicht in den Sachen fremder Leute.«

»Wohl wahr, aber Ihr seid meine Leserin«, lachte Vinzenz. »Womit wir zu Nummer zwei kommen: Gar nicht.«

»Was?«

»Ihr werdet mich heute Nacht nicht los.«

»Aber du sagtest doch …«

»Dass es eine Möglichkeit gibt, nur selbstverständlich geht das nicht so schnell.« Er sah mich mit einem breiten Lächeln an und steckte dann den ganzen Käse auf einmal zwischen die Backen. Seine Essensmanieren schienen alles andere als der britischen Etikette des neunzehnten Jahrhunderts zu entsprechen – oder auch nur irgendeiner Etikette. Alleine wie er jetzt das Toastbrot mit den Fingern in seine Einzelteile zerrupfte. Er wäre bestimmt hochkant von jeder feinen Teeparty geflogen, auch wenn er mit Begriffen wie *Tête-à-Tête* um sich werfen konnte. Miss Marple hatte also tatsächlich auf ganzer Ebene versagt. Die Arme. Bestimmt drehte sie sich gerade im Grab um. Und auch ich spürte die Verzweiflung immer größer werden. Allerdings nicht wegen seines schlechten Benehmens, das war mir egal. Aber so langsam bekam ich die Befürchtung, dieser eine verfluchte Abend in der Buchhandlung würde mir ausgerechnet die letzten Tage der Sommerferien gehörig vermasseln. Wie es wohl wäre, wenn am Montag die Schule wieder losging und ich es bis dahin nicht geschafft hatte, diesen Fluch zu brechen, wollte ich mir gar nicht näher überlegen. Oder der Back-to-School-Ball am nächsten Freitag! Dazu durfte es nicht kommen.

»Ich kann mich an den Geschmack von Schimmel gewöhnen«, mümmelte Vinzenz mit vollem Mund, ihn ließ unsere entsetzliche Lage offensichtlich völlig kalt. »Und die preisgekrönten Oma-Frieda-Gurken.«

»Also gut«, versuchte ich, meine Niedergeschlagenheit zu überspielen. »Trotzdem solltest du mir endlich sagen, was wir tun müssen, um diese Verbindung zwischen uns zu lösen.«

»Mhm.« Vinzenz nickte. »Ihr solltet wissen, die Sache ist leichter, als Ihr denkt. Die Kette lässt sich sofort lösen, solange ich freiwillig zurück in meine Geschichte kehre.«

»Oh!«, schöpfte ich bereits Hoffnung. Doch dann registrierte ich das verdächtige Schmunzeln in Vinzenz' Gesicht. »Aber du gehst natürlich nicht freiwillig?«, seufzte ich entnervt.

»Ihr habt es erkannt.« Vinzenz wischte seine Hände an meinem Teppichboden ab. »Jedenfalls nicht gleich. Einigen wir uns also auf einen Deal.«

»Einen Deal?«

»Ganz richtig, einen Deal.«

»Aha, und wie sieht der aus?«

»Ihr macht Hannah Ruderer ausfindig, wir statten ihr einen Besuch ab, sie bringt die gesamte Geschichte in Ordnung – was bedeutet: Sie lässt mich nicht sterben und der Schurke muss ich auch nicht mehr sein – et voilà. Nun, was sagt Ihr?«

»Was soll das für ein Deal sein?«, knurrte ich. »Wäre es ein Deal, hätte ich ja wohl auch irgendwas davon.«

»Oh, das habt Ihr.« Vinzenz schmunzelte. »Sobald sie das erledigt hat, kehre ich in meinen Roman zurück. Steht der Deal also?«

»Du gehst danach wirklich freiwillig zurück?«, vergewisserte ich mich noch einmal.

»Aber natürlich! Miss Emma, würde ich Euch jemals belügen?« Er legte eine Hand auf seine linke Brust und machte ein Gesicht, das mich nicht unbedingt überzeugte. »So nebenbei kann ich ohnehin nur zurück in meine Geschichte, wenn Hannah Ruderer mich mithilfe einer Szene hineinschreibt, die mich wieder in die Handlung führt. Dazu ist einzig und alleine meine Autorin in der Lage.«

»Das heißt dann …«

»Ganz recht. Wir müssen Hannah Ruderer so oder so finden.«

»Na super, wie sollen wir das bitte schön anstellen? Und außerdem könnte ich dich doch zurück in deine Buchwelt bringen, indem ich mich mehr als hundert Schritte von dir entferne, oder?«

»Theoretisch.« Vinzenz schluckte runter. »Aber das löst die Kette nicht, denn es ist mitnichten freiwillig. Entfernt Ihr Euch mehr als hundert Schritte, schleudert es mich zwar gegen meinen Willen zurück in den Text, doch dabei reiße ich Euch mit. Ich denke, das ist keineswegs in Eurem Sinne.«

»Scheiße, nein!« Meine Augen weiteten sich entsetzt.

Das war alles wie in einem fürchterlichen Albtraum, der einfach nicht enden wollte! Hatte ich mir vorhin tatsächlich noch Gedanken um ein paar lausige Tage Sommerferien gemacht? Hier ging es um viel mehr, nämlich meine ganze Zukunft! Ich kaute nervös auf dem Nagel meines Zeigefingers herum. »Aber das ist total aussichtslos. Soll ich etwa Hannah Ruderer eben mal anrufen und fragen, ob wir vorbeikommen dürfen?«

»Miss Emma, das ist eine famose Idee!«

»Hallo? Ich kenne sie gar nicht wirklich!«

»Aber Euer geschätzter Daddy, ist es nicht so?«, fragte Vinzenz. »Ihr könntet Ihn mit Hannah Ruderer verkuppeln, es würde die ganze Angelegenheit um einiges erleichtern. Er ist alleinstehend? Oder wo steckt Eure Mutter?«

Ich sah ihn an und schwieg. Das war nun wirklich das letzte Thema, über das ich Lust hatte, mich mit ihm zu unterhalten. Doch dann würgte ich die bitteren Gefühle hinunter und murmelte leise: »Meine Mutter ist gestorben.«

»Oh.« Vinzenz setzte sich aufrecht hin. »Das ist … das tut mir leid, ich hatte keine Ahnung.«

Er wirkte ehrlich betroffen und dieses Einfühlungsvermögen erwischte mich wie eine unerwartete Lawine, weil ich ihm nicht zugetraut hatte, sich auch einmal angemessen zu verhalten.

»Schon okay. Ich war erst zwei und habe sie nie wirklich kennengelernt«, sagte ich. Dann verstummte ich wieder und versuchte, den Knoten wegzuatmen, der sich auf einmal um meinen Hals gelegt hatte. Das war schwerer als gedacht.

»Das ist keineswegs in Ordnung. Mir fehlen die Worte«, meinte Vinzenz gedämpft. Darüber war ich ziemlich froh. Mir war lieber, wir sprachen nicht weiter darüber.

»Warum sollte Hannah Ruderer dir überhaupt glauben, dass du

der Vinzenz aus ihren Büchern bist? Sie würde bestimmt denken, du wärst ein durchgeknallter Fan«, sagte ich rasch.

Vinzenz schien der abrupte Themenwechsel nichts auszumachen, offenbar verstand er den Wink. Er wirkte nicht einmal irritiert. »Wenn Miss Leona als Leserin in der Lage war, mich sofort zu erkennen, dann ist es wohl das Mindeste, was ich mir von meiner Autorin erwarten kann.« Jetzt blickte er mich mit einem sanften Lächeln an. Da war tatsächlich was dran. Leider ziemlich der einzige Funken Hoffnung in diesem ganzen Schlamassel. Und damit war der Punkt erreicht, an dem mir alles zu viel wurde. Ich spürte, wie sich Tränen in meine Augen drückten, obwohl ich mich mit aller Kraft dagegen wehrte. Ich wollte wirklich nicht vor Vinzenz losheulen, besonders nachdem die Sprache auf meine Mutter gefallen war. Ich hasste es schon genug, wenn ich überall immer ganz mitleidig angesehen wurde, sobald das jemand erfuhr. Normalerweise erzählte ich es deshalb nur wenigen Menschen freiwillig, denn entweder behandelte man mich danach mit Samthandschuhen oder es kamen dumme Sprüche.

Heute verlor ich den Kampf gegen die Tränen, sie kamen wie von selbst. Rasch vergrub ich das Gesicht in meinen Handflächen und hoffte, sie noch verstecken zu können.

Doch Vinzenz entgingen die feuchten Augen natürlich nicht. Er stellte den in der Zwischenzeit leer gegessenen Teller eiligst zur Seite und rückte näher. »Miss Emma, weint nicht. Kein Umstand des Lebens ist jemals ohne Aussicht. Glaubt mir, ja?« Sanft griffen seine Finger nach meinem Kinn und hoben es ein wenig in die Höhe. Mit verschwommenem Blick sah ich ihn direkt an. Sein Lächeln hatte plötzlich etwas unglaublich Gutherziges. Das passte überhaupt nicht zu einem Schurken. Vor lauter Gefühlsdurcheinander brachte ich keinen Ton mehr heraus, dafür kullerten mir noch ein paar dicke Tränen über die Wangen. Das war so was von peinlich! Bestimmt hielt er mich jetzt für eine richtige Heulsuse, dabei weinte ich üblicherweise fast nie.

»Alles wird gut, das verspreche ich Euch«, sagte er und fuhr mir mit den Daumen sanft über die nasse Haut. Und dann passierte es. So plötzlich und heftig wie ein unerwartetes Sommergewitter. Er schloss mich in seine Arme. Einfach so. Wie vom Donner gerührt saß ich da und konnte mich im ersten Augenblick gar nicht mehr bewegen. Noch kein Junge war mir jemals so nahe gekommen. Er roch verdammt gut. Sein Duft erinnerte an ein neues, druckfrisches Buch, das man zum ersten Mal aufschlägt und noch vor dem Lesen an die Nase setzt, um dieses einzigartige Aroma einzuatmen, ehe es an Intensität verliert. Dazwischen eine milde Gurkennote.

Die Umarmung dauerte zwar nur einige Sekunden, doch auch als er sich wieder von mir gelöst hatte, nahm ich seinen Geruch und seine Körperwärme noch ein wenig wahr. Ein wohliges Gefühl machte sich in mir breit. Ich war froh, dass ich auf dem Boden saß. Anders wären mir wahrscheinlich die Beine zusammengesackt, denn meine Knie waren auf einmal weich wie Oma Friedas Beerengrütze. Was war nur in mich gefahren? Der Kerl war mir schließlich noch vor wenigen Minuten mehr auf den Keks gegangen, als irgendein anderer Typ auf diesem Planeten je in der Lage gewesen wäre. Und jetzt konnte ich nicht einmal mehr meinen Blick von ihm abwenden. Ich starrte auf seine Lippen und plötzlich kam mir ein völlig abwegiger Gedanke. Ob die, wenn man sie küsste, wohl so schmeckten, wie Papier roch? Aber nicht dem gewöhnlichen aus einem Zeichenblock, sondern diesem besonderen, auf das richtig hochwertige Bücher gedruckt wurden. Ein bisschen fester, rauer und duftender. Wie das, das beim Umblättern so schön unter den Fingern raschelt.

In meinem Bauch begann es zu flattern. Was machte ich mir hier eigentlich gerade für verrückte Gedanken? Ich musste ja völlig übernächtigt sein, dass mir allein von seiner Umarmung so schummrig wurde. Oh Mann! Aber warum verhielt er sich auf einmal so … nett? Und wieso überlegte ich überhaupt, wie es war, seine Lippen zu küssen? Völlig dämlich, ich kannte ihn noch nicht mal vierundzwanzig Stunden. Ganz davon abgesehen, dass er nun einmal aus einem Roman stammte und jedes noch so winzige Bauchkribbeln alleine aus diesem Grund sowieso irrwitzig war. Auf gewisse Weise war er ja nicht einmal echt. Auch wenn er sich ziemlich echt anfühlte, besonders in diesem Moment.

»Wisst Ihr, oft sind Dinge selbst dann möglich, wenn jede Vernunft sie völlig undenkbar erscheinen lässt.« Während er das sagte, musterte er meinen Mund mindestens so aufmerksam, wie ich es bei ihm getan hatte. Was ihm wohl gerade durch den Kopf ging? Mir stockte der Atem. »Sonst hätte ich meine Buchwelt niemals verlassen können. Wenn man es wirklich will, schafft man alles. Weshalb sollten wir dann an irgendetwas scheitern? Könnt Ihr mir das verraten?«

»Nein«, presste ich heiser hervor.

»Seht Ihr«, sagte er und obwohl es uns in Wahrheit noch keinen Schritt weiterbrachte, die Tatsache, dass er an eine Lösung des Dilemmas glaubte, machte mir Mut. Im Gegensatz zu den komischen Schmetterlingen in meinem Bauch. Vinzenz war nun wirklich der letzte Junge, in den ich mich verknallen durfte. Am Ende spielte er nur mit mir, genauso wie er es mit Esmeralda auf dem Maskenball getan hatte. Überhaupt. Esmeralda. Die Gedanken an sie ließen das dumpfe Gefühl, das sich um mein Herz legte, noch schwerer werden. War er eigentlich wirklich in sie verliebt?

Elf

Der Geruch von gebratenem Speck, Spiegeleiern und backfrischen Brötchen weckte mich am nächsten Morgen aus einem tiefen, traumlosen Schlaf. Regen prasselte gegen die Fensterscheibe meines Zimmers, so langsam konnte man nicht mehr übersehen, dass sich der Herbst in großen Schritten näherte.

Der Stundenzeiger des Weckers auf dem Nachttisch stand bereits auf der Elf. Ich wusste nicht, wann genau ich gestern eingeschlafen war. Es musste schon nach Mitternacht gewesen sein. Zuvor hatte ich noch für Vinzenz das winzige Ausziehsofa hergerichtet, auf dem gewöhnlich Leona schlief, wenn sie bei mir übernachtete und wir heimlich Horrorfilme auf dem Laptop guckten. Ohne mich traute Leo sich das nicht.

Auf einmal blieb meine Aufmerksamkeit bei eben diesem Sofa hängen. Ich gaffte die ordentlich zusammengelegte Tagesdecke und das Kissen mit Sternchenaufdruck an, dann fuhr ich erschrocken hoch. Wo in aller Welt war Vinzenz?

Panisch sprang ich aus dem Bett und wirbelte einmal um die eigene Achse, als gäbe es irgendwo eine Ecke, in der er sich versteckt halten konnte. Aber bis auf seine Stiefel, die akkurat zurechtgerückt neben dem Sofa standen, war er schlicht und ergreifend nicht mehr hier. Mein Puls schoss augenblicklich in die Höhe. Ohne darüber nachzudenken, wie ich mit meinen wild verstrubbelten Haaren und dem Hello-Kitty-Schlafanzug aussehen musste, riss ich die Tür auf und rannte ins Wohnzimmer. Dieser herrliche Frühstücksduft, der die ganze Wohnung erfüllte, interessierte mich mäßig. Noch im Flur versuchte ich mich mit der Überlegung zu beruhigen, dass Pa so spät längst unten in der Buchhandlung sein würde. Was allerdings nicht wirklich viel bedeuten musste, denn wann genau hatte Vinzenz mein Zimmer überhaupt verlassen? Möglicherweise war seine taktvolle Art gestern tatsächlich nichts als ein mieser, heimtückischer Trick gewesen, um sich mein Vertrauen zu erschleichen. Vielleicht hatte er Pa heute bereits in den frühsten Morgenstunden beim Zähneputzen überfallen. Mein Kopf spielte wilde Filmszenen ab, in denen Pa nur mit umgewickeltem Handtuch und Zahnbürste im Mund völlig ahnungslos vor dem Waschbecken im Bad stand, während Vinzenz sich mit einem Knüppel an ihn anschlich, um ihn aus dem Hinterhalt niederzustrecken.

Eine seltsame Mischung aus Erstaunen und Erleichterung machte sich in mir breit, als ich das Wohnzimmer betrat. Leona saß am Tisch und blickte konzentriert in den Laptop vor ihrer Nase. Als sie mich bemerkte, hob sie den Kopf und lächelte mich breit an. »Guten Morgen, Süße, wir wollten dich nicht wecken. Vinz meinte, du hättest gestern einen Nervenzusammenbruch gehabt oder so.«

Bitte was? Da hatte er wohl wieder maßlos übertrieben. Verstört kam ich näher, zog mir einen Stuhl heran und setzte mich. Leo hatte gut reden, sie war schließlich diejenige, die bei jeder kleinen Aufregung durchdrehte. Heute machte sie dafür einen ziemlich gut gelaunten Eindruck, was mich etwas misstrauisch stimmte. »Wo ist Vinzenz überhaupt und was suchst du hier?«

»Ich freue mich auch, dich zu sehen.« Leona warf mir einen Kussmund zu. »Vinz ist in der Küche. Er macht Frühstück.« Sie widmete sich wieder dem Laptop.

»Wie bitte? Frühstück? Er?« Erschrocken drehte ich mich zur Küche, aus der gerade Geschirrklappern und das Brutzeln einer mit Essen gefüllten Pfanne zu hören waren. »Aber …«

»Keine Sorge«, winkte Leona ab, ohne vom Computer aufzusehen. »Dein Dad hat nichts mitgekriegt. Ich bin gleich nach meiner Joggingrunde zu euch gekommen und habe ihn vor einer Stunde unten in der Buchhandlung begrüßt, er ist voll und ganz mit dem Einsortieren der neuen Ware beschäftigt.«

»Aber …«, setzte ich erneut an, als Vinzenz hinter dem klirrenden Holzperlenvorhang hervortrat. Seine Haare waren verstrubbelt und sahen feucht aus. Außerdem steckte er in einem schwarzen T-Shirt mit Metallica-Aufdruck und trug keine Schuhe. Abgesehen von der Hose, die nun gar nicht mehr zu dem Rest seines Outfits passte, ging er fast als gewöhnlicher Sechzehnjähriger durch. Blöderweise sah er so noch eine ganze Spur besser aus. Ich merkte erschrocken, dass ich vor lauter Erstaunen den Mund geöffnet hatte. Rasch schloss ich ihn wieder und schüttelte den Kopf, um die Verwirrung loszuwerden. Was nicht wirklich half.

Vinzenz balancierte zwei große Teller in seinen Händen. Schnellen Schrittes kam er an den Tisch und stellte sie darauf ab. »Einen wunderschönen guten Morgen, Karottenzwerg.«

Wie? Was? Hatte er mich allen Ernstes ›Karottenzwerg‹ genannt? Kein Miss Emma? Kein verstaubtes Ihr, Euch, Durchlaucht oder weiß der Kuckuck was er da immer plapperte?

Ein amüsiertes Grinsen bildete sich auf seinen Lippen. »Ich war so frei und habe euer Badezimmer benutzt. Glaub mir, ohne Dusche wäre ich langsam, aber sicher zu einer Belastung für die Allgemeinheit geworden. Leona war außerdem so nett und hat mir ein frisches Oberteil mitgebracht. Sie meint, damit falle ich in der Öffentlichkeit weniger auf. Steht mir das?«

Sprachlos gaffte ich ihn an, wie er sich einmal im Kreis drehte und das Shirt präsentierte. Auf dem Rücken hatte es ein paar kleine Mottenlöcher, und es war eine Spur zu groß. Aber ja, es stand ihm. Wie vermutlich alles … weil er einfach unverschämt gut aussah. Und so nebenbei hatte er mich gerade tatsächlich geduzt.

»Hab ich Paul geklaut, der merkt das sowieso nicht«, meinte Leona mit Stolz in der Stimme. Paul war Leonas sieben Jahre älterer Bruder, der sich selbst als »Metalhead« bezeichnete, mit einundzwanzig nach wie vor zu Hause wohnte, bei seiner Haarlänge mit

Rapunzel konkurrieren konnte und nahezu seine gesamte Freizeit damit verbrachte, die Headbanging-Technik für das nächste Wacken-Festival zu perfektionieren.

»Äh, was ist hier los?«, stammelte ich.

»Was soll los sein?«, fragte Leona. »Ich hab Vinz heute einen Realitäts-Crashkurs gegeben. Er macht sich doch gut, oder? Jetzt brauchen wir nur eine passende Jeans für ihn. Pauls Hosen sind ihm viel zu schlabbrig. Was kein Problem werden sollte. Jettie hat heute erst diese Gutscheine für ihren Secondhandladen in den Friseursalon zu meiner Mum gebracht. Fünfzig Prozent Rabatt. Die habe ich gleich mal mitgehen lassen.« Sie wackelte vier Flyer von *Jetties Second-Hand* in der Luft herum. »Außerdem ist es ein perfektes Timing, wir wollten doch sowieso Ballkleider für nächste Woche suchen.«

»Aber doch nicht bei Hokuspokus-Jettie«, entgegnete ich. Normalerweise mied ich diesen Secondhandshop am anderen Ende der Kleegasse. Dort gab es fast nur Klamotten, die kein Normalsterblicher bei Verstand tragen konnte. Hokuspokus-Jettie – die Ladenbetreiberin –, war nämlich keine Normalsterbliche, sondern ein Medium. Das behauptete sie jedenfalls, seit sie einmal Kontakt ins Jenseits zu ihrem verstorbenen Hamster gehabt hatte.

Außerdem deutete Jettie mithilfe von Handlesen und Karten die Zukunft.

»Was soll ich sonst tun?«, jammerte Leona. »Ich bin total pleite und Mama kauft mir kein neues Kleid. Da kommen diese Gutscheine wie gerufen. Meine Tante meint immer: In der Not frisst der Teufel Fliegen.«

Vinzenz räusperte sich laut. »Nun, kein Grund für Fliegenfressen. Es gibt feinstes English Breakfast« Er deutete mit einer einladenden Geste auf die riesigen Portionen. »Bedient euch.«

Ich betrachtete das Frühstück konfus. Spiegelei, gebratener Speck und Würstchen. Alles schwamm in Baked Beans. Mein Blick wanderte zurück zu Vinzenz. »Woher kennst du eigentlich meinen belämmerten Spitznamen?«

Ich fand es schon schrecklich genug, dass Pa sich den nicht endlich abgewöhnen konnte.

Schmunzelnd zog Vinzenz einen zerknitterten Zettel aus seiner Hosentasche und hielt ihn mir dicht vor die Augen.

Mit einer hastigen Bewegung entriss ich ihm das Stück Papier und überflog die Zeilen.

»Ich wünsche dir einen schönen Tag, mein kleiner Karottenzwerg. Kannst du heute bitte in den Supermarkt gehen und diese Einkäufe erledigen? Geld liegt bei. Danke, Pa.«

Es folgte eine lange Auflistung diverser Dinge, die besorgt werden mussten.

»Längst erledigt«, erklärte Vinzenz, während er wieder in der Küche verschwand und kurze Zeit später mit einem dritten Teller zurückkehrte, den er vor sich selbst stellte. »Dieser Markt ist zum Glück weniger als hundert Schritte entfernt. Leona ist den Weg zuvor abgelaufen und hat nachgezählt.«

»Markt? Wie? Was? Ihr habt den Wocheneinkauf gemacht?«, fragte ich entsetzt. Irgendwie wollte ich nicht, dass Vinzenz unser Toilettenpapier und die Milch holte.

»Ja, wir waren im Supermarkt.« Leona nahm mit den Fingern eines der Würstchen und biss genüsslich hinein. Ein wenig Fett spritzte dabei auf die Tischplatte. »Vinz hat mir alles erzählt und ich habe mit der Recherche begonnen«, nuschelte sie mit vollem Mund und deutete auf den Laptop. »Ein Treffen mit Hannah Ruderer sollte sich einrichten lassen, auf ihrer Homepage sind jede Menge Lesungen und Signierstunden angekündigt. Wir müssen uns nur eine heraussuchen. Leider sind viele ziemlich weit weg, aber sieh mal, im Oktober wäre eine Vollmond-Mitternachtslesung in der Nähe.« Jetzt drehte sie den Computer in meine Richtung. Ich war immer noch etwas verwirrt, als ich meine Aufmerksamkeit auf den Bildschirm richtete. Über diesen tanzten animierte Zeichentrickfiguren, die Phil und Esmeralda darstellen sollten. Das ließ sich leicht an den langen, blonden Haaren des Mädchens erkennen sowie dem altmodischen Zylinder, den der ebenfalls blonde Junge auf seinem Kopf trug und den er elegant abnahm, kurz bevor das Tanzpärchen links unten hinter dem Bildschirmrand verschwand. Eine halbe Minute später tauchten sie rechts oben wieder auf.

Ich zog den Laptop näher heran und las den auf quietschlila Glitzerhintergrund geschriebenen Text, auf dem die beiden Figuren da so wild herumhüpften.

»Schön, dass ihr auf meine Seite gefunden habt. Wenn ihr live miterleben wollt, wie sich die Geschichte rund um die hübsche Esmeralda, den schnuckeligen Phil und den niederträchtigen Vinzenz weiterentwickelt, findet ihr hier eine Übersicht aller aktuellen Termine. Ich freue mich schon auf euch!«

Die Liste war tatsächlich erstaunlich lang. Hannah Ruderer schien in nächster Zeit also ordentlich beschäftigt zu sein.

Ich aß einen Löffel Baked Beans und wollte zur Biografie der Autorin klicken, als Vinzenz sich neugierig über meine Schulter lehnte. Konzentriert beäugte er die Seite. »Wo bin denn ich? Wieso hat das Tippfräulein mich nicht auch tanzen lassen?«

»Weil du der Schurke bist«, antwortete ich trocken. »Nutzlos für Werbezwecke.«

»Unsinn, eine Geschichte ist nur so gut wie ihr Schurke. Auch wenn ich in Wahrheit der Held sein sollte.«

Ich rollte mit den Augen. War ja klar gewesen, dass dieses Gespräch darauf hinauslaufen würde.

Es dauerte nicht lange und Vinzenz plusterte schockiert seine Wangen auf. »Unverschämtheit! Seht ihr das?«

»Was genau?« Ich drehte mein Gesicht zu ihm, was ich sofort bereute, denn er war so dicht bei mir, dass es nur noch einen winzigen Millimeter gebraucht hätte, um ihn zu berühren. Und zwar mit meiner Nasenspitze. Oder meinen Lippen. Da war auch schon wieder dieser behagliche Geruch nach druckfrischem Buch, der mir heiß wallendes Blut in die Wangen jagte. Mist. Schnell wandte ich mich ab und schluckte verlegen den Bissen runter.

Zumindest schien Vinzenz nichts aufzufallen, er war nämlich viel zu sehr damit beschäftigt, sich über den Inhalt des Homepage-Textes aufzuregen.

»Das natürlich!« Energisch zeigte er mit dem Finger auf seinen Namen in dem Begrüßungstext. »Sie nennt mich *niederträchtig*. Was soll man dazu noch sagen?«

Leona zuckte unschuldig mit den Achseln. »Also in der Realität bist du bisher ganz okay. Stimmt doch, Emma?«

»Hm?« Überrascht blickte ich auf. Vor lauter Verlegenheit hatte ich aufgehört, dem Gespräch zu folgen, und nur noch das Spiegelei auf meinem Teller angesehen. Vinzenz konnte das wirklich toll. Ein perfekter Dotter. Er hatte eben seine Talente. Zum Beispiel Umarmungen … Nein! Bloß nicht daran denken! Spiegelei. Spiegelei. Spiegelei.

»Erde an Emma!« Leona winkte mit der Hand direkt vor meinem Gesicht. »Du findest Vinzenz doch auch ganz gut, oder?«

»Natürlich nicht.« Meine helle Haut mit den vielen Sommersprossen war wirklich ein Fluch. Um diese Röte zu übersehen, hätte Leona nämlich blind sein müssen. Das war sie aber nicht, ganz im Gegenteil sogar. Sie musterte mich skeptisch. Leider konnte ich ihr selten etwas vormachen, wenn es um Jungs ging. Sie war so was wie ein Verknalltheits-Detektor und behauptete immer, wenn ich dabei war, mich zu vergucken, bekäme ich eine Quietschstimme und rote Tupfen an den Ohren. Die sah man jetzt aber bestimmt nicht, dafür war mir nämlich insgesamt zu viel Blut in den Kopf geschossen. Obwohl das in diesem Fall natürlich sowieso alles Unsinn war. Ich war ja gar nicht verknallt … nur ein bisschen durcheinander.

Erst als ich Vinzenz' gekränkte Miene bemerkte, wurde mir bewusst, dass ich die Frage falsch verstanden hatte.

»Wegen der Sache mit deinem geschätzten Daddy?«, beschwerte Vinzenz sich. »Miss Emma, du bist ziemlich nachtragend. Ich dachte, wir hätten das geklärt. Schließlich musste ich die ganze Nacht hinnehmen, dass diese stinkende Ratte im Zimmer herumläuft und meine Zehen anknabbert. Und überdies habe ich Frühstück gemacht.«

»Mhm«, nickte ich und schaufelte zur Ablenkung schnell einen weiteren Bissen in meinen Mund. »Das ist auch wirklich lecker.« War es tatsächlich, obwohl ich normalerweise keine Bohnen aß, schon gar nicht zum Frühstück.

»Ich weiß.« Vinzenz drehte sich eingeschnappt weg und pikte mit den Gabelzinken den wunderschönen Dotter seines Spiegeleies auf.

»Kommen wir zurück zum Thema«, versuchte Leona die Situation zu retten und drehte den Computer zu sich. »Ich melde uns jetzt gleich für die Lesung im Oktober an.«

Doch da merkte ich es erst. »Warte mal«, unterbrach ich und sah noch mal das Datum an. »Oktober? Ist das dein Ernst?«

Leona betrachtete mich verwundert. »Wieso nicht?«

»Das ist erst in vier Wochen!«, rief ich atemlos.

»Allerdings«, kam es zeitgleich aus Leonas und Vinzenz' Mund. Die beiden grinsten mich breit an. Das konnte doch nicht wahr sein! Meine beste Freundin hatte sich gegen mich verschworen. Gemeinsam mit einer Romanfigur!

»Äh, nein, danke«, motzte ich. »Ich soll einen Monat mit Vinzenz verbringen? Das könnt ihr euch abschminken.«

Leona zuckte die Schultern. Tolle Freundin. Am liebsten hätte ich sie gepackt und geschüttelt.

»Leo, hast du vergessen, dass nächste Woche unser Schulball ist?«, half ich ihr auf die Sprünge.

Aber nicht einmal davon ließ sie sich beeindrucken. »Na eben, das ist doch super. Jetzt hast du endlich eine Ballbegleitung«, entgegnete sie schmunzelnd.

War das noch zu fassen? Da kam es mir gerade recht, dass Leonas Freudentaumel im nächsten Moment einen kräftigen Dämpfer erfuhr. »So ein Mist. Ausverkauft«, stellte sie fest. »Diese Vollmond-Mitternachtslesung scheint megabegehrt zu sein. Emma?«

»Ja?«, knurrte ich. Es war gerade einmal Mittag und ich fühlte mich schon vollkommen erschlagen von diesem Tag.

»Meinst du, dein Vater kann da was für uns machen?«

»Ihr wollt zu einer Mitternachtslesung von Hannah Ruderer?« Pa stand hinter der Kasse, hielt einen Pferdezucht-Ratgeber in der Hand und beäugte mich verwundert über die Ränder seiner runden Brille hinweg.

Ich lehnte mit der Hüfte seitlich gegen den Kassentisch und nickte. Obwohl das gelogen war. Ich wollte absolut nicht zu dieser Lesung, aber leider hatte ich keinen besseren Plan. Und Leona war nach wie vor total überzeugt von dieser Idee. Vinzenz und sie warteten in der Zwischenzeit draußen auf der Straße.

Pa legte die Stirn in Falten und widmete sich dann erst einmal wieder der Kundin mit blondem Ponyhaarschnitt, die offenbar plante, eine Pferdezucht zu eröffnen, oder wofür auch immer man so einen Ratgeber brauchte. Seelenruhig kassierte er, bedankte sich mit seinem besten Geschäftsmannlächeln und beobachtete, wie die junge Frau die Buchhandlung verließ.

»Hannah war doch erst vorgestern bei uns. Wieso wollt ihr sie ein zweites Mal sehen?«, fragte er, als die Kundin weg war. »Außerdem magst du ihre Bücher doch gar nicht!«

»Aber Leo ist ihr größter Fan«, redete ich mich raus. »Sie hat keine signierte Ausgabe mehr bekommen.«

»Mhm, und wessen Schuld ist das?«

»Das war ein Unglück«, verteidigte ich mich. »Es hat zu nah an einer Lampe gelegen.«

»So, so«, meinte Pa. »Ich werde das Gefühl nicht los, dass du mir seit gestern ständig irgendwelche Märchen erzählst.«

Ich spürte die Nervosität in mir wachsen. »Pa, kannst du vielleicht einfach den Veranstalter anrufen und fragen, ob wir noch drei zusätzliche Tickets bekommen?«

»Drei?«

Großartig! Am liebsten hätte ich mir für diesen unüberlegten Satz höchstpersönlich einen Tritt in den Hintern verpasst. »Für Paul«, bemühte ich mich hastig um eine halbwegs einleuchtende Erklärung. Leider wurde mir noch während des Sprechens die Unsinnigkeit dieser Aussage bewusst. Zu spät.

»Leos Heavy-Metal-Bruder?« Pa zog seine *»Ich glaub dir kein Wort«*-Braue hoch.

Scheibenkleister. Damit war die Sache bis auf Weiteres gelaufen, der Plan funktionierte nicht. Das hätte ich mir aber auch wirklich gleich denken können! Meine Hände begannen zu schwitzen. Erst mal brauchte ich ein gutes Ablenkungsmanöver, um hier unauffällig wieder wegzukommen. Nur was sollte das sein? Um ein wenig Zeit zu gewinnen, steckte ich rasch meine Hand in das bauchige Bonbonglas und beförderte eines der Zitronenbonbons in meinen Mund. »Lass uns später weiterreden, du bist gerade so im Stress.«

Verdutzt ließ Pa seinen Blick durch den Laden schweifen. Es herrschte gähnende Leere, kein einziger Kunde war in Sicht.

»Und ich … ich muss eigentlich dringend auf die Toilette«, rettete ich, was noch zu retten war. Und das war nicht viel. Ohne seine Reaktion abzuwarten, huschte ich schnurstracks um den Kassentisch und öffnete die Tür ins Büro. Dort würde ich zumindest ausreichend Ruhe haben, um mir eine plausible, harmlose Erklärung für mein verrücktes Verhalten einfallen zu lassen. Eine, die Pa davon abhalten konnte, persönliche Nachforschungen anzustellen und die heikle Situation dadurch noch schlimmer zu machen. Denn wenn eins klar war, dann, dass genau das bevorstand. Wahrscheinlich wog er nur noch ab, wo genau er mit seiner Spionage beginnen sollte.

Zwölf

Ich starrte das marmorierte Holz der Klotür an.

Verzweifelt stemmte ich die Ellenbogen auf den Knien ab. Mir war zum Heulen zumute (irgendwie war ich die vergangenen Stunden ungewöhnlich nahe am Wasser gebaut), da kam mir plötzlich ein Gedanke. Ich musste Pa ablenken!

Schnell hastete ich von der Toilette zum Schreibtisch im Büro und stellte erleichtert fest, dass Pa noch keine Zeit gehabt hatte, seit Hannah Ruderers Lesung wieder Ordnung zu schaffen. Zwar waren einige der dicken Ordner voller Rechnungen in den Aktenschrank geräumt, nicht jedoch die Mappe, in der ich auf die Programmvorschau mit der geheimnisvollen Botschaft gestoßen war. Der Gegenstand, den ich aber eigentlich suchte – das antiquarische Buch mit dem blauen Stoffeinband – befand sich direkt darunter.

Pa sortierte gerade das Drehregal mit den Kalendern neu und summte dabei leise. Als er mich bemerkte, blickte er mich zwar flüchtig an, sagte aber nichts. Alleine das verunsicherte mich ein wenig. Langsam ging ich auf ihn zu. »Wo steckt eigentlich Philippa?«, begann ich ein Gespräch.

»Krank.« Pa musterte nachdenklich einen Einhorn-Kalender und platzierte ihn dann bei den Pferden.

»Was ist es diesmal? Die Pest?«, versuchte ich zu scherzen. Er hob bloß die Schultern, ging aber nicht weiter darauf ein. »Emma, ich wollte dir übrigens sagen, dass ich heute Abend etwas vorhabe«, erwähnte er stattdessen beiläufig. »Es kann länger dauern, aber du kommst ja ohnehin alleine zurecht. Und Sonntag machen wir dann etwas Schönes, ja? Bevor die Schule wieder losgeht.« Er lächelte und irgendwie lag ein wenig Unsicherheit in seiner Mimik.

»Okay«, meinte ich erstaunt. Es war bisher nie vorgekommen, dass Pa abends ausging. Hin und wieder arbeitete er bis in die späte Nacht hier unten im Laden, doch ich war immer der Meinung gewesen, er hätte kein anderes Sozialleben, abgesehen vom Kontakt zu den Kunden und diesen beiden Freunden, mit denen er am Wochenende manchmal bei uns zu Hause Karten spielte. Obwohl ich die kannte, seit ich ein kleines Kind war, vergaß ich immer ihre Namen. Sie klangen so ähnlich wie Matze und Tatze. Aber war jetzt ja auch egal. »Was hast du denn vor?«, wollte ich genauer wissen.

Pa zwinkerte verschwörerisch mit einem Auge. »Karottenzwerg, du wirst es früh genug erfahren. Lass mir jetzt aber auch einmal ein kleines Geheimnis, ja?«

Was sollte denn das heißen? Ich musste sofort daran denken, dass Leona mich hin und wieder damit aufzog, wie es für mich wäre, eine Stiefmutter zu bekommen. Natürlich wusste ich, dass seit Mamas Tod zwölf Jahre vergangen waren und Pa noch nicht steinalt war. Er hätte sich durchaus ein bisschen neues Glück verdient gehabt … Aber dadurch wäre mein ganzes Leben gewaltig auf den Kopf gestellt worden, was ich ausgerechnet jetzt nicht ganz so gut brauchen konnte. Immerhin hatte ich Vinzenz an der Backe.

Vielleicht versuchte Pa mir mit dieser Geheimniskrämerei in Wirklichkeit aber auch lediglich ein schlechtes Gewissen dafür zu machen, dass ich ständig seinen Fragen auswich. Bestimmt ging es gar nicht um so was wie ein Date, möglicherweise wollte er Freitagabend nur endlich mal wieder ein Bier mit Matze und Tatze (oder wie auch immer die nun hießen) trinken. Obwohl. Das passte ganz und gar nicht zu Pa.

»Ähm, ich habe ein Buch gefunden und wollte wissen, ob du mir dazu etwas erzählen kannst.« Ich hielt ihm den Einband hin. Sehr zu meiner Verwunderung erstarrte seine Miene bei diesem Anblick. »Woher hast du das?« Er riss mir das Buch aus den Händen und blätterte wild darin herum.

»Also …« Ich verstand nicht, was ihn plötzlich so aufregte, das musste ja ganz schön wichtig sein. »Es hat hinten im Büro gelegen. Mir ist nur der Titel komisch vorgekommen und deshalb …«, setzte ich an.

»Im Büro? Das kann nicht sein!«, fiel Pa mir ins Wort. »Ich habe bei der Suche danach bereits das halbe Haus auf den Kopf gestellt.«

»Was ist es denn für ein Buch?«, staunte ich.

»Der grottenschlechte Roman des Schriftstellers, der vor mehr als hundert Jahren hier gewohnt hat. Es gibt nur ganz wenige Exemplare und das ist das deiner Mutter. Sieh mal.« Pa klappte die erste Seite auf und deutete auf den oberen Rand des rechten Blattes. Mit wunderschön geschwungenen Buchstaben stand dort *»Cecilia Grünwald«*.

»Wieso hat Mama einen grottenschlechten Roman mit ihrem Namen beschriftet?«, wunderte ich mich.

»Weil … als sie schon sehr krank war …« Pa versagte die Stimme. Er holte tief Luft und schloss den Deckel wieder, als würde ihm das helfen, seine Gefühle in den Griff zu bekommen. Ich glaubte für einen Moment, Tränen in seinen Augen zu erkennen, aber dann blinzelte er nur, presste die Lippen zusammen und sagte: »Sie hat es geliebt. Sie hat damit stundenlang auf dem Sofa gelegen und es dir vorgelesen, während du in der Wiege geschlafen hast. Mir ist wirklich ein Rätsel, wo es die letzten Jahre war.« Behutsam legte Pa es in eine Ecke neben die Kasse und fuhr einige Male mit der flachen Hand über den Einband, als wäre es ein besonders empfindlicher Gegenstand, den jede Berührung kaputt machen konnte.

»Worum geht es darin?«, flüsterte ich und stand stocksteif da. Ich wusste nicht, was ich fühlen sollte.

»Ach.« Pa lachte leise. »Um Korbinian Krötenstaub, einen verrückten alten Mann, der in Paris lebt und dort Kröten sammelt.

Cecilia hat … oh, guten Tag!« Mist, verdammter. Ausgerechnet jetzt öffnete sich die Tür und Pa wurde unterbrochen.

Aber ich nahm sowieso kaum noch etwas wahr. Still starrte ich auf den blauen Buchdeckel dort in der Ecke. Zum ersten Mal bemerkte ich die kleine, goldene Kröte, die neben den Titel eingraviert war.

Dreizehn

Eine Armada von kleinen, weißen Totenköpfen auf schwarzem Hintergrund glotzte mich bedrohlich an. Sie bildete den Aufdruck des verwaschenen Shirts, das ich über meinen Unterarm gelegt hielt. Gemeinsam mit ungefähr zehn weiteren Kleidungsstücken, auf die jeder echte Schockrocker voll abgefahren wäre. Gut, vielleicht abgesehen von dem kratzigen Strickpulli mit dem pinken Flamingo, der stach ein wenig aus der Reihe. Aber Leona hatte ihn mit dem Argument, Flamingos seien der letzte Schrei – quasi die neuen Eulen, nur zehnmal cooler –, aus dem unsortierten Wühltisch bei *Jetties Second-Hand* geangelt. Jedes Mal, wenn Vinzenz auch nur den Versuch startete, statt der stilechten Addams-Family-Ausstattung nach einem eleganten Kragenhemd oder einer Stoffhose à la Sherlock Holmes zu greifen (wovon es bei Hokuspokus-Jettie sowieso nicht viel gab), fuhr Leona mit der Geschwindigkeit eines Kugelblitzes dazwischen und pfefferte das Kleidungsstück in großem Bogen zurück an seinen Platz. »Wir suchen Sachen für einen Rockstar«, wies sie ihn zurecht. »Nicht für Omis Liebling, der sonntags ihre Blumen gießt. Wenn Emma dich mit auf den Ball nimmt, dann musst du cool sein. Wir helfen dir wohl genug mit dieser Hannah-Ruderer-Sache. Du wirst also genau tun, was wir dir sagen.«

Sie meinte damit, was *sie* ihm sagte. Meine Stimme zählte längst nicht mehr.

»Dein Geschmack ist schauerlich«, murrte Vinzenz genervt, verschränkte die Arme und klopfte sich ungeduldig mit den Fingern gegen seinen Ellenbogen. »Und von diesem Jonas halte ich im Übrigen auch nichts. Ich verstehe nicht, wieso Miss Emma das nötig haben soll.«

»Was meinst du?«, fragte Leona.

»Nun, einem Dreikäsehoch zu Füßen zu liegen, der keinen Anstand besitzt. Und ebenso wenig verstehe ich, weshalb ihn *meine* Kleiderwahl beeindrucken sollte.«

Tja. Da waren Vinzenz und ich ausnahmsweise einer Meinung.

Ich kapierte auch nicht, wieso es Jonas großartig kümmern sollte, was Vinzenz für Klamotten trug. Dass ich Jonas zu Füßen lag, hielt ich hingegen für eine fiese Unterstellung.

»Nie gehört, dass man Jungs eifersüchtig machen muss, damit sie sich für einen interessieren?«, meinte Leona. »Wenn Jonas euch beide sieht, wird er Megan keines Blickes mehr würdigen.« Damit verschwand sie in den Nebenraum zu den Schuhen und ließ mich alleine mit Vinzenz zurück.

Ich konnte nur seufzend meinen Kopf schütteln und musterte die modischen Albträume direkt vor meiner Nase.

Vinzenz betrachtete mich. »Du solltest diesen Jonas nicht eifersüchtig machen. Wenn dieser Jonas sich nicht für dich interessiert, hat er dich nicht verdient.«

»Das mit dem Ball war doch eure Idee«, erwiderte ich spitz. »Und was interessiert es dich überhaupt, was *dieser* Jonas und ich miteinander zu schaffen haben?«

Huch. Es kam mir vor, als würden sich Vinzenz' Wangen rötlich verfärben. Doch bevor ich mir ganz sicher sein konnte, drehte er sich von mir weg und ich dachte schon, das Thema wäre erledigt. Aber es dauerte nicht lange und er hielt mir ein unfassbar scheußliches Ballkleid unter das Kinn. Farbnuance *verfaulter Salat*.

Typisch Hokuspokus-Jettie. Man musste nur mal einen Blick auf sie selbst werfen, wie sie da in einem dunkelvioletten Fransenrock und einem löchrigen, schwarzen Grobstrickpulli bei der Kasse stand und mit in den Mundwinkel gepresster Zungenspitze

Sudokus löste. Ihre kastanienbraunen Haare sahen platt gedrückter als sonst aus. Im Hintergrund spielte ein Radio alte Bob-Dylan-Songs, zu denen sie im Takt mit der Hüfte wippte. Dabei war sie so vertieft, dass ich mir nicht einmal sicher war, ob sie mitbekommen hatte, dass wir uns seit zehn Minuten zwischen ihrer Ware herumtrieben.

»Das ziehe ich sicherlich nicht an.« Energisch drückte ich Vinzenz samt Monsterkleid von mir. »Niemand läuft so auf einem Schulball rum. Puffärmel! Das war vielleicht vor hundert Jahren mal angesagt.« Ich widmete mich einer Reihe Cocktailkleider und ignorierte ihn. Besser gesagt: Ich tat, als würde ich ihn ignorieren. Das war nämlich gar nicht so einfach, weil ich seinen neugierigen Blick ganz genau in meinem Nacken spürte. Und das weckte wieder dieses doofe Kribbeln in meinem Bauch. »Was?«, hielt ich es irgendwann nicht mehr aus.

»Hm?« Vinzenz warf den grünen Stoffalbtraum achtlos in eine Ecke des Ladens.

»Warum guckst du so?«, fragte ich.

Er legte sich nachdenklich einen Zeigefinger auf die Lippen. »Es würde mich brennend interessieren, ob du in der Lage bist, einen adäquaten Walzer zu tanzen«, verkündete er auf einmal unverblümt.

Einen Walzer? Heilige Käsemakkaroni! »Das wirst du niemals erfahren«, konterte ich schnell.

»Oho«, meinte Vinzenz. »Niemals?«

»Allerdings«, sagte ich und musste leicht schmunzeln.

Vinzenz griff sich an die Brust. »Das trifft mein Herz zutiefst.« Die Tonlage, in der er das sagte, ließ eher das Gegenteil vermuten. »Aber Miss Leona ist eine Romantikerin, liege ich richtig? Sie würde einen Walzer in meinen Armen bestimmt nicht verschmähen.«

»Das mit der Romantikerin kann man laut sagen«, murmelte ich. »Aber mit dir tanzen wird sie bestimmt trotzdem nicht. Sie steht mehr auf deinen *geliebten* Ziehbruder.«

»Ich würde liebend gerne herausfinden, wie man dein rationales Herz erweichen kann«, ging Vinzenz auf meine Spitze gar nicht ein.

»Mein *rationales* Herz? Soll das eine Beleidigung sein?«

»Nun, werte Emma, wie anders würdest du dich beschreiben?«

Ich warf ihm einen seitlichen Blick zu. Pff. Jedenfalls nicht mit *rationales Herz*. Ich mochte es einfach nicht, wenn Geschichten unrealistisch schön waren. Da musste ich immer an Pa und Mama denken. Die beiden hatten ein gemeinsames Leben geplant, romantisch geheiratet und mich bekommen. Und jetzt? Mama war tot, Pa seit zwölf Jahren Single und alleinerziehend ... das war alles andere als romantisch.

»Du bist die unromantischste junge Lady, die mir jemals über den Weg gelaufen ist. Nachdem dich nicht einmal diese sentimentalen Liebesszenen zwischen Esma und Phil ergreifen konnten. Aber ich habe eine Vermutung.« Vinzenz setzte einen schwarzen Zylinder auf seinen Kopf, der (abgesehen von der silbernen Totenkopfbrosche an der Seite) wirklich vornehm aussah, und stupste ihn flott einmal im Kreis. »Das ist perfide Tarnung.«

»Aha«, sagte ich gelangweilt.

»Oho, seht, seht! Dieser ertappte Blick verrät dich. Du bist im Stillen eine große Romantikerin.« Er nahm den Hut ab und deutete eine leichte Verbeugung an. »Deshalb, Miss Grünwald, möchte ich Euch gerne um diesen Tanz bitten.«

Was? Verdammt, nein! Ich würde sicher nicht zwischen Hokuspokus-Jetties Mottenkugeln-Altkleiderware ein Tänzchen hinlegen. Mal abgesehen von meiner ausgeprägten Talentlosigkeit in Sachen Schritt-Koordination und Taktgefühl.

»Keine Sorge, der Englische Walzer genügt vollkommen.« Ein tiefes Lächeln grub sich in Vinzenz' Wangen, zum ersten Mal fielen mir seine Grübchen auf ... Zuckersüße Grübchen. Honigsüße Grübchen. Argh!

Das half mir auch nicht über die Tatsache hinweg, dass ich a) keine Ahnung hatte, was ein Englischer Walzer war und ich

b) Vinzenz nicht so nahe wie bei unserer gestrigen Umarmung kommen wollte. Meine Ohren glühten nur bei diesem Gedanken. Ich bekam kaum noch Luft.

Eine leise Stimme flüsterte mir zu: »*Mach es!*«

Das war mein verräterisches Herz. Was fiel diesem doofen Ding bloß ein?

»Ich … also … kann nicht tanzen«, gestand ich.

Aber dieser Möchtegernlord Schrägstrich Romanschurke pfiff auf meine mangelhaften Tanzkünste. Er setzte den Zylinder zurück auf seinen Kopf, nahm mir die Kleidung ab und warf sie vor den getupften Vorhang der Umkleidekabine. Seine Hände verflochten sich mit meinen.

Ich hielt die Luft an. Vinzenz lächelte. Dann zog er mich ruckartig an sich heran. Unsere Hüften stießen aneinander. Äh, hallo? Man musste es ja nicht gleich übertreiben.

»Tuchfühlung gehört zu einem adäquaten Walzer wie das Wasser zu den Fischen«, lautete Vinzenz' zweifelhafte Ausrede, und ich konnte ihn nur noch aus riesigen Augen anglotzen. Das hier war definitiv näher als bei der Umarmung gestern. Shit.

»Der Grundschritt ist beim langsamen Walzer simpler Natur. Du gehst mit dem linken Fuß nach hinten, ich mit dem rechten vor. Seitwärts schließen und anschließend alles von vorne. Doch sei unbesorgt, ich führe dich. Wie es sich für einen Gentleman gebührt.«

Ob er sich da mal nicht etwas viel vorgenommen hatte. Alles, was ich hinbekam, war wildes Herumhüpfen in meinem Zimmer.

Momentan musste ich mich allerdings sowieso mehr darauf konzentrieren, das Atmen nicht zu vergessen.

Ich spürte Vinzenz' Handfläche an meinem Schulterblatt und merkte, wie er mich sachte in die Bewegung führte.

Mein Herz hämmerte so heftig, dass ich Angst hatte, Vinzenz könnte es bis in seine Fingerspitzen pochen fühlen. Dieses blöde Herz versuchte mich die ganze Zeit zu sabotieren! Ich konnte nicht einmal etwas dagegen tun, als ich begann, den Moment zu genießen. Auf einmal gab es nur noch Vinzenz, einen fürchterlichen Schlager in schlechter Tonqualität und mich. Emma Grünwald. Mit rot gesprenkelten Ohren.

Irgendwie endete das Lied dann viel zu plötzlich.

Vinzenz hielt in der Tanzbewegung inne. Er ließ mich nicht sofort wieder los, sondern blieb noch ein paar Sekunden in seiner Position. Ein intensiver Blick, als hätte er mich nicht schon genug um den Verstand gebracht. Aber es wurde noch schlimmer. Er hob die Hand, führte sie an meinen Mund und malte mit seinem Zeigefinger die Form meiner Lippen nach.

Meine Ohren verwandelten sich in rot leuchtende Glühbirnen. Bestimmt blinkten sie wie die Nase von Rudolph dem Rentier.

»Ahnte ich es doch«, hauchte Vinzenz.

»Was?« Ich erschreckte mich vor meiner eigenen Stimme. Sie klang nach einer Mischung aus Murmeln und Seufzen. Als wäre ich ein Hund … und er ein Stück Schinken.

Vinzenz lächelte. »Alle jungen Ladys zerfließen in den Händen eines Gentlemans, wenn er mit ihnen tanzt. Auch die gänzlich unromantischen. Miss Emma, du solltest verträumte Gefühle zulassen. Du erinnerst mich an Esma.« Damit drehte er sich weg und verschwand in der Umkleide.

Mistkerl.

So viel zum Thema Romantik. Dank ihr konnte ich mir vorstellen, wie es war, von einer Abrissbirne niedergedonnert zu werden, mit voller Wucht auf den Boden hinunterzuknallen und zum Abschluss von einer riesigen Dampfwalze platt gerollt zu werden. Ganz bestimmt würde ich diesen Blödmann nicht mit auf den Ball nehmen!

Langsam trat ich einen Schritt nach hinten und stieß mit dem Rücken gegen Leona, die soeben mit einer riesigen Sammlung an alten Turnschuhen aus dem Nebenraum zurückkehrte.

»Habt ihr schon ein paar Sachen anprobiert?«, fragte sie fröhlich und lud die ausgelatschten Schuhe mitten auf dem Boden ab.

Doch als sie mein Gesicht sah, verdunkelte sich ihre Miene. »Hey, alles klar?«

Leo war nicht nur ein Verknalltheitsdetektor, sie erkannte auch sonst immer, was mit mir los war. Deshalb musste ich gar nicht erwähnen, dass mir zum Heulen war. Ich wünschte mir nur noch, auf der Stelle nach Hause zu laufen, mich in meinem Bett zu verkriechen und fürs Erste niemanden mehr sehen zu müssen – abgesehen von Mister Murphy und einer riesigen Portion Schokoeis.

»Sie haben getanzt.«

Erschrocken wirbelten wir zeitgleich herum.

Hokuspokus-Jettie lehnte direkt hinter uns an einer Kleiderstange. Sie musste sich während des Tanzes heimlich angeschlichen haben. Eine Zeugin für meinen peinlichen Hechelblick. Was wollte ich mehr?

Verträumt aß Jettie ein Sesamgrissini. Krümel fielen auf den grauen Teppichboden, was sie nicht weiter zu kümmern schien. Das wunderte mich nicht. In einer Ecke des Ladens lag eine beeindruckend große Staubmaus, die, wenn die Tür aufging und ein Windzug hereinblies, wie so eine komische Kugel aus alten Westernfilmen über den Boden kullerte.

»Ach, könnte ich doch auch noch einmal jung und so verliebt sein.« Es folgte ein energischer Biss. »Auf der anderen Seite, mit Erfahrung ist das Liebesleben schöner. Weniger verkrampft.« Hokuspokus-Jettie spuckte beim Sprechen ein paar Krümel durch die Luft und quasselte noch irgendeine total erwachsene Weisheit, aber ich war bei *Liebesleben* ausgestiegen.

Besser, man hatte erst gar keins. Jungs waren miese Kröten! Und Vinzenz war die gemeinste, hinterhältigste und übelste von allen. Ich spielte mit dem Gedanken, Nonne zu werden und horchte erst wieder auf, als Jettie sagte: »Ich wusste gar nicht, dass Emma schon einen Freund hat.«

»Er ist auch nicht mein …«, aber der Satz blieb mir im Hals stecken.

Vinzenz trat hinter dem Vorhang hervor. Er trug eine Jeans und ein graues Shirt, auf dem vorne ein kleiner Totenkopf aufgedruckt war. Das helle Grau ließ die dunkelblaue Farbe seiner Augen richtig schön zur Geltung kommen. Als wären sie zwei leuchtende Saphire. Warum konnte er nicht einfach hässlich sein? So wie es sich für einen Schurken gehörte. Mit krummer Nase, fiesem Pferdegebiss, Schlupflidern und einer gruseligen Hängelippe.

»Er ist nur ein Bekannter«, riss ich mich von seinem Anblick los. »Und hoffentlich bald wieder weg.«

Vinzenz blinzelte. War das etwa eine Gefühlsregung? Nee. Der Kerl hatte doch gar keine echten Gefühle! Provokant erwiderte ich seinen Blick und versuchte, cool auszusehen, während ich innerlich zerbröckelte wie ein Haufen Sand.

»Ach ja?«, fragte Jettie verdutzt. »Wohin geht er denn?«

»In ein tibetanisches Kloster«, antwortete ich.

»Ach!« Jettie wirkte ungefähr so perplex wie Vinzenz. Mit dem Zeigefinger fummelte sie Grissini-Reste aus ihren Zähnen. »Ich war auch für spirituelle Erfahrungen in Asien. Das hat meine Leidenschaft beflügelt. Besonders die Zeit mit meinem Yogalehrer in Indien.« Zum Glück ersparte sie uns weitere Einzelheiten und aß, begleitete von lautem Knuspern, einfach nur den letzten Happen ihres Sesamgrissinis.

»Also ich finde, das steht dir richtig gut«, lenkte Leona schnell vom Thema ab. »Das nehmen wir, zusammen mit dem Flamingopulli.« Sie eilte in die Umkleide und kam wenig später mit dem Pullover zurück.

»Gute Entscheidung«, pflichtete Jettie bei. »Der Flamingo steht als mythologisches Krafttier für das Erwachen einer verborgenen Liebe. Eine wundervolle Wahl, besonders, wenn ich mir Emma und diesen jungen Mann ansehe. Das unsichtbare Band zwischen euch ist faszinierend. Stark und fest wie eine Stahlkette. Man hat beinahe den Eindruck, man könnte eure Verbindung berühren.« Sie trat zwischen Vinzenz und mich und betastete mit spitzen Fingern die Luft. »Ah, da ist sie!« Diese Frau hatte tatsächlich nicht mehr alle Tassen im Schrank. Fröstelnd schlang ich die Arme um meinen Oberkörper. Aber eigentlich war es gar nicht so sehr Jetties Verhalten, das mich erschaudern ließ, sondern das, was sie gesagt hatte.

Meinte sie mit dieser Verbindung vielleicht die Kette, von der Vinzenz die ganze Zeit quasselte? Und wenn dem so war, dann musste das leider eins bedeuten: Diese gottverdammte Kette gab es wirklich.

Vierzehn

Vinzenz. Vinzenz. Vinzenz. Seine Lippen näherten sich unaufhaltsam. Esmeralda hielt den Atem an. Doch er berührte sie nicht sofort.

»Frauen brauchen Romantik. Und die kann ich Euch mehr bieten als Phil. Ihr müsst sie nur zulassen, die romantischen Gefühle. Wehrt Euch nicht.«

Diese Stimme. Düster, und dennoch anziehend.

Esmeralda schloss die Lider und ergab sich hilflos einem flammenden Kuss. Leidenschaft loderte in ihr auf und ließ sie hinfortschmelzen. Seine Hände gruben sich in die Haare ihres Hinterkopfs, fordernd und betörend. Esmeralda fühlte sich gleich Bienenwachs, das süß duftend zwischen seinen Fingerspitzen tropfte. Er hatte es geschafft, sie war ihm verfallen. Er knabberte an ihren Lippen. Ein Schurke. Der Widersacher des Jungen, den sie zu lieben geglaubt und der ihr gestern noch die Welt zu Füßen gelegt hatte.

Im Vergleich zu Phil war Vinzenz rücksichtslos, verrucht und trotzdem geprägt von unwahrscheinlicher …

Ich rutschte den Wannenrand hinunter, streckte die Arme mit dem Buch in die Höhe, presste die Augen zusammen und tauchte ab. Das Wasser rauschte dumpf an meinen Ohren vorbei. Ich wollte diesen Tag nur noch vergessen. Erst die Aufregung mit Pa wegen dieser Mitternachtslesung, dann das ganze Drama in Jetties Laden und als wir nach Hause gekommen waren, hatte auch noch jede Ecke der Wohnung nach Pas bestem Rasierwasser gerochen. Das trug er immer nur für wichtige Termine auf. Und auf dem Boden neben dem Eingang hatte das abgefallene Blütenblatt einer dunkelroten Rose gelegen. Rote Rosen! Für Matze und Tatze hatte er die sicherlich nicht gekauft.

Anscheinend hatte das Schicksal den hinterhältigen Beschluss gefasst, mein ganzes Leben in nur wenigen Tagen vollständig umzukrempeln. Es musste mich wirklich hassen, wenn es so etwas Fieses machte.

Am liebsten wäre ich für immer in diesem nach Pfirsich duftendem Badeschaum versunken geblieben. Das hätte mir weiteres Vinzenz-Chaos und eine Stiefmutter erspart. Stiefmütter können ein echter Horror sein. Schneewittchen und Cinderella wussten, wovon ich sprach.

Aber dann fiel mir Mister Murphy ein. Pa schaffte es ja nicht mal, regelmäßig unseren Kühlschrank aufzufüllen. Ich konnte Murphy nicht einfach verhungern lassen. Rasch schoss ich wieder in die Höhe und füllte meine Lunge laut keuchend mit Luft.

Ich warf das Buch davon und tastete blind nach meinem Handtuch. Als ich es zwischen meinen Fingern fühlen konnte, presste ich den Stoff fest gegen mein Gesicht und rubbelte heftig.

»Bei Queen Victorias getupftem Pony, du lebst!«

Was in drei Teufels Namen? Ich riss das Handtuch runter.

Vinzenz stand direkt neben der Wanne und glotzte mich an. »Ich war kurz davor, dich zu retten«, sagte er ernst.

»Spinnst du?!«, rief ich. Mit einem lauten Platschen tauchte ich bis zum Kinn ab. Zum Glück hatte ich die Angewohnheit, viel zu viel Schaumbad ins Wasser zu kippen. Pa motzte mich deshalb immer an. Aber man konnte sich super in den ganzen Blubberblasen verstecken. Und das machte sich heute bezahlt. Anderenfalls hätte Vinzenz mich nackt gesehen. Moment mal. Ich erstarrte. Wie lange stand er überhaupt schon da? *Hatte* er mich vielleicht sowieso schon nackt gesehen? »Was fällt dir eigentlich ein? Ich bade!«, machte ich meinem Unmut Luft.

»Du hast auf mein Klopfen nicht reagiert.«

»Ja, weil ich bade!«

»Du bist seit zwei Stunden hier drinnen. Es hätte sein können, dass du längst ertrunken bist.«

Wenigstens drehte er mir jetzt den Rücken zu. Wie anständig!

Genervt packte ich mein Handtuch, stand auf und wickelte es mir um. »Okay, wie du siehst, ich lebe noch. Dann kannst du jetzt ja wieder die Fliege machen. Ich wollte nur«, ich stieg aus dem Wasser und nahm dabei einen ganzen Ozean Badeschaum mit, der sich großflächig auf dem Fliesenboden verteilte, »meine Ruhe. Kein Grund zur Sorge. Alles prima.« Was für eine Lüge. Nichts war hier prima! Meine Gefühle waren Brei. Und Vinzenz war schuld. Er, seine blauen Augen, sein Buchduft, seine süßen Grübchen und die Tatsache, dass er mir nicht mehr aus dem Kopf ging, obwohl er nichts in meinem Leben verloren hatte. Und ein Blödmann war. Ein ziemlich großer sogar.

»War die Kussszene zwischen Esmeralda und mir zu deiner Zufriedenheit?«, fragte er, anstatt zu verschwinden.

»Woher …?«

»Du hast den Roman während deines kleinen Tauchganges in die Luft gestreckt und ich war neugierig, an welcher Stelle du gerade bist. Anscheinend liest du unsere Geschichte ja doch.« Er drehte sich wieder zu mir um. »Wenn du entkleidet bist.«

Ich zog das Handtuch fester um meinen Oberkörper. »Hau ab!«

»Ruhig Blut, Miss Emma. Kein Grund zur Aufregung.« Vinzenz griff nach der Klinke und verließ das Badezimmer.

Kaum war er weg, setzte ich mich mit zittrigen Knien auf den Wannenrand. Meine Aufmerksamkeit blieb beim Mitternachtsroman hängen, der in der linken Ecke am Boden lag. Eine Ladung Schaum war darauf gelandet. Mist! Es war Pas Ausgabe.

Hastig trippelte ich auf Zehenspitzen über den Fliesenboden und hob den Roman aus der Pfütze. Wasser hatte sich in die Seiten gesaugt und der Deckel wellte sich. Ob man Bücher föhnen konnte? Aber das hätte es auch nicht wieder heil gemacht. Das war's dann wohl mit meinem Taschengeld für nächsten Monat.

Mama beobachtete mich. Mit ihrem fröhlichen Lachen und den weißen Blumen in ihren fuchsroten Haaren sah sie wunderschön aus. Ich bekam ein schlechtes Gewissen wegen dem, was ich gerade tat – das hätte sie bestimmt nicht gut gefunden. Aber ich hatte keine andere Wahl. Also legte ich den Mitternachtsroman neben das eingerahmte Hochzeitsfoto auf Pas Nachttisch.

Gerade als ich mich wieder zum Gehen umwandte, knallte ich gegen Vinzenz' Oberkörper. »Mann, hast du mich erschreckt! Was suchst du hier?«, wisperte ich. Das wäre gar nicht nötig gewesen, außer uns war schließlich niemand zu Hause.

»Dich«, antwortete Vinzenz in normaler Lautstärke. So wie ich ihn kannte, hätte er nicht einmal geflüstert, wenn Pa da gewesen wäre. Ich schob ihn energisch aus dem Schlafzimmer, doch kaum hatte ich ihn losgelassen, spazierte er wieder rein und sah sich neugierig um. »Höchst unglaubwürdig.«

Ich stöhnte auf. »Was ist *höchst unglaubwürdig?*«

Wenn das so nervenaufreibend weiterging, dann wäre ich wohl oder übel bald einer von diesen Teenagern, denen schon mit vierzehn graue Haare wuchsen. So was soll es ja geben, bei zu viel Stress. Wie sollte ich die *vier* Wochen bis zu Hannah Ruderers Lesung überleben? Für die wir immer noch keine Tickets hatten …

»Mit dem Buch. Du willst vertuschen, dass du es ruiniert hast. Verständlich. Es ist schon die zweite Ausgabe alleine in dieser Woche.« Vinzenz lächelte. »Ich bin erstaunt, dass die Buchhandlung die vergangenen vierzehn Jahre überlebt hat. Dein Talent zur Buchzerstörung ist beeindruckend! Aber dein werter Daddy wird nicht sonderlich amüsiert sein.«

Wortlos stierte ich ihn an. Das wusste ich, er musste es mir nicht auch noch unter die Nase reiben. Außerdem fühlte ich mich für das erste Unglück echt nicht verantwortlich. Ich war schließlich nicht begleitet von einer Explosion aus den Seiten geklettert.

»Sei unbesorgt, ich habe eine Idee«, sagte er und marschierte schnurstracks in Richtung Wohnzimmer.

Vinzenz und eine Idee? Das konnte nichts Gutes bedeuten. Hastig eilte ich ihm bis in die Küche hinterher.

Als ich durch den Perlenvorhang schlüpfte, hielt er ein Glas in der Hand. »Ich werde dir in Sachen Glaubwürdigkeit unter die Arme greifen.«

Na danke. Darauf konnte ich verzichten.

Er spitzte die Lippen und pfiff ein fröhliches Lied. Leitungswasser lief in das Glas. Als es zur Hälfte gefüllt war, hielt er es vor seine Augen und zwinkerte. »Voilà!« Blitzschnell machte er sich auf den Rückweg.

Mir schwante Übles. Und zu allem Überfluss war er flink wie ein Wiesel. Ich schaffte nicht, ihn im Flur aufzuhalten. Zurück in Pas Schlafzimmer rutschte mir das Herz bis in die Zehenspitzen. »Vinz … das ist …«

»Ich weiß, ich weiß. Das ist famos.«

»Nein! Das ist vollkommen bescheuert!«, rief ich mit Blick auf das Desaster. Er hatte das gesamte Wasser über das Buch gekippt! »Jetzt ist es komplett zerstört! Hättest du es nicht einfach daneben stellen können, sodass es aussieht, als wäre es ein bisschen übergelaufen?«

»Hältst du deinen Daddy wirklich für derartig töricht?«

»Hä?«

»So was muss schon Hand und Fuß haben. Ich wage zu bezweifeln, dass dein Daddy denkt, ein Glas könne ohne sichtbaren Grund *ein bisschen* überlaufen.« Vinzenz platzierte das Glas umgekippt neben dem aufgeweichten Buch. »Es muss schon umgekippt sein. Aber natürlich braucht es dafür eine Ursache. Wir müssen also die Ratte hier einsperren.«

»Welche Ratte?«

»Na, deine Ratte! Mister Morphium. Dein Daddy wird glauben, sie hätte das Glas umgeworfen.«

»Mister MURPHY ist ein Chinchilla! Und wenn ich nicht aufpasse, knabbert er Möbel an und kackt alles voll.«

»Fabelhaft.« Vinzenz nickte zufrieden. »Dann kann sie uns nur gute Dienste leisten.«

»Er!«

»Meinetwegen. Du solltest sie holen.«

»Ihn«, knurrte ich und warf einen Blick auf mein Handy. Zwanzig Uhr. Ladenschluss war vor zwei Stunden gewesen und ich hatte keine Ahnung, wie lange Pas mysteriöses Date noch dauern würde. Bei meiner Pechsträhne hätte es mich nicht gewundert, wäre gleich die Tür aufgeflogen. »Das ist eine ganz blöde Idee«, hakte ich ein.

Aber auf dem Teppichboden neben dem Nachttisch hatte sich bereits ein nasser Fleck gebildet und außerdem war ein beachtlicher Teil auf Pas Kopfkissen gelaufen. Dieses verunglückte Glas musste tatsächlich irgendwie erklärt werden.

Vinzenz zog eine Braue hoch. »Wenn du einen besseren Plan hast, nur zu. Du warst schließlich diejenige, die in der Wanne lesen musste. Ich kann dir nur den Rat geben, es mit Mister Morchel zu versuchen.«

Ich seufzte. Weshalb hatte ich es nicht einfach mit dem Föhn versucht?

Fünfzehn

Die Buchhandlung wurde von Hunderten wilden Romanfiguren überfallen. Der glitzernde Vampir mit einem Grinsen wie frisch aus der Zahnpastawerbung verfolgte mich auf Schritt und Tritt. Jetzt ging er sogar auf die Knie, als würde er mir einen Heiratsantrag machen, doch dann fragte er nur: »Warum bist du nicht in deinem Bett?«

Eine Hand strich mir über die Wange.

O Gott.

Ich riss die Augen auf und merkte erleichtert, dass ich dieses Mal wirklich nur geträumt hatte. Ein Glück.

Langsam rappelte ich mich hoch. Pa saß neben mir auf dem Sofa in unserem Wohnzimmer. Über einem dunkelblauen Hemd trug er ein braunes Sakko und dazu eine neue Jeans. Und er hatte beim Hereinkommen vergessen, die Monsterhauspantoffeln anzuziehen. Dafür hatten sich tiefe Lachfalten in seinen Mundwinkeln gebildet.

»Wie spät ist es?« Ich gähnte und rieb mir das Gesicht.

»Zwei Uhr nachts. Ist die Couch bequem?« Pa kniff mich lachend in den nackten Fuß. Ich zuckte zusammen. Warum war der mitten in der Nacht so gut gelaunt? Dann fiel mir wieder ein, weshalb ich hier lag. Der Plan. Ich musste im Wohnzimmer warten, um glaubhaft behaupten zu können, Mister Murphy wäre unbemerkt rausgekommen, während ich nicht in meinem Zimmer gewesen war. Nur war ich davon ausgegangen, dass Pa *vor* Mitternacht zurückkehren würde.

»Seit wann bist du zu Hause?«, fragte ich.

Pa erhob sich begleitet von einem Klopfen auf seine Knie. »Seit eben.«

»Wie bitte? Wo warst du so lange?«

Er gähnte herzhaft und plinkerte ganz komisch mit den Lidern (ein Mischmasch aus verschwörerisch und verlegen). »Du hast recht, es ist wirklich spät geworden, ich muss dringend ins Bett. Morgen ist Samstag und der Laden schmeißt sich nicht von selbst. Dir würde ich auch zu einem raschen Sprung in die Federn raten, wenn du hier weiter auf dem Sofa liegst, bekommst du's nur mit dem Rücken.« Jetzt zwickte er mich schon wieder in den Zeh. »Schlaf gut, meine Kleine.«

Der Laden schmeißt sich nicht von selbst?! So sprach Pa doch normalerweise nicht. Und wieso rückte er nicht heraus, mit wem er sich getroffen hatte? Das musste ja wirklich eine ziemlich große Sache sein. Das beunruhigte mich gleich noch mehr. Große Sachen passten mir momentan nicht in den Kram.

Pa verschwand im dunklen Flur und summte laut eine Melodie, die ich noch nie gehört hatte. Was war nur in ihn gefahren? Normalerweise ließ sich Pas Gesumme klar auf zwei Lieder eingrenzen: *Hänschen klein* und *O Tannenbaum*.

Nach kurzer Zeit konnte ich den Wasserhahn im Bad rauschen hören und dann Schritte in Richtung Schlafzimmer.

Ich erinnerte mich an Mister Murphy, setzte mich aufrecht hin und kaute auf meiner Unterlippe herum.

Die Schlafzimmertür fiel ins Schloss.

Stille.

Ich zählte in meinem Kopf, das tat ich immer, wenn ich mich beruhigen wollte.

Eins. Zwei. Drei.

Nichts.

Eins. Zwei. Drei.

Wieder nichts.

Eins. Zwei. Drei.

Seltsam. Wahrscheinlich hatte Mister Murphy sich unter dem Bett verkrochen und Pa war das durchnässte Buch in seiner überschwänglichen Laune gar nicht aufgefallen.

Vinzenz war noch wach. Er saß mit dem Rücken gegen mein Bett gelehnt und sah mich an, als ich ins Zimmer kam. Bevor ich die Tür hinter mir zuzog, lauschte ich noch einmal in den Flur, ob Pa auch wirklich nichts von sich hören ließ.

Es war ganz leise.

Ich drehte den Schlüssel um (zur Sicherheit) und kletterte über das Fußende auf mein Bett. Dort machte ich es mir im Schneidersitz gemütlich. »Pa hat nichts bemerkt.«

»Höchst unwahrscheinlich«, entgegnete Vinzenz. »Es sei denn, er ist betrunken.«

»Ganz bestimmt nicht!«, kicherte ich. »Pa trinkt nicht mal bei Familienfeiern Sekt. Und das will was heißen, sogar ich hab da schon mal heimlich dran genippt, um nicht vor lauter Langeweile zu sterben.«

»Wie unanständig!« Vinzenz schmunzelte und zeigte damit seine unverschämt süßen Grübchen.

Bevor mir warm werden konnte, konzentrierte ich mich rasch auf meinen nackten großen Zeh. »Pa verhält sich jedenfalls ziemlich eigenartig.«

»Kannst du das präzisieren?« Vinzenz streckte sich flach auf dem Boden aus, legte die Beine übereinander und verschränkte die Arme unter seinem Hinterkopf.

Präzisieren. Herr Kolm, mein Deutschlehrer, verwendete dieses Wort immer, wenn ihm eine Antwort nicht gut genug war. *»Das ist ein schöner Gedankengang, Emma, ich hätte jedoch gerne, dass du uns deine Meinung zu Goethes Ballade noch etwas präzisierst.«* Und meistens wusste ich dann nicht mehr, was ich sagen sollte. Präzisieren war also nicht meine Stärke.

»Er benimmt sich total crazy«, versuchte ich es trotzdem.

»Hm«, erwiderte Vinzenz. »Nun denn, das klingt durchaus schockierend. Vermutlich handelt es sich um einen Adrenalinrausch. Nach meiner Erfahrung gibt es dafür drei mögliche Ursachen: Alkohol, der Abschluss eines besonders gewinnbringenden Deals oder eine Begegnung romantischer Natur.«

»Von diesen drei Sachen hast du natürlich richtig viel Ahnung«, zog ich ihn auf und verdrehte die Augen.

»Nun, das würde dich interessieren, nicht wahr?«

Ich glaubte so was wie ein triumphierendes Funkeln in Vinzenz' Mimik zu erkennen, aber ich schaffte es, seinem durchdringenden Blick standzuhalten und wandte mich nicht ab. »Nein, könnte mir nicht egaler sein. Allerdings denke ich auch nicht, dass irgendwas davon auf Pa zutrifft.«

»Nachdem du Alkohol – Möglichkeit eins – kategorisch ausschließt, bleiben uns sowieso nur noch die beiden anderen Optionen.«

»Was soll Pa denn bitte schön für einen Deal abschließen?«

»Ganz richtig. Es muss die Begegnung romantischer Natur sein. Vermutlich war sie sehr erfolgreich, wenn man die späte Stunde seiner Rückkehr beachtet. Liebste Emma, ich würde sagen: Dein Daddy wurde von Amors Pfeil getroffen. Mitten ins Herz.«

Damit lag Vinzenz wahrscheinlich goldrichtig. Ich wusste, dass ich mich eigentlich für Pa hätte freuen müssen. Aber es gelang mir einfach nicht, irgendwie beunruhigte mich die Sache viel zu sehr.

Erst Vinzenz' Hand auf meiner Schulter lenkte mich von meinen düsteren Gedanken ab. Er setzte sich zu mir, als sei das selbstverständlich. »Da ist noch etwas«, sagte er.

»Und zwar?« Ich rutschte ein Stück weg.

»Unsere Verbindung«, antwortete Vinzenz und rückte mir hinterher, bis er wieder ganz dicht bei mir saß. »Wir sollten sie intensivieren.«

WAS? Er hatte sie ja wohl echt nicht mehr alle!

»Ich find sie schon ziemlich intensiv«, merkte ich an.

Vinzenz lehnte sich nach vorne und strich mir eine Haarsträhne aus dem Gesicht. »Du vertraust mir nicht.«

»Also … ich …«

»Keine Sorge, ich versteh dich. Meine Romane lassen mich wirklich einigermaßen zwielichtig erscheinen.«

Mir wurde ganz schwummerig. Vermutlich, weil mein Herz wie eine Dschungeltrommel im Alarmmodus pochte.

»Und trotz allem liest du meine Kussszenen. In der Wanne, heimlich und *nackt*«, vollendete er grinsend seinen Satz.

Es dauerte kurz, bis zu mir durchsickerte, was er gerade gesagt hatte. »Du Idiot!« Ich pfefferte ihm mein Kissen entgegen. Leider wich er so geschickt aus, dass es nur neben ihm auf die Bettdecke plumpste.

Wir starrten einander an. Vinzenz' Mundwinkel zuckten verräterisch, bevor er zu lachen begann. Das war ansteckend. Kurz darauf musste auch ich lachen. So lange und doll, bis mir der Bauch wehtat. Und erst nach einer gefühlten Ewigkeit konnten wir uns wieder beruhigen.

Die plötzliche Stille fühlte sich danach ganz eigenartig an.

Das fand offenbar auch Vinzenz, denn er war es, der als Erstes wieder zu sprechen begann. »Miss Emma. Weißt du eigentlich … du bist …« Doch anstatt den Satz zu beenden, beugte er sich nach vorne. Sein Atem strich warm über meine Wangen. Das fühlte sich an wie sanfter Wind an schönen Sommertagen. »Wenn es nur anders wäre.«

»Wenn was anders wäre?«, fragte ich heiser.

Vinzenz griff nach meiner Hand.

Die Zeit stand still.

Tick.

Tick.

Tack.

Und auf einmal berührten sich unsere Lippen. Erst nur ganz zart, dann immer fester. Wie im Film. Nein, besser als im Film.

Ich hatte es mir schön vorgestellt, aber nicht sooo schön. Es war wie Achterbahnfahren, aber aufregender. Wie Schokoeis essen, aber süßer. Wie träumen, aber echter. Es war perfekt.

Ich spürte seine Hände über meinen Kopf wandern. Wir ließen uns gemeinsam zurückfallen. Ich seufzte und versuchte, die Wagenladung Gedanken aus meinem Kopf zu kriegen.

Wir kannten uns seit Mittwoch. Stopp! Stopp! Man küsst sich nicht so schnell! Und schon gar nicht auf diese Weise. Oder?

Mein Herz verlangte, ihn näher an mich heranzuziehen.

Mein Kopf befahl mir lautstark, ihn wegzustoßen.

Mein Herz gewann.

Gänsehaut.

Wo hatte er bloß so gut küssen gelernt? Gar nicht darüber nachdenken. Lieber nur … Hmmm … Küssen.

Die Ameisen in meinem Bauch begannen Party zu feiern und dabei ein Feuerwerk abzufackeln.

Meinetwegen hätte der Kuss für immer und ewig weitergehen können. Ich wollte nie wieder etwas anderes tun, als genau das hier. Vinzenz küssen. Mich von Vinzenz küssen lassen. Vinzenz küssen. Mich von Vinzenz … doch dann war wie aus dem Nichts Ende der Ameisenparty. Er löste sich von mir. Einfach so. Das fanden die Ameisen gar nicht gut.

»Nicht aufhören! Zieh ihn wieder an dich heran! Weiter! Weiter! Weiter! Küssen! Küssen! Küssen!«

Ich versuchte die Ameisen auf stumm zu schalten und fasste mir verwirrt an die Lippen. Sie prickelten ganz heftig.

»Es ist … wir sollten …«, stotterte Vinzenz. Seine Augen glänzten und seine Pupillen kamen mir riesig vor. An seinem Hals hatten sich ein paar rote Flecken gebildet. »Emma, hast du dir …« Er verstummte.

»Habe ich mir was?«, flüsterte ich.

»Es ist spät. Wir sollten schlafen.«

BITTE WAS?

Vinzenz stand auf, zupfte sein Shirt zurecht und ging rüber zum Ausziehsofa, ohne mich noch einmal anzusehen.

Was war denn jetzt passiert?

Die Ameisenparty in meinem Bauch hatte sich in ein Gewitter verwandelt. Ein lautes, düsteres, mit ganz viel Regen und dazu stupsten mich die doofen Kribbeltierchen ständig in den Bauch. *»Küssen! Küssen! Küssen!«*

Sechzehn

Wildes Rumoren im Flur riss mich aus dem Schlaf.

Verwirrt blinzelte ich zum Wecker. Es war zehn Uhr.

Das Fenster stand offen und eine feine Brise wehte herein. Die frische Luft tat gut, denn ich fühlte mich träge wie ein Sack Kartoffeln. Keine Ahnung, wie lange ich geschlafen hatte. Bestimmt nicht viel mehr als zwei Stunden. Ich hatte nach *dem Vorfall* noch eine halbe Ewigkeit wach gelegen und an die dunklen Wände meines Zimmers gestarrt.

Jetzt klopfte es an der Tür. »Emma!« Natürlich war das Pa und er klang todernst. Ach nee. Danke. Auf Motzen hatte ich jetzt echt keinen Bock. Mein Kopf brummte und meine Lider waren schwer wie Blei. Keine zehn Pferde würden mich aus den Federn bringen … Vor allem war es unter meiner Decke wunderbar warm und kuschelig. Richtig herrlich. Ich schmiegte mich in die Laken und wollte gerade die Augen noch mal für ein paar Minuten schließen, als der Krach draußen von vorne losging.

Moment mal. Pa an einem Samstag um zehn Uhr? Plötzlich fiel es mir auf. Da war er doch normalerweise längst unten in der Buchhandlung … Wie ein Blitz schoss ich in die Höhe, so hastig, dass ich mich dabei in meiner Decke verfing. Sie drehte sich eng um meinen ganzen Körper und ich plumpste eingewickelt wie ein Rollmops auf den Boden. Unter wildem Gezappel befreite ich mich aus meinem Stoffgefängnis und sprang auf die Beine. Im nächsten Moment erstarrte ich zur Salzsäule. Ich konnte kaum glauben, was ich sah.

Was zum Kuckuck suchte Vinzenz in meinem Bett?!

Er hatte einen Arm unter das Kissen geschoben und schlief friedlich. Immer noch trug er Jeans (wie unbequem!) und T-Shirt, und sogar seine Mundwinkel zuckten im Traum. Na, da hatte offensichtlich jemand einen herrlichen Bärenschlaf.

»Emma, mach auf!« Pa klang richtig sauer.

»Äh«, antwortete ich und war ehrlich gesagt nicht minder sauer, während ich wie eingefroren rumstand und den Blick nicht von Vinzenz abwenden konnte. »Gleich!« Wenn Pa *das* zu Gesicht bekommen würde, wäre hier die Hölle los. So viel stand fest.

»Emma! Ich muss in den Laden!«

»Sorry, ich bin sofort da!« Rasch verpasste ich Vinzenz einen kräftigen Hieb in die Seite. »Was soll das?«, fauchte ich ihn an.

»Wie? Wo? Was?« Vinzenz machte den Gesichtsausdruck eines verschlafenen Faultieres. Faultiere können übrigens echt süß sein. Besonders, wenn sie sich verwirrt umsehen. *Nein, Emma, reiß dich zusammen!*

»Du! In. Meinem. Bett.«

»Oh.« Vinzenz stützte sich auf seine Ellenbogen. »Ich muss eingenickt sein. Du hast im Schlaf gewimmert, ich wollte dich wecken. Das hat nicht geklappt und deshalb hab ich mich zu dir gesetzt und dir die Hand gehalten. Sonst wäre das mit dem Gewinsel die ganze Nacht weitergegangen.«

Ich lachte auf, verschränkte die Arme und versuchte mir nicht anmerken zu lassen, dass mein Bauch bei seinen Worten wild zu prickeln begann. Er hatte meine Hand gehalten? … *Aaaaahhh!* Was bildete sich dieser Kerl eigentlich ein?

»Ich hab sicher nicht gewimmert«, stellte ich klar.

»Oh doch, das hast du, Miss Emma. Gewinselt wie ein ängstliches Hündchen. Ungefähr auf diese Art …« Er machte erbärmliche Fiepslaute, wie sie nicht einmal Mister Murphy hinbekommen hätte. Unverschämtheit!

Erst küsste er mich, dann riss er mir das Herz aus der Brust und jetzt verglich er mich mit einem kleinen Hündchen.

Pa hatte die Schnauze auch voll, nur leider von mir. »Emma, mir reichen deine Mätzchen! Mit wem redest du da?«

»Bin am Handy.«

»Machst du Witze? Ich muss los!«

»Eine Sekunde noch.« Ich wandte mich an Vinzenz. »Versteck dich! Sofort!«

»Wie bitte?«, gähnte der, deutlich zu laut für meinen Geschmack. Hastig hielt ich ihm den Mund zu, woraufhin er mich mit weit aufgerissenen Augen angaffte. »Unters Bett, sofort! Pa darf dich auf keinen Fall finden.«

Mit meiner freien Hand zerrte ich energisch an seinem Shirt, bis er sich von selbst in Bewegung setzte und nuschelte: »Schmom wmieder verspmecken? Domt imt amber dm Ratmkämpfig!«

»Ein für alle Mal: Mister Murphy ist ein Chinchilla«, fauchte ich und drückte Vinzenz auf den Boden.

Ein riesiger Kaffeefleck prangte auf Pas Hemd. Es hing ihm unordentlich aus der Hose, er war barfuß und seine Haare sahen aus, als wäre er durch einen Windkanal gelaufen. Die Tasse hielt er in der rechten Hand, während er mit der linken auf der Ablage nach seiner Brille tastete (ohne die besaß Pa die Sehkraft eines Maulwurfs), dabei über ein paar am Boden herumkullernde Schuhe stolperte (wie gesagt: Maulwurf!) und sich noch mehr ankleckerte (Maulwurf!). Ich fragte mich, wie er es geschafft hatte, ohne Brille einen Kaffee zu machen. Wenn man die Kleckerei auf seinen Klamotten beachtete, war das aber sowieso nicht besonders erfolgreich gewesen. Vermutlich hatte er die Brille in seinem hilflos zerstreuten Zustand vorher einfach nicht finden können.

Ich blieb in der halb geöffneten Tür stehen, wickelte meine Haare zu einem Dutt und zupfte am Saum meines Schlafshirts herum. »Guten Morgen, Pa.«

»So geht das nicht«, sagte Pa, ganz ohne Guten Morgen. Es war offensichtlich kein guter Morgen. Er schob sich die Brille auf seine

Nase, auf deren Rücken sich ein paar große *»Ich bin stinksauer«*-Falten gebildet hatten. Nun flirrte er einmal heftig mit den Lidern. Das tat er immer, wenn er sich noch an die Welt in voller Sehstärke gewöhnen musste. »Wir brauchen neue Regeln«, verkündete er. »Das heißt, DU brauchst neue Regeln, junges Fräulein!«

Menno. Wenn er mich *junges Fräulein* nannte, war die Stimmung echt im Eimer. Ein bisschen was von der guten Laune heute Nacht hätte er sich ruhig auch für den Tag behalten können. Ihm musste eine gewaltige Laus über die Leber gelaufen sein. Oder ein Chinchilla ... Und vielleicht auch die Tatsache, dass er zum ersten Mal (zumindest seit es mich gab) verschlafen hatte.

»Uhm ... ist was passiert?«, erkundigte ich mich unschuldig und knibbelte noch intensiver an meinem Oberteil. Leider wusste ich ja ganz genau, dass etwas passiert war.

Pa schnaubte. »Kann man wohl sagen. Hast du Mister Murphy unbeaufsichtigt aus dem Käfig gelassen? Oder wie kommt es, dass er unter meinem Schrank sitzt, beinahe jedes Möbelstück angeknabbert hat und denkt, mein Schlafzimmer wäre sein neues Klo?«

»Ups.« Ich zog eine schiefe Unterlippe.

»Ist der Käfig kaputt?« Pa verschränkte die Arme.

»Mm, nö.«

»Lass mich das lieber überprüfen.«

WAS? Um Gottes willen. Das lief ja völlig aus dem Ruder. »Musst du nicht in den Laden? Oder ist Philippa da?«, lenkte ich ein. »Es ist schon total spät!«

»Philippa?« Pa kräuselte die Stirn. »Natürlich ist sie nicht da. Sie ist krank. Ich vermute mal, sie leidet unter dieser ganz üblen Krankheit namens Badeseevirus. Unheilbar.« Er stellte die Tasse auf die Kommode und näherte sich wie der Terminator mit Shotgun. Unaufhaltsam. Ich schloss hastig die Tür hinter meinem Rücken. »Wenn Philippa nicht da ist, musst du doch runter. Die Spinatwachtel kommt Samstag pünktlich um neun, und wenn nicht offen ist, wird sie im ganzen Viertel rumerzählen, du wärst pleite.«

Pa schob mich unbeeindruckt zur Seite (irgendwie hatte ich meine Kraft über- und seine unterschätzt) und verschaffte sich Zutritt in mein Zimmer. Einfach so.

»Ich muss dir was sagen!«, rief ich schnell.

»Du hast Mister Murphy rausgelassen, stimmt's?«

»Nein, also …« Mist. Ich hätte mir vorher überlegen sollen, was ich ihm sagen wollte. »Ja … äh … wäre es nicht besser, du gehst zur Arbeit?«, versuchte ich es noch einmal.

Aber Pa nahm seine Pflichten heute erstaunlich wenig ernst. Er betrachtete mich lediglich kritisch. Irgendetwas musste diese Person, die er gestern Abend getroffen hatte, mit ihm angestellt haben. Hypnose. Gedankenmanipulation. Hirnwäsche. Vielleicht war er ja auch gegen einen Klon ausgetauscht worden. Einen Auftragsklon, mit der Geheimmission, unsere Buchhandlung in den Ruin zu treiben. »Der Laden kann heute warten«, murrte Pa. Alles klar. Definitiv ein Klon. So was hätte der echte Pa niemals gesagt. Aber leider war diese Klonausgabe nicht dumm. »Wer schläft auf deinem Sofa?«

So ein Mist. Nervös begann ich an meinem Daumennagel zu knabbern und glotzte Vinzenz' zerwühltes Schlaflager an. »Leo kommt heute Abend, wir wollen *Titanic* gucken und ich hab schon mal alles vorbereitet.« Für diese in Sekundenschnelle entwickelte Erklärung klopfte ich mir gedanklich selbst auf die Schulter. Sie war perfekt.

Pa (beziehungsweise der Klon) zog trotzdem ein ungläubiges Gesicht. »*Titanic?* Schon wieder?«

Hm. Vielleicht war das doch der echte Pa. Denn woher hätte ein Auftragsklon wissen sollen, dass Leona und ich *Titanic* mindestens einmal im Monat schauten? Wir konnten die Szenen bereits auswendig mitsprechen. Und Leona musste immer ganz schrecklich heulen, wenn Leonardo DiCaprio erfroren in den eisigen Meeresfluten versinkt.

»Wir wollen den Weltrekord in *Titanic*-Schauen brechen.«

»So, so.« Pa schmunzelte sogar ein bisschen. »Diesen Ehrgeiz hebst du dir besser für die ersten Klausuren auf.«

»Mach ich.« Ich lächelte ihn an und hoffte, dass er, wenn ich ihn intensiv genug anstarrte, die Sache mit dem Käfig vergessen würde. Leider funktionierte das nicht.

Pa trat dicht an mein Bett heran. »Dann wollen wir mal nach dem Rechten sehen.« Er ging in die Knie und lugte mit leicht zusammengekniffenen Augen darunter.

Verzweifelt schlug ich mir die Hände vor das Gesicht und wünschte mir in diesem Augenblick nichts dringender, als mich in Luft aufzulösen. Oder im Boden zu versinken. Oder auf irgendeine andere Weise zu verschwinden. Doch weil das nicht möglich war, begann ich im Kopf langsam zu zählen.

Eins.

Zaghaft schob ich Daumen und Zeigefinger zur Seite und öffnete mir damit ein kleines Guckloch, durch das ich Pa beobachten konnte.

Zwei.

Dre… zu spät.

»Huch!« Pa taumelte zurück. Fehlte noch, dass er vor Schreck umkippte. Das geschah nur nicht, weil er sich mit einer Hand an meinem Bett festklammerte. Mit entsetztem Blick wirbelte er zu mir herum. »Emma!«

Klasse. Jetzt war es passiert. Das, was ich seit Tagen zu verhindern versuchte, weil mir klar war, was es bedeutete. Erklärungsnot hoch zehntausend. Oder wie soll man seinem Vater weismachen, dass dieser Junge, der sich unter dem Bett versteckt, aus einem Roman gepurzelt ist? Das glaubt einem doch kein Mensch. Unter gewöhnlichen Umständen hätte ich mir das genau genommen nicht einmal selbst abgekauft.

Ich ließ meine Hände zum Mund wandern und wagte es nicht, auch nur einen winzigen Atemzug zu machen.

»Es ist nicht so, wie es aussieht«, behauptete ich tapfer.

Pa lachte genervt auf. »Das hoffe ich doch! Ich glaub, ich sehe nicht richtig. Kann ich dir gar nicht vertrauen? Ich dachte, du bist schon alt genug, um Verantwortung zu übernehmen.«

Vor lauter Verzweiflung brachte ich keinen Piep mehr raus. Pa wirkte enttäuscht, und das tat weh.

Doch dann fuhr Pa fort: »Es ist ja kein Wunder, dass Mister Murphy rauskommen konnte, wenn sein Käfig umgekippt ist.«

Das war, was Pa so aufregte? Ein umgekippter Käfig? Und der Junge unter meinem Bett war ihm egal?

»Der Käfig?«, fragte ich betreten. »Deshalb bist du sauer?«

Pa musterte mich irritiert. »Weshalb sonst? Dachtest du, ich finde da unten ein Monster?«

»Nein, kein Monster«, murmelte ich leise. »Aber einen …«

Halt. Was, wenn Pa Vinzenz gar nicht wahrnehmen konnte? Die ganze Zeit hatte ich mich so angestrengt, ihn vor Pa zu verbergen, dabei war das vielleicht vollkommen unnötig gewesen. Aber wieso hatte Philippa Vinzenz gesehen? Und Jettie im Secondhandladen? Eigenartig. Ich duckte mich, um einen Blick unter das Bett zu erhaschen und – Vinzenz war weg.

Siebzehn

»Tadaaaaaa!« Leona war über den Laden die Wendeltreppe emporgelaufen und stand nun auf der letzten Stufe vor dem Eingang in unsere Wohnung. Sie schwenkte eine weiße Plastiktüte vor meiner Nase herum und strahlte mich mit ihrem *Die Welt ist ein Ponyhof*-Lächeln an. Das setzte sie immer auf, wenn sie mir sagen wollte, dass alles wieder sonnig sein würde. Wie beste Freundinnen das nun einmal machen, wenn es brennt.

Und es brannte ganz gewaltig.

Sie ließ die Tüte sinken, als sie meine geröteten Augen sah (Ja. Ich hatte geheult wie ein Schlosshund. Es ist ganz schön schwer zu verdauen, wenn man wegen einem bescheuerten Kerl plötzlich Schmetterlinge im Bauch hat. Und der einen dann auch noch küsst, nur um sich am nächsten Tag still und leise in Luft aufzulösen).

»O Süße, Krisensitzung?«, fragte Leona.

»Schsch. Ja, aber nicht hier.«

Pa summte unten im Laden *O Tannenbaum*. Ein eindeutiges Zeichen, dass er keine Kunden bedienen musste. Meine Lust, mir noch einmal eine Standpauke wegen des Chaos heute Morgen anzuhören, hielt sich in Grenzen. Es reichte, dass ich eine geschlagene Stunde mit Aufräumen verplempert hatte. Aber ich hätte eben niemals auf Vinzenz hören dürfen.

Ich griff Leona beim Arm und wollte sie in den Flur ziehen, da tauchte auch schon Pas Kopf am Ende der Wendeltreppe auf. Er lugte nach oben. »Leo, bist du heute zum Abendessen bei uns?« Wenigstens seine Laune schien sich in der Zwischenzeit wieder verbessert zu haben. Dafür hatte meine den Nullpunkt erreicht.

»Meine Mutter …«

»Ja, sie bleibt!«, fiel ich ihr ins Wort und warf die Tür zu.

»… macht Pfannkuchen«, vollendete Leona ihren Satz. »Mit selbst gemachter Pflaumenmarmelade, da fehle ich nie.«

»Heute schon, du schläfst bei mir und wir schauen *Titanic.*«

»Und dein Vater kocht?« Leona zog ein dermaßen verblüfftes Gesicht, als hätte ich ihr gerade verkündet, dass Leonardo DiCaprio auf eine Tasse Tee vorbeikäme. Nur, dass das im Vergleich mit Pas Kochkünsten eine angenehme Überraschung gewesen wäre. Jedenfalls wenn es sich um den jungen DiCaprio aus den 90ern gehandelt hätte. Mit seinen blonden Haaren und hellblauen Augen fiel er nämlich genau in Leonas Beuteschema à la Phil Brandfair. Esseneinladungen im Hause Grünwald trafen weniger ihren Geschmack. Sie konnte sich bestimmt gut an die aufgeweichten Wiener Würstchen mit Ketchup erinnern, die Pa uns beim letzten Mal vorgesetzt hatte.

»Scheint so.« Ich zuckte die Schultern.

»Uff.«

»Vielleicht hat er es gelernt«, beruhigte ich Leona. Seit gestern Nacht überraschte Pa mich ständig mit untypischem Verhalten, Kochen wäre also auch kein großes Wunder mehr gewesen.

»Meinst du?«

»Sag niemals nie.« Ich spähte neugierig in Leonas Tüte. Mmmh. Blaubeercupcakes. Meine beste Freundin kannte eben die einzig wahre Medizin gegen akute Weltuntergangsstimmung. Der fruchtige Duft kitzelte mich in der Nase und ließ mir das Wasser im Mund zusammenlaufen. Meine Füße machten sich wie von selbst auf den Weg in die Küche. Was das betraf, funktionierte ich wie ein Roboter. Cupcakes konnte ich zu jeder Tages- und Nachtzeit essen, vermutlich sogar im Schlaf.

Leona folgte mir und blieb mitten im Perlenvorhang zwischen Küche und Wohnzimmer stehen. Einer der Fäden verhedderte sich in ihren Haaren. »Ich hab mir die Sache mit Vinz' plötzlichem Verschwinden durch den Kopf gehen lassen«, schmälerte sie meine

Freude über die Cupcakes. Leona war natürlich informiert, da ich sie – nach meiner filmreifen Flennattacke –, angerufen und ihr davon erzählt hatte.

Ich schob die Tüte zur Seite und lehnte mich mit dem Rücken gegen die Anrichte. Der Appetit war mir doch vergangen. Cupcake hin oder her, diese ganze Aufregung wegen Vinzenz setzte mir zu. »Und?«, fragte ich. »Wo könnte er stecken?«

»Also«, Leona fummelte den Perlenvorhang von sich, »hast du ihn wirklich überall gesucht?«

»Ja, Leo. Ich habe die ganze Wohnung auf den Kopf gestellt.«

»Dann muss etwas passiert sein, das Vinz' Verbindung mit der realen Welt wieder gelöst hat.«

»Aber bisher hat er nie davon gesprochen, dass das überhaupt möglich ist«, rätselte ich und knibbelte an meinen Nägeln.

»Allerdings.« Leona nickte. »Was nicht bedeutet, dass es *unmöglich* ist. Deshalb müssen wir jedes Detail, das in den letzten Stunden passiert ist, zurückverfolgen.« Sie winkte mich ins Wohnzimmer und wir nahmen am Tisch Platz.

»Erzähl mir alles.« Sie angelte sich einen in der Ecke herumliegenden Block und einen Kugelschreiber. »Ich mache eine Verlaufsskizze.«

»Eine Verlaufsskizze?«

»Ja, über den Verlauf der Ereignisse. Was habt ihr gemacht?«

»Öhm …« Mist. Mit dieser pikanten Frage hatte ich nicht gerechnet. Obwohl sie natürlich auf der Hand lag. Und nicht wirklich pikant gewesen wäre, wäre diese Kusssache nicht passiert. Aber die Kusssache war passiert. Und wie. Mir wurde jetzt noch ganz warm, wenn ich mich daran erinnerte.

»Was man in der Nacht halt so macht«, wich ich aus.

»Geht es genauer?«

»Geschlafen.«

Genervt ließ Leona den Kugelschreiber sinken und guckte mich streng an. »Emma! Wir wollen herausfinden, was los ist und du bist nun mal diejenige von uns beiden, die die letzten Stunden mit Vinzenz verbracht hat. Damit sind wir auf deine Erinnerungen angewiesen. Also, was hat ER gemacht, bevor ihr geschlafen habt? Oder danach?«

Mit mir geknutscht, als gäbe es kein Morgen mehr? Ach je …

»Äh, puh.« Mir war so heiß im Kopf, man hätte auf meiner Stirn ein Spiegelei braten können. »Geredet.«

Leona sah vom Papier auf. »Worüber?«

»Pas geheimes Date.« Ich verstummte, da ich plötzlich ein schlechtes Gewissen bekam. Ich hatte Leona davon noch gar nichts erzählt, obwohl wir niemals Geheimnisse voreinander hatten. Sie war sogar der einzige Mensch, der wusste, dass ich mich in der fünften Klasse nur für den Schulmarathon angemeldet hatte, weil ich in den Sportlehrer der Jungs verknallt gewesen war. Im Ernst, hätte Leo jemals einen Grund gehabt, mich zu erpressen, wäre das bei all den peinlichen Geschichten, die sie von mir kannte, ein Leichtes gewesen. Genauso wusste ich aber, dass sie mich nie erpressen würde. Dafür war sie eine zu gute Freundin.

»Dein Vater hatte ein Date?«, staunte Leona.

»Ich glaube schon«, druckste ich zerknirscht.

»Krass!« Leona wirkte keine Spur sauer. »Weißt du, wer es ist?«

»Nein. Sonst wäre es doch kein *geheimes* Date. Du bist nicht böse auf mich?«

»Wieso sollte ich böse sein?«

»Weil ich gestern gar nichts gesagt habe.«

Leona runzelte die Stirn. »Du musst mir nicht alles sagen.«

Wow. Leona war zu gut für diese Welt. Jetzt kam ich mir neben ihr gleich noch schlechter vor, weil ich hier die ganze Zeit nur am Rummotzen war, während sie mir nicht mal übel nahm, dass ich mich Vinzenz vor ihr anvertraut hatte.

»Aber das hat nichts mit Vinzenz' Verschwinden zu tun«, grübelte Leona weiter und richtete die Brille auf ihrer Nase. »Habt ihr irgendwas getan?«

Hm … Konnte man wohl sagen.

»Wie meinst du *getan?*«, tat ich ganz harmlos.

Wir kamen zu einem weiteren Problem in Sachen Ehrlichkeit. Unter gewöhnlichen Umständen hätte ich Leona natürlich sofort von meinem ersten Kuss erzählt. Nur leider waren das hier keine gewöhnlichen Umstände … es ging um Vinzenz. Ganz schön doof, eingestehen zu müssen, dass ich a) mit ihm herumgeknutscht hatte und mich das b) nicht so kaltließ, wie ich gerne getan hätte, weil ich c) ein ganz, ganz kleines bisschen in ihn verschossen war. Nach drei Tagen.

Ausgerechnet ich! Emma Grünwald. Die bekennende Verächterin von Kitsch und den Mitternachtsromanen. Und jetzt küsste *ich* den Schurken aus eben diesen Romanen.

»Na ja, irgendwas Ungewöhnliches.« Leona zeichnete ein Herzchen an den Rand des Papierblattes. Aber sie kritzelte zum Zeitvertreib auch in der Schule ihre Bücher und Hefte mit Herzchen voll, es musste also nicht bedeuten, dass sie etwas ahnte. Wobei ich mir schon vorstellen konnte, dass sie das tat. Wie gesagt, Leona war ein Verknalltheitsdetektor.

»Vielleicht«, antwortete ich mit belegter Stimme.

»Ja?« Leona sah mich ungeduldig an.

»Er hat … also wir haben … also eigentlich er mich … aber irgendwie schon auch ich ihn … also … geküsst.«

Meine Wangen glühten. Konzentriert stierte ich auf meine Hände. Erst als Leona nach einer Minute immer noch nichts erwidert hatte, hob ich den Blick langsam an. Sie schob sich gerade die Brille zurück auf die Nase. »Verstehe ich das richtig?«, fragte sie leise. »Ihr habt euch *geküsst?*«

Ich wurde rot, weil sie das Wort geküsst so komisch betonte. »Na ja, du magst eh nur Phil, oder?«, kam mir eine ganz entsetzliche Ahnung.

Keine Antwort. Mist! Aber was konnte ich dafür? Vinzenz hatte mich mit seiner Knutschattacke total überrumpelt. »Wir haben uns auch bloß kurz geküsst. Komplett bedeutungslos«, log ich mir brühwarm selbst in die Tasche.

»Wie kurz?«, warf Leona dazwischen.

»Also ... schon ein bisschen länger als ganz kurz. Ich würde sagen, es war ein mittellanger Kuss. Nicht dass ich einen Vergleichswert hätte. Ich schätze halt mal, es geht auch länger. Aber kürzer geht bestimmt auch.«

Schon wieder trat dieses nervenzerreißende Schweigen zwischen uns, bis Leona auf einmal sagte: »O Mann, zum Glück hab ich gestern nichts gesagt. Ich hätte die Wette haushoch verloren.«

»Hä?«

»Mensch, Emma! Denkst du, es wäre mir nicht aufgefallen? Du hattest gestern beim Frühstück rote Tupfen an den Ohren. Aber weil du doch immer so gegen Romantik und den ganzen Kram bist, dachte ich, es dauert länger, bis ihr übereinander herfallt. So kann man sich täuschen! Emma Grünwald findet die Liebe kitschig, bis Vinzenz Brandfair aus seinem Roman klettert. Ach, ihr seid ja so süß!« Sie grinste breit.

»Wir sind nicht übereinander hergefallen!«, fiepte ich.

»Ja, ja. Ich kenne doch die Mitternachtsromane und Vinzenz. Klar seid ihr übereinander hergefallen. Was denn sonst? Also ich würde sagen, den Kuss lassen wir als ungewöhnliche Handlung durchgehen.« Leona setzte dazu an, etwas auf die Liste zu schreiben, doch dann hielt sie noch einmal inne und fragte: »Wie genau?«

»Was?«

»Küssen ist nicht gleich Küssen. Es gibt Wangenküsse, Nackenküsse, Nasenküsse und dann natürlich noch die wilden Küsse. Du weißt schon – voller Leidenschaft.« Sie knabberte an der Spitze des Kugelschreibers und sagte nichts mehr.

»Leo?«, fragte ich verunsichert.

»Äh, ja, sorry«, fuhr sie auf und riss den Stift aus ihrem Mund. »Was soll ich denn jetzt notieren?«

»Ist das so wichtig?«

»Logisch«, entschied Leona. »Wir dürfen nichts übersehen, wenn wir herausfinden wollen, was passiert ist.«

Als Antwort gelang mir nur ein leises »Hm«, und das auch noch in einem verdammt verräterischen Piepen. Na super.

»Oh wow!« Leona strahlte mich an. »Und … war es schön?«

»Äh …«

»Uuuh! Du wirst ganz rot! Weißt du, was das alles bedeutet?«

»Es bedeutet, dass ich …« Aussehe wie eine Flasche Tomatenketchup. Und ein gottverdammtes Problem habe.

»Du bist jetzt offiziell eine von den HSGK-Personen an unserer Schule«, ließ Leona mich gar nicht aussprechen.

»HSGK?«

»*HAB SCHON GEKNUTSCHT*. Dazu gehören nur die Coolen. Und Tommy.«

»Tommy hat schon geknutscht?«

Leona zuckte die Schultern. »Behauptet er. Wahrscheinlich denkt er, das würde ihn interessanter machen. Was es nicht tut. Ich meine, wen soll er denn geküsst haben? Weißt du, wen er geküsst haben könnte?«

»Nee.«

»Eben, ich auch nicht. Ich hab ja schon überlegt, ob es Lisa war. Aber Lisa ist doch mit Tobi zusammen, oder? Nur von ihr weiß ich, dass Tommy ihr auch Nachhilfe in Mathe gibt.«

»Interessiert es dich also doch?« Ich zwinkerte verschmitzt.

»Nein, tut es nicht«, stritt Leona ab und beendete damit das Thema. Dafür schrieb sie fett *»Emma und Vinz haben miteinander rumgemacht«* auf den Zettel.

»Hey!«, protestierte ich. »Wir haben nicht *rumgemacht*, wir haben uns nur geküsst!«

»Wo ist der Unterschied, wenn es mehr als ein Wangenkuss war?« Leona ließ ihre Augenbrauen tanzen. »*Rumgemacht* trifft es in eurem Fall viel besser. *Küssen* kann man sich auch nur freundschaftlich. Außerdem lässt *Rummachen* die Möglichkeit offen, dass Zungen im Spiel waren. Wovon ich ausgehe.«

Na toll. Wieder schoss mir die Röte ins Gesicht, sodass ich jedem Gulaschtopf Konkurrenz hätte machen können. »Also ich küsse niemanden freundschaftlich auf den Mund, jedenfalls nicht so«, piepste ich.

Leona riss den Block wieder an sich. »*Emma und Vinz haben sich auf den Mund geküsst und zwar so, wie Emma Grünwald es niemals freundschaftlich tun würde* ist viel zu umständlich. Wir schreiben hier schließlich keinen Roman.«

»Dann schreib halt *geknutscht*, niemand knutscht freundschaftlich.«

»Doch, Paul mit der Schwester seines besten Kumpels.«

Ich verdrehte meine Augen. »Und wer sagt, dass das freundschaftlich ist?«

»Paul selbst, er nennt es *Freundschaft mit Vorzügen*. Wo hatte Vinz überhaupt seine Hände während der ganzen Sache?«

»LEONA!« Die Farbe meines Gesichts unterschied sich jetzt bestimmt kaum noch von meinen Haaren. »Was denkst du denn?«

»Na, irgendwo müssen seine Hände gewesen sein, oder etwa nicht?«

Das mit der besten Freundin, die zu gut für die Welt ist, musste ich nach diesem Verhör noch einmal überdenken. Auf der anderen Seite fragte sie das alles, um mir zu helfen, obwohl … was war das eigentlich für ein Zettel, den sie da vollschrieb?

Ich erhaschte einen Blick darauf. Im nächsten Moment wurde mir speiübel. Shit! Shit! Shit! Das war ein Rezept, das Pa sich wahrscheinlich irgendwo rausgesucht hatte. Nun stand direkt unter »*Spaghetti al tonno*« und einer Auflistung diverser Zutaten – unter anderem Thunfisch – in fetten Großbuchstaben:

EMMA UND VINZ HABEN MITEINANDER RUMGEMACHT

»Leo! Hast du eigentlich vorher mal den Zettel angesehen?«

Leona musterte verwirrt das Papier, bevor sich auch in ihrem Gesichtsausdruck ein gehöriger Schreck abzeichnete. »Ups!«

»Toll!«, beschwerte ich mich und beschloss, ihr keine weiteren Auskünfte über die Position unsere Hände, Füße oder meinetwegen großen Zehen zu erteilen. Ich musste dieses Rezept dringend unten im Büro durch den Aktenvernichter jagen.

»Tut mir leid, ich war so aufgeregt, da hab ich gar nicht geschaut.« Sie sah mich betroffen an. »Aber ich glaub, ich weiß jetzt, was los ist. Ihr hättet euch nicht küssen dürfen.«

Das wusste ich auch. Aber ich verstand nicht, was es mit Vinzenz' Verschwinden zu tun haben sollte. Angestrengt rieb ich mir das Gesicht. »Wieso?«

»Nur so ein Gefühl.« Leona stand auf, verschwand in der Küche und kam kurze Zeit später mit einem Teller Cupcakes zurück. Offenbar dachte sie, was nun kommen würde, könnte ich besser mit einer Portion Zucker verdauen. Sie tunkte die Zeigefingerspitze in das Creme-Topping. »Möglicherweise verstößt es gegen eine Regel, wenn Vinz sich in die Person verliebt, die ihn herausgelesen hat. Scheint ja nur absolut nutzlose Regeln zu geben. So wie die Sache mit den hundert Schritten.« Leona leckte sich Blaubeercreme vom Finger.

»Vinz ist nicht in mich verliebt«, entgegnete ich und versuchte, mich ebenfalls mit einem Cupcake auf andere Gedanken zu bringen. Erfolglos.

»Natürlich ist er das, er hat dich geküsst! Warum sollte er das nach drei Tagen tun, wenn er nicht in dich verliebt ist?«, stellte Leona mit vollem Mund fest.

»Vinz ist ein Herzensbrecher. Hat er vor Esma nicht das Dienstmädchen verführt?«

Dem konnte Leona nichts entgegenhalten. »Stimmt, so ist er in den Romanen überhaupt erst draufgekommen, dass man mit diesem Schrank in das einundzwanzigste Jahrhundert reisen kann.

Mitten im Knutschen hat es ihn davon gerissen und Miss Madison wusste nicht, wie ihr geschieht. Danach hat Vinz sogar dafür gesorgt, dass der alte Lord Brandfair das arme Mädchen entlässt, nachdem Vinz behauptet hatte, sie hätte die Goldmedaille geklaut, die Lord Brandfair für seine hervorragenden Reitleistungen bei der Fuchsjagd des Jahres 1860 gewonnen hatte. In Wahrheit war der Dieb natürlich Vinz selbst. Hm.« Leona machte eine Schnute. »So betrachtet ist er echt ein ziemlicher Idiot.« Sie nahm noch einen Bissen.

Super. Das waren wirklich aufbauende Details im Übermaß. Damit war es offiziell: Ich hatte meinen ersten Kuss vom größten Idioten aller Zeiten bekommen …

Als ob mich das trösten würde, fragte Leona plötzlich: »Willst du wissen, wie er stirbt? Während ihr vergangene Nacht die Finger nicht voneinander lassen konntet, hab ich nämlich was Sinnvolles gemacht und den dritten Band gelesen.«

Erschrocken sah ich sie an und nickte.

Leona kostete die Tatsache, dass sie über Infos verfügte, die ich nicht hatte, weil ich die Mitternachtsromane nicht las, offensichtlich voll aus. Anders konnte ich mir nicht erklären, wieso sie das Gespräch durch einen Happen von ihrem Cupcake derartig hinauszögerte, während ich hier vor Ungeduld fast platzte. Sie kaute bedächtig. »Es ist hochdramatisch, ich musste beim Lesen ständig an meinem Lavendelkissen schnuppern, um diese Spannung auszuhalten.«

Ich wollte sie jetzt auf keinen Fall unterbrechen, deshalb fragte ich lieber nicht nach, was das sollte. Ich hatte noch nie ein Lavendelkissen benötigt, um einen Roman zu lesen.

»Vinzenz scheint sich unsterblich in Esma verliebt zu haben, beziehungsweise spielt er ihr das gekonnt vor«, erzählte Leona weiter. »Und Vinzenz verfolgt den Plan, Phil endgültig den Garaus zu machen.«

Sehr kreativ. Vinzenz tat die gesamte Trilogie hindurch nichts anderes … Höchstens die Art und Weise der ausgeklügelten Mordpläne wechselte dann und wann.

»Diesmal möchte Vinzenz Phil von der Küste ins Meer stürzen, aber das geht schief. Phil riecht den Braten und dreht den Spieß um, sodass Vinzenz die steilen Klippen hinabfällt und von der heftigen Brandung des Meeres zerschmettert wird. Mausetot. Vermutlich.« Unpassenderweise setzte Leona ein breites Lächeln auf, als wäre das schön.

»Vermutlich?«, wunderte ich mich.

»Ja«, antwortete sie. »Er wird nie gefunden. Aber er kommt in der restlichen Geschichte nicht mehr vor und weil es der letzte Band war, geh ich mal davon aus, dass er tot ist.«

»Und woher weißt du, dass seine Gefühle für Esma nur gespielt waren?«, fragte ich.

»Ist doch logisch!« Leona sagte das, als sei meine Frage völlig belämmert. »Phil und Esma lieben sich. Vinzenz ist im Buch ein mieser Schurke. Punkt. Aus. Ende.«

»O Mann«, jammerte ich. »Wieso hab ich zugelassen, dass er mich küsst? Es ist ihm vermutlich völlig schnuppe, dass ich mich …« Scheiße. Mir kamen die Tränen.

»So schlimm?«, flüsterte Leona mitfühlend.

Ich konnte nicht antworten, meine Lippen zitterten und schmeckten bereits ganz salzig, trotz zuckersüßem Cupcake.

Leona setzte sich auf den Stuhl neben mich und schloss mich fest in ihre Arme. »Vergiss Vinzenz, konzentriere dich auf Jonas. Megan und er bleiben nicht zusammen, da bin ich mir sicher. Die konnten sich doch vor den Sommerferien gar nicht leiden. Bestimmt war der Kuss in der Eisdiele nicht ernst. Und Jonas ist wenigstens ein echter Junge. Mit Eltern, einer Katze, Geschwistern und einem Reisepass. Vinz hat keinen Reisepass. Denk mal, ihr könntet nie zusammen in Urlaub. Außerdem ist das nur eine vorübergehende Schwärmerei.«

Ich vergrub mein Gesicht an Leonas Schulter. Na bitte. Wenn sogar die hoffnungsloseste Romantikerin aller Zeiten keine Chance sah, war mein Herz wahrlich im Eimer. Früher hatte ich nach einem halben Tag schockverliebte Mädchen total lächerlich gefunden – und jetzt heulte ich wegen einem Typen, der erst am Mittwoch aus einem Buch geplumpst war.

Ich war ein rettungsloser Fall für die Klapse.

Leona strich mir Tränen von der Wange. »Weißt du, an was du dich halten solltest?«

Ich schüttelte den Kopf.

»Das unumstößliche Vinzenz-Kussverbot. Sollte er doch wieder auftauchen, darfst du dich nicht verführen lassen. Dann kann er dir auch nicht das Herz brechen. Du küsst ihn nicht mehr. Nie, nie, nie. Okay?«

Ich nickte und schwieg. Mein Hals fühlte sich an, als hätte ich puren Zitronensaft getrunken. Ich hatte echt genug für heute und wollte mich am liebsten nur noch gemeinsam mit Leona vor meinem Laptop zusammenkrümeln und irgendeine Serie auf Netflix suchen, in denen möglichst keine Küsse oder Jungs (oder Liebe ganz im Allgemeinen) vorkamen. Leider machte Leona aber weiter mit ihrem für sie untypischen Realitätstrip. »Bleibt übrigens immer noch die Frage nach euren Ketten. Wir können nicht wissen, ob sich dieser Fluch durch Vinz' Verschwinden wirklich aufgehoben hat. Auch, wenn er zurück in sein Buch ist, wissen wir das nicht. Sicher ist nur, dass du bisher nicht in die Geschichte gesaugt wurdest. Ich vermute also mal, wir sollten uns weiter an den hundert Schritten orientieren. Bloß kein Risiko eingehen.«

»Aber von wo, wenn Vinz nicht da ist?«, schniefte ich. An meiner Meinung zur Story der Mitternachtsromane hatte sich nichts geändert. Ich hatte nullkommanull Lust, unmittelbare Zeugin des kitschigen Liebesgedusels zwischen Esma und Phil zu werden. Oder … Esma und Vinzenz.

»Hmm«, überlegte Leona. »Möglicherweise von dem Punkt aus gezählt, an dem du ihn zuletzt gesehen hast.«

»Das war in meinem Bett.«

»Aha?« Leona stupste mich gegen die Schulter. »Ihr küsst euch und schlaft in einem Bett? Willst du deiner besten Freundin was sagen?«

Die Hitze kroch zurück in meine Wangen. »UNTER meinem Bett!«

Leona grinste mich immer noch an.

»Leo, ehrlich!«

»Na, wenn du das sagst«, meinte sie. »Aber ich denke, dass ich weiß, wer dir bei dieser Sache helfen kann.«

»Und wer soll das sein?«

Leona schnalzte mit der Zunge. »Hokuspokus-Jettie.«

Achtzehn

»Achtzig, einundachtzig, zweiundachtzig, dreiun…, meinst du wirklich, dass ich jeden Schritt zählen muss?« Ich war schon völlig aus der Puste. Wir liefen mit einem Affentempo durch die Kleegasse und ich zählte seit meinem Zimmer.

Zum Glück war die Kleegasse nicht besonders lang, so bestand eine Chance darauf, dass wir es mit hundert Schritten zum Secondhandladen schaffen würden. Auch wenn wir gar nicht wussten, ob diese Vorsicht überhaupt noch notwendig war.

»Klar müssen wir jeden Schritt zählen«, antwortete Leona.

Im Gegensatz zu mir, war sie gar nicht außer Atem. Sie musste sogar alle drei Minuten langsamer werden, um mir nicht davonzurennen. Aber ich war extra vorsichtig, damit ich wirklich gründlich zählen konnte.

»Hundert Schritte sind ein Witz«, meckerte ich. »Sind kleine oder große Schritte gemeint?«

»Keine Ahnung, deshalb wäre es besser, Vinz und du würdet euch gar nicht erst voneinander entfernen. Alles andere ist zu riskant«, antwortete Leona.

»Ich bin ja auch nicht diejenige, die von einer Sekunde auf die andere wie vom Erdboden verschluckt war. Was mach ich eigentlich, wenn die Kette weiterhin besteht, obwohl er längst zurück in seine Geschichte gesaugt wurde? Bin ich dann für den Rest meines Lebens an ihn gebunden? Das würde dann ja bedeuten, dass ich nie wieder mehr als hundert Schritte raus aus meinem Zimmer darf. Quasi lebenslänglicher Hausarrest. Leona, das ist schrecklich! Ich könnte nicht einmal zur Schule. Wie soll ich das Pa beibringen?«

Bisher war ich davon ausgegangen, es könne gar nicht schlimmer werden. Aber das konnte es. Und jemanden wie Hokuspokus-Jettie als letzte Hoffnung zu haben, war in dieser Situation auch nicht gerade ein Leuchtstern am Horizont.

»Neunundneunzig … Mist!« Ich blieb stehen.

Wir hatten gerade einmal die Hälfte der Strecke hinter uns.

Ich ließ meinen Kopf verzweifelt in den Nacken fallen und ignorierte, dass ein paar Passanten mich blöd anglotzten. Die hatten ja keine Vorstellung davon, in was für einer unendlich schrecklichen Lebenskrise ich mich befand. Zwei weitere Schritte und meine Zeit als normaler Teenager wäre vorbei gewesen. Vielleicht. Vielleicht aber auch nicht.

»Ich hol Jettie«, meinte Leona. »Rühr du dich nicht vom Fleck.«

»Alles klar.«

Wäre mir sowieso im Traum nicht eingefallen. Lieber wackelte ich nicht mal mit den Zehen, weil ich mir nicht sicher war, ob kleine Bewegungen auch schon als Schritt zählten. Ab wann war ein Schritt überhaupt ein Schritt? Fragen über Fragen.

Natürlich hörte das Gaffen der Leute nicht auf, während ich stocksteif mitten in der Gasse verharrte und auf Leonas Rückkehr wartete. Die Verwirrung konnte ich den anderen Menschen aber gar nicht wirklich übel nehmen, bestimmt sah ich aus wie eine Bekloppte, die aus dem Irrenhaus entlaufen war und nun völlig orientierungslos den Heimweg suchte.

Um mich von den vielen Blicken abzulenken, betrachtete ich die Kleider in dem Schaufenster der kleinen Boutique links neben mir. Ein roter Strickpulli. Eine weiße Hose. Ein grünes Kleid, wie es vergangenen Mittwoch die Spinatwachtel getragen hatte und im Eingangsbereich des Ladens … Mist! Der Teufel! Zumindest so ähnlich. Genau genommen war es die Spinatwachtel. Was war heute nur los? So viel geballtes Unglück an nur einem einzigen Tag!

Und die Spinatwachtel hatte mich mit ihren Geieraugen längst erspäht. »Emma!«, rief ihre schrille Stimme laut genug, dass locker auch noch jeder Mensch zwei Straßen weiter wunderbar etwas davon hören konnte. Mit an den Zehen spitz zulaufenden Stilettos stakste sie wackelig über das Kopfsteinpflaster. In der einen Hand hielt sie prall gefüllte Einkaufstüten plus Giacomo Casanova, in der anderen Hand balancierte sie mindestens fünf weitere Tüten.

Ich zwang mich zu einem freundlichen Lächeln, als sie direkt vor mir zum Stehen kam und mich mit ihrem Blick durchbohrte.

In diesem gelbgrünen Kleid (Farbnuance Hundekotze) erinnerte sie an einen bösen Drachen. »Guten Tag, Frau …« Äh. Wie hieß die noch gleich in Wirklichkeit? Ich hatte noch nie ihren richtigen Namen verwendet. Nicht einmal, wenn ich mit Pa sprach. In der Zwischenzeit nannte sogar er sie nur noch Spinatwachtel.

Aber glücklicherweise wartete sie gar nicht ab, bis ich sie fertig begrüßt hatte. Sie drückte mir einfach alle ihre zentnerschweren Einkaufstüten in die Hand. Puh. Meine Arme sackten nach unten. Was war da drinnen? Hinkelsteine?

»Ich hatte heute ungemein viele Erledigungen. Ich war auch bei deinem Vater, aber leider musste ich wieder einmal alles bestellen, weil er ausgerechnet das, was ich wollte, nicht lagernd hatte.« Da die Spinatwachtel jetzt eine Hand frei hatte, begann sie mit spitzen Fingern Giacomo Casanova zu streicheln und lächelte garstig. »Wirklich eine Schande, langsam sollte er meinen Lesegeschmack besser einschätzen können und die Ware in angemessener Weise auf mich anpassen. Das war derart nervenaufreibend, deshalb musste ich sogar auf meine Tarockrunde verzichten.«

Was zum Geier war denn eine Tarockrunde?

»Tut mir leid«, sagte ich, weil mir nichts Besseres einfiel.

Anscheinend war die Spinatwachtel aber ohnehin nicht auf mein Mitleid aus. Sie musterte mich. »Du kannst es wiedergutmachen, indem du einer armen, alten Dame diese Tüten nach Hause trägst.« Im nächsten Moment wandte sie sich zum Gehen.

Ähm, hallo? Hatte die noch alle Tassen im Schrank? Ich würde ihr ganz bestimmt nicht diese Hinkelsteine nach Hause tragen und dabei riskieren, für immer und ewig in die Tiefen eines kitschigen Fantasyromans gerissen zu werden!

»Frau …« Äh. Egal. »… so was darf ich nicht. Mein Vater erlaubt mir das nicht.«

Sie wirbelte herum. »Was erlaubt er dir nicht?«

Ich überlegte kurz. Gute Frage. Einkäufe schleppen und deshalb in einen Roman gesaugt werden? Hätte er mir bestimmt nicht erlaubt, wenn er davon gewusst hätte. »Mit Fremden nach Hause gehen«, behauptete ich schnell.

Die Spinatwachtel zog eine Miene, als hätte ich ihr eine derbe Beleidigung an den Kopf geworfen. »Fremde? Also hör mal, ich kannte dich bereits, als du noch ein sabbernder Windelmatz warst, der zwischen den Regalen herumgekrabbelt ist. Dein Vater hat bestimmt nichts dagegen. Zudem bin ich seine treuste Kundin, ich bin überzeugt, die möchte er nicht *verlieren*. Besonders jetzt, da er dieses Jahr schon zum zweiten Mal ein Buch nicht lagernd hatte, das ich dringend brauche.«

Sollte das etwa eine Erpressung sein? Ja klar! Dieses süffisante Lächeln. War das zu fassen? Ich wurde gerade allen Ernstes von der Spinatwachtel erpresst. Was bildete sich dieser Drache ein? Umso erleichterter war ich, als in diesem Augenblick Leona zurückkam und sich neben mich stellte. Aber meine Freude hielt nicht lange … Wieso war sie alleine?

»Keine Sorge, Jettie ist sofort da. Muss nur noch ihren Laden schließen.« Jetzt merkte Leona die Spinatwachtel. »Oh, guten Tag Frau …« Sie verstummte und warf mir einen fragenden Blick zu. Ich zuckte unauffällig die Achseln.

»Ähm … hallo Giacomo!«, lenkte Leona vom Thema ab und begann freudig den hechelnden Hund zu streicheln.

»Casanova«, korrigierte die Spinatwachtel streng. Sie musterte Leona genauso verachtend, wie sie es bei mir getan hatte, als ich in der Buchhandlung von der Wendeltreppe gestürzt war. Und wie sie es sowieso ständig bei allem und jedem tat.

»Sorry, Frau Casanova«, sagte Leona.

»Also wirklich.« Offenbar hatte die Spinatwachtel nun endgültig die Faxen dicke. »Ich meine selbstverständlich den Hund! *Sein* Name ist Giacomo Casanova. Benannt nach dem historischen Abenteuerhelden.«

»Sie meint Frauenheld«, raunte ich.

Leona kicherte noch, doch zwei Sekunden später hatte die Spinatwachtel mir bereits alle Tüten entrissen und sie stattdessen ihr in die Hände gedrückt. »Mach du dich besser nützlich, nachdem Emma sich aufgrund von haarsträubenden Ausreden weigert«, motzte sie und gab Leona einen sanften Schubs. »Trag mir das nach Hause. Sonst kannst du deiner Mutter ausrichten, dass ich mir eine neue Friseurin suche. Und dein Vater«, jetzt wirbelte der Drache wieder zu mir herum, »wird von mir hören. Mach dich auf was gefasst!«

Es kam mir wie Stunden vor, bis Jettie endlich auftauchte. Sie lief mit großen Schritten durch die Gasse und der lange, dunkelviolette Rock schwang dabei um ihre Beine.

Kurz war ich mir nicht mehr sicher, ob das hier nicht so ziemlich die bescheuertste Idee war, die wir jemals gehabt hatten. Hokuspokus-Jettie sollte mir helfen? Aber was blieb mir für eine andere Wahl? Jettie war der einzige Mensch, der diese Verbindung zwischen Vinzenz und mir tatsächlich *sehen* oder zumindest auf irgendeine Art *wahrnehmen* konnte. Außerdem wollte ich nicht umsonst hier herumgestanden haben.

»Emma, was ist passiert? Leona meinte, es wäre ein Notfall.« Ich konnte gar nicht antworten, sofort legte Jettie einen Arm um meine Schulter und zog mich abrupt an sich heran. »Gibt es Probleme mit deinem Freund? Soll ich das Tarot für dich befragen? Komm, lass uns zu dir nach Hause gehen.«

Sie drückte mich energisch in Richtung Buchhandlung, obwohl ich doch noch gar keine Gelegenheit gehabt hatte, etwas zu erklären.

»Nein, danke, kein Tarot. Und ja, es hat mit meinem Freund zu tun. Also, eigentlich nein. Er ist natürlich nicht mein Freund. Aber es hat mit diesem Jungen zu tun …« O Mann!

»Dachte ich mir«, antwortete Jettie.

Ich holte Luft. »Wenn ich es dir erzähle, darfst du nichts davon weitersagen. Vor allem nicht meinem Vater, okay?«

Jettie strich sich ihre Schnittlauchhaare noch glatter. »Oje, ist es ein sehr schlimmes Jungs-Geheimnis?«

Was verstand sie denn unter einem *sehr schlimmen* Jungs-Geheimnis? Aber wenn ich es mir so recht überlegte, war es das vielleicht sogar.

»Es ist dringend«, flehte ich und versuchte, dabei so verzweifelt wie möglich auszusehen. Das war angesichts der Lage, in der ich steckte, nicht sonderlich schwer.

Jettie musterte mich einmal von oben bis unten, bevor sie sagte: »Geht es vielleicht um irgendwelche …«, sie begann zu flüstern, »… pikanten Frauenthemen?«

Sehr schlimme Jungs-Geheimnisse und pikante Frauenthemen? Ach du liebe Zeit. Ich musste wohl mit der Tür ins Haus fallen, wenn ich vor morgen Abend weiterkommen wollte.

»Du hast doch diese Verbindung zwischen Vinzenz und mir gesehen?«, fragte ich also.

Jettie zog die dunkelgrüne Stricktunika, die sie um ihre Schultern geschlagen trug, noch ein wenig enger und nickte bedächtig. »Eure Verbindung ist beeindruckend.«

»Ja. Leider.« Ich seufzte und sah mich um. Zum Glück waren jetzt kaum noch Leute unterwegs, abgesehen von diesem alten Opa mit seinem braunen Dackel an der Leine und einem ulkigen Trachtenhut auf dem Kopf. Doch der drehte uns den Rücken zu und betrachtete Ledertaschen in einem Schaufenster. Der würde uns bestimmt nicht belauschen (und wahrscheinlich war er sowieso schwerhörig).

Ich nahm meinen Mut zusammen und erzählte Jettie vom ersten Abend, von Vinzenz' Sprung aus dem Buch, seinem plötzlichen

Verschwinden und der unsichtbaren Kette. Nur den Kuss ließ ich aus. »Du musst uns helfen«, beendete ich meinen Bericht. Den ganzen Weg über hatte ich auf meine Fußspitzen gestarrt. Jetzt erst wagte ich es, Jettie wieder anzusehen.

»Ich?«, wunderte sie sich. Ihrer Mimik nach zu urteilen, glaubte sie mir kein Wort. Ach Mann. Selbst die verrückteste Frau der Stadt überlegte, ob ich noch ganz dicht war.

»Du bist der einzige Mensch, der mir sagen kann, ob die Verbindung gelöst wurde«, erklärte ich hoffnungsvoll. »Weil du sie sehen kannst.«

In der Zwischenzeit hatten wir die Buchhandlung erreicht. Wir standen direkt vor der Eingangstür, das Schild war so herum gedreht, dass man groß »Geschlossen« lesen konnte.

Im Schaufenster war noch immer jede Ecke mit Werbung für den dritten Band der Mitternachtsromane dekoriert. Überall lag das Glitzerkonfetti verstreut, genau auf die Weise, wie Pa es hatte haben wollen – es zog die Aufmerksamkeit auf sich und blendete für einen Moment in den Augen, bevor man die quietschbunten Bücher entdeckte.

Alle drei Teile standen chronologisch aufgereiht vor den großen Plakaten und Pappaufstellern. Zuvor war mir noch nie aufgefallen, wie wenig diese gezeichnete Vinzenz-Ausgabe dem echten Vinzenz ähnelte. Einzig die dunkelblauen Augen und die schwarzen Haare passten. Die Narbe auf seiner Wange war in der Realität feiner, sein Mund weniger verkrampft und die Augenbrauen nicht so buschig und schwarz. Außerdem fehlten dem Papp-Vinzenz die süßen Grübchen.

»Sie wurde nicht gelöst«, sagte Jettie plötzlich leise und lächelte mild. »Ich fühle sie«, sie deutete in die Luft, »genau hier. Es ist eine besondere Form der Energie.«

Ich folgte verzweifelt ihrer Bewegung. »Und das bildest du dir nicht ein?«

Jettie sah mich mitleidig an. »Liebes, du erzählst mir von einer lebendig gewordenen Buchfigur und fragst *mich*, ob ich mir das einbilde? Nein, das tue ich nicht. Sie führt in eure Wohnung.«

»In unsere Wohnung?«, rief ich erschrocken. Mist! Dann war Leonas Vermutung also wahr! Die Kette musste dort enden, wo ich Vinzenz zuletzt gesehen hatte. Unter meinem Bett. Er konnte sich nicht heimlich irgendwo verstecken, ich hatte heute die gesamte Wohnung nach ihm abgesucht. Er hätte sich schon unsichtbar machen müssen, um unentdeckt zu bleiben. Das bedeutete dann wohl auch, dass ich erst einmal an mein Zimmer gekettet war …

»Emma.« Abrupt schlang Jettie einen Arm um meine Schulter. Ihr Mottenkugel-Räucherstäbchen-Duft umhüllte mich. »Es ist vorherbestimmt. Lass deine Gefühle zu.«

»Wie meinst du das?«, stammelte ich verwirrt und versuchte mich panisch aus ihrer Umklammerung zu winden. Wie konnte so ein Schwachsinn vorherbestimmt sein?

Jettie ließ nicht locker. »Eure Liebe«, sagte sie. »Das passiert nicht zufällig, glaub mir. Es ist ein ganz großes Wunder, du solltest es genießen.«

Wie kam sie darauf, dass Vinzenz und ich ineinander verliebt waren? Ich hatte ihr nichts von unserem Kuss erzählt. Konnte sie jetzt auch noch Gedanken lesen? Das war ja gruselig. Außerdem war ich bestimmt nicht in einen Typen verliebt, der sich so bescheuert wie Vinzenz verhielt. Von Liebe konnte echt keine Rede sein. Er war nur ein kleiner Ausrutscher gewesen.

Sie herzte mich so fest, dass mir die Luft wegblieb. Danach löste sie sich wieder von mir und blickte mir tief in die Augen. »Richte Cornelius bitte aus, dass ich mich sehr gefreut habe, ihn nach all den Jahren einmal wiederzusehen. Ich finde schön, wenn er sich für Neues öffnet. Cecilias Tod liegt schon zwölf Jahre zurück, er kann deshalb nicht ewig trauern.«

»Klar.« Wieder nickte ich. Doch dann merkte ich erst, was sie da gerade gesagt hatte. Pa? Sich für Neues öffnen? Nicht ewig trauern? Was in drei Teufels Namen sollte das heißen? Vor allem, wenn es aus Hokuspokus-Jetties Mund kam. Pa mochte sie doch gar nicht. Oder? Eine entsetzliche Ahnung machte sich in mir breit. Vor Schreck ließ ich sogar zu, dass Jettie meine Haare zerzauste, bevor sie zum Gruß die Hand hob und sich davonmachte.

»Ich werde nie, nie, nie wieder mit der Spinatwachtel reden«, motzte Leona. »Das ist die entsetzlichste alte Frau, die mir jemals über den Weg gelaufen ist. Da geh ich lieber zu einem Teekränzchen mit der Hexe aus Hänsel und Gretel.«

Wir schlichen durch die Buchhandlung. Unser Ziel war der Aktenvernichter im Büro, um das Rezept mit der pikanten Notiz zu vernichten. Zehn Minuten nach Jetties Verschwinden, war Leona zurückgekommen. Man hatte ihr die Anstrengung der letzten halben Stunde im Gesicht ablesen können. Die Spinatwachtel war ein Feldwebel, wie er im Buche stand. Und Leona wurde auch nicht müde, das deutlich zu machen. »Du hast keine Vorstellung davon, was ich eben durchmachen musste. Das waren die fürchterlichsten zwanzig Minuten meines Lebens. Die Spinatwachtel wohnt im fünften Stock. Denkst du, sie hätte mich und ihre Tüten mit dem Lift fahren lassen? Nein, den wollte sie benutzen, aber gemeinsam mit mir war ihr das zu eng. Die hat doch einen Knall! Vermutlich kann ich mich morgen nicht mehr bewegen. Joggen kann ich knicken. Überhaupt spinnt die Alte. Wer nennt denn seinen Hund Giacomo Casanova und besteht dann auch noch drauf, dass man ihn jedes Mal mit vollem Namen anspricht? Und in ihrer Wohnung riecht es nach Zwiebelsuppe. Habe ich schon einmal erwähnt, dass ich Zwiebelsuppe hasse?«

»Danke, dass du das auf dich genommen hast, du warst meine Rettung«, versuchte ich meine beste Freundin zu trösten.

»Schon gut«, beruhigte sich Leona allmählich. »Was ist bei dir passiert?«

Ich seufzte. Gute Frage. Mir war es selbst nicht wirklich gelungen, alles, was ich eben erfahren hatte, zu verdauen. »Die Kette existiert noch und sie führt in die Wohnung. Ach ja, und ich weiß wahrscheinlich, wer Pas Date ist.« Ich stieß mit meinem Schienbein gegen den Bestsellertisch. Au! Während ich mir das Bein rubbelte, starrte ich den bedrohlich wackelnden Bücherstapel an. Wieder dieser doofe Thriller, der mir schon einmal zum Verhängnis geworden war. Diesmal aber gleich ein ganzer Berg davon. In meiner Vorstellung kippte der bereits wie ein Jenga-Turm.

Ich atmete erleichtert auf, als der Stoß sich von selbst ausbalancierte, ohne dass etwas geschah.

Wir schlichen weiter zum Büro.

»Wirklich, du weißt, wer sein Date ist?«, fragte Leona leise.

Ich öffnete die Bürotür und nickte mit Blick über meine Schulter. »Hokuspokus-Jettie.«

»Was?«, rief Leona geschockt. »Wie kommst du darauf?«

»Sie hat was von einem Treffen geredet. Dabei dachte ich, dass Pa Jettie gar nicht leiden kann. Du solltest ihn mal erleben, wenn er sie irgendwo auf der Straße entdeckt. Er ist schneller weg, als ich bis drei zählen kann. Im Park hat er sich einmal für eine halbe Stunde hinter einem Busch versteckt, weil sie die Enten im Teich mit altem Brot fütterte und es keinen Weg an ihr vorbei gab.«

Leona sah mich mitleidig an. »Meine Tante meint immer: Was sich neckt, das liebt sich. Denk positiv. Falls Jettie wirklich was mit deinem Vater hat, sitzt du an der Quelle, wenn es um Outfits geht.«

Na super. Wer war nicht heiß auf unbegrenzten Zugang zu Klamotten direkt aus der Altkleidersammlung? Und als wäre das nicht schrecklich genug, wusste nun ausgerechnet Jettie von Vinzenz. Wer konnte mir garantieren, dass sie es nicht brühwarm weitererzählen würde? Und Pa raten, mich ohne lange zu fackeln in die nächste Anstalt einzuweisen?

»Vielleicht ist es halb so wild«, spekulierte Leona. »Nur, weil sie mit deinem Vater gesprochen hat, bedeutet das noch lange nicht, dass es ein Date war.«

»Hoffentlich«, seufzte ich. »Mir wäre jede andere lieber.«

Ich griff zur Gesäßtasche meiner Jeans, um die Einkaufsliste hervorzuholen. Doch meine Hand fasste ins Leere. Von einer Sekunde auf die andere begann mein Herz wie verrückt zu rasen. Und wahrscheinlich wurde ich auch ganz schön blass, denn Leona fragte sofort: »Was ist los?«

Ich schluckte. »Das Rezept … Es ist weg.«

Neunzehn

In der ganzen Wohnung roch es nach angebratenen Zwiebeln und frischen Tomaten. Ich konnte mir richtig vorstellen, wie Pa genervt eine Portion Spaghetti auf die Gabel drehte und es bereute, nicht eines von Oma Friedas vorgekochten Tiefkühlmenüs in die Mikrowelle gesteckt zu haben. So wie er es üblicherweise nach der Arbeit tat.

Leona und ich hatten länger als geplant gebraucht. Komisch war nur, dass Pa mich gar nicht angerufen hatte.

Um keine Zeit zu verlieren, pfefferte ich meine Chucks in die Ecke. Leona war da nicht so im Stress, sie platzierte ihre Schuhe ordentlich zurechtgerückt neben der Ablage im Flur.

Ich schob die Chucks dann doch noch mit den Füßen zusammen, damit es nicht ganz so schluderig aussah, bevor wir ins Wohnzimmer huschten. Bei jedem Schritt konzentrierte ich mich gründlich auf den Fußboden, für den Fall, dass mir das Rezept bei unserem hastigen Aufbruch heute Nachmittag irgendwo aus der Hosentasche gerutscht war. Fehlanzeige. Immer mehr bekam ich die schreckliche Befürchtung, dass Pa die Notiz gefunden haben könnte. Und was der sich dann in seinem Kopf daraus zusammengereimt hatte, wollte ich mir gar nicht erst ausmalen.

Der Esstisch im Wohnzimmer war gedeckt. Dafür fehlte jede Spur von einem genervten Pa. Offenbar war er noch mit Kochen beschäftigt, denn aus der Küche drangen die Geräusche eines Messers, das in Windeseile über ein Holzbrett raste und etwas in seine Einzelteile zerhackte. Das hörte sich an wie bei Profiköchen aus einer dieser Fernsehkochshows. Mit dem kleinen Unterschied, dass das hier sicherlich nicht Jamie Oliver war, sondern Pa, der gar nicht kochen konnte.

Doch das war nicht das einzig Seltsame.

Sofort sprangen mir die künstlerisch gefalteten Stoffservietten ins Auge, die fein säuberlich auf die Teller gestellt waren (sollten die etwa Schwäne darstellen?).

Gab es heute etwas zu feiern? Das musste was ganz schön Tolles sein. Nicht einmal zu meinem vierzehnten Geburtstag letztes Jahr hatte der Tisch so schön ausgesehen. Da hatte nur eine windschiefe Schokotorte in der Optik eines monströsen Hundehaufens (*Mir ist die Glasur zerronnen, aber das schmeckt man nicht* – Zitat Oma Frieda) in der Mitte des Tisches gestanden.

Mein Blick blieb bei einem der Teller hängen. Vier?

Ich wandte mich zu Leona um und setzte dazu an, etwas zu sagen, als ich von Pas Lachen unterbrochen wurde. Es drang aus der Küche und kurz darauf redete Pa auf eine Art, wie man es sicherlich nicht tut, wenn man Selbstgespräche führt. Mal davon abgesehen, dass es neu gewesen wäre, Pa bei Selbstgesprächen zu ertappen. Er war zwar manchmal speziell, aber sicherlich nicht *so* speziell. Wobei ich zugeben musste, dass ich mir da angesichts der möglichen Romanze mit Jettie gar nicht mehr ganz sicher sein konnte. Für das musste man schon ziemlich schräg drauf sein (Wir sprechen hier immerhin von Hokuspokus-Jettie. Sie hatte erst vor wenigen Monaten versucht, alle Ladenbesitzer in der Kleegasse davon zu überzeugen, es würde ein Fluch über der Gasse liegen, und man müsste deshalb eine Räucherstäbchenzeremonie abhalten. Damals war Pa nicht gerade begeistert gewesen).

»Habt ihr Besuch?«, flüsterte Leona.

»Keine Ahnung.« Ich pirschte mich näher an den Kücheneingang heran und spitzte meine Ohren. Leider waren das Brutzeln und ein Blubbern von kochendem Wasser ziemlich laut. Ich konnte nur einzelne Wortfetzen erhaschen. Ein verräterisches Detail entging mir dabei trotzdem nicht: Pa sprach in dieser fiesen Erzählstimme für peinliche Anekdoten, die er immer nur dann auspackte, wenn er mich sabotieren und blamieren wollte. Vor Jungs, um es genau zu sagen. Genauso wie letzten Advent, als unser Nachbarsjunge Mark in den Buchladen gekommen war, um zu fragen, ob ich Lust hätte, ihn auf den Weihnachtsmarkt zu begleiten – woraufhin Pa ihm bis in alle Einzelheiten von meinem katastrophalen Weihnachtsmarkt-Besuch als Dreijährige erzählt hatte, bei dem ich zu viele Zuckerstangen gefuttert und dann das ganze Auto meiner Großeltern vollgekotzt hatte. Dabei hatte Pa die ganze Situation völlig falsch verstanden. Das mit Mark war total harmlos, besonders, weil ich sowieso nur Augen für Jonas gehabt hatte. Im Erdboden wäre ich bei Marks Gesichtsausdruck trotzdem gerne versunken.

Entsprechend erschrocken horchte ich jetzt auf, als bei Pas rätselhaftem Küchen-Gespräch plötzlich mein Name fiel. Das war doch wohl die Höhe! Ich wusste nicht einmal, mit wem er sich unterhielt, aber mein herzallerliebster Vater hatte natürlich wieder einmal nichts Besseres zu tun, als mich gründlich zum Affen zu machen!

»Emma ist ein Wirbelwind … *unverständliches Blabla* … Sie kann sehr emotional reagieren, da kommt sie ganz nach ihrer Mutter … *unverständliches Blabla* … Das ist eine von vielen Geschichten … *Wasserhahnrauschen* … *Blabla*.«

Wieso sprachen die über mich? Was, wenn ich mich getäuscht hatte und Pas rätselhaftes Date doch nicht Jettie war? Was, wenn er die Person, mit der er sich heimlich traf, heute hierher eingeladen hatte, um sie mir vorzustellen? Und damit es ganz besonders nett wurde, packte er vorher noch schnell die ein oder andere peinliche Kindheitsgeschichte über mich aus. Vielleicht zeigte er ja auch noch das Foto rum, auf dem mein dreijähriges Ich mit Schnuller auf dem Töpfchen saß. Super.

Bei dieser Überlegung wurde mir ganz schwummrig. Würde er mir so was Fieses antun? Mich einfach mit einer Stiefmutter überrumpeln? Er wusste doch genau, dass ich Überraschungen nicht leiden konnte. Weil sie hin und wieder hinterhältige Stinkbomben waren, die einen völlig unvorbereitet trafen. Auf dieses aufregende Prickeln konnte ich gerne verzichten.

Ich versuchte, durch den Perlenvorhang hindurch einen Blick in die Küche zu erhaschen. Pa lehnte mit dem Rücken gegen die Anrichte und sprach mit jemandem, der an dem kleinen Tisch in der Ecke rechts neben der Tür saß. Genau dort, wo ich meistens frühstückte, wenn ich am Morgen mal wieder zu spät dran war und höchstens noch Zeit für ein paar gehetzte Schluck Tee und drei Löffel Cornflakes hatte. War ja klar, dass dieser Tisch von meiner jetzigen Position aus in einem toten Winkel lag.

Mir reichte es. Ich riss den Perlenvorhang zur Seite, stürmte in die Küche und … erstarrte vor Schreck. Das war doch wohl der allergrößte Witz auf Erden! Pa hielt einen Plausch mit niemand anderem als … Vinzenz. Ja. VINZENZ!!! Den mein Anblick wohl ebenso schockte, so hastig, wie er vom Stuhl sprang. Es hätte nicht viel gefehlt und das Messer, mit dem er fein säuberlich das Gemüse gehackt hatte, wäre heruntergefallen. Noch in der letzten Sekunde schnappte er es geschickt mit einer Hand, ein verlegenes Schmunzeln auf den Lippen.

Pa sah mich überrascht an. »Emma, da bist du ja. Ich hatte mich schon gefragt, wo ihr seid. Oh, sieh mal, wen ich entdeckt habe. Er hat sehnsüchtig auf euch gewartet.«

O mein Gott.

Pa hatte Vinzenz entdeckt.

In meinem Kopf rauschte es.

Vinzenz lächelte verzwickt. »Hallo Emma, wo warst du?«

Ich biss die Zähne zusammen. Da hatte er doch ernsthaft die Nerven, MICH zu fragen, wo ICH gewesen war. Und das, nach dem ganzen Drama, weil ER sich sang- und klanglos aus dem Staub gemacht hatte. Ich spürte einen solchen Zorn in mir, dass die knallroten, reifen und vor Saft nur so tropfenden Tomaten, die frisch aufgeschnitten in einer Schale lagen, geradezu gelegen kamen. Ich schritt darauf zu.

Vinzenz wich langsam zurück, bis er mit der Hüfte gegen das Fensterbrett stieß. »Ist alles in Ordnung mit dir?«

Noch nicht. Aber gleich. In bester Ordnung. In allerbester sogar! Ich schnappte mir die Tomatenschüssel und ...

»Emma!« Pa stieß sich erschrocken mit den Händen von der Anrichte ab und entriss mir die Schale. »Was ist denn los?«

Auch Leona schob neugierig den Kopf durch den Perlenvorhang. Sie öffnete erstaunt den Mund, als sie Vinzenz erblickte.

Pa kippte die Tomaten in die Pfanne zu dem zerhackten Fisch. Die Zwiebelwürfel, die darin bereits gemeinsam mit Oliven, Kapern und Möhren vor sich hin brutzelten, machten keinen sonderlich guten Eindruck mehr. Sie waren ganz schwarz und verschrumpelt. Während er kräftig die Soße (oder das, was eine werden sollte) rührte, fixierte mein Vater mich. »Ich erkenne dich gar nicht wieder. Seit wann erzählst du mir Lügen anstatt mir die Wahrheit zu sagen?«

»Welche Wahrheit?«, geriet ich in Panik.

»Emma, diese Geschichte über Leonas Cousin sechsten Grades aus England ist doch wirklich vollkommen absurd.«

»Welchen Cousin sechsten Grades?«, fragte Leona dazwischen.

»Fünften Grades«, murmelte ich leise.

Pa zog eine Braue hoch. »Siehst du, Karottenzwerg? Nicht einmal Leona kennt ihn. Du weißt, von welcher Wahrheit ich spreche.«

In meinem Kopf drehte sich alles. »Nein, wovon sprichst du?«

Auf eine Antwort musste ich leider länger warten, denn das Nudelwasser kochte über und verteilte sich auf der ganzen Herdplatte. »Ach, so ein Mist!« Pa schnappte ein Küchentuch und hinderte das Wasser daran, auf den Boden zu tropfen.

Ich schielte in Vinzenz' Richtung. Die Art, wie er da mit seinem Hintern so halb auf dem Fensterbrett neben dem völlig vertrockneten Sträußchen Basilikum saß und mich amüsiert angrinste, als ob an dieser ganzen Situation irgendetwas lustig gewesen wäre, brachte mich komplett aus dem Konzept.

Pa hatte die Nudelwasser-Katastrophe wieder unter Kontrolle. »Na, ich meine, was am Mittwoch in der Buchhandlung passiert ist«, sagte er. »Das hättest du mir erzählen müssen.«

Vinzenz' Grinsen besaß mittlerweile die Größe einer Banane. Dieser Mistkerl hatte es tatsächlich gewagt und Pa ALLES erzählt. Wieder bekam ich das Bedürfnis, ihm irgendwas über den Kopf zu leeren. Doch dann bemerkte ich, dass er einen Gegenstand aus seiner Hosentasche zog. Es war die Spitze eines kleinen, karierten Zettels. Für eine Millisekunde hörte mein Herz auf zu schlagen. Mist! Das verdammte Rezept! Und Vinzenz präsentierte es mir, als würde er es Pa jeden Moment in die Hände drücken.

»Pa«, stammelte ich aufgewühlt. »Ich hatte Angst, du würdest uns nicht glauben. Die Geschichte ist doch total verrückt.«

»Wieso sollte ich euch nicht glauben, dass ihr gemeinsam mit Valentin eingesperrt wurdet?«, fragte Pa. »So verrückt ist das nun auch wieder nicht. Verrückt ist, dass du Leona einen Cousin sechsten Grades andichtest.«

»Fünften Grades«, warf ich noch mal kleinlaut dazwischen.

»Meinetwegen. Jedenfalls einen englischen Cousin, in den sie verliebt ist. Aber ich hätte mir gleich denken können, dass das nicht stimmt. Ich kenne Leonas Eltern seit eurem ersten Froschgruppenfest im Kindergarten, englische Verwandtschaft war mir neu.«

»Ich bin was in wen?«, mischte Leona sich noch einmal ein. Sie klang sauer. Das war ein Problem, dem ich mich später widmen würde. Eines nach dem anderen. Erst einmal musste ich eine andere Sache klären. »Wer ist Valentin?«

»Der Junge, der gerade hinter dir steht und dem du eben noch eine Schale Tomaten über den Kopf kippen wolltest.«

»Ach«, lachte ich nervös auf. Ich wusste nicht, wann ich schon jemals so erleichtert gewesen war. Vinzenz hatte Pa also gar nichts von dem Textsprung erzählt! Änderte nichts daran, dass er ein Blödmann war …

Pa goss die Nudeln ab. »Mhm.« Er holte Teller aus dem Schrank über der Spüle. »Ich möchte schon ganz gerne wissen, wenn du dich mit Jungs herumtreibst und ganze Nächte mit ihnen unten im Buchladen verbringst.«

»Ich treibe mich nicht mit Jungs herum«, verteidigte ich mich patzig. »Und ich verbringe auch keine Nächte mit ihnen im Laden!« Außerdem erklärte nichts davon, wie Vinzenz sich heute am Morgen so plötzlich hatte in Luft auflösen können. Oder weshalb er jetzt wieder da war. Und was hier los war.

Pa drückte mir einen Teller in die Hand und verteilte kräftig in Soße gewälzte Spaghetti darauf. »Das sieht aber anders aus, Karottenzwerg.«

»Wieso treibst du dich denn mit Hokuspokus-Jettie rum, wenn ich fragen darf?«, gab ich zurück.

Hoppla. Das saß. Pa plumpste beinahe der Nudelheber runter. »W… was? Wie kommst du denn darauf?« Seine Wangen wurden verdächtig weiß. Als er sich dann auch noch mit einem ertappten Gesichtsausdruck auf die Unterlippe biss und natürlich bloß gaaanz beiläufig die Stoppeln seines Dreitagesbartes rubbelte, war alles klar. Klarer als klar.

Ich hatte recht gehabt: Zwischen ihm und Hokuspokus-Jettie lief was. Und offensichtlich schämte er sich dafür.

»Jettie hat es mir heute erzählt. Ich soll dir liebe Grüße ausrichten und dir sagen, dass es sie unheimlich glücklich macht, wenn ihr die Vergangenheit vergesst und euch endlich gemeinsam in neue Abenteuer stürzen könnt.« Das war zwar nicht ganz, wie sie es gesagt hatte, aber egal. Ich konnte schließlich zwischen den Zeilen lesen und wusste, wie sie es gemeint hatte. Nämlich genau *so*.

»Abenteuer?«, murmelte Pa leise. »Ach du meine Güte!« Er wischte sich mit dem Unterarm über die Stirn und schwieg.

»Ja, Pa. Könnte es vielleicht sein, dass sie etwas mit diesem geheimnisvollen Treffen gestern Abend zu tun hatte?«

Pa wich meinem Blick aus und wandte sich wieder der Pfanne zu. »Wann hast du sie denn gesehen, Karottenzwerg?«

»Lenk nicht ab«, stoppte ich diesen kläglichen Versuch, meinem Verhör zu entkommen. »Was läuft da mit Jettie?«

»Emma, das mit Jettie … Reden wir ein andermal.« Er reichte Leona einen Teller und lächelte übertrieben. »Wisst ihr, ich habe mein Thunfisch-Spaghetti-Rezept verloren. Das muss der Wind davongeweht haben, es hat die ganze Zeit im Wohnzimmer auf dem Tisch gelegen und heute war es plötzlich weg. Aber Valentin konnte mir ein ähnliches Rezept auswendig sagen.«

Ich musterte Pa mit fest zusammengekniffenen Augen. Wenn er dachte, ich hätte ihn nicht längst durchschaut, hatte er sich mächtig geschnitten. Er musste mir nichts erzählen. Auffälliger als er konnte man sich gar nicht verhalten.

»In der Tat«, brachte sich Vinzenz (der nächste Kandidat, der mir heute gewaltig auf den Keks ging) wieder auf den Plan. »Es stammt von meiner geliebten Grandma. Und habt ihr eigentlich meine selbst gefalteten Schwäne gesehen?«

Zwanzig

Ich war richtig erleichtert, als wir nach dem Abendessen mit dem Geschirrspülen fertig waren und Pa »Valentin« zur Tür brachte. Ich konnte es kaum erwarten, mich ins Bett zu vergraben und die ganze Aufregung hinter mir zu lassen. Ich war platt wie eine Flunder, als ich im Flur hinter Pa stand, während der »Valentin« richtiggehend ins Treppenhaus drängelte und »Valentins« Hand so fest drückte, dass Vinzenz sie im Anschluss ausschütteln musste. »Es war mir eine große Freude, Mister Grünwald. Bis morgen, Emma!« Sein Lächeln war absolut entwaffnend. Konnte er bitte damit aufhören? Ich wollte ihn hassen. Abgrundtief.

»Morgen geht nicht«, sagte Pa. »Emma und ich fahren zu ihren Großeltern in den Schrebergarten. Sie brauchen Hilfe beim Umgraben des Komposthaufens.« Er setzte dazu an, die Tür zu schließen, als Vinzenz seine Fußspitze dazwischenschob.

»Warten Sie, Mister Grünwald. Das heißt, Emma ist morgen nicht da?«

Ach was? Das waren ja berauschende Neuigkeiten. Ich sollte Oma Friedas Komposthaufen umgraben? Das letzte Mal war ich dabei ausgerutscht und mit meinem Gesicht mitten in einem stinkenden Erdhaufen gelandet. Noch am Abend hatte ich einen riesigen Regenwurm aus meinen Haaren gezogen. Und abgesehen davon … Moment mal … ich konnte Pa nicht begleiten! Wie hätten wir das mit der unsichtbaren Kette machen sollen? »Pa, ich muss mich auf die Schule vorbere…«

»Ich helfe Ihnen gerne. Wann treffen wir uns?«, warf Vinzenz ein.

Erschrocken starrte ich ihn an. Er wollte mit zu Oma Frieda und Opa August? Nein. Nein. Nein. Oma Frieda war so was wie ein menschgewordener Spürhund. Das galt ganz besonders für Dinge, die sie nichts angingen. Das Liebesleben anderer Menschen zählte zu ihren Hauptinteressensgebieten. Eigentlich war es sogar noch viel schlimmer – sie steckte ihre Nase nicht nur leidenschaftlich gerne in fremde Angelegenheiten, sondern sobald sie einmal etwas ans Licht befördert hatte, erzählte sie es überall herum. Oma Frieda war so ziemlich der letzte Mensch auf Erden, den ich momentan brauchen konnte.

Aber es half alles nichts. Vinzenz hatte Pa mit diesem Angebot längst um den Finger gewickelt. Pa verabscheute diese Komposthaufen-Aktionen genauso sehr wie ich, auch wenn er das nie zugab. Eine helfende Hand mehr konnte ihm nur recht sein.

»Na gut«, sagte Pa, ohne zu wissen, dass er damit meinen Untergang besiegelte. »Morgen um neun. Aber sei pünktlich.«

»Keine Sorge«, antwortete Vinzenz mit einem selbstgefälligen Schmunzeln, für das ich ihm unendlich dankbar war, weil es gegen mein schmelzendes Herz half. Ich hätte ihn in diesem Augenblick auf den Mond schießen können.

Ich lag umgedreht auf meinem Bett, ließ den Kopf über die Kante baumeln und drückte meine nackten Füße gegen die Wand.

Meinen Flechtzopf hatte ich geöffnet, die Spitzen meiner Haare streiften den Boden. Diese Position half mir immer beim Nachdenken. Leona war ins Badezimmer gegangen, um sich bettfertig zu machen. Ich hatte also in aller Ruhe Zeit, mir die Ereignisse des Tages durch den Kopf gehen zu lassen.

Zum Beispiel Vinzenz' Verschwinden. Es war mir immer noch ein Rätsel. Er musste sich am Morgen irgendwo versteckt haben. Aber wo nur? Ich hatte doch die ganze Wohnung auf den Kopf gestellt … Auf der anderen Seite war er echt gut darin, ungesehen zu bleiben. Worüber ich natürlich froh sein konnte, nur auf diese

Weise hatten wir bisher verhindern können, dass Pa ihn überhaupt bemerkte.

Und auch jetzt, in diesen Minuten, hatte ich überhaupt keine Ahnung, wo er gerade steckte. Seit Pa ihn in den Flur begleitet hatte, war er nicht mehr aufgetaucht.

Das störte mich nicht. Ich brauchte sowieso mal eine Pause. Andererseits machte es mich nervös. Man konnte bei ihm ja nie wissen, was er anstellte, sobald man ihn einmal aus den Augen ließ. Wenigstens war ich mir sicher, dass er sich nicht mutwillig mehr als hundert Schritte entfernen und mich damit gegen meinen Willen in seine Geschichte reißen würde – das hätte er sonst bestimmt schon heute Nachmittag getan.

Plötzlich saß Mister Murphy direkt vor meiner Nase. Ich hatte ihn vorhin gefüttert und anschließend zum Spielen aus dem Käfig gelassen. Sein grüner Stoffball sah in der Zwischenzeit schon ziemlich zerfressen aus und die Einzelteile lagen überall über den Boden verstreut.

»Murphy.« Ich schnalzte mit der Zunge, um ihn näher an mich heranzulocken. Vorsichtig hopste er in meine Richtung. Ich griff in die kleine Futterschale neben dem Bett, fischte eine Mandel heraus und steckte sie mir locker zwischen meine gespitzten Lippen. Es dauerte nicht lange, bis Mister Murphy mit seiner Schnauze danach geschnappt hatte. Kurz darauf ließ ein Klopfen am Fenster ihn erschrocken aufquieken und samt Mandel unter mein Bett huschen.

Ich schielte kopfüber nach hinten.

Vinzenz.

Ach, was für ein flehender Gesichtsausdruck. Wahrscheinlich war das Klettern anstrengend. Egal. Es war seine Schuld, dass ich heute einen richtig miesen Tag gehabt hatte. Eine kleine Abreibung schadete ihm also wirklich nicht.

Ich lächelte, winkte ihm gleichgültig und beschloss, ihn noch ein wenig länger seiner misslichen Lage zu überlassen. Das hatte er sich für sein unangekündigtes Verschwinden verdient. Oder den Kuss … Wenn ich es mir recht überlegte, gab es keinen Grund, ihn vor morgen früh hereinzulassen. Sollte er doch die Nacht an der Regenrinne verbringen.

»Da ist Vinzenz!«, riss Leona mich aus meinen genüsslichen Racheplänen. Sie trug ihre frisch gewaschenen Haare in einen Handtuchturban gewickelt und schloss hastig die Tür hinter sich. »Er hängt an der Regenrinne.«

»Ich weiß«, antwortete ich ungerührt und begab mich jetzt erst in eine normale Sitzposition. Gemächlich brachte ich meine Frisur wieder in Ordnung. »Dort wird er auch bleiben.«

»Emma, das kann doch nicht dein Ernst sein. Wir müssen ihn reinlassen, er könnte runterfallen. Wir wissen nicht, was mit dir passiert, wenn er stirbt.« Leona rannte zum Fenster.

Hm. Das war tatsächlich ein guter Punkt. Starb ich, wenn er starb? Starb er, wenn ich starb? Das machte mir meine superverzweifelte Situation wieder einmal mehr bewusst. Ich war Vinzenz vollkommen ausgeliefert! Egal was er tat, ich musste immer irgendwie mitziehen, außer ich wollte in seinen Roman gesaugt werden (oder sterben?). Wir mussten endlich einen Weg finden, mit Hannah Ruderer Kontakt aufzunehmen.

»Oh, Miss Leona, ich bin dir zu ewigem Dank verpflichtet. Miss Emma wollte mich versauern lassen. Kein Wunder, bei jemandem, der Ratten küsst«, keuchte Vinzenz, kam hereingeklettert und stieß versehentlich an einen meiner knolligen Kakteen. »Autsch.«

Ha, die Stacheln im Finger gönnte ich ihm von Herzen.

»O ja, ich liebe es, Ratten zu küssen«, giftete ich.

Vinzenz zog sich den Kaktusstachel aus dem Finger und betrachtete mich mit seinem selbstgefälligen Brandfair-Blick. »Ich dachte heute Nachmittag, ich sehe nicht richtig, als ich gemeinsam mit deinem Daddy aus dem Laden kam und du nicht da warst. Wie konntest du nur die Wohnung verlassen? Du wusstest doch gar nicht, wie weit ich entfernt bin.«

Ich schnaubte auf. Das war wieder mal typisch. Erst haute er ab, und dann machte er *mir* auch noch Vorwürfe dafür, dass ich versucht hatte, dem auf den Grund zu gehen. Frechheit!

»Was heißt hier, du bist mit Pa aus dem Laden gekommen?« Ich sprang vom Bett, machte einen Satz in Vinzenz' Richtung und blickte ihm sauer in seine dunkelblauen – *wunderschönen* – Augen. »Kannst du mir vielleicht mal erklären, wieso du heute auf einmal verschwunden warst? Irgendwie musste ich doch herausfinden, ob die Kette noch existiert.«

»Ja«, pflichtete Leona mir bei. »Emma war echt verzweifelt.«

»Weil sie dachte, dass ich weg bin?«, fragte Vinzenz mit angeberischem Grinsen. Blödmann!

Leona nickte.

»Nein!«, fauchte ich. »Oder ja. Also nein. Ich kann mir nichts Schöneres vorstellen, als dich loszuwerden. Aber du darfst trotzdem nicht von einer Sekunde auf die andere verschwinden.« Ich atmete tief durch. »Man geht nicht, ohne vorher Bescheid zu sagen. Das gehört sich nicht. Schon gar nicht, wenn … wenn …« Verflixt. Was schwafelte ich für dummes Zeug?

Vinzenz' Mundwinkel zuckten ganz leicht. Ich rechnete jede Sekunde damit, dass er beginnen würde, mich auszulachen.

Aber dann lehnte er sich bloß mit dem Rücken an die Wand und verschränkte lässig die Arme vor der Brust. »Werte Emma, sei unbesorgt. Ich plane nicht, dich zu verlassen. Erinnerst du dich, dass das Fenster die ganze Nacht offen stand?«

Logisch. Ich schlief immer mit geöffnetem Fenster, sogar im Winter bei antarktischen Minusgraden. Aber das erklärte gar nichts, deshalb guckte ich ihn weiter böse an.

»Nun«, fuhr Vinzenz fort. »Während du heute Morgen im Flur damit beschäftigt warst, deinen Daddy davon abzuhalten, ins Zimmer zu kommen, bin ich in Windeseile über den Boden bis zum Fenster und habe mich über die Regenrinne abgeseilt. Ich dachte, etwas Abstand täte uns gut. Dir und mir.«

Verblüfft plusterte ich meine Wangen auf. Unfassbar!

»Was?!«, rief Leona. »Du wolltest nur ein bisschen alleine sein, während wir hier die ärgsten Verschwörungstheorien aufgestellt haben? Wir dachten, du wärst vielleicht wegen eurem Kuss zurück in den Roman gerissen worden. Mensch, das hätten wir uns aber auch echt gleich denken können.« Sie sah beinahe ein wenig enttäuscht aus.

»Unserem Kuss?« Vinzenz blickte verwirrt zwischen Leona und mir hin und her. »Emma, hast du ihr etwa von …«

»Leona ist meine beste Freundin, wir haben keine Geheimnisse voreinander«, unterbrach ich. »Sie weiß von allen *Ratten*, die ich küsse.«

Vinzenz schluckte schwer und wurde ein bisschen rot um die Nase. »Den Rest des Tages habe ich in der Buchhandlung verbracht«, sagte er leise. »Das schien mir sicher.«

»Mhm«, murmelte ich zähneknirschend. »Und dann hast du Pa gleich mal diesen ganzen Unsinn mit Valentin aufgetischt?«

»Was hätte ich tun sollen?« Er stieß sich von der Wand ab und machte es sich auf dem Schlafsofa bequem. »Und zudem ist mir bewusst geworden, wie viel einfacher sich meine Mission erfüllen lässt, wenn wir mich nicht verstecken müssen. Also machte ich mich kurzerhand zu Valentin. Das hat sich gelohnt. Da dein Daddy offensichtlich denkt, du hättest romantische Gefühle für mich, nahm er sich viel Zeit für ein Gespräch.«

»Na, das freut mich aber für dich«, fauchte ich.

»Mich auch.« Vinzenz lächelte. »Denn jetzt sind wir unserem Ziel nahe wie noch nie. Wir können Hannah Ruderer heute noch anrufen.« Er zog Pas Handy aus seiner Hosentasche.

Mir blieb die Spucke weg.

Einundzwanzig

»Du hast meinem Vater das Handy geklaut?«, fragte ich schon zum dritten Mal. Leona saß wie gelähmt hinter mir auf meinem Bett und glotzte wortlos das in eine Lederhülle gepackte Smartphone an.

»Nein«, antwortete Vinzenz mir nun ebenfalls zum dritten Mal. Im Gegensatz zu mir wirkte er jedoch nicht geschockt, sondern vollständig entnervt. »Wie oft denn noch? Diebstahl wäre es, würde ich es behalten. Ich leihe es mir lediglich aus. Danach bekommt er es zurück. Wo liegt das Problem?«

»Das Problem ist, dass du meinem Vater das Handy geklaut hast!«, wurde ich ein bisschen deutlicher. »Auch, wenn du es ihm wieder zurückgibst, ist er sicher nicht einverstanden, wenn wir es nehmen, ohne vorher zu fragen.«

»Oh, dann geh ihn doch fragen«, schlug Vinzenz vor.

»Hallo? Jemand zu Hause?« Ich wedelte mit meiner Hand vor seinem Gesicht herum. »Er wird mir nicht erlauben, sein Handy zu benutzen, weil ich sowieso mein eigenes habe.«

»Siehst du, genau das ist der Grund, weshalb wir es heimlich ausleihen müssen«, stellte Vinzenz fest. »Und ihr müsst zugeben, dass eure bisherigen Versuche, Hannah Ruderer zu kontaktieren, weitaus weniger erfolgversprechend waren.«

»Irgendwie stimmt das«, gab Leona zu. »Vor allem ist unser letzter Versuch mit der Mitternachtslesung gerade deshalb in die Hose gegangen, *weil* wir deinen Vater mit hineingezogen haben. Vielleicht sollten wir es also wirklich probieren?« Sie sah mich an. »Es ist ja nicht so, als würden wir seine privaten Nachrichten durchstöbern. Wir suchen nur Hannah Ruderers Nummer raus, rufen sie an und bitten sie um ein Treffen. Dann kriegt er das Handy zurück und wird nie merken, dass wir es hatten.«

»Mh.« Ich war immer noch nicht voll überzeugt. »Was, wenn Pa Hannah Ruderer gar nicht eingespeichert hat? Sie war doch bloß einmal für eine Lesung bei uns. Wahrscheinlich hat er über den Festnetzanschluss im Laden mit ihr telefoniert.«

»Das ist eine berechtigte Frage«, bestätigte Vinzenz. »Die ich natürlich längst überprüft habe. Gleich, nachdem ich herausgefunden hatte, wie man den Bildschirm entsperrt. Das war wohlgemerkt simpelster Firlefanz.«

»Weil?«, hakte ich nach. Jetzt machte er hier also auch noch einen auf MacGyver.

»Nun, dein Daddy war nicht sonderlich einfallsreich. Es ist dein Geburtsdatum. Welches ich durch diese Glückwunschkarte kenne, die an eurem Kühlschrank hängt. Du weißt schon, mit dem zerrupften Küken, das einen Regenwurm im Schnabel hält. Wer schreibt dieser Art hässliche Karten?«, fragte Vinzenz, hielt mir die geöffneten Kontaktdaten vor die Augen und ließ mich gar nicht antworten, dass die Geburtstagskarte von meiner Oma Frieda stammte. »Hier, bitte schön, Hannah R.! Wer wird das wohl sein? Lasst mich mal nachdenken …« Er rieb sich den Nasenrücken und schnippte dann lässig die Finger. »Hannah Ruderer!«

»Na ja.« Leona kam näher, um auch einen Blick auf das Telefon zu erhaschen. »Theoretisch könnte es eine andere Hannah sein, die zufälligerweise einen Nachnamen hat, der mit R beginnt. Hannah Rattenschwanz zum Beispiel. Oder Hannah Rüsselnase.«

»Theoretisch ist das möglich.« Vinzenz zuckte die Schultern. »Aber praktisch ist es völliger Humbug.«

»Humbug«, äffte Leona ihn mit verstellter Stimme nach.

Vinzenz beachtete sie nicht. Er drückte auf *Anrufen* und presste mir im nächsten Augenblick auch schon das Handy in die Hand. »Es ist das Beste, wenn Emma den Anfang macht und Hannah Ruderer alles erklärt.«

»Ich soll das machen?«, rief ich entsetzt. O Mann! Es war kurz vor Mitternacht. Kein vernünftiger Mensch belästigte um diese Zeit auch nur irgendwen. Erst recht nicht wildfremde Leute. Und schon gar keine Bestsellerautorinnen, die man nur ein einziges Mal in seinem Leben bei einer Lesung getroffen hatte, weil man zufällig die Tochter des Veranstalters ist. Außerdem hielt ich es für ziemlich dumm, mit Pas Handy anzurufen, wir hätten uns ihre Nummer schließlich auch herausschreiben können. Aber in der Leitung tutete schon zum vierten Mal in Folge der Freiton.

Ich saß stocksteif da. Was sollte ich bloß sagen, wenn sie abhob? *(»Hallo, hier spricht Emma Grünwald. Sorry, dass ich Sie wecke, aber wir müssen reden. Eine Ihrer Buchfiguren ist zum Leben erwacht und belästigt mich.«)* Es war eine richtige Erleichterung, als schließlich bloß die Mailbox ranging. Unverkennbar Hannah Ruderer. Dieses zuckersüße Säuseln konnte man gar nicht verwechseln. Leonas Rattenschwanz-Rüsselnase-Theorie ließ sich also nicht halten.

»Hallo, das ist die Nummer von Hannah Ruderer. Wenn ich nicht abgehoben habe, dann liegt das daran, dass ich entweder schreibe, eine Lesung halte, schlafe oder keine Lust auf ein Gespräch habe. Wenn nichts davon zutrifft, esse ich gerade Kuchen. Dabei will ich nicht gestört werden. Bitte hinterlassen Sie mir eine Nachricht nach dem Signalton. Sollte es mich interessieren, rufe ich zurück.«

Was für eine verrückte Person! Schnell legte ich auf, bevor der Piepton losging und irgendetwas aufgenommen werden konnte. Das geschah keine Sekunde zu spät, denn Vinzenz stöhnte sofort genervt. »Na gut, dann müssen wir uns eben anders helfen.« Grob riss er mir das Handy aus der Hand.

Eigentlich hatte ich nicht vorgehabt, es ihm wiederzugeben. Ich wollte sichergehen, dass es unversehrt zurück zu Pa kam.

»Wir werden ihr schreiben und sie um einen Rückruf bitten. Im Namen deines Daddys, das scheint mir sinnvoll. Sie wird es für eine geschäftliche Anfrage halten, die britischen Pfund werden in ihren Augen blinken und sie wird auf jeden Fall reagieren.«

»Wir halten Pa raus! Das war der Deal«, sagte ich entrüstet.

Aber Vinzenz tippte bereits wie wild auf dem Handy herum. »Wir hatten lediglich die Übereinkunft, dass es ein sinnloses Unterfangen wäre, deinen Daddy um Erlaubnis zu fragen.« Er zeigte Leona und mir die Textnachricht:

Ich bitte um Rückruf! Es ist von höchster Dringlichkeit!

»Seht ihr? Völlig harmlos. Es wird Mister Grünwald nicht im Geringsten stören, wenn wir unter seinem Namen arbeiten. Später offenbaren wir Hannah Ruderer ohnehin unsere wahre Identität.« Vinzenz ließ uns gerade einmal genügend Zeit, um die Nachricht im Eiltempo zu überfliegen, bevor er auf *Senden* drückte.

Ach du heilige Scheiße!

Ich bekam kein Auge zu. Leona lag neben mir in meinem schmalen Bett und hatte mir die ganze Decke geklaut. Aber das war es nicht, was mich nicht schlafen ließ. Mich machte der Gedanke an Pas Handy wahnsinnig. Es lag gut sichtbar auf dem Nachttisch, damit wir schnell abheben konnten, falls es läutete. Jetzt allerdings war es schon nach zwei Uhr. Hannah Ruderer würde frühestens morgen zurückrufen, wenn überhaupt in den nächsten Tagen. Die zahlreichen Termine auf ihrer Homepage hatten deutlich gezeigt, wie viel sie zu tun hatte.

Irgendwann wollte ich mich nicht mehr länger herumwälzen. Ich bemühte mich, Leona nicht zu wecken und kletterte vorsichtig aus dem Bett.

Auf der anderen Seite des Zimmers konnte ich in der Dunkelheit Vinzenz' Umrisse erkennen. Er lag auf dem Bauch, hatte sich halb zugedeckt und trug gerade mal Shorts und das ausgewaschene T-Shirt mit Metallica-Aufdruck. Sein linkes, nacktes Bein baumelte so über den Rand des Sofas, dass seine Zehen den Teppichboden berührten. Im Schlaf sah er richtig niedlich aus. Kaum vorstellbar, dass das derselbe Vinzenz war, der mich tagsüber in einer Tour auf die Palme brachte.

Als er plötzlich ein paar unverständliche Worte in sein Kissen grummelte, wich ich hastig zurück. Wäre ganz schön peinlich gewesen, hätte er mich dabei erwischt, wie ich ihn mitten in der Nacht heimlich beobachtete. Aber zum Glück schlief er weiter.

Ich riss mich von seinem Anblick los und schlich bis zur Küche. Als ich zur Spüle tapste, hatten sich meine Augen schon etwas an die Finsternis gewöhnt. Die Straßenlaternen leuchteten außerdem so stark durch die Fenster herein, dass ich gar kein Licht anknipsen musste. Ich holte mir ein Glas aus dem Schrank und ließ kaltes Leitungswasser hineinlaufen.

Jeder Schluck tat unheimlich gut.

Nachdem ich mein erstes Glas mit einem Zug geleert hatte, füllte ich es wieder auf und setzte es an die Lippen.

»Kannst du nicht schlafen?«

Vor Schreck kippte ich mir den halben Inhalt meines Trinkens in den Ausschnitt. Die Kälte ließ mich erschaudern und ich war patschnass. Klasse. Ich drehte mich seufzend um.

Vinzenz stand barfuß auf dem Fliesenboden. Seine schwarzen Haare standen in alle Richtungen ab.

Eine Weile schauten wir einander bloß an und mir wurde flau im Magen. Hoffentlich bekam er nicht mit, dass mir das Shirt an der Haut klebte und vielleicht sogar durchsichtig war. Zur Sicherheit bewegte ich mich ein paar Schritte rückwärts.

Vinzenz betrat die Küche und lehnte sich mit der Schulter an den Kühlschrank. »Emma, ist alles in Ordnung?«

»Ich hatte Durst. Ähm, willst du auch?«, wich ich aus.

Vinzenz nickte, nahm sich ebenfalls ein Glas aus dem Schrank und hielt es unter den Hahn.

Ich weiß nicht mehr, wieso ich das tat. Wahrscheinlich war es die Nervosität. Jedenfalls griff ich im selben Moment wie Vinzenz nach dem Wasserhahn, um ihm die Leitung aufzudrehen. Unsere Hände berührten sich für maximal eine Sekunde. Aber das Gefühl war intensiv, als wären es Stunden.

Ich zuckte zurück. Mein Glas rutschte mir durch die Finger und zerschellte am Boden. Das Klirren kam mir unglaublich laut vor.

»Entschuldigung«, murmelte Vinzenz.

»Ach was.« Hastig bückte ich mich nach den Scherben und horchte hinaus ins Wohnzimmer, um sicherzugehen, dass Pa nicht geweckt worden war. »Das war meine Schuld.«

Vinzenz hockte sich neben mich und fasste besänftigend nach meinem Arm. »Ich spreche nicht von dem Glas.«

Verwirrt blickte ich ihm in die Augen. »Wovon dann?«

»Vorsichtig, du könntest dich schneiden. Lass mich das machen.« Er lockerte seinen Griff nicht, bis ich ihm das zertrümmerte Glas überließ. Während ich mich aufrichtete, brachte ich noch etwas mehr Abstand zwischen uns, indem ich mich an den kleinen Tisch in der Ecke setzte.

Es dauerte nicht lange, bis Vinzenz die Scherben eingesammelt und weggeworfen hatte. Er nahm neben mir Platz.

»Miss Emma, ich fürchte, du hast jetzt ein völlig falsches Bild von mir«, sagte er. »Und wenn ich ehrlich bin, kann ich dir das nicht übel nehmen. Mein Benehmen war nicht das beste. Miss Marple wäre zutiefst enttäuscht von mir. Zum Glück weiß sie es nicht, Gott hab sie selig.«

»Meinst du damit, dass du mich küsst und danach tust, als wäre nichts passiert?«, rutschte es endlich aus mir raus. »Oder vielleicht, dass du dich klammheimlich aus dem Staub machst, obwohl du weißt, wie gefährlich das ist?«

Wenn ich so weitermachte, würden mir am Ende die Tränen kommen. Doch irgendwie tat es auch richtig gut, mir das alles von der Seele zu reden. Meine Wut, der Kummer und die Verzweiflung fielen wie Felsbrocken von mir ab. »Und dann«, ich wirbelte herum und funkelte ihn an, »erpresst du mich auch noch mit dem Thunfisch-Spaghetti-Rezept!«

»Erpressen?« Vinzenz schüttelte den Kopf. »Emma, ich hatte doch in keiner Weise die Absicht, dich zu erpressen.« Er fuhr sich mit den Händen über das Gesicht. »O nein! Du hast mich falsch verstanden.«

Hä? Was hatte sein komisches Verhalten denn dann zu bedeuten gehabt?

»Das war ein Missverständnis«, beteuerte Vinzenz. »Das Rezept lag neben deiner Zimmertür. Nachdem ich es gefunden hatte, steckte ich es ein, ehe es deinem Daddy in die Hände fallen konnte. Ich wollte dich nur wissen lassen, dass du dir keine Sorgen machen musst.«

Ich glaubte ihm. Zumindest ein bisschen. Weil ich hoffte, er würde mich nicht belügen.

»In allen anderen Punkten gebe ich dir allerdings recht«, fuhr Vinzenz fort. »Es tut mir leid. Emma …« Er zögerte und ich hatte den Eindruck, dass er überlegte, nach meiner Hand zu greifen. Er tat es dann aber doch nicht, sondern fuhr sich nur durch die verstrubbelten Haare. »… ich musste heute dringend alleine sein. Über diesen Kuss nachdenken. Der war nicht geplant.«

»Küsse plant man auch nicht«, wisperte ich.

»Wohl wahr.« Ein Lächeln huschte über seinen Mund. »Hin und wieder wäre das aber besser. Oder möchtest du den Rest deines Lebens an mich gekettet sein?«

Langsam schüttelte ich mit dem Kopf. »Nein, aber …«

»Das dachte ich mir«, stellte er fest. »Somit bleibt mir keine andere Wahl, als zurück in meine Geschichte zu kehren. Und offen gestanden, nach gestern wäre mir früher lieber als später. Deshalb muss ich Hannah Ruderer finden! Denn es gibt keinen anderen Weg, um diese Ketten zu lösen. Und wenn wir … wenn ich …« Wieder brach er ab.

»Wenn was?«, bohrte ich nach und fasste entschlossen seine Hand.

Er zuckte zusammen, und es dauerte einen Moment, bis er sagte: »Emma, wenn ich mich in dich verliebe, wird mir ein Abschied tiefen Kummer bereiten.«

Ich saß da und wusste nicht, was ich darauf erwidern sollte. Und hatte er gerade wirklich davon gesprochen, dass er dabei war, sich in mich zu verlieben? In mich? Was war denn dann mit Esmeralda? Wollte er nicht zu ihr zurück?

»Würdest du nicht wieder in deinen Roman wollen, wenn es eine andere Möglichkeit gibt, um die Kette zu lösen?«, fragte ich schließlich leise.

»Emma, es ist müßig, sich darüber Gedanken zu machen. So eine Möglichkeit gibt es nicht.« Vinzenz blickte auf unsere ineinanderverflochtenen Hände. »Es wäre nun einmal kein Leben für dich, beständig der Gefahr ausgesetzt zu sein, in meine Geschichte gerissen zu werden.« Auf einmal zog er seine Hand aus meiner Umklammerung. »Deshalb dürfen wir nichts tun, das uns den Abschied schwer macht. Es wird ein Abschied für immer sein. Und er fühlt sich jetzt schon schwer genug an.« Mit diesen Worten erhob er sich und machte sich auf den Weg aus der Küche.

Immer noch schwieg ich, weil es einfach nichts gab, was ich dazu hätte sagen können. Doch dann räusperte ich mich leise. »Vinz?«

»Ja?« Er verharrte im Türrahmen.

»Würdest du mich trotzdem auf den Ball begleiten?«

War ich verrückt geworden? Hatte ich ihm nicht zugehört? Aber durch seine Worte war mir etwas klar geworden, das ich die ganze Zeit verdrängt hatte: Vinzenz war kein normaler Junge. Ihn loszuwerden bedeutete, dass es danach kein Zurück mehr gab. Wenn er erst mal wieder weg war, dann für immer.

So schnell konnte man seine Meinung ändern. Von dem Wunsch, ihn noch heute in den Roman zu schicken, spürte ich nichts mehr.

Vinzenz zögerte kurz, doch dann nickte er langsam. »Wenn das dein Wunsch ist.«

»Ist es«, sagte ich entschlossen.

»Es wäre mir eine Ehre.« Er verbeugte sich altmodisch und ließ mich zurück. Mich, und mein mitgenommenes Herz. Warum musste eigentlich immer alles so entsetzlich kompliziert sein?

Zweiundzwanzig

Der nächste Morgen bestand aus Stress, Stress und noch mehr Stress. Pa hatte sich fest in den Kopf gesetzt, pünktlich um neun Uhr von hier abzufahren. Das bedeutete, dass er Leona und mich schon um acht aus den Federn scheuchte. Und das an einem Sonntag.

Ich bereute es, die halbe Nacht nicht geschlafen zu haben.

Im Badezimmer erschreckte ich mich vor dem Pandabären im Spiegel, bis mir klar wurde, dass das bloß ich selbst mit Augenringen des Todes war.

Nach Vinzenz' und meinem Gespräch hatte ich noch eine Stunde im Wohnzimmer auf dem Sofa gesessen und mit angezogenen Füßen auf das grelle Licht der Straßenlaterne vor dem Fenster gestarrt. Alles war mir so unendlich düster und trostlos vorgekommen. Erst um fünf Uhr morgens hatte ich die Augen nicht länger offen halten können.

Ich musste nicht einmal etwas sagen, Leona streckte mir ganz von selbst ihren Concealer entgegen. Ein Beweis mehr, wie fürchterlich ich aussah. Und das ausgerechnet an einem Tag, an dem wir Oma Frieda besuchten! Die machte sich auch so schon ständig Sorgen, weil sie mich zu blass fand. Ohne Leonas perfekt ausgerüsteter Make-up-Tasche wäre ich vollkommen verloren gewesen, wahrscheinlich hätte Oma Frieda mich ohne Zögern ins Krankenhaus einliefern lassen.

Vinzenz hatte sich gleich nach Pas erstem Weck-Klopfen angezogen und war dann schnurstracks via Regenrinne im Hof verschwunden.

Eine halbe Stunde später läutete es an der Tür.

Ich hörte Pa im Flur laut reden. »Guten Morgen, Valentin. Du bist ja pünktlich. Emma ist in der Küche.«

Leona war schon nach Hause gegangen und ich zwang mich dazu, einen frisch aufgebrühten Kaffee zu trinken. Eigentlich konnte ich diesen bitteren Geschmack von Kaffee nicht ausstehen (er roch besser, als er schmeckte!), aber heute hoffte ich, dass er mich zum Leben erwecken würde.

»Guten Morgen«, sagte Vinzenz alias Valentin, als er durch den Perlenvorhang schlüpfte. »Hast du gut geschlafen?« Er lehnte sich lässig gegen die Anrichte.

Ich versuchte, ihn nicht anzusehen. Meine neuste Mission lautete, dieses wilde Kribbeln und den Kuss – *genauso wie dieses einzigartige Blau seiner Augen, die süßen Grübchen in seinen Wangen, den Geschmack seiner Lippen, den herrlichen Buchduft und seine Strubbelhaare* – zu vergessen. Für immer.

Ich hielt ihm meine Kaffeetasse hin. »Magst du? Schmeckt widerlich bitter.«

Vinzenz rümpfte die Nase. »Herzlichen Dank, ich bevorzuge britischen Tee. Schwarz? Kein Wunder, dass dir das nicht schmeckt. Kaffee lässt sich nur mit Milch und fünf Löffel Zucker ertragen.«

Ich erwähnte nicht, dass ich mir mit dem schwarzen Kaffee einen Lebensenergie-Turbo-Boost hatte verschaffen wollen und nahm die Milchpackung aus dem Kühlschrank. »Du hast keine Ahnung, worauf du dich heute einlässt«, sagte ich, während ich mir etwas Milch in den Becher kippte. »Im Misthaufen meiner Großeltern stößt man auf Lebewesen, mit denen man lieber keine Bekanntschaft machen möchte und danach stinkt man selbst wie ein frisch gelegter Pferdeapfel. Außerdem wird meine Oma Frieda sofort Verdacht schöpfen, wir könnten was am Laufen haben, und uns deshalb ausquetschen wie überreife Orangen. Und sie wird uns mit selbst gemachten Gewürzgurken mästen.«

»Wir könnten etwas am Laufen haben?«, fragte Vinzenz.

»Ich glaube, du würdest das Tête-à-Tête nennen«, übersetzte ich von Emma-Deutsch nach Vinzenz-Deutsch. »Nur damit das klar ist, das hier ist deine letzte Chance, aus der Sache wieder rauszukommen. Ich könnte Kopfschmerzen vortäuschen.«

»So schlimm wird das nicht sein«, entgegnete Vinzenz. »Und es stört mich auch nicht sonderlich, wie ein Misthaufen zu stinken.« Er senkte seine Stimme zu einem leisen Flüstern. »Meine letzte Dusche ist zwei Tage her. Denkst du, wenn ich den Geruch eines Misthaufens habe, lässt dein Daddy mich euer Bad benutzen?«

Ich glotzte ihn entgeistert an. Igitt. Wir mussten dringend etwas an unserer *Wohnsituation* ändern.

Pa kam in die Küche. Sein Gesichtsausdruck erweckte den Eindruck, als stünde uns heute eine Zombieapokalypse bevor. Es war aber doch was anderes. »Habt ihr mein Handy gesehen?«

»Dein Handy?« Ich verschluckte mich vor Schreck und begann laut zu husten. Mist. Es war absolut unmöglich, Pa das Handy jetzt zurückzugeben. Erst mussten wir den Rückruf von Hannah Ruderer abwarten. »Nein, keine Ahnung, wo es ist«, hüstelte ich. Meine Stimme klang verdächtig heiser.

Gott sei Dank schöpfte Pa keinen Verdacht. »Seltsam. Wo kann es bloß sein? Karottenzwerg, ruf mich bitte mal an.«

Mein Herz begann heftig zu schlagen. O nein! War es auf laut gestellt? Darüber hatten wir uns in der Nacht gar keine Gedanken gemacht. Wir waren einfach davon ausgegangen, dass wir es hören würden, falls Hannah Ruderer zurückrief. Hoffentlich hatten wir uns getäuscht und es war lautlos.

Ich wusste nämlich echt nicht, wie ich Pa hätte erklären sollen, warum es in meinem Zimmer herumlag.

Mit zitternden Fingern fischte ich mein Telefon aus der Hosentasche, da nahm Vinzenz es mir schnell ab. »Lass mich das machen«, sagte er. Sein Schmunzeln verriet mir, dass er einen Plan hatte.

Völlig entspannt drückte er auf *Anrufen*, drehte sich zum Fenster und wackelte abwartend mit dem Kopf herum. Noch während ich das beobachtete, wurde mir klar, was er tat. Er hatte sofort wieder aufgelegt, aber so, dass Pa es nicht mitbekam.

Kein verräterisches Klingeln war zu hören. Natürlich nicht. Wie auch, er rief ja gar niemanden an.

Nach einer Weile gab Vinzenz mir mein Handy zurück und sagte: »Mister Grünwald, Ihr Telefon scheint sich nicht in der Wohnung zu befinden. Haben Sie es im Laden vergessen?«

»Im Laden?«, überlegte Pa. »Unwahrscheinlich. Ach, so etwas Dummes! Ich werde schnell nachsehen gehen, aber dann müssen wir wirklich los. Falls es auftaucht, gebt mir Bescheid.«

»Alles klar.« Ich lächelte ihn an und fühlte mich dabei unendlich schlecht.

Pas Handy war sowieso die ganze Nacht auf stumm geschaltet gewesen. Das fand ich kurz vor unserer Abfahrt heraus, als ich in mein Zimmer ging, um meinen Umhängebeutel zu holen.

Deshalb hatten wir heute Morgen auch Hannah Ruderers zehn Rückrufe verpasst. Genauso wie die vier Nachrichten:

7:20

Ist etwas passiert? Ich mach mir Sorgen. Ruf mich bitte an.

7:25

Es tut mir leid, ich habe schon geschlafen. Ruf mich an!

7:40

Ich dreh gleich durch!

8:00

Gibt es Probleme, wegen der Sache mit Emma? Klappt unser Plan nicht? Es lief bisher doch ganz gut! Cornelius, ruf mich an!

Wieder und wieder las ich diese Zeilen. Die Sache mit Emma? Unser Plan? Was meinte sie damit? Ich wusste von keiner *Sache*, die mit mir zu tun hatte, von der Hannah Ruderer wissen konnte und die bisher ganz gut lief. Und schon gar nichts wusste ich von einem Plan, den Pa und sie gemeinsam ausheckten. Außer … O Gott! Eine dunkle Ahnung zog meine ganze Brust zu einem bitteren Krampf zusammen.

Aber das konnte nicht sein. Oder vielleicht doch? Hatten Pa und diese rosarote Schnulzenautorin in Wahrheit etwas mit Vinzenz' Textsprung zu tun?

Meine Gedanken wanderten zurück zum Abend der Lesung. Ich hatte noch immer keine Erklärung dafür, wieso sie und die ganzen Besucher so plötzlich alle verschwunden waren. Spielte Pa mir seit Tagen ein Spiel vor? Mir fielen die verheißungsvollen Blicke ein, die Hannah Ruderer mir damals immer wieder zugeworfen hatte, das Getuschel zwischen Pa und ihr, und zu guter Letzt auch noch Pas mysteriöses Treffen, das ich für ein geheimes Date gehalten hatte … So langsam wusste ich wirklich nicht mehr, wem ich vertrauen konnte.

Auch wenn Pa und ich hin und wieder mal Streit hatten, seit meinem zweiten Lebensjahr war er der Mensch, auf den ich mich am meisten verlassen konnte. Pa wollte immer, dass es mir gut ging und meistens hielt er auch zu mir.

Die Vorstellung, dass er mir so etwas Großes verheimlichte, nagte gewaltig an meinem Weltbild. Dazu kam, dass er es noch nie geschafft hatte, Geheimnisse vor mir zu bewahren.

Ich musste dem auf den Grund gehen – und zwar sofort!

Zögerlich begann ich zu tippen:

Hallo Hannah …

Rasch löschte ich die Nachricht wieder. So ein Mist! Wie klangen Pas SMS? Schrieb er überhaupt eine Anrede? Oder stürzte er sich sofort ins Thema? Ich hatte keine Ahnung, weil er mich immer nur anrief. Pa war mehr der Telefonier-Typ. Und auch zwischen ihm und Hannah Ruderer gab es keinen Nachrichtenverlauf. Da war keine SMS, außer der einen, die Vinzenz gestern so übereilig getippt hatte.

Aber wenn ich herausfinden wollte, inwiefern Hannah Ruderer und er unter einer Decke steckten, durfte ich ihr unter keinen Umständen einen Grund bieten, an meiner – beziehungsweise: *seiner* –, Identität zu zweifeln.

»Karottenzwerg, wo steckst du so lange?«, rief Pa mir aus dem Flur zu.

»Bin sofort da!«

Jetzt musste es schnell gehen.

Ja, wir müssen wegen der Sache mit Emma reden. Ich bin nicht sicher, ob der Plan aufgeht. Lass uns die Details durchsprechen.

Ich las es mir noch einmal durch. Das war gut! Wenn ich Glück hatte, würde sie mir nun Schritt für Schritt alles preisgeben, ohne zu ahnen, mit wem sie gerade schrieb.

Mit zitternden Fingern schickte ich die Nachricht ab.

Keine Minute später blinkte eine Antwort auf.

Hannah Ruderer hatte wahrscheinlich die ganze Zeit nur ihr Telefon in der Hand gehalten und auf eine Reaktion von Pa gelauert. Zu gerne hätte ich gewusst, was sie geschrieben hatte. Aber Pa rief noch mal nach mir. Also stopfte ich sein Telefon in meinen Umhängebeutel und rannte aus meinem Zimmer.

Es stank nach Essig. Auf dem Esstisch vor meiner Nase türmten sich die frisch befüllten Gurkengläser. Gewürzgurken über Gewürzgurken. Ekelhaft!

Ich saß auf der Eckbank im Gartenhaus meiner Großeltern und schielte nervös aus dem Fenster. Von hier aus hatte ich direkten

Blick auf den Komposthaufen, bei dem Pa und Vinzenz alias Valentin soeben von Opa August in die hohe Kunst des Umgrabens eingeweiht wurden.

Opa August sah aus wie ein Seemann, er hätte in dem blauen Arbeitsanzug und mit seinem buschigen weißen Bart perfekt Werbung für Fischstäbchen machen können.

Mich hatte man dazu verdonnert, bei Oma Frieda zu bleiben und ihr beim Einmachen zu helfen. Ich ahnte, was hier lief. Sie war Weltklasse in Sachen Verhör, der Geheimpolizei war an ihr eine großartige Agentin verloren gegangen. Bestimmt arbeitete sie heute im Auftrag von Pa, nachdem er eindeutig den Verdacht nicht loswurde, Valentin wäre für mich mehr als bloß ein guter Freund.

Es störte mich allerdings nicht wirklich, weil ich keinen Bock auf Regenwürmer hatte und die Chance witterte, in einem unbeobachteten Moment Pas Handy aus meiner Stofftasche zu ziehen, um Hannah Ruderers neuste Nachricht lesen zu können. Selbst wenn Oma Frieda mich dabei erwischt hätte, wäre das nicht weiter tragisch gewesen. Sie konnte gar nicht wissen, dass das Pas Handy war. Neumodische Technik zählte nicht zu ihren bevorzugten Spionagegebieten.

»Emmalein, wie lange kennst du Valentin schon?«, vernahm sie mich konsequent, während sie Gurken viertelte und die Teile in ein leeres Einmachglas stopfte. »Geht er mit dir zur Schule?« Sie folgte meinem Blick aus dem Fenster und biss begleitet von einem lauten Knackgeräusch in eine Gurke. »Er ist ein wenig eigen, aber nett.«

Wahrscheinlich fand sie ihn *eigen*, weil Vinzenz sich bei der Begrüßung leicht vor ihr verbeugt und ihr einen Kuss auf den Handrücken gehaucht hatte. Es war zum aus der Haut fahren! Er schaffte es nicht, Valentin so zu spielen, dass man ihm den gewöhnlichen Sechzehnjährigen aus dem einundzwanzigsten Jahrhundert abkaufte. Und ich war natürlich diejenige, die sein kurioses Verhalten wieder geradebiegen musste.

In meinem Bauch krampfte sich alles zusammen, als ich merkte, welchen Gesichtsausdruck Oma Frieda mir zuwarf. Den für die ganz ungemütlichen Fragen, der so viel sagte wie: *»Rede, oder ich zwinge dich dazu, diese Gewürzgurken zu essen. Und zwar alle!«*

Schlagartig fühlte ich mich richtig unwohl, am liebsten wäre ich schnurstracks rausgerannt, Regenwürmer hin oder her. Die wären in puncto Schreckensfaktor nicht einmal annähernd an Oma Frieda rangekommen.

Sie trug auch noch eine von diesen kitschig geblümten Gartenschürzen, von denen ich früher immer gedacht hatte, dass es die nur in Bilderbüchern gab. Mit ihren grauen, wild gelockten Haaren, die wuschelig von ihrem Kopf abstanden und sich im warmen Essigdampf noch mehr kringelten, hatte sie allerdings nicht wirklich viel von einer netten Großmutter aus einem Kinderbuch, die einen mit frischem Pflaumenkuchen fütterte. Sie sah bedrohlich aus. Und Pflaumenkuchen gab es bei ihr auch nicht. Nur Gewürzgurken. Und Schokotorte – aber die hütete sie wie ein Drache seinen Schatz *(Pfoten weg, davon gibt es erst nach der Arbeit!).*

»Ähm … Valentin ist gerade erst hergezogen«, schwindelte ich schnell.

»Wie habt ihr euch kennengelernt?«

Mist! Wieso schaffte sie es, immer exakt die Frage zu stellen, die ich am allerwenigsten beantworten wollte. Ich drehte ein leeres Einmachglas nervös auf der Tischplatte herum. Denken. Denken. Denken. Ich musste etwas sagen, bei dem sich die Gefahr, Vinzenz würde etwas Gegenteiliges behaupten, möglichst klein hielt. Und was das betraf, gab es nicht viel Auswahl. Wir bewegten uns auf dünnem Eis. Oma würde ihn danach mit exakt denselben Fragen löchern. Das wusste jeder, der Oma Frieda kannte. Diese Methode gehörte zu ihrem ausgeklügelten Spionagekonzept, vermutlich hatte sie es sich irgendwo im Fernsehen abgeguckt. Sie liebte alle Sendungen, in denen es um brutale Serienkiller und geniale Ermittler ging.

Die scharfe Klinge ihres Küchenmessers sauste wie ein Piratensäbel durch die Luft, während sie auf meine Antwort wartete. Es knackte bedrohlich, als die Schneidefläche auf das Holzbrett knallte. »Emma-Maus?«

»Beim Lesen«, antwortete ich, das war nicht mal gelogen.

»Beim Lesen?« Oma Frieda wirkte nicht überzeugt. »Wie lernt man sich beim Lesen kennen? Aber gut, bei jemandem, der einen Vater wie du hat, muss mich das nicht wundern.«

»Was soll das denn heißen?«, fragte ich. Oma Frieda tat glatt so, als wäre Pa nicht *rein zufällig* auch ihr Sohn.

Sie meckerte sowieso immer an Pa herum. Weil er zu viel arbeitete, weil er mich in zerrissenen Jeans aus dem Haus gehen ließ, weil er ihre Strickwesten mit den hässlichen Bommeln nicht trug, weil er sich seit zwölf Jahren nicht mehr neu verliebt hatte … Wenn die gewusst hätte, dass er sich jetzt mit Hokuspokus-Jettie traf. Da wäre sie bestimmt direkt aus den Latschen gekippt! Bei dem Gedanken musste ich innerlich kichern, obwohl mich die Vorstellung selbst keine Freudensprünge machen ließ.

Oma zuckte die Schulter. »Dein Vater hat deine Mutter beim Lesen kennengelernt. Beim *illegalen* Lesen.«

»Wie liest man illegal? Das geht doch gar nicht.«

»Emma-Mäuschen, na klaro geht das!«

Ich schmunzelte. »Meinst du, weil sie Romane gelesen hat, bevor sie sie gekauft hatte?«

»Nein.« Oma Frieda fuchtelte mit dem Messer. »Nicht, *bevor* sie sie gekauft hatte. Sie hat sie *nie* gekauft! Meine Güte, die gute Cecilia hat deinen verliebten Vater reingelegt wie eine Weihnachtsgans.«

»Oma, so sagt man das nicht. Man legt niemanden rein wie eine Weihnachtsgans.«

»Ja, ja. Schon gut. Deine Mutter war jedenfalls immer ein wenig speziell. Emma-Mäuschen, mach dich nützlich.« Energisch schob Oma Frieda mir eine Schale geschnippelter Gurken zu. »Steck die in das Glas. Und zwar möglichst luftdicht. Fest reinpressen. In etwa so.« Sie machte es mit ihren knubbeligen Oma-Händen vor.

»Wieso war Mama speziell?«, wunderte ich mich, während ich tat, was sie mir befohlen hatte. Wenigstens war damit das Thema »Valentin« für den Anfang abgehakt.

»Hat dein Vater dir das nie erzählt?«, staunte Oma Frieda.

»Was genau meinst du?«, horchte ich auf. Pa sprach viel über Mama, aber als *speziell* hatte er sie mir gegenüber noch nie bezeichnet.

»Deine Mutter war ganz vernarrt in dieses Buch«, erläuterte Oma Frieda. »Wenn man es nicht eher verrückt nennen sollte.«

Sekunde mal. »Welches Buch?«, schöpfte ich sofort Verdacht.

Hatte Pa nicht erwähnt, wie sehr Mama den alten Roman, der nach dem Verschwinden des Monokel-Mannes im Büro gelegen hatte, liebte?

Oma Frieda plauderte munter drauflos: »Es wundert mich natürlich nicht, dass Cornelius dir diese Geschichte verschwiegen hat. Das sieht ihm wieder einmal ähnlich. Aber vermutlich wollte er dir deine Vorstellung von Cecilia nicht zerstören.«

Starr hielt ich ein Stück Gurke in der Hand und glotzte Oma Frieda an. Wie hätte Pa mir bitte schön nur wegen einem eigenartigen Buch das Bild meiner Mutter zerstören sollen?

»Mäuschen.« Bevor sie weitersprach, setzte Oma Frieda sich neben mich auf die kleine Eckbank und zog mich in eine Umarmung, als hätte sie plötzlich Angst, was nun folgen würde, könnte mir den Boden unter den Füßen wegreißen. »Cecilia hat Dinge gesehen, die nicht da waren.« Diesen Satz flüsterte Oma Frieda. Dann rollte sie theatralisch mit den Augen und nahm wieder eine normale Lautstärke an. »Ich weiß, das muss ein Schock für dich sein. Aber du bist wirklich alt genug, um die Wahrheit zu erfahren. Deine Mutter hatte nicht mehr alle Tasten im Schrank.« Sie seufzte tief.

»Tassen«, verbesserte ich mit erstickter Stimme.

»Und man weiß leider nie, ob solche Dinge erblich sind«, ignorierte Oma Frieda meine Korrektur.

»Solche Dinge?«

»Na, Wahnvorstellungen.« Sie streichelte mit ihrem nach Gurkenessig riechenden Zeigefinger über meine Wange. »Vermutlich hat Cornelius es dir verschwiegen, damit du dir keine unnötigen Sorgen machst. Nichtsdestoweniger denke ich, du hast ein Recht auf die Wahrheit. So bist du wenigstens vorgewarnt, falls es passiert.«

»Falls was passiert?« Ich fühlte mich ganz benommen.

»Na, was wohl? Du sagst mir doch, wenn du Dinge siehst, die nicht da sind? Keine Angst, ich verrate es deinem Vater nicht. Aber wollen wir den Teufel mal nicht in die Luft werfen, möglicherweise ist das ja gar nicht erblich.«

»Du meinst, den Teufel an die Wand malen.«

Na danke. Hatte Oma Frieda mir hier gerade allen Ernstes die Lizenz zum Verrücktwerden bescheinigt und mir im selben Atemzug einen Geheimpakt angeboten, um meinen potenziellen Wahnsinn vor Pa zu verbergen? Darauf fiel mir beim besten Willen nichts ein.

Oma Frieda deutete mein geschocktes Schweigen allerdings anders. »Ist es schon passiert?«

»Hä?«

»Oh, es ist passiert«, hauchte Oma Frieda und beantwortete mir damit absolut rein gar nichts. Erschrocken ließ ich über mich ergehen, dass sie auf mich zustürmte und mich wie aus heiterem Himmel an sich drückte. Wow. Für ihr Alter war sie echt kräftig. Aber eigentlich kein Wunder, sie schleppte immerhin jedes Jahr tonnenweise Riesengurken von A nach B.

Das war besser als jedes Fitnessstudio.

»Wir kriegen das hin, ja?«, flüsterte sie mir ins Ohr.

»Okay«, keuchte ich atemlos, obwohl ich keine Ahnung hatte,

was sie damit meinte. Mühselig versuchte ich mich aus ihrem festen Griff zu befreien. »Oma … ich … muss mal.«

Mein Trick siebzehn. Er hatte noch nie versagt, wenn ich entkommen wollte.

»In Ordnung.« Oma Frieda ließ mich los. »Aber vergiss nicht, du kannst dich mir jederzeit anvertrauen. Es bleibt auch unter uns!«

Dreiundzwanzig

Die Luft in diesem kleinen, dreckigen, muffigen Klohäuschen war so dick, dass man sie kaum atmen konnte. Aber das war gar nicht weiter tragisch, weil man sowieso nicht freiwillig geatmet hätte. Ich erinnerte mich wieder daran, warum ich mir eine volle Blase im Schrebergarten meiner Großeltern immer verkniff.

Doch heute vergaß ich vor lauter Aufregung den Ekel. Ich kam mit der Welt nicht mehr klar … Erst hatte ich erfahren müssen, dass mein Vater mir seit Tagen was vorspielte (und das gleich doppelt! Heimliche Dates mit Hokuspokus-Jettie, geheime Pläne mit Hannah Ruderer), und jetzt redete Oma Frieda wirres Zeug über Mama. Ganz zu schweigen von diesem düsteren Druck, der sich um mein Herz legte, wenn ich an Vinzenz, unseren Kuss und gestern Nacht dachte.

Nachdem ich mich wieder ein wenig beruhigt hatte, wühlte ich Pas Handy aus meinem Stoffbeutel und tippte 1.5.1.0. ein. Der fünfzehnte Oktober. Mein Geburtsdatum.

Der Bildschirm öffnete sich und gab mir freien Zugang zu Hannah Ruderers neuster Nachricht. Besser gesagt: Ihren fünf neuen Nachrichten. Während ich Oma Frieda beim Gurkenschnippeln geholfen hatte, war Hannah Ruderer offenbar voll und ganz durchgedreht.

9:10
Was soll heißen, du bist nicht sicher, ob der Plan aufgeht? Du warst es doch, der den Vorschlag gemacht hat!

Das war die Antwort auf meine SMS. Leider ging Hannah Ruderer mit keinem Wort darauf ein, was für ein Plan das war. Doch ehe ich irgendwelche Überlegungen anstellte, las ich lieber weiter.

9:34
Cornelius, vor der Lesung hast du selbst gesagt, dass Emma keine Probleme machen wird. Ist es jetzt etwa doch anders?

10:15
Ich halte das nicht länger aus. Ruf mich an!

11:00
Ich fahr jetzt zu dir und wir bringen die Sache hinter uns. Mir reicht es. In zwei Stunden bin ich da.

13:12
Ich stehe vor eurer Wohnungstür und keiner macht mir auf. Wo bist du? Seid ihr im Gartenhaus bei deinen Eltern?

Nein! Ich las die letzte Nachricht ein zweites, ein drittes und dann auch noch ein viertes Mal, nur um sicherzugehen, dass meine Augen mir keinen üblen Streich spielten.

Im Gartenhaus bei deinen Eltern.

Hannah Ruderer wusste von der Schrebergartenleidenschaft meiner Großeltern. O Gott. Das war nicht gut. Das war gar nicht gut. Außerdem ziemlich seltsam. Gemeinsam krumme Pläne aushecken, das war die eine Sache. Aber wenn Pa jemandem von seinen Eltern erzählte, dann musste er diese Person *wirklich* gut kennen. Im Fall von Hannah Ruderer ergab das keinen Sinn für mich. Und Pa würde bald herausfinden, was ich mit seinem Handy angestellt hatte. Mein sicherer Untergang nahte. Vinzenz und ich mussten dringend zusehen, dass wir hier wegkamen.

Ohne lange zu überlegen, sprang ich auf meine Füße und stürmte aus der Tür.

Leise schlich ich über den gekiesten, schmalen Weg, der von dem hölzernen Toilettenhäuschen, am Haus meiner Großeltern vorbei, in den Garten führte. Dummerweise knirschten diese weißen Kieselsteine bei jedem Schritt so laut, dass ich mich nur wie in Zeitlupe bewegen konnte und deshalb eine halbe Ewigkeit brauchte.

Gut hinter der Hausecke versteckt, lugte ich zu Vinzenz.

Er stand mit einer bis zu den Knien hochgekrempelten Jeans und schwarzen Gummistiefeln mitten auf dem Misthaufen, die Schaufel in der einen Hand, während er sich mit dem anderen Unterarm Schweißtropfen von der Stirn wischte. Sein Shirt lag nebenan in der Wiese. Vinzenz besaß vielleicht keinen Waschbrettbauch à la Chris Hemsworth, aber diese feinen Ansätze von Muskeln rund um seinen Bauchnabel waren alles andere als übel. Bei jeder Bewegung, die er machte, spannten sie sich an. Dazu die kräftigen Schultern und der leichte Bizeps, der hervortrat, als er wieder nach der Schaufel griff und mit dem Umgraben fortfuhr. Ich zog meine Unterlippe zwischen die Zähne. Meinetwegen konnte er in Zukunft regelmäßig den Misthaufen umackern. Oder einfach nur häufiger sein Shirt ausziehen … *Zusammenreißen, Emma!*

Ich besann mich darauf, wie trostlos alles war. Und weshalb ich mich überhaupt vom Plumpsklo hierher geschlichen hatte.

»Psssst«, zischte ich, als es mir endlich gelang, die Hitze aus meinem Kopf zu verjagen.

Vinzenz wandte sich erstaunt zu mir um, ein Brocken Erde klebte ihm an der Wange. Und sogar das fand ich süß … Mir war echt nicht mehr zu helfen.

»Miss Emma?«

»Schnell!«, winkte ich ihn zu mir. Unruhig suchte ich den ganzen Garten nach Pa und Opa August ab. Sie waren nicht da.

Es brauchte keine zweite Aufforderung, sofort warf Vinzenz die Schaufel auf den Misthaufen und eilte mir entgegen.

Ich zog ihn hinter die Hausecke. »Wo sind Pa und Opa?«

»Drinnen«, antwortete Vinzenz. »Sie kommen bestimmt gleich zurück.«

»Okay, dann schnell, wir haben nämlich ein Problem. Lass uns abhauen.« Ich packte Vinzenz am Arm und zog ihn in Richtung Plumpsklo. Vor der Tür mit dem Fenster in Herzchenform hielt ich an. »Los, rein da. Es gibt einen Riegel zum Absperren.«

»Ich soll dich in eine Toilette begleiten?«

Ich beachtete Vinzenz' pikierten Gesichtsausdruck nicht weiter und schubste ihn hinein.

Das hatte ich nicht bedacht. Das Plumpsklo war klein. Angesichts Vinzenz' nacktem Oberkörper sogar ziemlich klein. Uns trennte höchstens eine Fingerlänge Abstand voneinander.

Und obwohl Vinzenz unter schweißtreibender Anstrengung den Misthaufen umgeackert hatte, roch er immer noch nach Buch. Davon hätten sich einige Jungs an der Schule eine Scheibe abschneiden können.

Ich versuchte, ihn nicht anzustarren, während er Hannah Ruderers Nachrichten auf Pas Handy mit kritischer Miene studierte. »Wieso hast du mich nicht eingeweiht?«, sagte er nach einer Weile. »Ich wäre die Angelegenheit von vornherein anders angegangen.«

Obwohl ich insgeheim sehr wohl wusste, dass es sinnvoller gewesen wäre, ihn früher über Hannah Ruderers Antworten zu informieren (denn eins musste man Vinzenz lassen, er war gerissen, wenn es darum ging, Leute auszutricksen), wollte ich das nicht zugeben. Schließlich war er es gewesen, der den Unsinn mit Pas Handy überhaupt erst gestartet hatte. Die Schuld lag also nicht alleine bei mir. Ich verschränkte die Arme. »Aha? Und wie, wenn ich fragen darf?«

»Du hättest ihr unmittelbar zurückschreiben müssen. Durch die Wartezeit konnte sie sich in eine Panik hineinsteigern.«

»Na gut«, gab ich zerknirscht zu. »Aber verstehst du, was Pa und Hannah Ruderer da Geheimnisvolles aushecken?«

Vinzenz lächelte tiefgründig. »Gewiss.«

»Und?« Erwartungsvoll sah ich ihn an. Es ärgerte mich, dass er eine Fratze zog, als wäre ich dämlich.

»Miss Emma, ich muss es dir nicht wirklich sagen, oder?«

Ich holte tief Luft, bereute es dann allerdings gleich, weil die hier drin nun mal wirklich widerlich war. »Ich denke, Hannah Ruderer und Pa haben mit deinem Textsprung zu tun. Ich hab zwar keine Ahnung, wie und wieso, aber alles deutet darauf hin. Doch was könnte diese *Sache mit Emma* sein, von der sie die ganze Zeit schreibt? Und was will sie jetzt endlich hinter sich bringen?«

Vinzenz betrachtete mich bedeutungsschwer. »Hm. Vermutlich ein Ritual, das erst vollendet ist, wenn sie dich feierlich geopfert haben. Ich hatte es dir bisher verschwiegen, in Wahrheit ist es jedoch die einzige Möglichkeit, mich zurück in meine Geschichte zu bringen. Du musst sterben.« Ich gaffte ihn an und Vinzenz begann zu lachen.

»Und deshalb lachst du jetzt? So was find ich gar nicht lustig«, schnauzte ich.

»Nein Emma, nicht deshalb. Ich finde es nur einfach ganz und gar unglaublich …« Vinzenz lachte so heftig, er musste sich den Bauch halten. Besser so. Diese Bauchmuskeln direkt vor meiner Nase in Kombination mit der schlechten Luft halfen nicht beim Denken. »Ach Emma, du bist entzückend.«

Entzückend? So nannte man vielleicht ein kleines Baby, aber doch kein Mädchen, das man … geküsst hatte.

»Entzückend begriffsstutzig«, beleidigte er mich gleich richtig.

»Worauf willst du hinaus?«, knurrte ich.

»Es ist vollkommen unmissverständlich. Weder dein Daddy noch Hannah Ruderer wissen von dem Textsprung. Sie wollen dich auch nicht opfern. Sie haben ein vollkommen anderes Geheimnis.«

»Ach?« Ich legte die Stirn in Falten.

»Es erstaunt mich, dass du nicht draufgekommen bist«, immer noch schmunzelte Vinzenz amüsiert vor sich hin. »Dein Daddy und Hannah Ruderer unterhalten eine heimliche Liebschaft.«

»Heimliche Liebschaft?«, wiederholte ich stockend. Meine Augen weiteten sich, als ich verstand, was das bedeuten sollte. »Du meinst … DIE HABEN WAS MITEINANDER?!«

»In der Tat.«

»Und was ist dann zwischen Pa und Hokuspokus-Jettie?«

»Das ist mir nicht bekannt«, antwortete Vinzenz. »Aber eines haben dein Daddy und Hannah Ruderer dank deiner Nachricht gewiss.« Er gab mir das Handy zurück. »Eine handfeste Krise.«

Vierundzwanzig

Nichts wie weg! Das war alles, was sich dick und fett immer wieder und wieder in meine Gedanken drängte, während ich mit dem halbnackten Vinzenz in diesem muffigen Plumpsklo stand und meine gesamte Welt in ihre Einzelteile zerbröckelte.

Hannah Ruderer war Pas Date. Und das nicht, weil sie beide mit Vinzenz' Textsprung zu tun hatten, sondern weil sie ineinander *verliebt* waren. Es war nicht zu fassen, dass mir dieser Gedanke trotz Hannah Ruderers panischer Nachrichten kein einziges Mal in den Sinn gekommen war. Bei Jettie hätte es mich erstaunlicherweise nicht gewundert, aber Hannah Ruderer? Wo hätte Pa sie so gut kennenlernen sollen, dass es … *dazu* … hatte kommen können? Bei der Lesung im Laden? Oder war vorher schon was zwischen den beiden gelaufen? Wie auch immer. Was bedeutete das jetzt für mich? Würde sie bald bei uns einziehen? Musste ich dann täglich miterleben, wie sie kitschige Liebesszenen schrieb? O Gott!

Nichts wie weg. Sofort. Jetzt. Egal wohin.

Ohne ein Wort zu sagen, wollte ich mich an Vinzenz vorbei zum Ausgang drücken, als mir einfiel, dass das nicht ging. Wenn ich abhauen wollte, musste ich Vinzenz mitnehmen.

Und der sah nicht aus, als würde er ebenfalls an Flucht denken. Wie konnte ihn das alles so kaltlassen?

Laute, dröhnende Musik, die immer näher kam, brachte meine Fluchtpläne dann aber sowieso zum Platzen.

Nach und nach konnte man einzelne Fetzen des Songtextes erkennen.

»Was ist das?«, wunderte ich mich.

Vinzenz verschränkte die Arme. »Eine Zumutung.« Er merkte meinen fragenden Blick und hob die Achseln. »Hannah Ruderers Lieblingssong, den hört sie immer, um besonders intensive Liebesszenen zu schreiben. Passend, oder? *Don't let me down* von den Beatles.« Er summte einige Strophen des Textes.

»Du kannst das auswendig?«, staunte ich.

Vinzenz machte eine abweisende Handbewegung. »Als Buchfigur kriegt man zwar nicht alles aus dem Leben seiner Autorin mit, aber wenn Dinge passieren, während sie schreibt, dann schon. Und dieser Song hat mir in einer grauenhaften Regelmäßigkeit den letzten Nerv geraubt. Besonders deshalb, weil sie ihn auch bei meiner Todesszene gehört hat.«

»Ich dachte, sie schreibt damit besonders intensive Liebesszenen?«

»Nun, interpretiere das, wie du willst.«

In der Zwischenzeit war die Musik so nahe, als würde jemand gleich neben dem Toilettenhäuschen seine Platten abspielen. Ich spitzte die Ohren noch etwas mehr und merkte, dass der Song sich mit Motorengeräuschen vermischte. Dann wurde es ganz leise. Eine halbe Minute später knallte eine Autotür.

Ich konnte die Ungewissheit nicht länger ertragen. Rasch schlüpfte ich aus dem Klohaus, spürte dabei noch Vinzenz' irritierten Blick im Nacken, und huschte auf Zehenspitzen zum Gartenzaun.

Vorsichtig schielte ich durch die Äste der Buchsbaumhecken zur Straße. Hannah Ruderer war soeben aus einem schnittigen, knallroten Cabriolet mit beigen Ledersitzen gestiegen. Ihr brauner Bob sah völlig zerzaust aus. Wahrscheinlich hatte sie einen solchen Zahn draufgehabt, dass ihr der Fahrtwind kräftig durch die Haare gesaust war. Nur eine schwarze Riesensonnenbrille (Modell: Fliegenauge) hielt ihr einzelne Strähnen aus dem Gesicht. Dazu trug sie ein dunkelblaues, schlichtes Sommerkleid und rosa Mokassins.

Sie eilte zum Eingang und war dabei, die Klingel zu drücken, als Vinzenz mich von hinten antippte. »Ich sagte doch, dass das Hannah Ruderers Lieblingssong ist. Ein Gutes hat es: Wir müssen sie nicht länger suchen, sie hat *uns* gefunden.«

Schön. Es gelang mir momentan wirklich nicht, diese Freude mit Vinzenz zu teilen.

Ich drängelte ihn eilig zurück in das Plumpsklo und verriegelte die Tür. An Abhauen war nicht mehr zu denken, es gab keine Möglichkeit, den Garten zu verlassen, ohne Gefahr zu laufen, erwischt zu werden.

Aber das heftige Stimmengewirr ließ ohnehin nicht lange auf sich warten.

Pa hatte seine heimliche Flamme bereits bemerkt, und er klang ziemlich aufgeregt. »Hannah, was machst du hier?«

Der Rest ließ sich nicht so leicht verstehen. Um besser lauschen zu können, drückte ich mein Ohr deshalb gegen das Holz und spähte mit halb zugekniffenem Auge durch den kleinen Spalt zwischen den Brettern.

Nur ganz verschwommen sah ich Pas Umrisse, Hannah Ruderer stand ihm gegenüber. Die beiden versteckten sich genau an der Ecke der Hausmauer, an der ich zuvor gestanden hatte.

»Aber Hannah, es geht doch nicht nur um Emma! Lass uns das bitte nicht überstürzen. Hier sind meine Eltern.« Das Wort Eltern sprach Pa auf eine Weise aus, als könnte es einen bösen Dämon heraufbeschwören. O Mann. Pa machte sich mit neununddreißig Jahren davor ins Hemd, seinen Eltern eine neue Freundin vorzustellen?

»Vor allem meine Mutter! Sie ist ein weiblicher 007 in alt«, setzte er noch drauf. Aha. Vor zwei Wochen hatte er noch mit mir geschimpft, als ich Oma Frieda so genannt hatte, und jetzt tat er es selbst.

»Das ist mir egal«, zischte Hannah Ruderer. »Was heißt hier überstürzen? Seit drei Monaten versteckst du mich vor deiner Familie. Schämst du dich für mich oder was soll das?«

DREI MONATE???

Ich glaubte nicht, was ich da hörte. Pa hatte mir allen Ernstes *drei Monate* lang verheimlicht, dass er was mit dieser Schnulzentante hatte? Da konnte ich bloß den Kopf schütteln. Und ich war immer der Meinung gewesen, er sei schlecht im Bewahren von Geheimnissen, dabei war er in Wirklichkeit der größte Heimlichtuer der Welt.

»Hannah, nein! Wie kommst du denn auf so was? Ich hatte dir das doch alles erklärt. Emma wird Zeit brauchen, sie ist ein Teenager und momentan benimmt sie sich auch wie einer.«

Aha. Wie nett von Pa.

Wenn mich mein verschwommener Blick nicht täuschte, nahm er Hannah Ruderer jetzt in den Arm. »Wir hatten doch den Plan, gemeinsam zu deiner Mitternachtslesung Anfang Oktober zu fahren. Emma hat sich das gewünscht. Vorher hätte ich ihr alles gesagt. Wieso regst du dich denn plötzlich auf?«

Ach! Das war also dieser Plan, den er und Hannah Ruderer gemeinsam ausgeheckt hatten. Pa konnte natürlich nicht wissen, dass ich gar nicht mehr zu dieser Lesung musste. Es gab schließlich ganz offensichtlich einen anderen Weg, um mit Hannah Ruderer Kontakt aufzunehmen.

»Aber was sollten dann diese Nachrichten heute?«, schluchzte Hannah Ruderer. »Dass du nicht sicher bist, ob der Plan aufgeht? Und dass wir das erst noch mal besprechen müssen.«

Scheiße. Was hatte ich angerichtet? Ich riss mich von meinem Guckloch los und presste panisch den Rücken gegen die Tür. Trommeln jagten durch meine Brust.

»Wie bitte?«, konnte ich Pa hören. »Hannah, wovon sprichst du? Welche Nachrichten?«

»Na, deine!«, beschwerte Hannah Ruderer sich aufbrausend.

Das reichte. Mehr musste ich nicht wissen, um mir darüber im Klaren zu sein, dass mein letztes Stündchen geschlagen hatte.

»Pa wird herausfinden, was ich mit seinem Handy getan hab«, japste ich atemlos.

»Nein, nein«, zeigte Vinzenz sich zuversichtlich. Er legte eine Hand auf meinen Oberarm, was mich leider alles andere als beruhigte. »Emma, entspann dich. Wir müssen besonnen vorgehen. Gib mir das Telefon.«

»Wieso?«

»Vertrau mir.«

Ich schüttelte den Kopf. »Nein.«

»Emma. Was willst du sonst tun?«

Mist, verdammter. Zögernd reichte ich ihm das Handy, auch wenn ich fürchtete, dass ich das bereuen würde (Stichwort: Mister Murphy.)

»Sehr gut.« Vinzenz sah mich an. »Lektion Nummer eins: Beweismittel müssen unwiederbringlich beseitigt werden. Kein Beweis, kein Verbrechen.«

»Beweismittel?«, fragte ich stimmlos.

»Ja, Beweismittel. So wie dieses hier.« Mit einem sicheren Gesichtsausdruck warf Vinzenz Pas (ultrateures) Smartphone in die Tiefen des Plumpsklos. Ganz weit unten konnte man noch ein dumpfes Platschgeräusch hören, gefolgt von einem Blubbern.

Stille.

Wäre es nicht so eklig gewesen, wäre ich hingerannt, um der Besiegelung meines Weltuntergangs nachzublicken. Aber wegen des Geruchs hielt ich mich dann doch lieber fern.

Ich presste meine Handfläche vor den Mund. »Vinzenz!«

Wahrscheinlich war es sinnvoll, schon mal zu überlegen, wie ich den Hausarrest bis zu meinem achtzehnten Geburtstag einigermaßen erträglich verbringen konnte. Denn diese Strafe blühte mir mindestens. Ob wenigstens Leona Besuchszeiten bekommen würde?

»Vinz genügt«, sagte Vinzenz. Er ließ den Holzdeckel auf das dunkle Loch meiner ewigen Verdammnis fallen. »Und man kann uns nichts nachweisen, solange du kein so hanebüchenes Tamtam machst.«

Hanebüchenes Tamtam? Ich vergaß, wie gut wir uns gestern Nacht verstanden hatten. Gerne hätte ich ihm an dieser Stelle eine schallende Ohrfeige verpasst, aber die sich nähernden Schritte auf dem Kiesweg hielten mich davon ab.

»Emma! Valentin!«, rief Pa draußen vor der Tür.

»Psst.« Ich bedeutete Vinzenz mit dem Zeigefinger, keinen Mucks von sich zu geben. Er nickte geräuschlos. Wenigstens waren wir uns in dieser Sache einig.

Das hätte auch sicher alles gut geklappt, hätte ich nicht ausgerechnet in diesem Augenblick auf einmal gespürt, wie mir was Kribbeliges über den Nacken fuhr. Sicher eine von diesen elenden Spinnweben, die hier überall von der Decke baumelten. Genervt fasste ich danach. Doch als ich merkte, was mir nun zwischen Zeigefinger und Daumen krabbelte, konnte ich nicht länger stillhalten. »Ahhhhh!« Ich schoss mit einem Riesensatz nach vorne und stürzte mich kurzerhand in Vinzenz' Arme.

Die Spinne hatte mindestens die Größe eines Golfballs und Tausende borstige Haare an ihren endlos langen, dünnen Beinen. Umso länger ich sie sah, desto riesiger wurde sie. Na ja, zumindest kam es mir so vor. Wie wild schüttelte ich meine Hand, bis sich das eklige Vieh endlich wieder von mir löste, auf den Boden fiel, in Windeseile davonkrabbelte und irgendwo hinter dem Klo verschwand. Igitt! Ein Grund mehr, hier niemals zur Toilette zu gehen.

Erst als ich in der Umarmung fühlen konnte, dass Vinzenz' Brustkorb vor Lachen bebte, merkte ich, wie fest ich mich gerade an seinen nackten Oberkörper geklammert hielt.

Er feixte. »Das war denkbar knapp, eine Sekunde länger und sie hätte dich mit Haut und Haaren gefressen. Welch Tragödie!«

»Haha.« Verlegen löste ich mich von ihm. Nicht mal in diesem diesigen Licht konnte ich meine glühenden Wangen verstecken.

»Keine Sorge, ich hätte natürlich nicht zugelassen, dass sie dich frisst«, stellte Vinzenz plötzlich mit einem milden Lächeln fest und sah mir dabei tief in die Augen. »Niemals.«

Und da war es passiert. Es war nur ein Wort. Aber eines, das mich mitten in mein Herz traf.

Schon wieder stand die Zeit still.

Mit jeder Faser meines Körpers wünschte ich mir, ihn noch einmal zu küssen, wäre nicht dieses unumstößliche Vinzenz-Kussverbot im Weg gewesen. Vielleicht konnte man eine winzig kleine Ausnahme machen. Zum Beispiel … *jetzt.*

Vinzenz' Gesicht wanderte mir Stück für Stück entgegen. Näher. Näher. Noch näher. Bis …

Es klopfte.

»Was macht ihr da drinnen?«, fragte Pa.

Ich taumelte zurück. Die Realität klatschte mir ins Gesicht.

Wir hatten uns fast geküsst. Neben einem Plumpsklo.

Waren wir noch ganz dicht? Das durften wir nicht! Und wenn ich schon schwach wurde, konnte das dann nicht wenigstens in einer romantischeren Umgebung passieren?

»Äh, nichts«, stammelte ich und rieb mir wild die erhitzt brennenden Wangen.

Auch Vinzenz war einen Schritt nach hinten gegangen. Mit einem Seufzen fuhr er sich durch die Haare.

Wir waren wahrscheinlich beide erleichtert darüber, dass Pa uns rechtzeitig den Moment zerstört hatte, bevor die Dummheit tatsächlich hatte passieren können … und trotzdem war ich verzweifelt. Wie konnte etwas, das sich so richtig anfühlte, überhaupt eine Dummheit sein?

»Alles okay, Emma?«, erkundigte Pa sich erneut.

Nee, eher nicht. Ich war mir nicht mal sicher, ob ich noch lebte. Das Herz eines lebendigen Menschen konnte doch nicht so doll wehtun? Früher oder später musste man bestimmt tot sein, wenn es sich ständig zusammenzog wie ein Schwamm.

Ich vermied es, Vinzenz anzusehen, als ich den Riegel zur Seite schob und meinen Kopf zur Tür heraussteckte. »Klar, Pa. Wieso fragst du?«

Sofort sprang mir Hannah Ruderer ins Auge, die halb hinter seinem Rücken hervorlugte. Aus der Nähe wirkte sie ziemlich abgekämpft. Sie hatte ganz geschwollene Augenlider, als hätte sie geheult.

In meinem Bauch meldeten sich leise Schuldgefühle.

Doch dann erinnerte ich mich, dass sie und Pa mir seit DREI MONATEN diese … *Sache* … verheimlichten. Und nicht nur das. Am Abend der Lesung hatten sie ein falsches Spiel mit mir gespielt. Es gab also keinen Grund für Mitleid.

»Guten Tag, Frau Ruderer. Was machen Sie denn hier?«

»Hallo, Emma«, antwortete Hannah Ruderer angespannt. »Nenn mich doch bitte einfach Hannah. Dein Vater und ich wollen dir gerne etwas erzählen. Nicht wahr, Cornelius?«

Pa seufzte. »Ja … sieht ganz danach aus. Ist Valentin bei dir? Ich dachte, ich hätte ihn gehört.«

»Äääääh«, schnell schlüpfte ich aus dem Klohäuschen, »schon möglich. Was wollt ihr mir denn erzählen?«

Pa schob mich sanft zur Seite, um die Tür zu öffnen.

Kleinlaut kaute ich mir auf den Lippen herum, als Vinzenz in den Garten trat.

Pa sah mich mit hochgezogener Braue an, doch er kommentierte das nicht weiter und warf Hannah Ruderer einen flüchtigen Blick über seine Schulter zu. »Also Emma, wir wollen dir gerne sagen, weshalb Hannah hier ist.«

Die schmachtete ihn freudestrahlend an.

Pa schmachtete noch seliger zurück.

Mir kam das Kotzen. »Ja, warum denn?«

»Nicht hier«, zögerte Pa schon wieder. »Lasst uns dafür doch am besten …«

Mir reichte es mit seiner Geheimniskrämerei. »Nicht nötig, ich weiß es längst. Ihr habt eine *heimliche Liebschaft*«, platzte es aus mir heraus. »Verdammt, Pa! Wieso erzählst du mir so was nicht? Seit wann läuft das?«

Drei Monate. Aber dass ich gelauscht hatte, musste ich ihm wirklich nicht gleich auf die Nase binden.

»Karottenzwerg, was, wieso … woher …?«

»Ist es nicht so?« Ich betrachtete ihn kämpferisch.

»Also, *heimlich* würde ich nicht sagen«, versuchte Pa alles klein zu reden. »Wir wollten dir bloß Zeit geben.«

Ich rang die Hände. »Wenn man etwas ver*heimlicht*, ist es *heimlich!* Und um mir Zeit zu geben, hättest du mir doch erst mal sagen müssen, wofür du mir Zeit gibst!«

»Meine Kleine«, meinte Pa betroffen. »Um ehrlich zu sein, wusste ich einfach nicht, wie ich es dir sagen soll. Ich wollte dich nicht überfordern. Hannah und ich haben uns im Frühjahr kennengelernt. Weißt du noch, als ich über das Wochenende geschäftlich weg war?«

Da musste ich nicht lange überlegen, logisch konnte ich mich erinnern. Das war der Samstagabend gewesen, an dem Leona und ich bis vier Uhr morgens Vampirserien geguckt und tonnenweise Popcorn verdrückt hatten. Und was brachte es mir nun, einmal sturmfrei gehabt zu haben? Hannah Ruderer. Toll!

»Wir fanden uns vom ersten Moment an sympathisch«, erzählte Pa weiter. »Daher haben wir uns wieder getroffen. Und …«

»… Handynummern getauscht«, schwärmte Hannah Ruderer. »Ach, dieses Brunchen mit Cornelius war jedes Mal so schön, dass ich dabei immer völlig die Zeit vergessen hab.«

Ich verschränkte meine Arme. *Brunchen.* So nannten Erwachsene das also, wenn sie ineinander verknallt waren. Damit war außerdem geklärt, wieso ich von diesen Treffen nichts mitbekommen hatte. Pa und Hannah Ruderer hatten vermutlich heimlich *gebruncht*, während ich in der Schule gewesen war.

»Pa, seit wann hast du Zeit zum Brunchen?«, fragte ich. Das war doch echt die Höhe! Mein Vater vergaß vor lauter Arbeit regelmäßig, dass wir nichts Essbares zu Hause hatten, aber für ein Date mit der rosaroten Schnulzenschreiberin reichte es dann doch?

Pa richtete den Blick auf seine Fußspitzen. »Philippa hat in den letzten Wochen vormittags hin und wieder die eine oder andere Stunde alleine gemacht.«

»Philippa?!« Ich kippte fast aus den Socken und konnte mir schwer vorstellen, dass hier die Rede von derselben Philippa war, die bereits an ihrem ersten Arbeitstag zu spät gekommen war, die sich ununterbrochen krankschreiben ließ und die niemals auch nur eine Minute länger als nötig blieb.

»Na ja … ja.« Pa klopfte sich nervös mit dem Zeigefinger auf die Lippen und verstummte.

»Ach was«, stellte ich trocken fest. »Und beim Brunchen habt ihr dann wahrscheinlich auch vereinbart, dass die Lesung des Finales bei uns im Laden stattfindet?« Diese Veranstaltung war mir ja von Anfang an seltsam vorgekommen, doch jetzt fügten sich die Puzzleteile in meinem Kopf nach und nach zu einem vollständigen Bild zusammen.

»Das war meine Idee«, antwortete Hannah Ruderer. »Cornelius' Buchhandlung ist wundervoll. Perfekt für eine Lesung. Ich liebe diese altmodischen Regale, die kleinen Räume und die ganze Atmosphäre. Man hat das Gefühl, Phil könnte jederzeit als britischer Gentleman um die Ecke kommen.«

»So ein Mumpitz«, fuhr Vinzenz dazwischen. Die ganze Zeit hatte er sich rausgehalten, doch nun schien ihm der Kragen zu platzen. Er stand etwas abseits und lehnte mit dem Rücken gegen das Klohäuschen.

»Bitte?«, wunderte sich Hannah Ruderer.

»Als ob Phil ein Gentleman wäre«, erwiderte Vinzenz. »Er ist ein Tunichtgut, der am Frühstückstisch seine Zehennägel schneidet und nicht mal um Verzeihung bittet, wenn ein abgezwickter Nagel in die Teetasse seines Gegenübers fliegt. Obendrein futtert er stets ohne jede Scheu alle Scones aus der Vorratskammer.«

»Oh«, widersprach Hannah Ruderer. »Das ist Vinzenz. Phil ist ein wundervoller Junge. Zuvorkommend, höflich, bescheiden.«

»Pah!«, brummte Vinzenz. »Vinzenz ist es, der als Gentleman um die Ecke biegt und einer Lady die Tür aufhält, während Phil sie ihr auf direktem Wege ins Gesicht schnalzen lässt. *Vinzenz* ist höflich, zuvorkommend und bescheiden.«

»Na ja«, murmelte ich leise, niemand hörte mich.

Dafür fiel Hannah Ruderer aus allen Wolken. »Ich verstehe kein Wort! Wie kommst du auf so was?«

Jetzt stutzte Vinzenz plötzlich. »Du erkennst mich nicht?«

Hannah Ruderer zog eine irritierte Grimasse. »Wieso sollte ich dich erkennen? Haben wir uns schon einmal getroffen?«

Mist! Er durfte doch nicht einfach so mit der Tür ins Haus fallen. Wir mussten das langsam angehen.

»Kann ich dich kurz unter vier Augen sprechen?« Ich packte ihn am Arm und bugsierte ihn in eine Ecke etwas abseits. »Was machst du denn da?«, zischte ich. »Spinnst du?«

»Ich?«, sagte er. »Du hast alles mit deinen unüberlegten Handynachrichten durcheinandergebracht. Mein Plan war bis dahin erstklassig.«

»Gsch!« Ich schielte zu Pa und Hannah Ruderer. Die beiden beobachteten uns, deshalb sprach ich gleich noch leiser. »Es war ja wohl *deine* Idee, ihr mit Pas Handy zu schreiben. Hättest du nicht damit angefangen, wäre das alles nicht passiert.«

»Dann säßen wir auch immer noch in unserem Schlamassel.«

»Ja, und wenn du sie jetzt verjagst, können wir es gleich vergessen. Wir müssen uns unauffällig verhalten, okay? Du tust also erst mal weiter so, als ob du Valentin wärst. Der ist sechzehn und geht auf die Schule für Hochbegabte.«

»Ich geh auf die Schule für Hochbegabte?«, fragte Vinzenz.

»Ja. Anders lässt sich deine altmodische Strebersprache nicht erklären. Wir kennen uns aus dem Leseclub.«

»Was ist ein Leseclub?«

Ich blähte meine Wangen auf. »Ein Club für Leute, die gerne lesen.«

Vinzenz betrachtete mich mit schräg gelegtem Kopf. »Lest ihr da *Bibi Blocksberg* und *Black Beauty?*«

»Vinz!«

»Schon gut«, sagte er. »Und hast du auch überlegt, wie wir Hannah Ruderer dazu bringen, das Manuskript umzuändern und mich nicht sterben zu lassen?«

Tja. Das war die Achillesferse meiner Strategie. »Überlass das mir«, verheimlichte ich ihm diese kleine Schwachstelle. »Du musst jetzt gar nichts tun, außer nett sein.«

Der Schokokuchen schmeckte irgendwie nicht. Ich konnte aber nicht sagen, ob es am Kuchen lag oder an der angespannten Situation.

Pa sprach kein Wort, Hannah Ruderer stocherte leise auf ihrem Teller herum und auch Vinzenz schwieg (das verstand er unter nett sein). Opa August hielt sich wie immer aus allem raus. Er döste auf seinem Schaukelstuhl in der Ecke. Im Gegensatz zu Oma Frieda lebte er frei nach dem Motto *»Was ich nicht weiß, macht mich nicht heiß«*, und Pas Erklärung, Hannah Ruderer sei »die neue Frau an seiner Seite« (genau so schwülstig hatte er das vor meinen Großeltern gesagt), hatte Opa August nur mit einem trockenen »Wurde aber auch Zeit« kommentiert. Ende der Geschichte. Für Opa August.

Nicht für Oma Frieda. Die quasselte nämlich pausenlos und wie ein Wasserfall. Mit Fragen, bei denen einem die Krümel im Hals stecken blieben. Und da lag das Problem. Wie sollten wir Hannah Ruderer jemals auf ihre Romane ansprechen und zum Punkt kommen, wenn Oma Frieda uns dafür keine Gelegenheit ließ?

Hannah Ruderer gab sich auch wirklich die größte Mühe, Oma Frieda ausführlich Rede und Antwort zu stehen. Obwohl man ihr anmerkte, wie unwohl sie sich dabei fühlte. Die Minuten vergingen, bald schon wusste ich gefühlt alles über Hannah Ruderers

Kindheit, wie sie Pa zum ersten Mal gesehen hatte und, und, und … Aber nichts davon half Vinzenz und mir.

Als ich bereits dachte, es könne gar nicht mehr schlimmer werden, horchte ich plötzlich auf. »Cornelius hat erzählt, was damals mit Cecilia passiert ist«, sagte Hannah Ruderer. »Unglaublich tragisch. In diesem Alter! Aber jetzt ist Zeit für einen Neuanfang. Manchmal muss man die Vergangenheit vergessen und nach vorne blicken. Nicht wahr?« Sie lächelte in Pas Richtung, er nickte leicht und ich konnte sehen, wie seine Hand unter dem Tisch nach ihrer griff. Fand er das auch? Er wollte Mama vergessen? Wegen … wegen … DER DA?

Mit einem Schlag hatte ich einen ganz bitteren Geschmack in meinem Mund. Hier ging es nicht bloß um die Vergangenheit, hier ging es verdammt noch mal um Mama! Würde Pa jetzt nur, um diese dumme Schriftstellerin glücklich zu machen, das Hochzeitsbild von seinem Nachttisch räumen? Ich konnte mich nicht erinnern, wann das jemals nicht dort gestanden hatte.

Würde er unser einziges Familienfoto im Wohnzimmer von der Wand nehmen? Und so tun, als hätte es Mama nie gegeben?

Oma Frieda musterte mich mit einem wissenden Blick, bevor sie unvermittelt von ihrem Sitz rutschte. »Ich hole noch etwas Kaffeesahne. Und ich glaube außerdem, Emma will was sagen. Nicht wahr, mein Mäuschen?«

Pa guckte mich ganz komisch an.

»Frau Ruderer …« Mir blieb der Satz im Hals stecken.

Hannah Ruderer lächelte honigsüß. »Emma, nenn mich bitte einfach nur Hannah, ja?«

»Also gut, Hannah«, brachte ich es endlich doch über die Lippen. »Ist das mit meinem Vater eigentlich was Festes oder geht das wieder vorbei?«

»Emma!«, rief Pa entsetzt.

»Nicht doch, Cornelius, schon okay. Ich verstehe, dass Emma verunsichert ist«, zwitscherte Hannah Ruderer süßlich und sprach dann mit einer Stimme weiter, als wäre ich a) ein Baby oder b) dumm wie Brot. »Meine Süße, für mich ist es sehr fest. Fester als fest.« Wieder strahlte sie Pa an.

Aber irgendwie strahlte der dieses Mal nicht mehr so arg zurück. Auf seiner Stirn bildeten sich grummelige Falten. Und überhaupt sah er ziemlich mitgenommen aus. Verheimlichte er mir vielleicht noch mehr Details?

»Ziehen Sie dann bei uns ein?«, fragte ich misstrauisch.

Hannah Ruderer stutze. »Also ich …«

»Ich hoffe nicht«, sagte ich wahrheitsgemäß und schob mir Kuchen in den Mund. »Ich meine, wir sind doch jetzt eine Familie, nicht wahr? Da sollte man ehrlich zueinander sein.«

Jetzt sah nicht nur Pa entgeistert aus, sondern sogar Vinzenz. Er hatte recht. Irgendwie lief gerade alles schief.

Oma Frieda kam zurück und stellte die Kaffeesahne auf den Tisch. »Wie bitte? Sie ziehen bei meinem Sohn ein?«

»Äh, ich …« Hannah Ruderer kratzte sich nervös im Nacken und ihr Hals war rotgescheckt wie eine Kuh. »Nein. Also … das ist zumindest in nächster Zeit nicht geplant.«

»Ein Glück«, sagte Oma Frieda garstig. »Man soll nichts überstürzen, schließlich weiß man nie, wie lange so was hält. Vor allem sind Sie … wie alt?«

»Sechsunddreißig«, sagte Hannah Ruderer verwundert.

Oma Frieda schnappte lauthals nach Luft. »Sechsunddreißig und noch nicht verheiratet! Na, ein alleinstehender Mann mit Wohnung und eigenem Buchladen scheint in dieser Situation bestimmt eine gute Partie zu sein.«

Normalerweise hasste ich es, wenn Oma Frieda so gemein war. Aber heute musste ich kichern.

»Mutter!«, knurrte Pa.

»Was denn?«, stellte Oma Frieda sich ahnungslos, setzte sich und legte eine Serviette auf ihren Schoß. »Cornelius, ich will doch nur dein Bestes.«

»Das Beste ist immer, wenn du dich nicht einmischst!«

Oma Frieda zuckte gleichgültig die Schultern und widmete sich ihrem Kuchen.

Mir brannte allerdings noch eine andere Frage auf der Seele, die ich mir nun gar nicht mehr erklären konnte. »Aber Pa, was ist dann das mit Jettie?«

Kurze Stille.

Pa schloss die Augen und rieb sich mit einem tiefen Seufzen den Nasenrücken. »Mensch, Emma.«

Ich hatte also ins Schwarze getroffen. Aber was lief hier?

»Wer ist Jettie?«, verstand Hannah Ruderer gar nichts.

»Du meinst Hokuspokus-Jettie?«, trat auch noch Oma Frieda dem Club der Ratlosen bei, und das so laut, dass sogar Opa August für zwei Sekunden aus seinem Tiefschlaf hochschreckte und sich verwirrt umsah, bevor er wieder einnickte.

»Könnte mich einmal jemand aufklären?« Mit süß war es bei Hannah Ruderer vorbei, ihre Stimme klang schrill. »Wer ist *Hokuspokus-Jettie?*«

»Später, in Ordnung?«, flüsterte Pa und drückte ihre Hand.

Nee, das fand ich allerdings nicht in Ordnung. Ich wollte doch auch wissen, was das alles sollte!

Doch Pa richtete seinen Blick zu Oma Frieda und mir. »Von euch habe ich nämlich die Nase gestrichen voll.«

Damit war die Stimmung im Keller.

Richtig bewusst wurde mir das, als wir eine Stunde später zu Hause ankamen. Dort stieg Pa aus dem Auto, knallte die Fahrertür zu und machte sich in den Buchladen davon, ohne mich anzusehen. Die ganze Fahrt über hatte er mich eisig angeschwiegen.

»Pa?«, rief ich ihm betreten hinterher.

Er erstarrte, den Schlüssel halb in das Schloss gesteckt. »Emma, ich brauche jetzt meine Ruhe.«

Keine Sekunde später fiel die Tür zu und ich stand alleine im Hof.

Okay. Nicht ganz alleine natürlich. Immerhin gab es ja noch einen bestimmten Romanschurken, der hinter mir lässig gegen unser Auto lehnte. Aber sogar der verschränkte die Arme vor der Brust und kniff die Stirn zusammen. »Das war also dein glorreicher Plan, um Hannah Ruderer für unsere Sache zu gewinnen? Nun, ich denke, in ungefähr zweihundert Jahren können wir wieder auf ihre Mithilfe zählen.«

Fünfundzwanzig

Leonas grüne Augen glotzten mich wie hypnotisiert durch die Gläser ihrer Brille an, während sie den Strohhalm der Tüte Kakao zwischen die Lippen geklemmt hielt und wir auf die Schule zueilten. Die Schultaschen knallten dabei hart auf unsere Rücken. »Du nimmst mich doch auf den Arm!«, sagte sie von der Seite. »Was soll heißen, dein Vater ist mit Hannah Ruderer zusammen? Richtig zusammen? Also sind sie ein Liebespaar?«

Ich seufzte. »Sieht ganz danach aus.«

Leona zog den Strohhalm schwungvoll aus ihrem Mund. »Ich glaub dir kein Wort!«

»Das kannst du aber, es ist leider die Wahrheit. Ehrlich, Leo, ich kann auch nicht verstehen, wieso ich nicht mal für eine Sekunde auf diesen Gedanken gekommen bin. Dabei macht die ganze Geheimniskrämerei jetzt erst richtig Sinn! Ist doch logisch, dass Pa diese Sache vor mir verheimlicht hat. Er weiß, wie doof ich Hannah Ruderers Bücher finde. Und würdest du jemals auf die Idee kommen, dass dein Vater was mit einer Bestsellerautorin hat?«

»Natürlich nicht. Aber mein Vater ist mit Mama verheiratet, also fände ich das in meinem Fall ziemlich scheiße.« Leona trank noch mal einen kräftigen Schluck, dann klopfte sie mir unvermittelt auf die Schulter. »Krass! Du Glückspilz.«

Wie angewurzelt blieb ich mitten auf dem Schulhof stehen. »DAS nennst du Glück?«

»Aber hallo? Na klar! So eine klasse Stiefmutter muss man erst mal haben! Sie schreibt die tollsten Bücher der Welt. Wer weiß, vielleicht wirst du in Zukunft ihre exklusive Testleserin. Dann liest du alle ihre Geschichten noch VOR den Fans. Das heißt dann wohl auch, dass du sie vor mir lesen kannst.« Sie begann zu grübeln. »Ehrlich gesagt, der Gedanke macht mich ein bisschen neidisch. Gut, dass du meine beste Freundin bist, vielleicht lässt Hannah Ruderer mich dann doch auch einen Blick draufwerfen. Außerdem solltest du dich wirklich freuen, denk nur mal nach: Es hätte Jettie sein können. Oder Frau Ostermüller, die ist doch schon ein halbes Jahrhundert Single und ganz besessen von deinem Dad.«

»Pa und Frau Ostermüller? Das glaubst du doch selbst nicht!«

Leona grinste. »Komm schon, ihre Pasteten sind echt lecker.«

»Haha.« Ich machte eine Grimasse. Frau Ostermüller war mindestens zwanzig Jahre älter als mein Vater und die Betreiberin unseres Schulbuffets. Wenn sie in die Buchhandlung kam, um sich neue Kochbücher zu holen, ließ sie sich gerne stundenlang von Pa helfen. Er behauptete zwar immer, ich würde mir das einbilden, aber ich war überzeugt davon, dass sie Pas intensive Beratung nur in Anspruch nahm, um ihm nahe zu sein. Das verrieten alleine der beduselte Blick und ihre rosaroten Wangen, wenn sie heimlich den Geruch seines Aftershaves inhalierte und dabei vorspielte, die bunten Abbildungen der vielen Törtchen in dem Buch, das er ihr gerade präsentierte, wären dafür verantwortlich.

»Hannah Ruderer hilft uns nicht einmal«, sagte ich. »Ich hab sie mächtig vergrault. Wie soll ich jetzt noch einmal mit ihr reden? Mich würde nicht wundern, wenn sie für eine echt lange Zeit die Schnauze voll von mir hat. Außerdem war Pa gestern total sauer auf mich. Du hättest ihn sehen sollen. Er hat sich unten im Laden verkrochen, das Schaufenster dekoriert und kein Wort mehr mit mir gesprochen.«

»Kein Wunder«, nörgelte nun auch noch Leona an mir herum. »Du warst nicht gerade nett zu Hannah Ruderer. Was hast du erwartet?«

Betrübt sah ich auf meine Chucks. »Keine Ahnung. Ich habe es echt vermasselt.« Natürlich wusste ich auch, wieso mir das passiert war. Meine Gefühle waren mit mir durchgegangen. Wegen Mama … Und überhaupt allem. Mein Leben stand kopf.

Leona merkte, wie schlecht ich mich fühlte, und knuffte mich liebevoll in die Seite. »Hey, alles gut. Du wirst sehen, sie hat das mit deiner Mum auch nicht so gemeint, wie es bei dir angekommen ist. Außerdem glaube ich, dass es da noch einen anderen Grund für deine Reaktion gab. Und der hat unwahrscheinlich blaue Augen …«

»Ach ja?«, fragte ich betreten.

»Emma, das liegt doch auf der Hand«, meinte Leona. »Du möchtest eigentlich gar nicht, dass Hannah Ruderer dir und Vinz hilft. Dann hast du eine Ausrede, wieso Vinz noch da ist. Du würdest ihn am liebsten behalten, oder?«

Erwischt.

»Stimmt gar nicht«, stritt ich es trotzdem ab.

»Und wieso hast du ihn dann plötzlich gefragt, ob er mit dir auf den Ball geht? Als ich den Vorschlag gemacht hab, warst du ja nicht gerade begeistert«, blieb Leona überzeugt. »Ich kann das total gut verstehen. Weißt du noch, als ich auf die Meerschweinchen meiner Cousine aufpassen musste? Erst hatte ich da gar keine Lust drauf, weil sie so viel Mist machen. Aber danach wollte ich sie ihr gar nicht mehr zurückgeben.«

»Vinz ist kein Meerschweinchen«, wandte ich ein.

»Aber ein Junge, das ist ähnlich«, entgegnete Leona. »In die kann man sich genauso arg vergucken wie in Meerschweinchen. Wenn es blöd läuft, sogar noch schlimmer. Das Einzige, was gegen diese Gefühle hilft, ist ein Ersatzmeerschweinchen.«

»Ein Ersatzmeerschweinchen?«

»Ja, also halt eins in Jungs-Form. Eins, das du behalten darfst.«

»Hm …«

»Sei nicht so pessimistisch«, munterte Leona mich auf.

Ich lächelte, auch wenn mir alles andere als danach war. Das lag nicht nur an dem turbulenten Wochenende, das ich eben erst hinter mich gebracht hatte, sondern auch daran, dass ich gleich neben

Jonas sitzen würde. War er vielleicht das Ersatzmeerschweinchen? Oder war in Wahrheit sowieso Vinzenz nur mein Ersatzmeerschweinchen gegen den Liebeskummer wegen Jonas gewesen? O Mann, ich fühlte mich völlig durcheinander.

»Weißt du, was du gleich heute Abend machen solltest?«, blieb dafür meine beste Freundin bei der Sache.

»Was denn?«

»Du gehst erst einmal zu deinem Dad, entschuldigst dich bei ihm und sagst, dass dir deine Mum richtig dolle fehlt. Du kennst doch deinen Dad. Er kann dir sowieso nicht lange böse sein! Und in dieser Sache schon gar nicht. Dann bittest du ihn, Hannah Ruderer für ein Wochenende zu euch einzuladen, weil du das alles wiedergutmachen willst. Ich bin sicher, sie würde sich freuen. Sie ist total nett und bestimmt gar nicht nachtragend.«

»Du kennst sie doch kaum«, wandte ich ein.

»Wie bitte?«, empörte Leona sich. »Ich habe jedes einzelne ihrer Bücher gelesen! Glaub mir Emma, du backst ihr leckeren Kuchen und redest mit ihr, bis alles wieder gut ist und du dir ihr Vertrauen erschlichen hast. Was dann auch heißt …«

»… dass das eine Gelegenheit wäre, sie schlussendlich um Hilfe in der Sache mit Vinz zu bitten«, vollendete ich Leonas Satz.

»Jep!«, rief Leo und grinste stolz.

Vielleicht hatte sie recht und das war wirklich die Lösung.

Würde Hannah Ruderer für ein paar Tage bei uns wohnen (was mir zwar nicht gefiel, aber ich hatte nun mal keine andere Wahl), konnte uns das genügend Zeit verschaffen, um sie doch noch dazu zu bewegen, Vinz' Charakter umzuschreiben. Genauer betrachtet spielte uns die Sache zwischen Pa und ihr damit sogar richtiggehend in die Hände. Und: Es war ein Plan! Auch wenn wir natürlich nicht wissen konnten, ob er am Ende aufgehen würde. Aber ich musste zugeben: Ich würde für diese Entschuldigung ziemlich über meinen Schatten springen müssen. Schließlich durfte man nicht vergessen, dass nicht nur ich Fehler gemacht hatte! Pa hätte mir ja wohl auch vor der Lesung in aller Ruhe mal was von seiner neuen Beziehung erzählen können, anstatt mich weiter zu belügen! Dann hätte mich die Wahrheit nicht so überrumpelt. Aber über dieses Detail musste ich jetzt hinwegsehen. Und ein Plan mit Schwächen war allemal besser als gar keiner!

»Mega!«, strahlte Leo mich an und ich hatte das Gefühl, die Freude lag gar nicht so sehr an diesem winzigen Funken Hoffnung, der sich gerade gebildet hatte. Sie freute sich viel eher, dass sie ihre Lieblingsautorin bald privater denn je erleben durfte. »Aber eines ist klar«, merkte Leona an. »Das alles darf nicht vor Freitag passieren! Weil Freitag ist SCHULBALL!« Meine beste Freundin begann aufgeregt um mich herumzuspringen und klatschte in die Hände.

Ich musste kichern. Dieses Mal ohne bitteren Beigeschmack. Leona schaffte es einfach immer, mich aufzuheitern.

»Pünktlich wie die Bahn«, wurden wir fünf Minuten später von unserem Klassenlehrer Herr Kolm begrüßt.

Wir waren viel zu spät, weil wir vorher noch Vinzenz in einem Café gegenüber der Schule abgesetzt hatten und nicht drum herumgekommen waren, die hundert Schritte auszurechnen. Wir duften schließlich kein Risiko eingehen! Aber zum Glück lag unsere Klasse im Erdgeschoss und wirklich nahe an diesem Café. Dort wartete Vinzenz jetzt mit Sandwich und einem Buch auf Schulschluss (und ich hoffte, dass er sich auch wirklich an unsere strikte Abmachung hielt: Kein Fuß in die Schule!).

Aus Leos und meinem Plan, uns vollkommen unauffällig in die Klasse zu schleichen, wurde allerdings schon mal nichts. Herr Kolm stand nämlich längst vor der Tafel. Und die Hälfte unserer Mitschüler grinste uns doof an.

Besonders Megan. Mit ihren blonden Locken sah sie aus wie ein Engel (allerdings einer, der einen Kugelschreiber zerkaute).

Ich wandte mich ab und mein Blick fiel auf Pickel-Tommy. *Anschmachten* war gar kein Wort mehr dafür, wie er Leona ansah.

Doch irgendwas war anders an ihm. Ich kniff die Augen zusammen. Und da wurde es mir klar. Pickel-Tommy hatte keine Pickel mehr! Oder sagen wir fast keine. Aber im Vergleich zu früher waren die einzelnen roten Punkte auf seinem Kinn ziemlich harmlos.

Der Teil unserer Klasse, den unser unpünktliches Auftauchen nicht kümmerte, nutzte Herrn Kolms voll auf uns gerichtete Aufmerksamkeit, um mit dem Handy zu spielen. Zum Beispiel Jonas, was ihn leider einmal mehr als Ersatzmeerschweinchen disqualifizierte … Wenn er denn überhaupt eines hätte sein können. Ach Mann!

»Und es ist ja hinlänglich bekannt, wie pünktlich die Bahn ist«, fügte Herr Kolm hinzu und deutete uns mit einer ungeduldigen Handbewegung, dass wir uns so schnell wie möglich zu unseren Plätzen verduften sollten.

Dort angekommen, ließ ich meine Schultasche neben meine Füße auf den Boden plumpsen und lugte rüber zu Jonas. Erst jetzt, als ich schon neben ihm saß, gab er ein Lebenszeichen von sich.

»Na?« Er zwinkerte mir zu und hob sogar den Kopf, damit er mich mit seinen honigbraunen Augen ansehen konnte, die zwar ganz nett waren, aber mit Vinzenz' dunkelblauen nicht mithalten konnten. »Schöne Ferien gehabt?«

Ich wartete auf das wilde Magenflattern, das mir der Klang seiner Stimme früher bei jedem noch so winzigen Wort aus seinem Mund verursacht hatte. Aber da konnte ich lange warten. Da war nämlich nichts. Rein gar nichts. Mal abgesehen von dem leisen Grummeln, weil ich heute Morgen kaum was gefrühstückt hatte. Und damit stand fest: Jonas konnte mein Herz auch nicht retten. Schon jetzt träumte ich mehr von einem Bissen in mein Pausenbrot als von ihm.

»Ja«, antwortete ich, legte meinen Collegeblock vor mich auf den Tisch und strich mit den Fingerspitzen über den Einband. »Super tolle Ferien. Und du?« Bestimmt würde er mir gleich von seinem wilden Knutsch-Sommer mit Megan erzählen, aber egal. In Sachen Knutschen hatte ich ja auch was vorzuweisen.

»Nee, ich hab dein süßes Sommersprossengesicht vermisst.«

WAS?!

Wie vom Blitz getroffen richtete ich mich starr nach vorne zur Tafel. Himmel, hatte er das gerade wirklich gesagt?

Da trat Herr Kolm direkt in mein Sichtfeld. »Sind die privaten Angelegenheiten zwischen Emma und Jonas geklärt? Können wir uns der Frage widmen, was ihr für die Deutschstunden an Unterlagen braucht? Oder sollen wir noch warten, bis ihr eine Verabredung ausmachen konntet? Am Freitag ist der Back-to-School-Ball. Das ist der Ort für aufkeimende Romanzen, mein Unterricht ist es nicht.«

Hinter meinem Rücken ging Gekicher los.

»Entschuldigung«, nuschelte ich, die Röte kroch mir ins Gesicht und ich schielte über meine Schulter zu Leona. Alle lachten. Nur Megan nicht – die fand solche Aussagen über Jonas und mich gar nicht witzig. Ich übrigens auch nicht, da waren wir also ausnahmsweise mal ganz einer Meinung.

Mithilfe unserer geheimen Zeichensprache, deutete Leona mir, wie dämlich sie Herrn Kolm fand.

Gerade als ich mich wieder nach vorne gedreht hatte (und Jonas zum Glück wieder am Handy spielte), dockte etwas mit voller Wucht gegen meinen Hinterkopf.

Erschrocken zuckte ich mit der Hand an die Stelle und fuhr mir durch das Haar, aber ich konnte nichts ertasten.

»Wir werden sofort mit einer neuen Klassenlektüre in das Schuljahr starten«, faselte Herr Kolm. »Ich weiß natürlich, wie leidenschaftlich gerne ihr Texte aus der Antike lest.« Er schwieg kurz, um sich in Ruhe über seinen eigenen Witz zu amüsieren, bevor er kommandierte: »Notiert euch …«

Den Rest hörte ich nicht mehr. Möglichst unauffällig wandte ich mich um und suchte nach dem, was mich zuvor getroffen hatte. Auf dem Boden lag ein zusammengeknüllter Zettel.

Blöderweise entschied sich Herr Kolm ausgerechnet jetzt dafür, sich wieder direkt neben mich zu stellen und mit einem dicken

Buch vor meinem Gesicht rumzufuchteln, sodass mir nichts anderes übrig blieb, als ihn anzublicken und so zu tun, als wäre ich super aufmerksam, obwohl ich nicht einmal wusste, was wir uns hätten notieren sollen. Oder was das für ein Buch war, das er da bedrohlich gegen seine Handfläche klopfte. Ich hoffte nur, er würde es mir nicht versehentlich gegen die Nase donnern. Oder mir eine Frage stellen. Dann wäre ich schon am ersten Tag nach den Ferien geliefert gewesen.

»Wir werden jede Woche einzelne Passagen diskutieren«, sagte er Gott sei Dank bloß und setzte sich endlich wieder in Bewegung. Langsam ging er durch die Reihen nach hinten.

Vorsichtig tapste ich mit meinen Zehenspitzen nach dem Papier und schob es zu meinem Rucksack. Auf diese Weise konnte ich mich bücken und vortäuschen, ich würde was aus meiner Tasche hervorkramen.

Ich faltete den Zettel auf.

Pumuckl, ich mach dich alle! Lass die Finger von Jonas!

Ich hielt die Luft an. Meine Augen wanderten durch den Raum.

Der pickellose Pickel-Tommy schmachtete still vor sich hin, Leo kritzelte in ihr Heft (bestimmt malte sie Herzchen, die Pickel-Tommy falsch interpretierte), Lisa schminkte sich, Jan und Tobi wippten mit den Stühlen und Megan … stierte bitterböse in meine Richtung.

Mir wurde anders. Mit dem Blick hätte sie glatt einen See zu Eis gefrieren lassen können. Oder jemanden töten.

Umso schlimmer, dass er unmissverständlich mir galt.

Und mein mulmiges Gefühl wurde nicht unbedingt besser, als Megan dann auch noch eine Hand an ihren Hals führte und mir damit eine durchtrennte Kehle deutete. O Mann. Hatte ich eigentlich nicht schon genug Probleme?

Sechsundzwanzig

»Pa, können wir reden?«, fragte ich leise über das Geländer der Wendeltreppe. Es war bereits nach achtzehn Uhr, Pa hatte den Laden geschlossen und sortierte gerade die Regale. Das tat er jeden Abend nach Ladenschluss. Er wollte immer, dass am nächsten Tag alles in perfekter Ordnung war. Trotzdem wurde ich das Gefühl nicht los, dass er sich heute auffällig lange Zeit dabei ließ. Und es bedrückte mich gewaltig, dass wir seit den Ereignissen im Schrebergarten noch fast kein Wort miteinander gesprochen hatten. Wenn man mal von dem gegrummelten »Sei brav in der Schule« heute Morgen absah.

Das passte gar nicht zu ihm. Er hatte mich noch nie zuvor so kühl in den ersten Schultag nach den Sommerferien geschickt.

Deshalb hatte ich den Entschluss gefasst, das Gespräch mit ihm heute noch hinter mich zu bringen und Vinzenz zu bitten, in dieser Zeit versteckt in meinem Zimmer zu warten.

Während ich langsam die Stufen hinunterging, sah ich, wie Pa mit einem Stapel Bücher in den Händen innehielt. Dann schob er sie schief in eines der Regale und wandte sich zu mir um. »Ja, Emma. Du hast recht«, sagte er. »Wir müssen dringend reden. Ich mache mir nämlich riesengroße Sorgen um dich.« Eines der windschief stehenden Bücher plumpste wieder aus dem Regal, in das es gerade erst gesteckt worden war, und landete direkt vor Pas Füßen. Er beachtete es gar nicht. Stattdessen sah er mich bloß still an.

Ich erreichte das Treppenende und blieb verunsichert stehen.

Ein leiser Fluchtinstinkt meldete sich in meinem Bauch. Was sollte das? Wieso machte er sich *Sorgen* um mich? War er nicht einfach nur sauer? Für den wütenden Pa hatte ich mir einen Plan zurechtgelegt. Für einen besorgten Pa allerdings nicht …

»Du wirkst in den letzten Tagen so angespannt«, behauptete Pa und dabei lächelte er sogar, wenn auch ziemlich verzwickt. »Ich erkenne dich manchmal gar nicht wieder. Karottenzwerg, geht es dir nicht gut?«

»Doch, alles super«, stammelte ich.

»Wirklich?« Pa musterte mich. »Oder hast du Liebeskummer? Wegen Valentin?«

Jetzt riss ich meine Augen auf. Liebeskummer? Valentin? Verdammte Kacke. Wie kam Pa denn auf diesen Gedanken?!

Obwohl das vielleicht gar nicht so abwegig war …

»Nein«, stritt ich schnell alles ab. »Valentin ist nur ein Freund.«

»Ja? Du würdest mir doch sagen, wenn es anders wäre?«

»Klaro, Pa.« Ich vermied zu erwähnen, dass er mir echt keine Predigt in Sachen Ehrlichkeit halten musste (Stichwort: Hannah Ruderer).

»Also ich hatte in deinem Alter oft Liebeskummer«, ließ er sich nicht überzeugen.

»Pa!«

»Ich meine ja nur, Emma. Das ist normal, weißt du? Und ja, das fühlt sich richtig mies an. Aber man sollte seinen Frust trotzdem nicht unbedingt an anderen Menschen auslassen.«

»Ich habe keinen Liebeskummer!«, rief ich, dann senkte ich meine Stimme wieder und fügte leise hinzu: »Gestern ist einfach blöd gelaufen. Ich … o Mann … es war alles so plötzlich für mich!«

Pa seufzte leise. Er deutete auf den Boden. »Ich glaube, wir sollten uns hierfür besser hinsetzen.«

»Okay.« Ich ließ mich an Ort und Stelle in den Schneidersitz sinken und guckte meinen Vater fragend an.

Pa löste sich aus seiner Position und nahm mir gegenüber Platz. Ich konnte mich nicht erinnern, schon jemals auf dem Boden sitzend ein Gespräch mit ihm geführt zu haben. Schon gar nicht hier unten im Laden. Es war ein eigenartiges Gefühl, und gleichzeitig angenehm vertraut.

Er räusperte sich leise. »Emma, du musst mir glauben, dass Hannah dich ganz toll findet und sich darauf gefreut hat, dich kennenzulernen.«

»Woher weißt du das?«, wunderte ich mich.

Ein Schmunzeln huschte über Pas Lippen. »Na, vielleicht hat sie mir das verraten? Und außerdem«, plötzlich rückte er an meine Seite, schlang einen Arm um mich und drückte mich sanft, »wäre ich mir da auch so vollkommen sicher. Man muss dich gernehaben. Ich wünschte, Cecilia könnte dich sehen. Sie wäre stolz auf dich. Ich werde deine Mutter niemals vergessen! Wie kommst du denn nur auf diese Idee? Und Hannah würde das auch nicht von mir erwarten.« Er streichelte mir über den Kopf. »Emma, glaub mir, der Schmerz nach dem Tod deiner Mutter war unerträglich. Ich weiß nicht, ob ich das geschafft hätte, wärst du nicht bei mir gewesen. Jeden Tag hat mich dein süßes Kinderlachen daran erinnert, dass es noch einen Grund gibt, morgens aufzustehen. Du bist alles, was mir von Cecilia geblieben ist. Aber manchmal kommt die Zeit, da muss man auch bereit sein, neue Menschen in sein Leben zu lassen. Ich hab dafür sehr lange gebraucht und dachte sogar, es würde mir nie gelingen. Deshalb, Emma, möchte ich dich heute um etwas bitten.«

»Ja?«, fragte ich heiser. Pa hatte mir noch nie so ehrlich von seinem Kummer nach Mamas Tod erzählt.

»Es wäre schön«, sagte er, »wenn du Hannah eine Chance geben würdest. Du musst sie nicht gleich mögen. Das kommt mit der Zeit von selbst, da bin ich mir sicher. Aber vielleicht könntest du in Zukunft …« Er dachte kurz nach. »… nett zu ihr sein. Keine gemeinen Dinge zu ihr sagen, nur weil das für dich eine schwierige Veränderung ist. Für sie ist das auch nicht leicht. Aber sie macht mich sehr glücklich, weißt du?«

Nachdenklich schmiegte ich mich gegen seine Schulter. Ja. Das wusste ich. Sofort musste ich an den vergangenen Freitag denken, als Pa mitten in der Nacht so gut gelaunt von seinem Date nach Hause gekommen war. Es war völlig klar, dass er sich an diesem Abend mit Hannah Ruderer getroffen hatte.

»Hannah ist in Ordnung«, murmelte ich.

Pa atmete deutlich hörbar auf.

Ich musste aufpassen, nicht auffällig zu klingen, als ich fragte: »Vielleicht will sie uns einmal besuchen? Nächstes Wochenende zum Beispiel? Ihr vermisst euch bestimmt. Und außerdem steht noch eine persönliche Entschuldigung an. Ich war gestern wirklich doof zu ihr und möchte ihr persönlich sagen, dass mir das leidtut.«

Jetzt machte Pa ein ziemlich überraschtes Gesicht. »Ist das dein Ernst?«

»Ja, klar.«

»Oh, ähm, …« Irgendwie sah er mich auf einmal stolz an. Als würde er darüber nachdenken, ob seine Tochter über Nacht erwachsen geworden war. »Ich werde Hannah fragen«, sagte er schlussendlich und nickte. »Aber sie ist seit heute auf Lesereise und kommt erst übernächstes Wochenende zurück.«

In diesem Moment war es klarer als klar. Leona lag leider goldrichtig. Ich brauchte ein Ersatzmeerschweinchen. Es freute mich nämlich viel zu sehr, als mir bewusst wurde, dass sich der Abschied von Vinzenz gerade um eine ganze weitere Woche hinausgezögert hatte. War das nicht verrückt? Vor allem, wenn man bedachte, wie dringend ich ihn am Anfang hatte loswerden wollen.

»Dann halt, wenn sie wieder da ist«, sagte ich. »Und richte Hannah aus, dass ich mich schon auf sie freue.«

Pas Blick wurde noch erstaunter. »Das werde ich ihr sagen, Karottenzwerg«, meinte er.

Doch da kam mir plötzlich ein Gedanke. Ich rückte von Pa ab. »Nee, warte mal. Das mit dem Besuch geht natürlich nur, wenn ihr euch an Regeln haltet!«

»Regeln?« Er legte die Stirn kraus. »Wie sehen diese Regeln aus?«

»Ihr knutscht nicht am Sofa rum!«, entschied ich.

Pa tat, als würde er etwas in der Luft abhaken. »Kein Rumknutschen am Sofa. Einverstanden.«

»Und das gilt immer! Ich könnte jederzeit heimkommen.« Ich hob den Zeigfinger. »Es ist auch tabu, Liebesszenen mit Hannah zu proben, die sie schreiben will!«

»Oh, also sie hat mir noch nie vorgeschlagen, Liebesszenen zu proben …«

»Egal«, beschloss ich. »Was nicht ist, kann noch werden.«

Pa schmunzelte. »Also gut. Keine Liebesszenen. Außerdem?«

Ich überlegte scharf, ehe ich sagte: »Das ist alles.«

»Sehr schön«, erwiderte Pa. »Ich denke, mit diesen Regeln können Hannah und ich leben. Mir würde aber noch eine einfallen, die für mich und *dich* gilt.«

Ich guckte meinen Vater kritisch an. »Welche denn?«

»Ganz einfach: Keine großen Geheimnisse mehr, in Ordnung? Ich weiß, dass ich dir das mit Hannah früher hätte sagen müssen. Deshalb fände ich gut, wenn wir in Zukunft immer gleich besprechen, wenn es etwas zu erzählen gibt.«

»In Ordnung«, antwortete ich und bekam ein schlechtes Gewissen. War ja nicht gerade so, dass ich momentan ehrlich mit ihm war. Aber bestimmt hätte ihm die Wahrheit riesige Sorgen bereitet. Und Pa sollte sich keine Sorgen machen.

Er klopfte sich auf die Knie. »Gut, dann ist alles geklärt.«

»Nicht ganz«, sagte ich.

»So?«

»Verrätst du mir, was das mit Jettie zu bedeuten hatte?«

Ich bekam nicht gleich eine Antwort. Pa machte erst eine grüblerische Grimasse, als müsse er nach den richtigen Worten suchen. Oder war es ihm etwa peinlich? »Sie hat mir die Zukunft vorhergesagt«, stammelte er dann kleinlaut.

»Sie hat WAS?«, entfuhr es mir. Okay. In der Zwischenzeit wusste ich, dass ich Pa in einigen Punkten ganz gewaltig falsch eingeschätzt hatte. Zum Beispiel war er gar nicht so übel im Wahren von

Geheimnissen, wenn er sich echt ins Zeug legte. Anders hätte er Hannah wohl schwer drei Monate vor mir geheim halten können. Aber seit wann um alles in der Welt glaubte Pa an Jetties Zukunfts-Hokuspokus?

Besonders wohl fühlte er sich damit aber offensichtlich nicht. Er rubbelte sich das Kinn. »Ach, Karottenzwerg, sie war einmal hier im Laden und wollte mir aus der Hand lesen. Na ja ... was sollte ich da sagen?«

Ich staunte meinen Vater an. »Krass. Und so was kaufst du ihr ab?«

Er lächelte verlegen. »Nein, natürlich nicht. Ich wollte sie nur schnell wieder loswerden. Ist jetzt alles klar, du Schnüfflerin?«

Ich lächelte schwach. »Ich denke schon.«

»Gut. Wenn du also sonst nichts mehr auf dem Herzen hast, würde ich dir gerne etwas geben.« Er sprang auf und setzte schon dazu an, über die Wendeltreppe nach oben in unsere Wohnung zu stürmen. Dann blieb er doch noch einmal stehen und warf mir lächelnd einen Blick zu. »Warte hier! Ich bin sofort wieder da!«

Völlig verwirrt, beobachtete ich, wie Pa davonlief. Es dauerte keine zehn Minuten, bis er zurückkam. Verwundert stellte ich fest, dass er einen großen, beigen Sack über seinen Arm geschlagen trug. So einen, in den man besonders edle Klamotten packt, damit sie im Schrank nicht verstauben können. Statt das näher zu erklären, sagte Pa bloß: »Ich dachte mir«, er zog den Reißverschluss auf, »dass du ein Kleid für den Schulball brauchst. Der ist doch schon diesen Freitag.«

Ich beobachtete überrascht, wie Pa ein grünes Kleid mit schwarzem Spitzensaum hervorholte. Es war die gute Sorte von altmodisch. Aber mehr noch staunte ich darüber, dass Pa ganz von alleine an meinen Schulball dachte.

»Das ist Cecilias Cocktailkleid. Oma Frieda kann es für dich ändern. Was hältst du davon?«

»Es ist wunderschön«, flüsterte ich.

»Ja, nicht wahr?« Auf Pas Lippen lag ein gedankenverlorenes Schmunzeln. »Deine Mutter hat es auf unserem ersten gemeinsamen Ball getragen. Und ich denke, du würdest Cecilia eine große Freude machen, wenn du es am Freitag trägst.«

In meinem Hals bildete sich ein dicker, fetter Kloß. Ich nickte nur, weil ich einfach kein Wort mehr herausbrachte.

Siebenundzwanzig

»Emma-Maus, wenn du nicht sofort stillhältst, dann wird das arg danebengehen«, mümmelte Oma Frieda, ein paar Nähnadeln zwischen ihre Lippen geklemmt.

»Ich beweg mich doch gar nicht.« Tat ich wirklich nicht.

Alles andere wäre auch lebensmüde gewesen, da Oma Frieda ganz schön bedrohlich mit den Nadeln hantierte. Eine hatte sie mir schon in die Wade gepikt.

Freitag (und damit der Back-to-School-Ball) war schneller gekommen als gedacht. Es blieb nur noch eine Stunde, bis wir aufbrechen mussten.

Mit ausgestreckten Armen stand ich also sicher bereits seit einer halben Stunde wie eine Schaufensterpuppe mitten in unserem Wohnzimmer, während Oma Frieda an dem Spitzenstoff meines Kleides zupfte. »Ich verstehe das nicht, ich hab es doch genau ausgemessen. Wieso sitzt das jetzt nicht?« Sie seufzte genervt. »Mäuschen, bist du etwa geschrumpft? Deine Mutter war doch auch nicht viel größer als du! Verflixt und zugenäht! Das ist zum in die Haut fahren!«

»Oma, das heißt *aus der Haut fahren*«, verbesserte ich und erwähnte lieber erst gar nicht, dass sie beim Abmessen vorgestern vielleicht doch ihre Lesebrille hätte aufsetzen sollen.

Das Kleid war nicht nur zu lang, ich konnte außerdem kaum atmen. Und *das* war definitiv neu. Es gab gar keinen Zweifel: Oma Frieda hatte Mamas Cocktailkleid versehentlich um mindestens drei Größen enger genäht. »Aber ich bin bestimmt nicht geschr…«

»Ja, ja.« Oma Frieda riss einmal energisch am Kleid. Ich verlor das Gleichgewicht und schaffte es gerade noch in letzter Sekunde, mich an einem unserer vielen Bücherregale abzufangen. »Was sollte das?«, fragte ich erschrocken.

»Stell dich nicht an«, meinte Oma Frieda ungerührt. »Ich musste nur testen, ob sich vielleicht etwas verzogen hat. Hat es aber nicht. Nee, nee, Mäuschen, es liegt leider an dir.« Sie wandte sich wieder ihren Nähnadeln zu und beachtete mich nicht weiter.

»Pff.« Ich strich mir eine Strähne aus dem Gesicht, die sich bei dieser total unerwarteten Oma-Frieda-Attacke aus meinem Zopf gelöst hatte.

Leona saß hinter uns auf der Couch und kicherte sich leise ins Fäustchen. Ich guckte sie böse an. Sie hatte gut lachen!

Nicht nur, dass sie längst startklar war. Mit ihrem perfekt sitzendenden schwarzen Kleid und diesen professionell von ihrer Mum hochgesteckten Haaren, sah sie außerdem wie ein wunderschönes Schneewittchen aus. Da fiel nicht einmal auf, dass sie trotz Abendgarderobe ihre Nerdbrille trug (von Kontaktlinsen bekam Leo nämlich knallrote Zombieaugen).

Ich hingegen hatte meine fuchsrote Räubermähne einfach nur geflochten. Etwas anderes gelang mit diesen verfluchten Haaren nun mal nicht! Zeit, um im Friseurladen von Leonas Mum vorbeizuschauen, war auch keine mehr geblieben. Weil Oma Frieda ja das mit dem Nähen vermasselt hatte …

»Tommy werden bestimmt die Augen rausfallen, wenn er dich sieht«, zahlte ich Leo ihre Schadenfreude heim. Das saß. Leona blieb das Lachen im Hals stecken. Sie streckte mir die Zunge raus. Die ganze Zeit schon vermieste es ihr die Stimmung, dass sie heute Pickel-Tommy an der Backe haben würde. Das war ja auch der Grund, wieso sie hier bei uns wartete. Sie hatte mit Tommy vereinbart, dass sie ihn erst bei der Schule traf (dabei hätte er sie so gerne abgeholt!). Vermutlich plante Leona, ihn möglichst früh abzuschütteln.

Umso mehr bedrückte mich, dass mein Kleid immer noch nicht passte! Auch wenn ich es liebte, weil es früher einmal Mama gehört hatte.

Aber leider änderte das alles nichts daran, dass ich mir mit meinen Sommersprossen, roten Haaren (und überhaupt allem!) nicht balltauglich vorkam. Ich war schlicht und ergreifend keines von diesen Mädchen, die elegant aussehen konnten.

»Du musst dich wie eine Prinzessin fühlen«, lautete Oma Friedas wenig hilfreicher Ratschlag.

Prinzessin? Ich kam mir mehr wie Pippi Langstrumpf in einem Ballkleid vor.

Oma Frieda betrachtete mich grüblerisch und verschränkte die Arme. »Unten zu lang und oben zu eng. Wirklich ein Glück, dass ich meine Nähmaschine mitgebracht habe. Ich hatte so was schon im Gefühl. Auf, auf, zieh es aus, sonst kann ich das Kleid auch nicht retten.« Jetzt kniff sie die Augen zusammen. »Sag mal, Mäuschen, ist dein Busen gewachsen?«

»Was?! Oma!«

»Emma-Maus, dafür musst du dich doch nicht schämen. Seltsam. Vorgestern war der noch nicht so. Der passt schlicht und ergreifend nicht ins Kleid. Aber kein Wunder, in deinem Alter spielen die Hormone bekanntlich verrückt.«

Okay.

Das war der Moment, in dem mir die Hitze ins Gesicht schoss. Am liebsten wäre ich im Boden versunken. Und zwar nicht nur, weil Oma Frieda diese megapeinliche Frage gestellt hatte, sondern vor allem, weil haargenau in diesem Augenblick Pa den Raum betrat. Gefolgt von Vinzenz!

»Na, seid ihr fertig?«, fragte Pa. Sein Blick blieb bei mir hängen. »Ach Gott.« Er seufzte und der verdächtige Glanz in seinen Augen war nicht zu übersehen. »Manchmal vergesse ich, wie sehr du deiner Mutter ähnelst«, murmelte er noch leise, bevor er sich wieder sammelte. »Wie auch immer. Also gerade eben ist ein junger Mann in den Laden gekommen, der bereit für den Ball ist!« (Natürlich konnte Pa nicht ahnen, dass »Valentin« die ganze Zeit in meinem Zimmer gesessen hatte und anschließend über die Regenrinne geklettert war, um mich »abzuholen«).

Ich rubbelte mir die glühenden Wangen. Na toll! Jetzt hatte ich nicht nur die Frisur einer Gänsemagd und ein unförmig sitzendes Kleid, sondern wahrscheinlich auch noch mein berüchtigtes Ketchupflaschen-Gesicht. Das wurde ja immer besser …

Vinzenz blieb hinter Pa stehen und lehnte sich lässig gegen den Türrahmen, ein schiefes Grinsen saß auf seinen Lippen.

Ich konnte förmlich spüren, wie er mich musterte, und hätte zu gerne gewusst, was gerade in seinem Kopf vorging.

Seine dunklen Strubbelhaare fielen ihm kess in die Stirn.

Er trug den Frack, das rote Hemd, die schwarze Stoffhose und die kniehohen Reiterstiefel aus dem Buch. Was sonst hätte er für einen Ball anziehen sollen?

Obwohl ich mir sehr sicher war, dass er in diesem Aufzug auffallen würde, begann mein Herz zu flattern. Alles an ihm erinnerte mich an den Anfang im Buchladen. Diesen Anfang, den ich so sehr verflucht hatte. Aber jetzt war ich mir nicht mehr ganz sicher, ob ich das Ende – wenn es so weit war – nicht genauso sehr verfluchen würde.

Schließlich richtete Vinzenz sich an meine Oma Frieda, in dem er den Oberkörper leicht verneigte. »Guten Abend, Misses Grünwald. Es ist mir eine große Ehre, Eure Enkeltoch…«

Ich schaute ihn warnend an.

»… die werte Miss Emm…«

Noch immer guckte ich streng.

»… Emma auf diesen Ball zu geleiten.«

Na ja. Egal.

Wenigstens war Oma Frieda auf einmal so verwirrt, dass sie mich mit weiteren Kommentaren, was meine Oberweite betraf, verschonte. »Oh, das ist ja herzallerliebst«, staunte sie. »Wir sind hier auch schon fast fertig. Ich muss nur noch einmal alles auftrennen und neu zusammennähen.«

Das freche Schmunzeln in Vinzenz' Gesicht wurde eine ganze Spur stärker. »Nun denn, wunderbar.«

Er zwinkerte mir zu.

Achtundzwanzig

Der Back-to-School-Ball war jedes Jahr ein Riesenevent an unserer Schule. Die kommenden Abschlussklassen legten sich bei der Planung mächtig ins Zeug und organisierten ein Programm, bei dem sie das Vorjahr übertreffen wollten. Ziel war es immer wieder, den besten Back-to-School-Ball aller Zeiten zu veranstalten.

Schon als ich aus dem Wagen stieg, entdeckte ich eine Traube von Teenagern, die sich beim Eingang gebildet hatte. Jungs in schicken Anzügen, Mädchen in ausgefallenen Kleidern.

Und nicht zu übersehen: Gefühlt zehn Millionen goldene Luftballons über der Tür.

Motto des heutigen Abends war »*The Oscar Goes To Us*« – und das sollte diese übertriebene Deko wohl auch widerspiegeln.

Kitschiger als Hollywood.

Während ich noch versuchte, mein Kleid glatt zu streichen (Oma Frieda hatte es tatsächlich geschafft, in kürzester Zeit eine Meisterleistung zu vollbringen!), stolzierten Megan und Jonas an mir vorbei.

Megan hatte sich bei Jonas eingehakt. In ihrem pinken Kleid erinnerte sie mich an ein aufgedonnertes Erdbeerbonbon.

Vinzenz, der neben mich getreten war (und beim Anblick der Schule leise murmelte: »Beim Barte der Queen, *so etwas* nennt ihr Ball?«), ließ die beiden eine verwirrte Grimmasse ziehen.

Aber was war schon dran, dass ich in Begleitung eines Jungen kam, der nicht auf unsere Schule ging? Da war ich nicht die Einzige.

»Hi, Emma«, sagte Jonas schlussendlich bloß und lächelte mich breit an; was dazu führte, dass Megan ihn mit einem heftigen Ruck weiterzog.

Nachdem Leo und ich die Jungs (also »Valentin« und Tommy) einander vorgestellt hatten *(Leona: Das ist Valentin, er geht auf die Schule für Hochbegabte. – Tommy: Wo gibt es bei uns eine Schule für Hochbegabte? – Leona: Frag nicht so blöd)*, machten wir uns auf den Weg in den Festsaal.

Wenn die vielen Ballons draußen im Eingangsbereich schon kitschig ausgesehen hatten, dann wusste ich echt nicht, wie ich das hier drinnen nennen sollte. Es schoss sprichwörtlich den Vogel ab! Der gesamte Raum war über und über mit gold-silber glitzernden Pompons geschmückt. Im Hintergrund lief *Perfect* von Ed Sheeran.

Zur Begrüßung hielt unser Direktor eine echt ermüdende Eröffnungsrede, in der er davon sprach, wie großartig das neue Schuljahr werden würde, wie wichtig das Auswendiglernen mathematischer Formeln für unsere Zukunft sei und welche Wahnsinnserfolge Absolventen dieser Schule bereits in ihrem Leben erreicht hatten.

Kaum war das überstanden, steuerte Leona uns zielsicher in die Ecke mit der Bowle und schubste unsanft einen Jungen zur Seite. »Sorry, aber mach mal Platz.«

Seinen angesäuerten Gesichtsausdruck ignorierte sie einfach und sagte an uns gerichtet: »Lasst uns gleich anstoßen!«

Sie füllte vier der Pappbecher voll. Nach der Reihe bekam jeder von uns einen in die Hand gedrückt. »Auf den besten Ball aller Zeiten!« Leona hielt ihren Becher feierlich in die Luft.

Tommy war natürlich sofort voll dabei und strahlte Leo an.

Ich tat es den beiden ein bisschen weniger enthusiastisch gleich.

Vinzenz musterte das Getränk mit kritischer Miene. »Nun, ich würde nicht behaupten, *diese* feierliche Gegebenheit hätte auch nur annähernd das Flair einer noblen Tanzveranstaltung, wie ich sie kenne. Aber ich habe mich schon daran gewöhnt, dass hier alles etwas anders ist.« Er nahm einen Schluck und verzog überrascht den Mund.

Ich stutzte und kostete. Schmeckte wirklich eigenartig.

»Es ist wohl logisch, dass man rein *gar nichts* mit Bällen vergleichen kann, wie *du* sie kennst«, erwiderte Leona.

»Was kennst du denn für Bälle?«, wollte Tommy wissen und musterte Vinzenz neugierig.

Am liebsten hätte ich statt Vinzenz geantwortet, aber der war schneller. »Auf dem Anwesen meiner Familie findet regelmäßig eine traditionelle Redoute statt, zu der selbstredend nur die nobelsten Kreise Zutritt erhalten. Meistens langweilige ich mich dort halb zu Tode.«

O Gott, das fing wieder einmal gut an. »Hört mal …«

»Was zum Geier ist eine *Redatte?*«, ließ Tommy mich nicht ausreden.

»REDOUTE.« Vinzenz warf ihm einen Seitenblick zu und nippte noch mal an seinem Getränk. »Ein *M-a-s-k-e-n-b-a-l-l*«, betonte er jeden Buchstaben extra deutlich und rollte leicht mit den Augen. »Was zu bedeuten hat, dass jede Lady und jeder Gentleman verpflichtet ist, bis zur Mitternachtsstunde die eigene Identität hinter einer Maske zu verbergen. Mein Vater liebt solche Versteckspiele. Wie gesagt, meist überaus langweilig. Doch hier und da können sich durchaus höchst interessante Okkasionen während solcher Festivitäten ergeben. Es kann schließlich durchaus von Vorteil sein, nicht ohne Weiteres erkannt zu werden.«

»Krasse Scheiße«, staunte Tommy. »Also ich hab jetzt zwar ehrlich gesagt nicht jedes Wort verstanden, aber bist du irgendwie adelig oder so?«

Vinzenz hob gelangweilt die Hand. »Mein Vater ist sogar Mitglied im *House of Lords*.«

»Ach du … warte mal, was genau ist das? Gibt's das nicht nur in Großbritannien?«

»Einigen wir uns darauf, dass es zu kompliziert wäre, dir das hier lang und breit zu erläutern«, antwortete Vinzenz.

Tommy kniff die Stirn zusammen. »Du klingst irgendwie gar

nicht wie ein Engländer, dein Deutsch ist voll gut. Nur ein kleines bisschen schwülstig. Aber das muss wahrscheinlich sein, wenn man fette Adelstitel hat, oder? Kennst du die Queen persönlich?«

»Queen Victoria?«, war Vinzenz jetzt doch etwas überrascht.

Tommy kratzte sich am Kopf. »Ich dachte, die alte Schachtel heißt Elisabeth, aber keinen Schimmer. Meine Oma liest diese Klatschmagazine und erzählt meiner Mum dann jedes Mal beim Sonntagsessen, wer wen geheiratet hat. Was mich jetzt aber schon brennend interessieren würde: Wieso kennt jemand wie *du* ein Mädchen wie *Emma?*« Tommy sah mich entschuldigend an. »Sorry, Emma. Du bist halt nicht gerade eine Prinzessin oder so was. Vor allem, dass er dich dann gleich auch noch auf unseren lausigen Schulball begleitet!«

»Okay, es reicht«, versuchte ich, das Gespräch zu beenden, aber weiter kam ich nicht.

»Was soll an Miss Emma meiner nicht würdig sein?«, meinte Vinzenz. »Sie ist die reizendste junge Lady, die ich mir vorstellen kann.«

Mir klappte fast die Kinnlade runter. Das hatte er gerade nicht wirklich gesagt?!

Vinzenz schielte kurz zu Leona, bevor er sich wieder an Tommy richtete. »Hörst du das?«

»Was?«, war Tommy verwirrt.

»Diese Melodie! Dreivierteltakt.« Er lehnte sich dicht an Tommys Ohr und sprach trotzdem noch so laut, dass ich ihn bestens verstehen konnte. »Wenn du dir einen erfolgreichen Abend erhoffst, ist nun ein guter Zeitpunkt, um Miss Leona zum Tanz aufzufordern. Ich wähle für den Beginn immer den Dreivierteltakt. Ideal, wegen der Tuchfühlung.«

»Okay …« Tommy guckte ihn überrascht an.

Auch Leo war das Getuschel nicht entgangen. Kurz weiteten sich ihre Augen, dann drehte sie sich unbeteiligt weg und goss sich hastig noch eine Kelle Himbeerbowle in den Becher (den sie im Anschluss mit nur einem Zug runterkippte).

Ihr Ablenkungsmanöver blieb allerdings ohne Erfolg, denn Tommy wagte es anscheinend nicht, Vinzenz zu widersprechen.

Und obendrein vermutete ich, dass er gegen einen Tanz mit Leona tatsächlich auch nichts einzuwenden hatte.

»Leo, magst du vielleicht?« Er wurde über beide Ohren rot.

Mann, was für ein herzzerreißend verknallter Anblick!

Vinzenz nickte ihm ermutigend zu und machte zusätzlich auffordernd eine drehende Handgeste, gefolgt von einer (nicht wirklich unauffälligen) Verbeugung.

Tommys Versuch, das nachzuahmen, misslang zwar sensationell, aber genügte, um Leona ein Kichern zu entlocken. Und wenn mich nicht alles täuschte, bekamen ihre Wangen nun doch auch einen leichten Rosaton. So viel zum Thema, ein Junge wie Tommy könne sie nicht in Verlegenheit bringen …

»Also … willst du?«, fragte Tommy unsicher.

»In Ordnung.« Leona stellte ihren Becher zur Seite, raffte ihr Kleid und räusperte sich selbstbewusst. »Aber nur kurz.«

Das war offensichtlich eine bessere Reaktion gewesen, als Tommy es erwartet hatte. Er strahlte bis über beide Ohren, streckte ihr (immer noch etwas unbeholfen) den Ellenbogen entgegen und führte Leona zur Tanzfläche.

Was im Übrigen auch zu bedeuten hatte, dass Vinzenz und ich jetzt ganz alleine in der Ecke mit der Bowle standen.

Klar. Wir waren in den letzten Tagen oft zu zweit gewesen. Aber das hier fühlte sich plötzlich doch noch mal anders an.

Alle um uns herum tanzten. Ein Schmusesong nach dem anderen. Dort drüben, hinter einem Pompon, wurde schon rumgeknutscht. Eine Lichtkugel warf mehrfärbige Mosaike auf den Boden und schien sich gemeinsam mit den tanzenden Paaren zu drehen. Die Luft hatte sich bereits aufgeheizt wie in einer Sauna. Mir kam es genau genommen sogar so vor, als würde sie ein bisschen knistern.

Zwischen Vinzenz und mir herrschte auf einmal eine seltsame Verlegenheit. Keiner von uns sprach ein Wort.

Fragte er sich, ob er mich zum Tanz auffordern sollte? Und wenn ja, wieso tat er es nicht?

Aber eigentlich hätte ich das nicht gewollt. Ich musste ja dringend diese doofen Verknalltheitsgefühle loswerden! Und dass ein Tanz dabei nicht unbedingt hilfreich gewesen wäre, war wohl klarer als Oma Friedas Kloßbrühe.

Auf der anderen Seite … Dieses betretene Schweigen machte es auch nicht besser. Vielleicht sollte ich ihn fragen, ob er mit mir tanzen wollte? Es muss nicht immer der Junge das Mädchen fragen! O Mann. Was dachte ich da schon wieder?

Als ich an meinem Getränk nippte, schielte ich dann doch einmal verstohlen zu Vinzenz.

Keine gute Idee. Anscheinend hatte er denselben Gedanken gehabt. Der Blick seiner blitzblauen Augen traf mich wie ein Pfeil. Oder beobachtete er mich etwa die ganze Zeit von der Seite?

Schlagartig schoss mir die Erinnerung an unseren Kuss durch den Kopf. Als sich seine Hände durch meine Haare gewühlt hatten, seine … Aaah. Nicht. Nicht. Nicht.

Hastig guckte ich geradeaus. Ich musste mich auf was anderes konzentrieren. Zum Beispiel das Buffet mit den vertrockneten Schinkenschnittchen, die Frau Ostermüller für viel zu viel Geld verkaufte. Eigenartigerweise wunderte sie sich gar nicht, wieso die immer weniger wurden, obwohl das Geschäft so mäßig lief. Das lag an Tobi, der sich dezent das eine oder andere Häppchen klaute und in den Mund schob, wenn er dachte, niemand würde schauen.

Mit einem Schmunzeln wandte ich mich wieder zur Tanzfläche. Tommy und Leona kamen gerade an uns vorbei. Es sah gar nicht übel aus, wie die beiden das machten. Und Leo war nicht mehr nur leicht rosa um die Nase, ihre Wangen hätten glatt als überreife Tomaten durchgehen können.

Ich grinste ihr entgegen und winkte einmal. Ha! Was war das? Leo wurde noch röter! Normalerweise hätte sie mir jetzt doch längst mit unserer geheimen Zeichensprache gedeutet, dass ich sie auf der Stelle aus Tommys Armen retten sollte.

Und dafür, dass sie Tommy angedroht hatte, den Tanz kurz zu halten, dauerte er jetzt außerdem schon erstaunlich lange.

»Tommy ist Miss Leona soeben zum fünften Mal auf den Fuß getreten«, hörte ich Vinzenz plötzlich neben mir.

Wenigstens brach damit endlich dieses Schweigen.

»Ja«, lachte ich leise. »Ob Leo ihm das verzeiht? Sie steht eigentlich total auf Jungs, die tanzen können. Wie deinen lieben Ziehbruder Phil.«

»Als ob Phil tanzen könnte! Ich wage es zu behaupten, seine Füße haben mehr Zehen unschuldiger Damen auf dem Gewissen, als unser Jagdhund Hasen.«

»Und wie viele Damenfüße sind es bei dir?«

»Habe ich mich verhört?« Vinzenz drehte sich direkt zu mir. »Du solltest es besser wissen! Hat unser Englischer Walzer in diesem Altwarenladen etwa keinen bleibenden Eindruck hinterlassen? Ich bin empört! Das kann ich nicht auf mir sitzen lassen!«

Mir wurde glühheiß. Jetzt waren wir also so weit!

»Miss Emma, darf ich um diesen Tanz bitten?« *Diese* Verbeugung sah definitiv tausendfach geübter als bei Tommy aus. »Und ich muss daran erinnern, dass es überaus unhöflich wäre, mir als deiner Begleitung den ersten Tanz des Abends zu verweigern.«

»Vinz, wir sollten …«

»Es wäre wahrlich *überaus* unhöflich!«, wiederholte Vinzenz sich mit eindringlicher Stimme. »Besonders in Anbetracht der Tatsache, dass dieser erste Tanz im Falle von dir und mir zugleich unser *letzter* Tanz sein wird.« Seine unrealistisch blauen Augen glänzten mich etwas traurig an.

Das, was er da gesagt hatte, traf mich mitten ins Herz. Sonst hätte es wohl kaum von einer Sekunde auf die andere so unfassbar schnell zu schlagen begonnen.

Er hatte recht. Denn *alles*, was wir in den nächsten Stunden und

Tagen tun würden, wäre das letzte Mal. Und dann gab es nur noch den Abschied auf immer.

Ich stand bloß da und betrachtete Vinzenz. Wie er mir in dieser leicht gebeugten Haltung eine Hand entgegenstreckte und mich abwartend ansah.

»Na gut.« Ich legte meine Hand in seine.

Er nickte mir lächelnd zu. »Welche Ehre, Miss Emma.«

»Hör auf damit«, nuschelte ich.

Das entlockte ihm lediglich ein Augenzwinkern.

Wortlos ließ ich geschehen, dass Vinzenz mich dicht an sich heranzog. Auf einmal waren wir uns so nahe, zwischen uns hätte kein Blatt mehr gepasst.

Der Rest der Welt verschwamm wie in einer goldenen Wolke.

Ich konnte die Wärme seines Körpers an meinem fühlen. Den Geruch nach Buch wahrnehmen.

»Darf ich?«, erkundigte er sich und platzierte mit einem vorsichtigen Griff meine linke Handfläche auf seiner Schulter. Meine Finger begannen zu kribbeln.

Seine rechte Hand legte sich mit sanftem Druck auf meinen Rücken.

Ich hob den Blick. Da war die kleine Narbe, die sich über seine Wange zog. Ich konnte sie genau sehen. Was auch zu bedeuten hatte, dass nur noch wenige Zentimeter unsere Lippen voneinander trennten. Ja. Lediglich ein paar ganz winzig kleine Zentimeter. Einfach ein bisschen nach vorne lehnen und auf die Zehenspitzen … Nein! Vinzenz-Kussverbot. Vinzenz-Kussverbot. Vinzenz-Kussverbot.

Ich versuchte, mich auf meinen Atem zu konzentrieren.

Ein langsamer Song dröhnte aus den Boxen.

»Wunderbar. Schon wieder Dreivierteltakt. Bereit für einen weiteren Walzer?«, fragte Vinzenz, wahrscheinlich ahnte er nicht einmal, welche Überlegungen mir gerade durch den Kopf geschossen waren.

»Ich kann immer noch nicht tanzen«, hauchte ich heiser.

»Miss Emma. Das musst du nicht, ich führe dich.«

»Okay.«
»Bereit?«
»Nein.«
Er legte den Kopf schräg. »Nein?«
»Doch, ja.«
»Wirklich?«
»Mh hm.«
»Gut.«

Plötzlich war es wieder wie zwischen Jetties Secondhand-Klamotten. Nur noch wir beide existierten. Vinzenz Brandfair, der Junge aus dem Buch. Und Emma Grünwald, die beim Tanzen so viel Talent wie ein Nashorn besaß, dafür aber einen Haufen Ameisen im Bauch hatte. Und einfach nur für einen Moment zu vergessen versuchte, dass das alles hier nicht sein sollte. Weil man sich nun mal nicht in einen Jungen verlieben darf, der aus einem Buch fällt! Zumindest nicht, wenn er danach für immer und ewig in seinen Roman zurückkehren würde.

Als Vinzenz mich mit einer schwungvollen Bewegung ausdrehte und wir am Rand der Tanzfläche zum Stehen kamen, verpuffte die Wolke um uns herum ganz langsam. Zum ersten Mal nahm ich die anderen Personen im Raum wieder wahr.

Wie lange hatten wir getanzt? Ich wusste es nicht.

Trotzdem ließen wir uns nicht sofort los.

Wahrscheinlich hatte mir noch nie jemand so intensiv in die Augen gesehen, wie Vinzenz in diesem Moment. Aber er sprach kein Wort. Auch jetzt hätte ich zu gerne gewusst, was er gerade dachte.

»Wie ist das eigentlich …?«, setzte ich zu einer Frage an, brach dann aber doch noch einmal ab.

»Wie ist was, Miss Emma?«

»Wenn du wieder in deiner Geschichte bist, wirst du dich dann noch an mich erinnern?«

Ein leises Lachen huschte über seinen Mund. Er hob die Hand, strich mir eine Haarsträhne von der Stirn hinter mein Ohr und ließ seine Finger dann exakt an dieser Stelle verharren. »Wie könnte ich jemals die junge Lady vergessen, die mir zur Begrüßung ein Buch über den Kopf gezogen hat?«

Mein Herz begann noch schneller zu schlagen. Wir blickten uns schon wieder schweigend an, bis ich es einfach tat. Ich streckte mich zaghaft auf die Zehenspitzen. In meinem Kopf schrie eine Stimme: Vinzenz-Kussverbot! Vinzenz-Kussverbot! Vinzenz-Kussverbot! Aber es war sowieso längst viel zu spät.

Vinzenz neigte sich langsam zu mir, seine Lippen …

»Hey ihr zwei!« Das war Leona.

Wir fuhren auseinander.

Ich schloss die Augen und atmete einmal tief ein. »Hi Leo.«

»Ups.« Leona stand neben uns und ihr Blick verriet, dass ihr jetzt erst klar wurde, in *was* sie gerade hineingeplatzt war. Aber eigentlich konnte ich ihr dafür nur dankbar sein. Sie hatte mein Herz davor bewahrt, noch schlimmer zu zerreißen.

Dafür waren beste Freundinnen schließlich auch da.

»Wo ist Tommy?«, versuchte ich die Situation zu überspielen.

»Er wollte Schnittchen holen.« Leona guckte immer noch ganz seltsam. Bis mir plötzlich klar wurde, dass ich nach wie vor Vinzenz' Hand hielt. Mit einem Ruck ließ ich sie los und trat einen großen Schritt zur Seite. Dabei wagte ich es nicht, Vinzenz noch einmal anzuschauen.

Ich hatte das Gefühl, gleich keine Luft mehr zu bekommen. Hier drinnen war es aber auch echt stickig. »Ich … also«, stammelte ich wie belämmert vor mich hin und ging rückwärts. Meine Füße suchten bereits den Weg vom Festsaal in den Gang.

Schließlich wirbelte ich herum und stürmte los.

»Emma?!«, rief Leona mir mit besorgter Stimme hinterher. »Wo läufst du hin?«

Ich schaffte es nicht, ihr zu antworten und drückte mich an einer Gruppe Mitschüler vorbei, die ziemlich lustig wirkten. Vermutlich hatten sie ein bisschen viel alkoholfreie Bowle erwischt.

Ich wollte nur so schnell es ging zu den Toiletten, um mir kaltes Wasser ins Gesicht zu spritzen und mich zu beruhigen.

Stattdessen knallte ich unmittelbar vor dem Mädchenklo mit voller Wucht gegen jemanden.

»Auf der Flucht?«, lachte Jonas.

Shit. Der hatte mir gerade noch gefehlt! So langsam begann ich ja wirklich daran zu glauben, dass ein doofer Fluch auf mir lag. Einer, der mich in jede denkbar blöde Situation brachte, die das Leben nur zu bieten hatte.

»Sorry.« Ich versuchte Jonas auszuweichen.

Aber er hielt meinen Arm fest. »Emma, wer ist der Kerl?«

»Welcher Kerl?«, tat ich unwissend und riss mich los. Was fiel ihm eigentlich ein, mich so fest anzupacken?

»Mit dem du getanzt hast!«

»Das geht dich einen …«

»Ich kann mir nicht vorstellen, dass der besser tanzt als ich. Gib's zu, das willst du schon ewig herausfinden.« Jonas grinste mich an.

War ich echt zwei Jahre lang in so einen Idioten verschossen gewesen? Aber ich konnte nichts erwidern, weil vorher die Tür vom Mädchenklo aufflog.

Und damit stand es offiziell fest: Ich war verflucht!

Denn warum sonst kreuzte ausgerechnet in diesem Moment auch noch Megan auf?

Erst guckte sie Jonas und mich nur verwirrt an und zwinkerte mit den Augen, bis sie fragte: »Was macht ihr da?«

»Nichts«, antwortete ich gehetzt. »Wir sind fertig!«

Mit diesen Worten schlüpfte ich an den beiden vorbei und rannte in Richtung Schulausgang, während eine aufgebrachte Diskussion zwischen Megan und Jonas losging.

Ich musste dringend hier weg und an die frische Luft.

Erst als Vinzenz hinter mir »Bleib stehen, Emma! Das ist gefährlich!« rief, wurde es mir wieder klar. Die Kette! Der Schreck schoss mir plötzlich in die Glieder. Wie hatte ich sie nur vergessen können?

Und da wurde es mir mit einem Mal klar: Ich konnte vor meinen Gefühlen nicht davonlaufen. Vinzenz und ich waren ausgeliefert.

Wir wurden doof angeglotzt, aber das war mir jetzt völlig egal. Würde Emma Grünwald und der fremde Junge auf dem Ball eben der neuste Klatsch des Schuljahres werden. Das war echt mein kleinster Kummer.

Ich verlangsamte meine Schritte, bis Vinzenz direkt neben mir herging. »Emma, ich bin mir bewusst, dass unsere Situation sehr trübsinnig erscheint.«

»Erscheint?«, fragte ich und drückte die Schwingtür auf. Die kühle Herbstluft schlug uns entgegen.

Er seufzte. »Nein! Natürlich nicht nur erscheint, Miss Emma! Sie ist es! Vollkommen, auf die entsetzlichste Weise und das war zu keiner Sekunde meines Textsprungs Teil des Plans. Wie hätte ich wissen sollen …« Er brach ab.

»Wie hättest du was wissen sollen?«

Vinzenz lief vor mich und trabte rückwärts weiter, ohne den Blick von mir abzuwenden. »Sag mir, Miss Emma, *wie* um alles in der Welt hätte ich auch nur erahnen können, dass meine Leserin so eine verzückende junge Lady ist?«

Mir huschte ein Schmunzeln über die Lippen. O Gott. Sein schwülstiges Gerede würde mir so fehlen.

Trotzdem scheuchte ich ihn wieder neben mich und wir blieben nicht stehen. Er folgte mir bis zu der Bank, auf der Leo und ich normalerweise gerne saßen und Pausenbrote verdrückten.

Ich ließ mich auf sie fallen und vergrub das Gesicht in meinen Händen.

Er ging vor mir in die Hocke. Zart fühlte ich, wie er nach meinen Unterarmen griff. »Und eine entzückende junge Lady kann ich nun einmal nicht der beständigen Gefahr aussetzen, gegen ihren Willen Teil meiner Buchwelt zu werden. So ein Leben kann ich ihr nicht zumuten.« Er hielt einen Moment inne. »Doch sehr wohl kann ich sie fragen, ob sie aus freien Stücken mit mir kommen möchte?«

Ich hob den Blick. Sein Lächeln wirkte schüchterner, als ich es Vinzenz Brandfair zugetraut hätte. »Wie meinst du das?«

Er räusperte sich. »Könntest du dir vorstellen, Teil meines Romans zu werden, Emma?«

»Vinz …«

»Keine Sorge, ich würde darauf achten, dass es dir gut bei uns geht. Meine Ziehmutter ist einigermaßen bösartig, aber das lässt sich ertragen. Und Vater …«

»Vinz«, bremste ich ihn und sah ihn verzweifelt an. »Das geht nicht!«

»Weshalb nicht?«

»Mein Leben ist hier, bei Pa. Er hat Mama verloren. Er würde es nicht überleben, wenn ich auch noch weg wäre.«

Vinzenz brauchte einen Augenblick, bis er langsam nickte. »Das verstehe ich gut. Dann sollten wir wohl den vernünftigen Weg gehen.« Er erhob sich und zog mich von der Bank hoch. »Doch lass uns diese Vernunft heute Nacht ein letztes Mal vergessen.«

Und dann zog er mich an sich und küsste mich.

Neunundzwanzig

Die nächste Woche verlief erstaunlich unspektakulär. Das lag wahrscheinlich auch daran, dass Vinzenz und ich versuchten, so wenig wie möglich miteinander zu sprechen. Ich ging zur Schule, machte meine Hausaufgaben und tat dabei so, als wäre es vollkommen normal, dass er immer irgendwie in meiner Nähe war. Was das betraf, blieb uns ja keine andere Wahl.

Aber jedes Wort, das wir wechselten, holte Erinnerungen an den Ballabend hoch. O Mann. Am liebsten hätte ich diesen Abend vergessen … und trotzdem für immer in meinem Herzen behalten.

Doch Hannahs Besuch stand unmittelbar bevor und unsere gemeinsame Zeit hatte ein festgelegtes Ablaufdatum. Zumindest, wenn alles glattlief.

Was meine Gefühle übrigens nicht daran hinderte, mich hin und wieder spontan zu überfallen. Besonders in der Nacht, wenn ich kein Auge zubekam, beobachtete ich Vinzenz im Schlaf und fragte mich, warum es war, wie es war. Wieso konnte er nicht ein stinknormaler Junge sein? Ohne doofe Kette. Ohne Roman. Ohne Vinzenz-Kussverbot. Kurz gesagt: Ohne eine Wagenladung Damoklesschwerter, die über uns hing und auf den rechten Moment wartete, um mein dummes Herz zu erdolchen.

Der schicksalhafte Freitagabend begann mit einem Läuten. Ich schlurfte durch den Flur und öffnete die Tür. Hannah Ruderer (die bei uns jetzt nur noch *Hannah* hieß) stand mit einem knallrosa Trolley auf der Matte. »Hi Emma.« Ihre Stimme war wie immer ein süßliches Säuseln.

»Hi.« Ich musterte sie.

Ihre Füße steckten in kniehohen, braunen Stiefeln und ihr Mantel war farblich auf ihren Koffer abgestimmt. Diesen hievte sie gerade mit einem Lächeln über die Schwelle, bevor sie selbst eintrat und mir etwas in die Hand drückte. »Hier, für dich.« Das Lächeln hockte wie angenäht in ihrem Gesicht. Man sah ihr die Nervosität an. Ehrlich gesagt ging es mir auch nicht viel anders, unser letztes Treffen war ja nicht unbedingt glücklich verlaufen. Deshalb versuchte ich, sie ebenfalls freundlich anzulächeln. Schließlich hatte ich Pa versprochen, nett zu ihr zu sein. Ich senkte den Blick. *Schweizer Edelvollmilchschokolade mit Nougat.*

Hmm. Das mit dem Nett-Sein kam mir gar nicht mehr so schwer vor. Und Schokolade konnte meinem Herz momentan nur helfen. »Danke«, sagte ich leise. »Pa ist in der Küche.«

Hannah rieb sich freudig die Hände. »Kocht er heute? Oho, da freue ich mich aber schon.«

Anscheinend war sie noch nicht in den Genuss von Pas Kochkünsten gekommen. Ich schmunzelte. »Ja, er kocht.«

»Sehr gut, ich habe einen Bärenhunger. Weißt du, ich komme direkt aus Zürich. Alles gut bei dir?«

»Bin nur müde«, antwortete ich und schloss die Wohnungstür.

»Dann sind wir zu zweit.« Hannah fuhr sich mit einer Hand durch die kastanienbraunen Haare. »Die Schule ist bestimmt anstrengend, nicht wahr?«

»Geht so.«

»Dein Vater hat mir erzählt, dass du deinen ersten Schulball hattest. War es schön?«

Mann. Die löcherte mich ja schlimmer als Oma Frieda!

»War ganz nett«, antwortete ich. Was für eine Lüge … *Der schönste Abend meines Lebens* hätte es eher beschrieben.

»Toll«, seufzte Hannah. »Wenn ich an meinen ersten Schulball denke, werde ich richtig sentimental. Du musst mir unbedingt alles ganz genau erzählen, in Ordnung?«

Gott sei Dank rettete Pa mich davor. Er kam aus der Küche gehetzt. »Hannah!« Schneller als ich schauen konnte, nahm er ihr den Trolley ab. »Wie war die Lesereise in der Schweiz?«

»Gut.« Hannah schälte sich aus ihrem rosaroten Mantel. »Aber ich freue mich auf einen Abend ohne Trubel. Füße hochlegen, abschalten. Aaah.«

»Da bist du bei mir genau richtig.« Pa gab ihr einen verstohlenen Wangenkuss. Ich sah genau, dass er dabei nur ziemlich knapp an ihrem Mund vorbeizielte.

Auf Hannahs Lippen bildete sich ein zufriedenes Lächeln. »Was riecht hier so gut? Da läuft einem ja das Wasser im Mund zusammen.« Sie schnupperte in die Luft und bewegte dabei ihre runde Stupsnase ulkig hin und her.

»Spaghetti al tonno«, sagte Pa, während er ihren Mantel an den letzten freien Haken der Garderobe hängte. »Emma, in zehn Minuten gibt es Essen, ja?«

Das war der Hinweis, dass ich mich vorläufig aus dem Staub machen durfte. Ich nickte und schlich mit Rückwärtsschritten in mein Zimmer. Dabei bekam ich noch mit, wie Hannah sich an Pas Arm hängte. »Cornelius, ich glaube, diese Spaghetti werden mein neues Lieblingsessen.«

Pa dachte, Valentin wäre längst nach Hause gegangen.

In Wahrheit lümmelte Vinzenz natürlich auf dem Ausziehsofa in meinem Zimmer und hielt ein Buch dicht über seine Nase.

Als er mich bemerkte, betrachtete er mich und legte den Kopf schräg. »Ist jemand gestorben?«

»Hannah Ruderer ist da. Und Pa hat gekocht.«

»Oh, mein Beileid. Bringst du mir ein paar Scones mit?«

Ich setzte mich auf das Bett und verflocht meine Finger ineinander. »Es gibt keine Scones, nur Thunfisch-Spaghetti.«

»Dann verstehe ich deinen Unmut noch mehr.«

»Das ist nicht das Problem.«

»Sondern?«

»Nichts.«

Vinzenz lächelte milde. »Nichts ist es nicht wert, den Kopf hängen zu lassen.«

Ich sah zur Seite, um Vinzenz nicht in die Augen schauen zu müssen. »Ich hasse Abschiede … Vor allem, wenn sie für immer sind«, presste ich tonlos hervor. Der Druck in meinen Augen wurde immer größer. Gleich würden sie explodieren. *Nicht weinen. Nicht weinen. Nicht weinen. Nicht weinen.* »Willst du Schokolade?«, versuchte ich schnell auf andere Gedanken zu kommen und hielt ihm die Tafel hin. »Mit Nougatfüllung.« *Nicht weinen. Nicht weinen. Nicht weinen.* Total zwecklos. Eine winzige Träne bahnte sich ihren Weg auf meine Wange. Ich schniefte, wischte mir verlegen mit dem Handrücken über das Gesicht und hoffte, dass Vinzenz es nicht bemerkt hatte.

Aber die Träne war ihm definitiv nicht entgangen. Mir fiel die Schokolade aus der Hand, er bückte sich danach und hob sie vom Boden. »Werte Emma, waren wir uns nicht einig? Wir müssen tun, was die Vernunft verlangt.«

»Ich hasse es, vernünftig zu sein.« Das klang mehr geschluchzt, als ich es gerne gehabt hätte.

»Da geht es mir nicht anders«, erwiderte Vinzenz. »Doch uns bleibt noch dieser heutige gemeinsame Abend. Zumindest, wenn dein Plan aufgeht und du Hannah Ruderer schnell für unsere Sache gewinnen kannst. Woran ich keinerlei Zweifel hege, da du eine höchst clevere junge Dame bist. Wir sollten diesen Abend also nicht im Trübsal verbringen. Lass uns lieber gemeinsam ein letztes Stück Schokolade essen.«

Obwohl ich mich so mies fühlte, waren die Thunfisch-Spaghetti dieses Mal richtig lecker. Ich schob mir einen Bissen in den Mund und schielte rüber zu der rosaroten Laptoptasche. Sie lag unbeachtet auf dem Sofa. Sehr gut. Es bestand also eine Chance darauf, dass

Hannah das originale Manuskript von »Zwanzig Minuten vor Mitternacht« mitgebracht hatte.

Hastig schluckte ich runter. »Woran arbeitest du momentan, Hannah?«

»Was meinst du, Emma?« Hannah schaute erstaunt von ihrem Weinglas auf. Sie hatte gerade erst einen kräftigen Schluck genommen und Pa die ganze Zeit tief in die Augen gesehen. Mann, das war zum aus der Haut fahren mit denen. Verliebte Erwachsene benehmen sich zehnmal schlimmer als Teenager …

»Schreibst du einen neuen Roman?«, wollte ich wissen und wickelte beiläufig Spaghetti auf meine Gabel.

Hannah lächelte Pa an. Hallo? Hatte sie mir überhaupt zugehört? Ich hatte ihr eine Frage gestellt! Doch das war spätestens vergessen, als Pa nach ihrer Hand fasste und die beiden um die Wette strahlten, als wäre die Welt ein Ponyhof mit einem Himmel voller Wolken aus Zuckerwatte. Aber vor allem, als wüssten sie nicht mehr, dass ich neben ihnen saß. »Und?«, erinnerte ich sie an meine Anwesenheit.

»Oh, äh, ja.« Hannah löste rasch den Blick von Pa und lief rot an. Meine Frage hatte den rosaroten Zuckerwattetraum wohl zum Platzen gebracht.

Pa kümmerte sich blitzartig nur noch um die Spaghetti auf seinem Teller. Abgesehen von einem Räuspern schwieg er.

»Es ist«, Hannah stocherte in ihrem Essen herum, »wieder ein Fantasybuch. Aber noch top-secret, weißt du?«

Na prima. So viel zu Leonas Theorie, ich würde an der Quelle sitzen. »Klingt spannend. Ist das der Laptop, auf dem du deine Bücher schreibst?«

Hannah folgte meinem ausgestreckten Finger. »Äh, ja. Das ist mein Arbeitscomputer.«

»Sind da auch alte Manuskripte drauf?«, fragte ich.

»Ja … Wieso interessiert dich das?«

»Nur so. Ich habe alle Mitternachtsromane gelesen und bin jetzt ein richtiger Fan.«

Pa verschluckte sich und hustete laut in die Serviette.

Doch Hannah kaufte mir jedes Wort ab, sie sah sogar richtig geschmeichelt aus. »Wie schön!«

»Mh hm.« Ich lächelte. »Und wegen diesem Vorfall bei Oma und Opa im Schrebergarten … ich wollte dir noch sagen, dass mir das echt super leid tut. Ich hätte nicht so fies zu dir sein dürfen. Wenn Pa dich mag, dann bist du auf jeden Fall in Ordnung.« Kurz überlegte ich, ob das freundlich genug gewesen war. Leona hatte schließlich gesagt, dass ich mir Hannahs Vertrauen erschleichen musste. Den Textsprung anzusprechen, erforderte einiges an behutsamer Vorarbeit. Für den Fall, dass alle Stricke reißen würden, konnte ich natürlich immer noch Leonas Vorschlag beherzigen und Hannah einen Kuchen backen.

»Danke, Emma«, antwortete Hannah zu meiner Erleichterung. »Mir tut es übrigens auch sehr leid. Cornelius und ich«, sie bedachte Pa mit einem strengen Blick, »hätten dir viel früher alles erzählen müssen.«

»Kein Ding«, beschwichtigte ich. Okay. Das lief gerade echt wie am Schnürchen. Genau genommen machte mich das fast ein wenig stutzig. Seit Vinzenz' Textsprung war schließlich bisher nie etwas nach Plan verlaufen! Wenn es so weiterging, würde ich Hannah bestimmt bald um Hilfe bitten können.

Allerdings hatte ich mir vorgenommen, das nicht in Pas Anwesenheit zu tun. Es war besser, wenn er weiterhin keine Ahnung von dem Textsprung hatte. Er machte sich einfach viel zu leicht viel zu viele Sorgen! Und ich fand, dass Pa schon genug durchgemacht hatte.

Ich musste also schaffen, unter vier Augen mit Hannah zu sprechen.

»Da du meine Romane doch so gerne liest: Wer ist denn deine Lieblingsfigur?«, hielt Hannah das Gespräch am Laufen.

»Vinzenz«, antwortete ich und schob mir eine besonders große Portion Nudeln in den Mund.

»Echt?«, staunte Hannah. »Vinzenz ist aber ein ziemlich skrupelloser Kerl.«

»Hm.« Ich zuckte die Achseln.

»Ähm.« Hannah stockte. »Er plant, seinen Bruder zu töten?!«

»Ich halte Vinzenz für einen hervorragend ausgearbeiteten Bösewicht«, mischte sich nun auch Pa in das Gespräch ein. »Man weiß bei ihm nie, ob er nicht doch auch ein Fünkchen Anstand besitzt. Wäre es nicht interessant, einmal seine Perspektive auf die Dinge zu erleben?« Er lehnte sich in Hannahs Richtung und lachte. »Vielleicht solltest du ein Spin-off aus Vinzenz' Blickwinkel schreiben, hm? Ist das nicht eine witzige Idee?«

»Wer weiß, vielleicht tue ich das ja längst?«, kicherte Hannah. »Ich liebe Bösewichte! Und besonders gefallen sie mir, wenn sie unberechenbar oder besonders skurril sind. Wie dieser seltsame Mann mit dem Monokel bei meiner Lesung, ist der euch aufgefallen?«

»Oh ja, was für ein Kauz!«, sagte Pa.

Hannah nickte. »Nicht wahr? Seine stechenden Augen waren mir beinahe unheimlich! Ich glaube, den Kerl mache ich zum nächsten Antagonisten in einem meiner Bücher. Aber es ist schon komisch, ich bilde mir ein, ihn schon öfter bei meinen Lesungen gesehen zu haben. Der ist wohl mein größter männlicher Superfan.« Sie kratzte sich nachdenklich das Kinn und trank anschließend einen Schluck Rotwein.

Pa fasste sie zärtlich beim Unterarm. »Dieser eigenartige Vogel könnte tatsächlich direkt einem Roman entstammen«, auf einmal lehnte er sich dicht an Hannahs Ohr, »aber dein größter männlicher Superfan sitzt hier am Tisch.«

Uargh! Das mit dem Flüstern hatte Pa echt nicht drauf.

»Mh«, gurrte Hannah.

Mir wurde speiübel. Hatten diese Turteltauben etwa schon wieder vergessen, dass ich im Raum war? Ich befand mich in der Pubertät. Das ist eine empfindliche Phase des Lebens. Jedes verstörende Erlebnis konnte zu dauerhaften Schäden führen!

»Gibt es Nachtisch?«, versuchte ich, das Thema zu wechseln.

Pa und Hannah schossen wie zwei Raketen auseinander.

Die Wangen meines Vaters verfärbten sich rot. »Äh, ja. Hannah hat Apple-Crumble mitgebracht!«

»Ich dachte, du kommst direkt von deiner Lesereise?«, war ich erstaunt.

»Stimmt«, erklärte Hannah, während sie sich von ihrem Stuhl erhob und die leer gegessenen Teller einsammelte. »Deshalb ist er leider auch nur gekauft und nicht selbst gemacht. Meinen *Apple Crumble spezial* gibt es dann nächstes Mal. Versprochen! Mit dem Rezept meiner Oma, die war Engländerin. Daher auch meine Liebe zu England. Man isst ihn mit frischer Vanilleeiscreme.« Sie lächelte mich zuckersüß an.

Aha. Backen gehörte also auch noch zu ihren Talenten. So langsam wurde es wirklich schwierig, sie *nicht* nett zu finden.

»Klingt lecker«, sagte ich.

»Ist es auch!« Hannah zwinkerte mir zu und verschwand hinter dem Perlenvorhang in unsere Küche. »Aber ich bin sicher, der gekaufte tut es auch! Ach, und ich schiele schon die ganze Zeit auf diese DVD von *Titanic*, die da drüben auf dem Regal liegt. Ich liebe diesen Film! Wollen wir ihn zusammen gucken?«, rief sie, begleitet von Geschirrklappern.

War das ihr Ernst? Sie wollte den Rest des Abends mit Pa und mir auf dem Sofa verbringen, um *Titanic* zu gucken?

»Sorry Hannah«, entgegnete ich laut. »Das geht leider nicht. Unser Fernseher hat das letzte Mal funktioniert, als es noch Neandertaler gab. Und Pa hält sowieso nichts von Filmen, die sind nämlich total schlecht für die Vorstellungsgabe.«

Sein Blick durchbohrte mich drohend.

»Cornelius, ist das wahr?« Hannah kam mit erstauntem Gesichtsausdruck wieder zurück ins Wohnzimmer.

Ich grinste zufrieden. Der Abend wurde immer besser! Das würde Pa bestimmt *endlich* dazu bringen, für einen neuen Fernseher zu sorgen. Langsam begann ich, Hannah nicht nur zu mögen, sondern sogar wirklich cool zu finden.

»Also … ich … muss zugeben …«, druckste Pa herum. »Ich finde ja, dass wir genug Bücher im Haus haben und … Aber ich kann natürlich …«

»Na ja, auch nicht weiter schlimm«, winkte Hannah ab. »Bei einem Film lernen wir uns eh viel zu wenig kennen. Wie wäre es denn stattdessen mit einem Kartenspiel? So was wie Uno?«

»Gute Idee!«, antwortete Pa. Offenbar war er dermaßen froh über diesen Vorschlag, dass er ihn augenblicklich in die Tat umsetzen wollte. Er stand auf. »Dann fangt ihr schon einmal mit dem Nachtisch an. Ich hole die Karten!«

Pa machte sich auf den Weg in den Flur.

»Alles klar«, sagte ich noch, als es mir plötzlich dämmerte.

Die Uno-Karten! Die waren im Regal bei den Brettspielen.

Und dieses gottverdammte Regal war nirgendwo anders als … in MEINEM Zimmer!

Mist! Mist! Mist!

Erschrocken sprang ich in die Höhe, mit so einer Wucht, dass der Stuhl hinter mir laut klappernd umkippte.

Hannah guckte mich verwirrt an. »Emma, alles okay?«

Ich konnte ihr nicht antworten. »Pa!« Aber es war zu spät.

Alles, was ich noch hörte, war Pas verblüfftes: »Valentin?!«

Shit. Das nannte ich mal Erklärungsnot hoch tausend. Und dieses Mal wirklich!

Dreißig

»Karottenzwerg, was ist hier los?«

Als ich vom Wohnzimmer in den Flur trat, blickte Pa mich betroffen an. Er stand zur Hälfte in meinem Zimmer, aber mit einem Fuß noch im Gang. »Ich dachte, Valentin wäre vor drei Stunden nach Hause gegangen. Hatten wir nicht die Abmachung: *Keine* Geheimnisse?«

Ich trat mir unruhig auf den Füßen herum. »Pa, also …« Aber es verschlug mir die Sprache. Sind wir mal ehrlich: Was hätte ich noch großartig eine Ausrede auftischen sollen? Wir brauchten Hilfe und mussten Hannah in die Sache einweihen. Nur meinen felsenfesten Plan, Pa rauszuhalten, konnte ich mir jetzt definitiv abschminken.

Vinzenz stand hinter meinem Vater und sah mich an. »Emma, ich denke, es ist Zeit für die Wahrheit«, bestätigte er meine eigenen Gedanken.

»Welche Wahrheit?«, entfuhr es Pa erschrocken. Er schaute zwischen Vinzenz und mir hin und her.

»Mein Name ist nicht Valentin«, übernahm glücklicherweise Vinzenz den schwierigsten Teil. Ich hatte beim besten Willen keinen Plan, wie ich das hätte machen sollen. Er hingegen sprach mit fester, entschlossener Stimme. »Sondern Vinzenz Richard Oswine George Brandfair.«

Auch Hannah war in der Zwischenzeit von unserem Gespräch angelockt worden. Als sie diesen Namen hörte, blinzelte sie erst nur irritiert, doch auf einmal weiteten sich ihre Augen schlagartig. Wie vom Blitz getroffen warf sie sich die Hand vor den Mund und keuchte: »Wie bitte?« Danach brachte sie anscheinend keinen weiteren Ton über die Lippen.

Pa schüttelte den Kopf, bevor er erst mich und dann wieder Vinzenz betrachtete. »Ist das ein dummer Scherz? Wollt ihr Hannah und mich veräppeln? Falls ja, dann finde ich das alles andere als witzig.«

»Nein«, stammelte ich. »Ich weiß, das klingt völlig verrückt, aber am Abend der Lesung, nachdem du Leo und mich im Laden vergessen hattest, ist Vinzenz aus dem Mitternachtsroman gesprungen. Kannst du dich an das verkohlte Buch erinnern? Das war, weil …«

»Was soll das bitte schön für ein grenzenloser Schwachsinn sein?« Unter den hellbraunen Stoppeln von Pas Dreitagebart zuckten die Kiefermuskeln. »Du hattest immer viel Fantasie, aber DAS hier ist definitiv ein Schritt zu weit! Ich war richtig stolz auf dich, weil du so vernünftig warst und dich bei Hannah entschuldigen wolltest. Und jetzt so was!«

»Ich habe mir das nicht ausgedacht!«, war ich vollkommen verzweifelt.

»Junges Fräulein, es reicht! Du gehst jetzt auf dein Zimmer und da bleibst du auch! Und Valentin geht nach Hause!«

Erschrocken guckte ich meinen Vater an. Ich versuchte mich zu erinnern, ob ich ihn schon jemals so wütend erlebt hatte.

»Aber Pa, das geht nicht …«

»Schluss jetzt, Emma! Ich will kein Wort mehr hören!« Ohne mir auch nur die Möglichkeit einer Erklärung zu geben, machte er sich auf den Weg zurück ins Wohnzimmer und fasste Hannah bei der Schulter. Sanft zog er sie mit sich. »Es tut mir so leid! Ich weiß wirklich nicht, was in Emma gefahren ist.«

Ich biss mir auf die Lippen. Mein Kopf lief auf Hochtouren. Fieberhaft grübelte ich nach einer Lösung, um die Situation zu retten. Aber mir kam beim besten Willen keine Idee. Genau genommen konnte ich Pa seine Reaktion auch nicht verübeln. Was Vinzenz und ich hier erzählten, klang immerhin wirklich vollkommen an den Haaren herbeigezogen! Aber es war nun mal die Wahrheit!

»Mister Grünwald!«, versuchte Vinzenz es noch einmal. »Ihre Tochter und ich sind durch eine Kette miteinander verbunden, die Emma in meine Geschichte reißt, wenn ich mich mehr als hundert Schritte von ihr entferne. Ich kann mir schwerlich vorstellen, dass das in Ihrem Interesse ist?! Es wäre also besser, Sie hören uns zu! Wir benötigen nämlich dringend die Hilfe von Hannah Ruderer!«

Pa wandte sich wieder um. »Was zum Teufel redest du da, Valentin?«

»Wie ich schon sagte, mein Name lautet Vinzenz Brandfair.«

Das war offenbar der Moment, in dem es auch Hannah endgültig zu viel wurde. »Also Junge, mach mal halblang!«, erwachte sie aus ihrer Schockstarre, bevor sie urplötzlich und mit riesengroßen Schritten auf Vinzenz zuging. Knapp vor ihm blieb sie stehen und pikte ihren (perfekt lackierten) Fingernagel gegen seinen Brustkorb. »Du willst mein Vinzenz Brandfair sein, ja? Der Vinzenz, der Esma beim Maskenball verführt? Der Vinzenz, der seinen kleinen Ururgroßcousin Dorian in das 19. Jahrhundert verschleppt, nur um Phil anschließend zu erpressen? Ja, der willst du also sein? Der Vinzenz, der bei jeder erdenklichen Möglichkeit …«

»Könntest du das bitte unterlassen?«, schnitt Vinzenz ihr gequält das Wort ab. »Ich bin sehr wohl darüber im Bilde, welche Gräueltaten mir angedichtet wurden. Zumal *du* impertinente Schreiberliese ja die Übeltäterin bist.«

»Wie bitte? So nennst du mich?« Hannah lachte, bevor sie einmal extra fest mit dem Finger gegen seinen Oberkörper hackte. »Wenn du aus meinem Buch wärst, dann wüsstest du, dass ich für meine Leistung als *impertinente Schreiberliese* sogar PREISE gewonnen habe!«

Vinzenz wich ein Stück zurück, sodass sie ihn nicht weiter mit ihrem spitzen Nagel malträtieren konnte. »Das hat Emma mir erzählt. Offen gesagt: Diese Erkenntnis schockiert mich mehr, als dass sie mich erfreut. In meinen Augen hätte eine Schriftstellerin sich nur einen Preis verdient, wenn sie in der Lage ist, ihre Figuren zu verstehen. Das bist du ohne Zweifel nicht!«

»Wie bitte? Ich schreibe aus dem Bauch heraus. Da machen die Figuren, was sie wollen!«

»In der Tat! Dieses schauderöse Bauchschreiben ist der Grund für deine erbärmliche Kontrolle über den Handlungsverlauf!«, erwiderte Vinzenz. »Nur wegen deiner mangelhaften Planung, konnte Phil dich dazu bringen, ihn zum Helden zu machen.«

»Ach, Phil ist also der Böse?«, staunte Hannah und griff sich an die Stirn. »O Gott, jetzt streite ich mich hier auch noch ernsthaft mit einem Halbstarken, ob er eine Figur aus meinem eigenen Roman ist. Ich werde verrückt …« Sie holte tief Luft und betrachtete Vinzenz dann noch einmal ganz genau aus eng zusammengepressten Augen. »Dann wollen wir das doch überprüfen, Junge!« Mit einer Heidengeschwindigkeit packte sie sein Shirt und schob den Ausschnitt zur Seite.

Kurze Stille. Fassungsloses Japsen. »Himmel!«, rief Hannah und ließ den Stoff wieder los.

»Hannah?«, fragte Pa, auch er war völlig bleich um die Nase.

»Der Leberfleck«, keuchte Hannah.

»Welcher Leberfleck?«, wunderte sich Pa.

»Der im Nacken. In der Form von Großbritannien! Cornelius, niemand weiß davon. Nicht einmal meine Lektorin. Das hab ich nur in meine persönlichen Notizen geschrieben.«

Vinzenz hatte einen Großbritannien-Leberfleck im Nacken? Das war mir noch gar nicht aufgefallen … Und Vinzenz' Blick ließ mich vermuten, dass er darüber auch ziemlich froh war.

Er rieb sich genervt die Schulter.

»Das ist reiner Zufall«, versuchte Pa, Hannah zu beruhigen. Aber er klang nicht sonderlich überzeugend. Jeder konnte erkennen, dass er selbst nicht glaubte, was er sagte.

»Ein Leberfleck in der Form von Großbritannien?«, fragte Hannah. »Solche Zufälle gibt es doch nicht?!«

»Es ist ja auch kein Zufall!«, knurrte Vinzenz. »Sondern dieser abscheuliche Leberfleck, den ich dir zu verdanken habe. Wahrscheinlich sollte ich mich glücklich schätzen, dass es keine Warze auf meiner Nase wurde. Vielleicht noch in der Größe Englands. Benötigst du zusätzliche Beweise?« Jetzt sah er sie ähnlich herausfordernd an, wie sie es zuvor bei ihm getan hatte. »Phil ist süchtig nach Karamellschokolade. Der alte Lord Brandfair leidet unter chronischen Blähungen. Meine Ziehmutter, Olivia Brandfair, unterhält eine heimliche Liebschaft zu dem Gärtner – mit einer kurzen Unterbrechung für den attraktiven Geistlichen aus Cornwall. Doch leider entschied dieser sich schlussendlich für ein Leben in ewiger Sittlichkeit. Da passte eine Affäre mit einer verheirateten Frau nicht rein. Deshalb trifft sie sich nun wieder heimlich mit dem Gärtner, sobald Vater auf Fuchsjagd ist. Noch mehr?«

Hannahs Gesicht war gelb wie Schweizerkäse. »Woher weißt du das? Das wurde doch alles nie veröffentlicht.«

»Ein Glück!«, stieß Vinzenz hervor. »Das wäre entsetzlich unangenehm. Und Vaters Blähungen nehme ich dir durchaus übel. Insbesondere, wenn er Baked Beans zum Frühstück hatte.«

»Nein. Nein. Nein.« Hannah lachte schrill und hörte gar nicht mehr auf, ihren Kopf zu schütteln, bevor sie sich plötzlich mit hastigen Schritten auf den Weg zu unserer Garderobe machte. Mit zitternden Händen griff sie nach ihrem rosaroten Mantel. »Cornelius, sorry, aber ich muss gehen. Diese Kids sind mir wirklich zu wild«, sagte sie, während sie in ihre Stiefel schlüpfte.

»Bitte, Hannah, bleib hier! Wir können das in Ruhe klären. Das ist doch nur ein dummer Kinderscherz!« Pa rang die Hände und ich bekam langsam ein schlechtes Gewissen.

Vinzenz verschränkte die Arme vor der Brust. »Nein, das ist alles andere als ein Kinderscherz! Und wenn Hannah Ruderer in dieser prekären Situation die Flucht ergreift, dann wird sie das bitterlich bereuen und es sich für den Rest ihres Lebens nicht verzeihen! Das garantiere ich!«

Hannah war bereits im Begriff gewesen, die Wohnungstür aufzureißen, doch jetzt hielt sie auf einmal inne. Langsam drehte sie sich zu Vinzenz um. »Drohst du mir?«

Vinzenz funkelte sie an. »Ganz im Gegenteil, ich warne dich vor dem Schlimmsten! Ohne deine Hilfe wird Cornelius Grünwald seine Tochter verlieren. Emmas Leben steht auf dem Spiel!«

Jetzt japste nicht nur Hannah erschrocken auf, sondern auch Pa … und ich fühlte mich vollkommen verwirrt.

Wovon sprach Vinzenz? Solange wir uns keine hundert Schritte voneinander entfernten, bestand doch nicht die geringste Gefahr, dass es mich in die Mitternachtsromane reißen würde?! Egal, ob Hannah uns helfen wollte oder nicht. Logisch. Für den Rest meines Lebens Tag und Nacht der Gefahr eines ungewünschten Direktflugs in diesen Fantasyschinken ausgesetzt zu sein, wäre nicht sonderlich angenehm gewesen.

Doch als Vinzenz' Blick mich streifte, krampfte sich mein Magen zusammen. Er hatte mir etwas verschwiegen!

»Wieso sollte ich Emma verlieren?«, rief Pa alarmiert.

Vinzenz holte tief Luft. »Ganz einfach, Mister Grünwald. Werde ich nicht innerhalb von drei Monaten zurück in meine Geschichte geschrieben, geschieht der Rücksprung so oder so. Und das wird gemeinsam mit meiner Leserin stattfinden. Emma wäre im Anschluss Teil der Mitternachts-Trilogie. Der einzige Mensch auf der Welt, der in der Lage ist, mich ohne solche Folgen in die Buchwelt zurückkehren zu lassen, ist meine Autorin. Hannah Ruderer muss mich zurückschreiben.«

Hannah stand stocksteif da und glotzte Vinzenz an. »Das ist«, keuchte sie leise, »der schrecklichste Schwachsinn, den ich jemals gehört habe! Ihr beide spinnt ja komplett! Habt ihr echt geglaubt, dass ihr mich so loswerden könnt?! Herzlichen Glückwunsch, das ist gelungen. Pff!« Im nächsten Moment hatte sie auch schon die

Tür aufgerissen und war davongestürmt, ohne sich noch einmal umzudrehen.

Pa musste sich anscheinend einen Augenblick sammeln, bevor er mit dem Finger auf mich zeigte. »Emma, wir beide sprechen uns noch!« Und jetzt rannte auch er aus der Wohnung, vergaß davor allerdings sogar, die Hauspantoffeln gegen Schuhe einzutauschen. »Hannah, bleib stehen!«

Na toll. Das war ja wieder einmal super gelaufen. Wir waren praktisch nicht nur keinen Schritt weiter, sondern viel mehr zehn Schritte rückwärtsgegangen. Gegen dieses Drama war der kleine Eklat im Schrebergarten wirklich harmlos gewesen.

Ich ließ meinen Kopf in den Nacken fallen und stieß ein verzweifeltes »Aaah« aus, dann wandte ich mich an Vinzenz.

»Wieso hast du mir die GANZE Zeit verschwiegen, dass deine Anwesenheit in der realen Welt nach drei Monaten von selbst endet und es mich dann so oder so mitreißen wird? Bist du denn irre, mir so was nicht zu erzählen?!«

»Es gab keine Notwendigkeit, dich darüber in Kenntnis zu setzen«, lautete Vinzenz' fragwürdige Ausrede.

»Keine Notwendigkeit?!«, entrüstete ich mich.

»Nein, Emma. Wozu hätte ich dir das sagen sollen?« Vinzenz stieß sich von der Wand ab. »Schließlich habe ich es soeben schlichtweg *erfunden*, um Hannah Ruderer zusätzlich in Angst und Schrecken zu versetzen. Du solltest wissen: Den Druck zu erhöhen ist eine Strategie, die niemals misslingt. Ich wage darauf zu wetten, dass sie in wenigen Minuten zurückkehren werden. Dein werter Daddy tut zwar so, als würde er nichts von all dem wissen wollen, die Sorgen um dich werden ihn dennoch quälen. Bestimmt liegt er Hannah Ruderer jetzt schon zu Füßen und fleht sie an … Oho, das allerdings war nun doch deutlich schneller als gedacht.«

Tatsächlich! Die Wohnungstür hatte sich, noch während Vinzenz gesprochen hatte, wieder geöffnet. Pa trat mit grimmiger Miene ein und wartete kurz, um Hannah gentlemanlike die Tür aufzuhalten.

Wie ein rosaroter Blitz rauschte sie herein. »Ihr könnt froh sein, dass ich nicht nachtragend bin«, begann sie ohne lange zu fackeln, eine aufgebrachte Rede zu schwingen. »Auch wenn ihr hier echt eine bösartige Show abgezogen habt! Wenn du«, sie nickte Vinzenz zu, »also behauptest, der Schurke aus meiner Romanreihe zu sein, dann wirst du mir jetzt einfach gleich mal ein paar Fragen beantworten! Ich habe zwar keine Ahnung, woher du die Details weißt, die du vorhin aufgezählt hast, aber das kann Glück sein. Möglicherweise habe ich sie auf meinen Lesungen schon einmal erzählt. Und die Fanforen im Internet sind voll mit solchen Informationen! Außerdem wird Cornelius recht haben und der Leberfleck ist nichts als ein eigenartiger Zufall. Also, wann wurde Vinzenz Brandfair geboren?« Sie pfefferte ihren Mantel achtlos auf den Boden, verschränkte die Arme und guckte Vinz mit einem oberlehrerhaft strengen Blick an.

»Mein Geburtstag ist irgendwann rund um den 15. Dezember 1864, so genau ist das nicht bekannt«, antwortete er. »Ich bin immerhin ein Findelkind. Steht das etwa nicht in diesen Fanforen? Nun, dann halte ich sie für überaus schwach.«

Hannah rümpfte die Nase. »Gut. Vielleicht war diese Frage wirklich zu leicht. Sein Lieblingsessen?«

»Scones, aber nur, wenn sie von der guten Misses Fitzgerald gebacken wurden. Sie macht zudem die beste Clotted Cream. Oh, und nicht zu vergessen ihre Orangenmarmelade!«

Hannah zuckte nicht einmal mit der Wimper. »Was ist an Phils zwölftem Geburtstag passiert?«

Plötzlich legte sich ein Schatten über Vinzenz' Miene. »Was soll diese Frage?«

»Na?«, blieb Hannah unbeeindruckt. »Fällt dir dazu etwa nichts ein? Ich bin sicher, der *echte* Vinzenz Brandfair wüsste, wovon ich spreche.«

»Selbstredend weiß ich das«, knurrte Vinzenz.

»Und zwar?«

»Das war ein Unfall!«

»Vollkommen falsch«, entgegnete Hannah. »Es war ein perfider Plan. Der erste Moment, in dem sich Vinzenz' böser Charakter offenbart hat! Seine Eifersucht auf Phil!«

»Nein!« Vinzenz traten Schweißperlen auf die Stirn. »Du hast dir die Szene nicht gründlich durch den Kopf gehen lassen. Es war Phils Idee, sich in diesem gottverdammten Holzfass zu verstecken. Er dachte, es wäre ein Vergnügen, darin über den Hang hinunterzurollen und *wollte*, dass ich ihn schubse. Ich war erst zehn! Wie hätte ich die Distanz zu diesem Baum abschätzen sollen? Und wer wurde schlussendlich für all das hart bestraft, weil unsere werte Mutter es so wünschte? Ist es angesichts dieser Ereignisse wirklich fair, von mir als *Schurken* zu sprechen? Von der *Dunkelheit* meines Charakters, die ich hinter meinem charmanten Grinsen verberge? Und wenn dem so ist …«, Vinzenz bewegte sich auf Hannah zu, sie wich langsam zurück, bis sie mit ihrem Rücken gegen die Garderobe stieß, »… sollte dann nicht zumindest einmal im Laufe deiner Romane die Frage gestellt werden, was der Grund für diese erwähnte Dunkelheit meines Charakters ist?«

Pa trat einen Schritt zwischen Hannah und Vinzenz. »Ganz ruhig, mein Junge. Ich denke, das ist jetzt genug.«

Hannah rührte sich nicht mehr. Sie schluckte einmal laut.

Ich hustete leise. »Hannah, du musst Vinzenz' Charakter umschreiben. Damit er anschließend freiwillig zurück in seine Geschichte kehren kann und sich die unsichtbare Kette löst.«

Pa sah mich an. »Von was für einer Kette redet ihr da immer?«

Ich begann mit einem ausführlichen Bericht über alles, was bisher vorgefallen war (winzige Details ließ ich dann aber doch aus. Stichwort: Pas Handy). »Heute wollte ich Hannah fragen, ob sie uns hilft«, schloss ich meine Erzählung nach einer ganzen Weile, die Hannah damit verbracht hatte, Vinzenz pausenlos anzustarren.

Jetzt kaute sie nachdenklich an ihrem Fingernagel herum, bevor sie sagte: »Okay.«

»Äh …«, stießen Vinzenz und ich zeitgleich hervor und sahen dabei wahrscheinlich ähnlich verwirrt aus.

»Nee, nee, ihr braucht nicht zu denken, dass ihr mich überzeugt hättet«, erklärte Hannah entschieden. »Aber wenn ich das mache, werden wir ja sehen, ob ihr lügt. Also, was muss ich tun?«

»Wir brauchen das Originalmanuskript des dritten Bandes«, erklärte ich zögerlich. »Und dann solltest du Vinz so umändern, dass er nicht mehr der Schurke ist und außerdem nicht stirbt.«

»Er stirbt sowieso nicht.« Hannah strich sich eine Haarsträhne hinter die Ohren.

»Wie, er stirbt nicht?«, entfuhr es mir überrascht.

Auch Vinzenz schüttelte verwirrt den Kopf. »Selbstredend sterbe ich!«

»Nope«, sagte Hannah. »Ich schreibe seit ein paar Tagen an einem Spin-off, in dem Vinzenz zurückkehrt. Emma, erzähl das nicht in der Schule herum. Es ist noch nicht offiziell. Was haltet ihr davon, wenn wir uns mit Tee und dem Apple Crumble ins Wohnzimmer setzen und dort Schritt für Schritt alles durchgehen. Ist das eine gute Idee oder ist das eine gute Idee?«

Einunddreißig

Um drei Uhr morgens saß Hannah immer noch ganz vertieft vor ihrem rosaroten Laptop und tippte wie besessen in die Tasten, während Vinzenz neben ihr auf dem Sofa hockte und die Sätze auf dem Bildschirm mitverfolgte.

Hannah hatte sich ihren braunen Bob am Hinterkopf zu einem spitz abstehenden Pferdeschwanz gebunden, presste die Zunge seitlich in ihren linken Mundwinkel und trug auf der Nase eine eckige Brille mit dicken, lila Rändern.

Ich lümmelte bestimmt schon zwei Stunden mit angezogenen Knien auf dem Boden und lehnte mich gegen eines der Regale. Pa saß neben mir, und obwohl er sich fest vorgenommen hatte, alles genauestens im Blick zu behalten, war er irgendwann eingenickt. Kein Wunder. Er hatte nicht nur einen langen Tag in der Buchhandlung hinter sich, sondern auch noch einen recht anstrengenden Abend, woran ich nicht gerade unbeteiligt war …

Hannah und ich würden unseren Schlaf morgen nachholen. Sobald Vinzenz wieder ein Teil seiner Buchwelt war …

Daran wollte ich lieber gar nicht denken. Je länger Hannah gemeinsam mit Vinzenz an diesem Text herumfeilte, desto unwohler fühlte ich mich dabei.

»Wie wäre es, wenn ich bei der Szene mit dem Cheesecake Andeutungen mache, die einen auf die Idee bringen, du wärst in Wahrheit nett?«, fragte Hannah an Vinzenz gewandt. »Das würde uns jede Menge Arbeit ersparen. Ich möchte mich nicht beschweren«, Hannah seufzte tief, »aber der finale Band hat vierhundert Seiten, du stürzt bei dreihundertneunundneunzig ins Meer. Das ist ziemlich viel Text. Ach ja, und ich hoffe außerdem, du weißt, dass alles, was ich hier ändere, niemals gelesen wird. Die Bücher sind gedruckt, das kann nicht rückgängig gemacht werden. Für meine Fans wirst du der Bösewicht bleiben.«

Vinzenz lugte auf den Bildschirm. »Mh, du sagtest doch, ich bekomme ein Spin-off?«

Hannah zögerte. »Äh, ja.«

»Sekunde«, wurde Vinzenz misstrauisch. »Was ist das für ein Spin-off? Was mache ich da?«

»Du«, Hannah kratzte sich im Nacken, »bist Vinzenz.«

»Das ist keine Antwort.«

»Hm.«

»Nein!« Vinzenz funkelte sie an. »Du schreibst mich wieder böse! Ich bin gar nicht der Held in diesem Spin-off. Wer ist der Held? Los, raus mit der Sprache!«

Hannah nahm die Brille ab. »Vinzenz …«

»Vinz.«

»Entschuldige. Vinz, das ist doch nicht wichtig. Vielleicht kannst du den Schurken als eine Rolle betrachten. Wir wissen jetzt alle, dass du ganz nett bist.«

»Wer ist der Held?«, knurrte Vinzenz.

Hannah räusperte sich. »Miss Madison … äh … und Rupert.«

Jetzt weiteten sich Vinzenz' Augen bestürzt. Er sprang mit einem Satz auf. »RUPERT? Willst du mich zum Narren halten? Wie können das ZIMMERMÄDCHEN und der STALLBURSCHE die Helden werden? Erst Phil mit blonder Schmalzlocke, und nun ein Held, der nach Pferdeäpfeln stinkt?«

Hannah betrachtete Vinzenz streng. »Wieso sprichst du so gemein über Rupert? Er ist ein netter Junge.«

»Er ist der Stallbursche.«

»Dein Standesdünkel ist unsympathisch.«

»Ich bin ein junger Lord des neunzehnten Jahrhunderts, was erwartest du von mir?«

»Ein wenig mehr Anstand! Außerdem bist du gar kein richtiger Lord, sondern – wie du selbst gesagt hast – ein Findelkind.«

Vinzenz schnaubte. »Du weißt genau, dass ich der heimliche Sohn von Lord Brandfair bin. Ich hoffe, du offenbarst dieses Detail in deinem neuen Roman endlich. Und wie komme ich überhaupt ins Spiel, wenn das Zimmermädchen und der Stallbursche einander bezirzen?«

»Miss Madison wohnt in einem kleinen Dorf an der Küste von Sussex und schlägt sich als Magd durch«, erklärte Hannah. »Sie findet dich, nachdem du an den Strand angeschwemmt wurdest. Dann pflegt sie dich gesund, obwohl du ihr …« Sie brach ab.

»Ich ihr was?«, knurrte Vinzenz.

Herrje, musste das sein? Die beiden würden wohl nie auf einen grünen Zweig kommen.

»Vinz«, mischte ich mich deshalb ein. »Hannah wusste bisher nicht, dass du kein Schurke bist. Vielleicht könnte man sich auf eine Alternative einigen?« Ich warf Hannah einen hoffnungsvollen Blick zu. »Könnte nicht Vinz der Held in diesem Spin-off werden?«

Hannah rubbelte sich den Nasenrücken. »Ach Süße, das ist doch alles schon geplant. Es wäre eine Heidenarbeit …«

»Bitte«, flehte ich mit treuherzigem Blick. Pa hatte ich damit bisher immer weich bekommen.

»Ich kann doch nicht den ganzen Plot ändern«, wich Hannah aus. »Aber ich denke, eine prickelnde Lovestory zwischen Vinzenz und Miss Madison lässt sich argumentieren. Oh, das ist es! Eine Dreiecksstory. Das kommt immer gut an. Vinzenz, Maddie und Rupert! Rupert ist der liebe Stalljunge, Vinzenz der dunkle, geheimnisvolle Schurke. Beziehungen zu Bad Boys liegen voll im Trend. Wie wäre das?«

Na super. Die Vorstellung, Vinzenz würde wieder mit einem anderen Mädchen knutschen, riss mir fast das Herz aus der Brust. Aber mir war klar, dass ich keine Wahl hatte. Sobald er die Buchwelt betrat, galt alles, was geschehen war, auf immer und ewig als passé.

»Miss Madison ist überhaupt nicht mein Typ«, motzte Vinzenz. »Bei diesem Kuss im Wandschrank wurde mir übel. Du hättest dir früher überlegen sollen, ob du sie heimlich die Reste von Vaters geliebtem Sheperd's Pie aufessen lässt, ehe ich sie küssen muss. Der Knoblauchgestank war umwerfend, aber keinesfalls betörend.«

Hannah stöhnte laut und verschränkte die Arme hinter ihrem Kopf. »Junge, du machst es einem aber auch echt schwer! Wie sollen wir dieses Dilemma deiner Meinung nach lösen? Ich kann dir anbieten, in den neuen Spin-off-Romanen deutlich zu machen, dass du ein Bad Boy und kein ausgemachter Bösewicht bist. Aber Miss Madison MUSS die weibliche Hauptfigur werden. Wenn du Maddie nicht küssen willst, macht es nur Rupert und du bleibst eine zwielichtige Nebenfigur. So läuft das nun einmal in diesem Geschäft: Willst du ein männlicher Held werden, musste du die weibliche Heldin küssen. Basta.«

»Dann bleibe ich eine Nebenfigur, Miss Madison küsse ich ganz sicher nicht«, murmelte Vinzenz, und auch wenn ich es nicht genau sah, war mir, als würde er verstohlen in meine Richtung schielen, bevor er so leise, dass man es kaum hören konnte, anfügte: »Genauso wenig wie Esmeralda. Weil ich nie wieder jemanden küssen möchte, der nicht Emma ist.«

Damit war alles vorbei. Die ganze Welt löste sich vor mir auf und ich sah die einzelnen Teile langsam vor meinen Augen davonbröckeln. Also, nicht wirklich. Aber es fühlte sich an, als würde das passieren. Gerne hätte ich Vinzenz gesagt, dass ich auch nie wieder einen anderen Jungen küssen würde. Obwohl das ziemlich traurig war …

»Und ihr seid euch sicher?«, zweifelte Hannah mit kritisch zusammengekniffener Stirn.

»Bei was?«, fragte ich.

»Dass Vinz zurück in den Roman soll?«

Nein. Im Gegenteil.

»Ja«, antworteten Vinzenz und ich zeitgleich, und nur leise.

»Es gibt keinen anderen Weg«, erklärte Vinzenz an Hannah gerichtet. »Emma wäre sonst auf immer und ewig der Gefahr ausgesetzt, in meinen Roman gerissen zu werden. Ein solches Leben möchte ich ihr nicht zumuten.«

»Passiert das nicht nach drei Monaten automatisch?«, war Hannah verwirrt.

»Ach ja, richtig«, erkannte Vinzenz seinen Fehler. »Das vermute ich jedenfalls. Und das macht die Angelegenheit noch brisanter.« Er hüstelte.

»Hm.« Hannah guckte uns nachdenklich an und ich war mir nicht sicher, ob sie ihm den Schwindel immer noch abnahm. »Wäre das hier einer meiner Romane, würde ich dich nicht zurückschicken, sondern mir einen Weg überlegen, der das anders löst. Ihr seid ein süßes Paar«, sagte sie dann nur.

Leider war das hier keiner von Hannahs Romanen. Deshalb konnte sie sich nicht einfach irgendeine Lösung ausdenken. Ich hätte nie gedacht, dass ich das einmal traurig finden würde.

»Na schön«, fuhr Hannah fort. »Dann bleibt mir nichts, als im finalen Teil anzudeuten, dass du einen guten Kern hast, obwohl das in dieser Fassung niemals jemand lesen wird. Dafür bekommst du im Spin-off eine kleine Nebenrolle.«

»Keine *kleine* Nebenrolle«, verhandelte Vinzenz. »Ich muss mindestens einmal Miss Madison davor bewahren, die größte Dummheit ihres Lebens zu begehen. Was das für eine Dummheit ist, überlasse ich dir. Aber ich küsse sie nicht!«

»Gut«, war Hannah einverstanden. »Was müssen wir jetzt tun, damit du zurück in deine Geschichte kannst?«

Wieder schielte Vinzenz zu mir, dieses Mal sah ich es ganz genau. »Wie deutest du bei der Stelle mit dem Cheesecake an, dass ich nett bin?«, versuchte er Zeit zu schinden. Da hatte ich nichts dagegen. Ich fühlte mich auch noch nicht bereit für den endgültigen Abschied.

»Na ja.« Hannah setzte ihre Brille wieder auf. »Ich lasse dich einfach ein Stück von dem Kuchen mit Phil teilen.«

»Nicht mit Phil!«, widersprach Vinzenz. »Mit dem Butler.«

Hannah seufzte erneut. »Dann halt mit dem Butler. Weißt du was, das ändere ich sofort um.« Sie begann rasend schnell zu tippen. Offenbar eine leichte Szene, denn keine fünf Minuten später hob sie wieder den Kopf. »Und weiter?«

Vinzenz setzte sich wieder auf den alten Sekretär. »Du musst eine Szene über den Moment schreiben, bei dem ich zurück in die Handlung kehre.« Er atmete tief ein. »Und hiermit erkläre ich mich bereit, diese Welt für immer zu verlassen. Von nun an werde ich als Vinzenz Brandfair ein Teil meiner Buchwelt bleiben, aus freien Stücken.« Als er den letzten Teil des Satzes ausgesprochen hatte, trafen sich unsere Blicke. Mir traten Tränen in die Augen, aber ich nickte ihm leise zu. Von Anfang an war klar gewesen, dass das passieren würde. Jetzt war es so weit. Das Ende war gekommen. Und das tat richtig fies im Herzen weh.

Ein kräftiger Nordwind blies über das riesige Anwesen rund um das Herrenhaus Brandfair. Er war so stark, dass das Schilf des Badeteiches wild hin und her schlug. Olivia Brandfair trat eben an das Fenster, auf dessen Scheibe sich vereinzelt Regentropfen abgesetzt hatten, als ihr jählings eine dunkle Gestalt ins Auge sprang, die langsam durch die Rosenhecken schlich. Wer konnte das sein, der zu so später Stunde und vor allem bei einem solchen Unwetter dort draußen umherirrte? Einfache Wanderer verliefen sich selten in diese abgelegene Gegend.

Erschrocken wirbelte Lady Brandfair herum. Ihr Mann saß gemächlichen Blickes in seinem moosgrünen Ohrensessel vor dem Feuer des Kamins, mit den Gedanken tief in ein Buch versunken. »George, ein Einbrecher! Schnell, hol die Flinte und lass Charleston raus!«

Bei dem Klang seines Namens hob Charleston, der Scottish Deerhound, augenblicklich den Kopf und spitzte die Ohren.

Etwas länger brauchte Lord Brandfair. »Olivia, meine Liebste, siehst du etwa wieder Geister?«

»Nein, ich schwöre es, dort draußen ist jemand!«

»Bei diesem Wetter?« Behäbig erhob Lord Brandfair sich aus seinem Stuhl, fasste Charleston bei dem ledernen Halsband und schritt auf das Fenster zu. »Meine Liebe, bestimmt hast du wieder zu intensiv am Sherry genippt. Du weißt doch, dass dir das nicht wohlbekommt.« Lord Brandfair kniff die Augen zusammen und suchte den ganzen Garten ab. »Wo ist der Eindringling?«

»Er muss bereits nach einer geeigneten Möglichkeit suchen, um in das Haus zu gelangen«, ächzte Lady Brandfair atemlos. Sie bekam wilde Schnappatmung, wie immer, wenn die Hysterie sie zu übermannen drohte. Lord Brandfair griff nach ihrer Hand. »Meine Liebste, du bist bereits ganz blass. Ich läute nach Jeannie, damit sie dir dein Beruhigungstonikum bringt.«

»Aber George ...«, setzte Lady Brandfair an, als just in diesem Moment das Herrenhaus von einem dumpfen Klopfen an der Tür erfüllt wurde. Lord und Lady Brandfair blickten gleichermaßen erschrocken zum Flur, in den der wild hechelnde Charleston soeben davonstürmte.

»Der Einbrecher«, keuche Olivia Brandfair.

»Unsinn«, widersprach George Brandfair. »Einbrecher gedenken für gewöhnlich nicht anzuklopfen.«

Dennoch rührten sie sich keinen Zentimeter vom Fleck.

Kräftige, schnelle Schritte stapften über den noblen Teppich des düsteren Ganges. Und dann tauchte er im Türrahmen auf.

Nass, abgekämpft, aber fröhlich den Hund streichelnd.

»Vinzenz!«, entfuhr es Lord Brandfair.

»Vater«, antwortete der Junge. »Ich bin zurückgekehrt. Von nun an werde ich für immer bei Euch bleiben. Hier, in meiner Welt.«

Zweiunddreißig

Ich schreckte in die Höhe. Auf meiner Brust spürte ich so einen festen Druck, dass ich ganz heftig nach Luft schnappen musste. Angestrengt strich ich mir eine verschwitzte Haarsträhne aus der Stirn.

Weil mein Kopf so fürchterlich brummte, schob ich mich bloß ganz langsam unter der Bettdecke hervor. Ich trug immer noch die Schlabberklamotten von gestern Abend. Das Shirt mit dem inzwischen völlig verwaschenen Snoopy klebte eklig an meiner Haut. Die Bilder der letzten Nacht kamen mir wieder in den Sinn.

Vinzenz und ich hatten noch ewig zu zweit im Wohnzimmer auf dem Sofa gesessen, um auf seinen Rücksprung zu warten. Aber nichts war geschehen. Irgendwann musste ich wohl weggenickt sein. Hatte er mich dann ins Bett getragen? Aber wo war er?

Ich ließ meinen Blick durch das Zimmer schweifen. Keine Spur von Vinzenz. Ein schreckliches Gefühl machte sich in meiner Magengegend breit. Dann bemerkte ich etwas zwischen meinen Fingern. Ein Stück Papier, beschrieben mit geschwungener Handschrift:

Miss Emma, ich wünsche dir das schönste Leben, das du dir nur vorstellen kannst! Ich werde dich nie vergessen.

In Liebe

Vinz

»Nein! Nein, nein, nein«, stieß ich hervor. Hatte ich es verpasst? War Vinz zurückgesprungen, ohne dass wir uns noch einmal hatten verabschieden können? Das durfte nicht sein! Wie hatte ich nur einschlafen können? »Vinz«, schluchzte ich. Kurz versuchte ich es zu unterdrücken, aber es gelang mir nicht. Ich ließ meinen Tränen freien Lauf. So sehr, dass ich mir irgendwann mein Kissen schnappte, es mir vor das Gesicht presste und mit aller Kraft schrie.

Mit einem Schlag wurde mir furchterregend schwummrig.

O Mann.

Ich ließ das Kissen fallen, legte mir die flache Hand auf den Magen und bemühte mich, ruhig zu atmen. Mein Zimmer drehte sich, als säße ich in einem rasenden Kettenkarussell. Bunte Buchstaben tanzten vor meinen Augen umher.

Der Zettel mit Vinzenz' Abschied rutschte mir davon.

Ich musste dringend irgendetwas gegen diese Kopfschmerzen unternehmen!

Vorsichtig tasteten sich meine nackten Füße auf den weichen Teppichboden. Ich hatte Probleme, das Gleichgewicht zu halten, als ich mich Schritt für Schritt von meinem Bett zur Tür angelte und durch den Flur ins Bad tapste.

Dort angekommen, riss ich hastig den Spiegelschrank über dem Waschbecken auf, wo wir die Schmerztabletten für Notfälle aufbewahrten. Und das hier war einer. Ich konnte mich nicht erinnern, jemals zuvor so heftige Kopfschmerzen gehabt zu haben. »Ach, Mist!«, entfuhr mir ein Fluch. Der Karton war leer. Er fiel mir aus der zitternden Hand und landete im Waschbecken.

Vorsichtig hob ich den Kopf und blickte mich im Spiegel an (ich war blass wie immer) – und da passierte es. Irgendetwas packte mich an meinen Füßen und riss mich mit einer heftigen Kraft nach hinten davon. Ich hatte das Gefühl, mich in einem Strudel zu befinden, durch den es mich herumwirbelte. Ich wurde immer kleiner, kleiner, kleiner und kleiner, bis ich … *Wumm.*

… mit voller Wucht neben einer quietschenden Schaukel im Gras landete. Die Schaukel bewegte sich im Wind, ihre Stangen waren ganz rostig und an vielen Stellen bröckelte der weiße Lack ab. Wo auch im-

mer ich war, hier herrschte echtes Sauwetter. Kalter Regen nieselte auf meinen Kopf und ich begann zu bibbern. Durch die Jogginghose spürte ich die Feuchtigkeit bis an meine Haut kriechen.

Ich sprang auf meine Füße und wirbelte einmal um die eigene Achse. Mir fehlte jede Orientierung. Wo steckte ich bloß? Und vor allem: Wie zum Teufel war ich von unserem Badezimmer hierhergekommen?

Es herrschte eine gespenstische Stille, weit und breit war kein Mensch in Sicht. Vor mir lag bloß ein großer Teich, dessen Wasseroberfläche vom Regen aufgewühlt wurde. In ihm wuchsen hohe Schilfrohre, die im Sturm wackelten.

Was roch hier eigentlich so komisch? Normalerweise hätte der Duft von Erde, Regen, tümpeligem Wasser und Gras in der Luft hängen müssen, und nicht … Ich bekam einen Kloß im Hals. Papier! Farbe! Druckerschwärze! Diese ganze Welt roch durch und durch nach druckfrischem Buch. Ach du heilige Scheiße! Ich grübelte fieberhaft, was ich jetzt machen sollte, als mich erneut etwas an meinen Füßen packte und davonsaugte. – Wumm.

Es schleuderte mich durch diesen ewig langen Strudel zurück bis ins Badezimmer. Im Lauf meiner Flugbahn wurde ich immer größer, größer, größer bis ich … lautstark nach Luft schnappte und mein Spiegelbild anstarrte. Meine Haare kringelten sich feucht und die Strähnen klebten mir an der Stirn. Ich sah tatsächlich aus, als wäre ich durch einen heftigen Regenguss gelaufen. Mir war immer noch total duselig, aber dafür waren die Kopfschmerzen weniger.

Rasch drehte ich den Wasserhahn eiskalt auf und wusch mir mit hastigen Bewegungen das Gesicht. Scheiße. Was lief hier ab? Hatte ich Halluzinationen? Aber wovon sollten die kommen? Bestimmt würden sie gleich wieder verschwinden, redete ich mir selbst ein. Ich sah echt krank aus! Schnell band ich meine Haare zu einem strengen Dutt zusammen. Mit zitternden Fingern griff ich nach meiner Zahnbürste und … *Wumm.*

... landete mit dem Hintern in einer schlammigen Pfütze direkt zwischen den Schilfrohren. Immer noch die Zahnbürste in meiner Hand. Mist! Es war schon wieder passiert!

Ein Frosch quakte laut auf, bevor er begleitet von einem Platschen in den Teich sprang.

Angeekelt betrachtete ich den Matsch, der sich zwischen meinen Fingern sammelte. Wo verflucht noch einmal war ich?

Englisches Schmuddelwetter. Nebelschwaden in der Dämmerung. Der parkähnliche Garten eines britischen Herrenhauses. Mir fiel die Szene ein, mit der Hannah gestern versucht hatte, Vinzenz zurück in sein Buch zu schreiben ... Das Anwesen der Familie Brandfair!

Ach du Kacke.

Ich glaubte wirklich einen Moment lang, mein Herz würde aufhören zu schlagen. »Hallo?!«, rief ich. »Ist da jemand?« Meine Stimme hallte durch den Regen, aber es kam keine Antwort. Das einzige Geräusch, das ich hörte, waren ein paar Krähen, die in der Ferne unheimlich schrien.

Träumte ich vielleicht noch? Allerdings war mir für einen Traum erstaunlich kalt, und die Pfütze, in der ich saß, fühlte sich bemerkenswert nass an.

Ich rappelte mich auf die Füße und watete durch das Schilf zum Teichufer. Und tatsächlich! Hinter den Wipfeln dieser hohen Wasserpflanzen erblickte ich ein schlossähnliches Haus, wie ich es normalerweise nur aus irgendwelchen Filmen oder Serien à la Jane Austen kannte.

Fröstelnd schlang ich die Arme um meinen Bauch. In diesem Moment gab es auf einmal nicht mehr die geringsten Zweifel für mich. Etwas Schreckliches musste passiert sein, denn ich war aus irgendeinem vollkommen unerklärbaren Grund in den Mitternachtsromanen gelandet! Aber wo zum Kuckuck war dann Vinzenz? Wie konnte es mich hier ohne ihn reingerissen haben?! Oder hatte es ihn vielleicht einfach nur an eine andere Stelle geschleudert?

Noch einmal ließ ich meinen Blick schweifen. Der Garten der Brandfairs war einfach gigantisch! Wenn Vinzenz also auch da war, wie sollte ich ihn dann jemals finden?

»Vinz!«, brüllte ich, so laut es mir gelang. »Vinz!« Es fühlte sich an, als würden meine Rufe einfach irgendwo in der Ferne verpuffen. Nichts als gespenstische Stille umgab mich.

Es wurde langsam dunkel. Das machte es nicht unbedingt erträglicher, mutterseelenalleine in dieser verregneten Buchwelt zu hocken …

Wumm.

Ein Blick in den Spiegel reichte, um zu wissen, dass ich nicht geträumt hatte. Mir klebte Matsch an der Nasenspitze.

Irgendetwas musste heute Nacht gewaltig schiefgelaufen sein.

Und wieso schleuderte es mich überhaupt zwischen Buchwelt und realer Welt hin und her? Das ergab doch keinen Sinn! So etwas hatte Vinzenz nie erwähnt! Aber was auch immer hier gerade lief: Ich musste handeln! Und zwar sofort!

Schnell pfefferte ich meine schlammige Zahnbürste in den Becher und stürmte ins Wohnzimmer. Auf dem Tisch standen noch zwei Frühstücksteller und eine halb leer getrunkene Tasse Kaffee. Aber kein Mensch war zu sehen. Rasch warf ich einen Blick hinter den Perlenvorhang in die Küche. »Hannah! Hannah! Bist du da?«

Keine Antwort. Auch nicht aus Pas Schlafzimmer. Ich war offensichtlich vollkommen alleine in der Wohnung.

Mist.

Ich schaute auf die Uhr. Es war schon elf! Pa musste sich also längst im Buchladen befinden und ich vermutete, dass Hannah ihn heute Morgen einfach begleitet hatte. Für mich war klar: Ich brauchte sie jetzt! Hannah besaß als Autorin mehr Macht über die Mitternachtsromane als jeder andere Mensch. Und da nur sie in der Lage gewesen war, Vinzenz zurück in seine Geschichte zu schreiben, konnte bestimmt auch nur sie mir helfen. Ich hatte zwar nicht die leiseste Idee, *wie* sie das hätte anstellen sollen, aber sie musste es irgendwie verhindern, dass es mich erneut in den Text reißen würde.

Doch ich hatte noch ein weiteres Problem … In diesen vollkommen matschigen und durchnässten Klamotten konnte ich definitiv nicht im Buchladen aufkreuzen. Pa glaubte mir die Sache mit den Textsprüngen ja so oder so nicht wirklich, er wäre bei meinem aktuellen Anblick also ausgerastet.

Ich machte mich auf den Weg in mein Zimmer, als ich … *Wumm.*

… auch schon wieder mitten im Schlamassel hockte. Und zwar so richtig, denn dieses Mal hatte es mich nicht mit dem Hintern voran irgendwo in nasses Gras oder eine eklige Schlammpfütze befördert, sondern gleich direkt in das grüne Algenwasser des Teiches katapultiert. Einziger Vorteil, in dieser Welt stank nicht einmal so ein modriger Tümpel, weil offenbar wirklich kein anderer Geruch außer Nuance Buch zu existieren schien.

Die Wucht meiner unkontrollierten Schleuderpartie ließ mich untergehen. In einem Wasser, das mindestens so kalt wie der arktische Ozean war. Keuchend strampelte ich mich zurück an die Oberfläche, schnappte panisch nach Luft und klammerte mich mit geschlossenen Augen an den schlammigen Rand des Teiches. Ich zitterte bis auf die Knochen, nachdem es mir endlich gelungen war, mich zurück ans Ufer zu hieven.

Die totale Panik machte sich in mir breit. Was, wenn ich auf einmal nie wieder in meine Welt zurückkehren würde? Ab wann würde ich hier bleiben? Wie konnte ich das wissen? War das vielleicht mein letzter Sprung? Und dann? Ich besaß hier nicht einmal Kleider! Nur diese durchnässten … Wumm.

Ich war zurück in unserem Wohnzimmer. Gut. Bloß keine Zeit verlieren! Ich hetzte in mein Zimmer, schälte mich aus den patschnassen Sachen und warf die nächstbesten Klamotten über, die ich finden konnte.

Dann rannte ich ohne Umschweife zur Wendeltreppe, verlor vor lauter Eile ungefähr auf der mittleren Stufe den Halt und stürzte in einem riesengroßen Bogen kopfüber mitten in den Verkaufsraum der Buchhandlung. Autsch. Ich rubbelte mir die Stirn. Wenn das mal keine fette Beule werden würde …

»Pa!«, rief ich und rappelte mich hoch. »Wo ist Hannah?«

Pa glotzte mich mit groß aufgerissenen Augen an. Offenbar war er gerade dabei gewesen, den Bestsellertisch umzusortieren, als ich wie ein unerwartetes Wurfgeschoss im Laden gelandet war. »Pssst«, zischte er und deutete mit einer nickenden Kopfbewegung in den hinteren Teil des Geschäfts. »Mach nicht so einen Wirbel, Karottenzwerg.«

Ich folgte seiner Geste. »Oh!«

Bei den Liebesromanen wühlte sich die Spinatwachtel durch das neuste Angebot. Wie immer hielt sie Giacomo Casanova auf ihrem Arm, während sie mit einem begierigen Glimmen in den Augen durch die Seiten eines Taschenbuches blätterte. Ich sah es nicht genau, aber sicherlich war es eines mit richtig hässlichem Cover, auf dem ein halbnackter Mann eine Frau mit kilometerlangen Haaren aus den Fluten des Meeres trägt. Die Spinatwachtel kaufte schließlich nichts anderes.

Gott sei Dank hatte mich die Spinatwachtel nicht bemerkt.

Auch Pa fand sofort zurück zum Thema. »Was ist denn los?«, flüsterte er. »Du bist ja ganz aufgeregt. Was willst du von Hannah?«

Ich knibbelte unruhig an meinem Pulli. »Pa, bitte! Ich hab keine Zeit, dir das alles zu erklären! Kannst du mir einfach sagen, wo sie ist? Ich brauche ganz dringend ihre Hilfe, es geht echt um viel!« Zum Beispiel das Leben deiner Tochter.

Pa musterte mich kritisch. »Sie ist …«

»Herr Grünwald!«, wurde er unterbrochen.

Shit! Musste das sein? Hier herrschte verdammt noch mal Alarmstufe rot! Aber das juckte die Spinatwachtel nicht die Bohne. »Es fehlen wieder einmal die Romane mit angemessenem Ausmaß Leidenschaft.«

Pa rollte unmerklich mit den Augen, schaffte es dann aber selbstverständlich, sein bestes Geschäftsmannlächeln aufzusetzen. Darin besaß er nun einmal viel Übung. »Natürlich habe ich etwas Passendes für Sie, Frau Sp…« Er schluckte und ich konnte auf seiner Stirn eine grüblerische Falte erkennen. Ha! Offenbar war auch Pa der eigentliche Spinatwachtel-Name entfallen, und das, obwohl er ständig Bücher für sie bestellte. In der Kundenkartei hieß sie wohl kaum Spinatwachtel. »… Fink«, fiel es ihm doch wieder ein. Er atmete leise auf und griff nach einem Buch. »Vielleicht sehen Sie sich das näher an. Es ist derzeit in aller Mun…«

»Herr Grünwald.« Die Spinatwachtel schüttelte pikiert mit dem Kopf. »Wissen Sie denn nicht mehr, dass ich keine blauen Einbände mag? Die passen nicht zu meinen Möbeln. Wo soll ich die also nach dem Lesen aufbewahren? Im Keller?«

»Ach, richtig. Dann vielleicht stattdessen …«

»Sparen Sie sich die Mühe«, bremste die Spinatwachtel. »Ich komme wunderbar alleine zurecht.« Mit einer theatralischen Geste drehte sie sich um und widmete sich dem Regal mit den Liebesromanen.

Das war jetzt echt nötig gewesen … dachte sich anscheinend sogar Pa. Er kniff die Lippen zusammen. »Sehr gerne, Frau Fink. Sie wissen ja, wo Sie mich finden.« Er drehte sich wieder zu mir und hob den Zeigefinger. »Emma, ich weiß ja nicht, was du vorhast. Aber Hannah war gestern richtig aufgewühlt, dabei steht sie momentan auch so sehr unter Druck. Ihr Abgabetermin naht und das Schreiben will gerade nicht ganz gelingen.«

»Schon klar«, antwortete ich. »Aber könntest du mir jetzt BITTE sagen …«

»Verdammt, nicht die schon wieder. Hat sie das Lesen für sich entdeckt oder warum taucht die seit Tagen ständig auf?«

Pa hörte mir gar nicht mehr zu und blickte über meinen Kopf hinweg.

Verwundert drehte ich mich zur Eingangstür. Argh! Das konnte doch nicht wahr sein! Hokuspokus-Jettie betrat mit einem breiten Lächeln auf den Lippen den Laden. Sie hielt ein Buch vom Mängelexemplar-Wühltisch in den Händen, den Pa jeden Tag draußen in die Gasse stellte. »Guten Morgen, Cornelius! Oh, hallo, Emma!«

Die Spinatwachtel wurde kurzzeitig abgelenkt und rümpfte grunzend die Nase, bevor sie sich wieder in aller Ruhe den leidenschaftlichen Liebesromanen widmete.

Pa hätte sich wahrscheinlich auch gerne in irgendein Buch vergraben und vorgetäuscht, Jettie nicht zu sehen. Aber er riss sich am Riemen. Lediglich das irritierte Blinzeln auf seine Armbanduhr (es war fast Mittag, Guten Morgen passte nicht unbedingt als Begrüßung) verriet, wie wenig er sich über diesen Besuch freute. Und natürlich die Tatsache, dass er Jetties Erscheinen mit einem alarmierten »Verdammt« kommentiert hatte. Trotzdem rang er sich etwas Ähnliches wie ein Lächeln ab. »Jettie. Kann man vielleicht irgendwie behilflich sein, nachdem du bereits den halben Vormittag vor meinem Schaufenster herumstrolchst?«

Hä? Wieso tat sie denn das?

»Oh, ich habe endlich gefunden, wonach ich gesucht habe.« Jettie blieb neben mir stehen, sodass mich ihr penetranter Räucherstäbchenduft umnebelte, und wandte das Mängelexemplar zwischen ihren Fingern, bevor sie es Pa entgegenhielt. Ihre Augen glotzten verschwörerisch. »Ich nehme das, Cornelius. Es klingt wirklich nett.«

Der Pakt mit dem Psychomörder.

Äh, ja. Total nett …

Aber Hokuspokus-Jettie war nun einmal Hokuspokus-Jettie. Spezieller als sie konnte man nicht sein. Auch wenn es mir schon *sehr* überraschend vorkam, dass jemand, der sich in seiner Freizeit mit Zukunftsdeutung, Räucherstäbchen und Horoskopen befasste, einen offensichtlichen Psychothriller als nett bezeichnete. »Hast du vielleicht etwas zum Thema Reinkarnation? Das Leben nach dem Tod fasziniert mich ungemein.«

Das klang schon mehr nach Hokuspokus-Jettie.

Pa räusperte sich. »Da fällt mir spontan nichts ein, was ich lagernd hätte«, antwortete er mit einer belegten Stimme, als würde ihm ein Krümel im Hals feststecken. »Aber dort sind die Lebensratgeber. Wühl dich einfach durch.«

»Oh, könntest du mich nicht beraten? Weißt du Cornelius«, Hokuspokus-Jettie klimperte ihre Wimpern, »ich bin fürchterlich unschlüssig.«

»Äh«, wieder hüstelte Pa, »selbstverständlich, das gehört doch zum Service, nicht wahr?« Er lachte gekünstelt und deutete Jettie, dass sie ihm folgen sollte. Dann kniete er sich zum Regal mit der Überschrift »Lebenshilfe« und ließ die Augen über die Buchrücken wandern. Wahrscheinlich brütete er darüber nach, womit man Jettie möglichst schnell wieder loswerden würde.

»Pa, es wäre echt wichtig, dass du mir sofort verrätst …«, weiter kam ich nicht. Ich konnte es nämlich mit einem Schlag in meinem Magen fühlen. Mir wurde schwummerig. O Gott. Nein. Nicht jetzt! Nicht hier! Nicht in einem Raum mit Pa, Jettie und der Spinatwachtel. Aber … *Wumm.*

Dieses Mal blieb ich wenigstens von einem Sprung direkt in das kalte Teichwasser verschont. Ich saß auf der alten, rostigen Schaukel.

In der Zwischenzeit hatten sich die grauen Nebelschwaden in so eine dicke Suppe verwandelt, dass ich stellenweise kaum noch die Wipfel der meterhohen Schilfpflanzen klar vor mir sehen konnte. Genau genommen wirkte diese Landschaft, als würde sie einem ausgemachten Horrorschmöker entstammen, anstatt dem größten Fantasykitsch aller Zeiten.

Das wurde nicht unbedingt besser, als mich plötzlich das Gefühl beschlich, ein dunkler Schatten wäre direkt vor meiner Nase durch den

Nebel gehuscht. Aber nicht in der Gestalt eines Menschen … sondern eines ziemlich großen Tieres. Mindestens eines Wolfes!

Auf meinen Armen bildete sich Gänsehaut. Mehr denn je wurde mir klar, dass ich vorsichtig sein musste. Ich hatte doch absolut keinen Schimmer von dieser Welt! Nicht einmal so viel, dass ich auch nur den Anfang des ersten Bandes sonderlich aufmerksam gelesen hätte. Wenn es Zeitreisende gab, was für Wesen existierten dann noch?

Für Leo wäre es in dieser Situation vermutlich ein totales Kinderspiel gewesen, sich in Sicherheit zu bringen. Sie kannte das Grundstück der Familie Brandfair besser als ich Oma Friedas Schrebergarten!

Ein lauter Pfiff durchbrach die Stille und ich … Wumm.

… schlug einen Salto durch die Luft, mit Landung direkt vor den Füßen der Spinatwachtel. »Aua.«

Ich lag auf meinem Rücken und kurz kam es mir tatsächlich so vor, als würden ein paar Sternchen vor meinen Augen an der Decke tanzen, bis sich die Spinatwachtel langsam in mein Sichtfeld schob. Entgeistert glotzte sie mich an. »Herr Grünwald! Ihre Tochter … was … sie ist gerade eben einfach so durch die Luft geflogen.«

Das war genug. Ich sprang auf die Beine, sodass diese alte Schachtel erschrocken zurückwich.

Kurz war mir, als würde mein Kreislauf schlappmachen. Doch dann ging es wieder und ich klopfte mir Schlammkrusten von der Jeans. »Pa, ich muss sofort wissen, wo Hannah ist!«

Mein Vater wandte sich verwirrt um. War denn das zu fassen? Er hatte allem Anschein nach die ganze Zeit das Regal nach einem passenden Buch für Jettie abgesucht und dabei nicht mitbekommen, dass ich weg gewesen war! Umso mehr schien ihn das Gerede der Spinatwachtel zu irritieren.

»WO IST HANNAH?«, riss mir endgültig der Geduldsfaden. Das konnte doch nicht wahr sein!

»Sie wollte zum Schreiben in den Cupcake-Laden«, rückte Pa endlich mit der Sprache heraus.

Na super! War ja klar gewesen, dass so was ausgerechnet in dieser Situation passieren musste. Der verdammte Cupcake-Laden war drei Straßen entfernt!

Ich holte einmal tief Luft und fackelte nicht lange, bevor ich losstürmte.

»Emma, was ist los?«, wollte Pa noch wissen.

»Später«, rief ich über meine Schulter und riss die Ladentür auf. »Ich werde dir alles erzählen, Pa! Aber jetzt ist keine Zeit.« Dann huschte ich aus der Buchhandlung und hetzte über das Kopfsteinpflaster der Kleegasse davon.

Mir kam jeder einzelne Schritt unendlich langsam vor, und außerdem hatte ich nach kürzester Zeit Seitenstechen. Zum ersten Mal verfluchte ich mich dafür, nicht regelmäßiger gemeinsam mit Leona diese frühmorgendlichen Joggingrunden unternommen zu haben.

Als ich allerdings eine Stimme hinter mir »Emma! Emma! Warte!« rufen hörte, verlangsamte ich meine Schritte doch noch einmal. Ich wandte mich um.

Verdattert entdeckte ich Jettie, die mit ihrem wild wehenden Hippie-Fransenrock versuchte, mich einzuholen. Schließlich schaffte sie es und hielt keuchend neben mir an. »O Emma, ich bin so froh, dass ich zufällig im rechten Moment zu euch in den Laden gekommen bin und gesehen habe, was mit dir los ist! Der Junge aus dem Buch ist weg, nicht wahr?«

Mann. Ich hatte echt keinen Bock, mich darüber jetzt lang und breit mit ihr zu unterhalten. Sie konnte mir ja auch nicht helfen. »Ja«, versuchte ich sie abzuwimmeln. »Deshalb habe ich es auch eilig. Tschüss.«

Doch Jettie war schneller. Sie erwischte mich am Rücken meines Pullis. »Halt, Emma. Was ist passiert? Du musst wissen, ich habe dir bisher etwas verschwiegen. Weil …« Sie blickte kurz auf ihre Füße, dann sah sie mir direkt in die Augen. »Ist dir schon einmal aufgefallen, dass Cornelius kein besonders gutes Verhältnis zu mir hat?«

Was war das denn für eine beknackte Frage? Ein Blinder mit Krückstock hätte das mitgekriegt. »Und?«, fragte ich ungeduldig. Ich hatte zwar wirklich schon oft gerätselt, was da vorgefallen war, aber momentan interessierte es mich doch eher mäßig.

Jettie biss sich schweigend auf die Unterlippe. »Es hat mit Cecilia zu tun. Sie war meine beste Freundin und Cornelius dachte, ich hätte ihr Flausen in den Kopf gesetzt. Wegen ihrer Fantasie.«

»Wovon sprichst du?«, kapierte ich gar nichts.

»Komm mit in meinen Secondhand-Shop. Ich kenne die Lösung, versprochen.«

»Ach ja?« Ich musterte sie misstrauisch. »Von was genau?«

»Ich weiß, wie man deine Textsprünge stoppen kann. Es wird dir nicht helfen, deshalb zu Hannah Ruderer zu gehen. Du verlierst nur unnötig Zeit. Glaub mir einfach!«

»Wieso sollte ich?«, blieb ich weiterhin skeptisch. Obwohl es mich offen gestanden sehr erstaunte, dass sie von selbst über meine Textsprünge sprach.

Jettie griff nach meiner Hand. »Weil ich das alles schon einmal erlebt habe. Gemeinsam mit Cecilia. Kennst du denn gar nicht ihr Lieblingsbuch? Das über den guten Korbinian Krötenstaub? Emma, deine liebe Mutter hat selbst vor vielen Jahren genau diesen Korbinian Krötenstaub aus seinem Buch gelesen. Niemand weiß also so gut wie ich, was los ist.«

Ich schluckte. Krötenstaub? Meinte sie damit etwa: DAS ALTE BUCH?

Dreiunddreißig

Ich hatte ein mulmiges Bauchgefühl, als Jettie die Ladentür von ihrem Secondhandshop aufschloss.

Eine Glocke klingelte leise.

Jettie drehte sich lächelnd zu mir um und deutete mir mit einer einladenden Geste, dass ich eintreten sollte.

Ich zögerte kurz und sah mich um, bevor ich langsam einen Fuß in den Laden schob. Wie immer lag der Geruch von Leder, muffigem Stoff, Mottenkugeln und einer Note Räucherstäbchen in der Luft. Sie war so stickig, dass man kaum atmen konnte.

Den gesamten Weg bis hier hatten Jettie und ich kaum ein Wort gewechselt. Sie war der Meinung gewesen, mir alles nur in einem geschützten Rahmen erzählen zu können.

Meine Anspannung war mit jedem Schritt größer geworden.

»In Ordnung«, meinte ich und verknotete meine Hände. »Jetzt sind wir hier. Also: Was weißt du?«

Jettie schüttelte den Kopf und drückte die Ladentür hinter sich zu. »Erst müssen wir ein paar Fragen klären, liebe Emma. Sonst ist es zu unsicher, an welchem Punkt der Prozedur wir uns befinden. Wie oft hat es dich bereits in den Text gerissen?«

»Viermal«, antwortete ich langsam. »Seit diesem einen Mal vorhin im Laden ist nichts mehr passiert. Ich habe das Gefühl, die Sprünge werden weniger. Anfangs konnte ich dazwischen kaum Luft holen. Kann es sein, dass das von selbst wieder aufhört?«

Mann. Wie verzweifelt musste ich sein, wenn ich solche Überlegungen mit Hokuspokus-Jettie teilte?

»Ja, die Sprünge werden von selbst aufhören«, meinte Jettie. »Aber nicht hier, sondern drüben in der Buchwelt. Du wirst ein Teil davon werden, wenn wir nichts unternehmen. Wie lange warst du das letzte Mal dort, meine liebe Emma?«

»Ich … keine Ahnung. Ich hab nicht auf die Uhr gesehen.«

Was glaubte die denn?

»So was aber auch!«, erwiderte Jettie mit entsetzten Augen. »Das ist nicht gut! Wenn es dreißig Minuten werden, kommst du nicht mehr zurück. Wir haben es also eilig!«

Nachdenklich zog ich meine Unterlippe zwischen die Zähne. Jettie wusste offenbar viel über die Beschaffenheit der Textsprünge. »Hat Mama das genauso erlebt?«, wollte ich wissen. »Wurde sie nach der Rückkehr von diesem Krötenstaub auch zwischen den Welten hin- und hergerissen? Konntet ihr das also stoppen?«

»Ach Mäuschen, so viele Fragen, nicht wahr?« Jettie lächelte. »Ja, bei Cecilia war es nicht anders. Zum Glück hat sie mir alles erzählt. Deshalb weiß ich, wie wir dich retten können.« Sie drehte einen Schlüssel mit Federanhänger im Schloss herum und sah mich entschuldigend an. »Zur Sicherheit. Es gibt Dinge, die nicht für jedermanns Ohren bestimmt sind. Und man kann nie wissen, wer heimlich mithört. Bitte, folge mir.« Mit einer winkenden Handbewegung führte sie mich weiter in den Laden zu den Schuhen. In dieser Ecke übertünchte das alte Leder den Geruch nach Mottenkugeln vollständig.

»Nimm Platz.« Jettie zeigte auf einen Hocker, der zum Anprobieren gedacht war.

»Ich wusste gar nicht, dass du mit Mama befreundet warst«, sagte ich, während ich mich setzte. »Pa hat nichts davon erzählt.«

»Kein Wunder«, antwortete Jettie. »Typisch Cornelius.« Sie lächelte eigenartig, und plötzlich pfiff sie. »Kröte!«

Erst jetzt entdeckte ich den kleinen, braunen Dackel, der in einem Körbchen unter dem Kassentisch geschlafen hatte. Er sprang auf und lief zu Jettie. Sie beugte sich zu ihm. »Das ist Kröte. Sie gehört meinem Großvater, aber heute kümmere ich mich um sie.« Lächelnd kraulte sie den Hund hinter den Schlappohren.

Als Jettie auf dem freien Hocker neben mir Platz genommen hatte, sprang Kröte auf ihren Schoß und kugelte sich wie eine Katze zusammen.

»Wie war das damals mit diesem Krötenstaub und Mama?«, begann ich. »Hat Pa gar nichts mitbekommen?«

»Oh doch. Aber er wusste ja nicht, wer das ist. Cornelius sieht den lieben langen Tag so viele verschiedene Leute, vermutlich würde er sich heute nicht mehr an das Gesicht von Korbinian Krötenstaub erinnern, selbst wenn er plötzlich vor ihm stünde«, meinte Jettie. »Außerdem hat Cecilia deinem Vater alles erst zu einem Zeitpunkt erzählt, als es ihr schon sehr schlecht ging. Du weißt, sie musste am Ende viele Medikamente nehmen. Cornelius glaubte ihr kein Wort.« Jettie seufzte leise. »Und dann starb Cecilia. Korbinians Autor lebt nicht mehr. Wer hätte also die Szene schreiben sollen, die ihn zurück in die Handlung führt? Er war in der Realität gefangen.«

»Was?«, wunderte ich mich. »Bedeutet das etwa, dass er noch nicht zurück in seinem Buch ist? Aber hast du nicht gerade behauptet, Mama wäre nach seinem Rücksprung genauso wie ich hin- und hergerissen worden?«

»Mäuschen.« Jettie sah mich mitleidig an. »Du bist deiner Mutter erschreckend ähnlich. Was denkst du, was wir hier machen?«

»Wie meinst du das?« Jetzt war mir nicht mehr nur mulmig zumute. Ich bekam auf einmal ein ganz, ganz schreckliches Gefühl. Irgendetwas stimmte nicht! »Du hast doch gesagt, dass du das schon einmal erlebt hast und mir helfen kannst.«

»Cecilia war manchmal auch sehr leicht zu überzeugen«, sagte Jettie. »Oder nennen wir es vielleicht besser … naiv. Emma, du dachtest doch nicht wirklich, ich hätte auch nur die leiseste Idee davon, wie man deine Textsprünge stoppen kann? Aber woher denn?«

»Ich …«, stammelte ich und wusste auf einmal nicht so ganz, wie mir geschah. Ja. Hokuspokus-Jettie hatte genau genommen immer schon einen an der Klatsche gehabt. Aber trotzdem war ich nie davon ausgegangen, dass sie auch nur einer Fliege etwas zuleide tun würde. Doch alles, was sie jetzt sagte, klang auf einmal gar nicht mehr nett.

»Und selbst wenn Jettie wüsste, wie man deine Textsprünge beenden kann, würden wir es niemals tun«, erklang plötzlich eine tiefe, männliche Stimme. Gefolgt von einem schaurigen Lachen.

Erschrocken wirbelte ich herum und glaubte nicht, was (oder besser: *wen*) ich dort sah. Der Monokel-Mann lehnte grinsend im Türrahmen. In seiner rechten Hand hielt er das langsam hin- und herpendelnde Monokel.

Mit einem freudigen Satz sprang der Dackel von Jetties Schoß und lief mit wild wedelndem Schwanz auf ihn zu.

Es fiel mir wie Schuppen von den Augen. Dieser Hund! Ich hatte ihn schon einmal gesehen! Er hatte neben dem alten Mann mit Trachtenhut in der Kleegasse gestanden, als ich Jettie zum ersten Mal alles erzählt hatte.

War etwa auch das der Monokel-Mann gewesen? Und bedeutete das außerdem, dass dieser alte Opa nicht nur ein verrückter Fan von Hannah Ruderer war … sondern in Wahrheit sehr wohl etwas mit Vinz' Textsprung zu tun hatte?

»Was ist hier los?!«, schrie ich und sprang von dem Hocker auf. Ich wollte zurück zum Ausgang laufen, als mir wieder einfiel, dass Jettie vorhin abgeschlossen und den Schlüssel in ihre Westentasche gesteckt hatte.

Zur Sicherheit. Dass ich nicht lache! »Lasst mich sofort gehen!«, brachte ich gerade noch über die Lippen, als … *Wumm.*

Es war stockdunkle Nacht.

Die dichten Nebelschwaden zogen langsam und schwer über das düster vor mir liegende Wasser des Schilfteiches.

Ich stand mit meinen Füßen unmittelbar am Rand des Ufers, meine Zehenspitzen versanken zur Hälfte im Schlamm.

Ein Glück, dass es mich auch bei diesem Textsprung nicht direkt in den Tümpel geschleudert hatte. Selbst ohne nass zu sein, war es hier draußen inzwischen so kalt geworden, dass ich sogar mit Pulli und Jeans sofort zu bibbern begann. Meine Zähne klapperten aufeinander.

Offenbar verging, während ich mich in der Realität befand, auch in der Welt der Mitternachtsromane die Zeit.

Begleitet von einem lauten Matschgeräusch zog ich meine Füße aus dem Schlamm.

Ich musste dringend zusehen, dass ich Vinzenz fand. Aber ich hatte keine Ahnung, wie lange es bis zu meinem nächsten Rücksprung dauern würde (falls es denn einen gab – und selbst dieser versprach momentan nichts Gutes, wenn ich mal an die Falle dachte, in die ich zu Hause getappt war).

Sofort stolperte ich über einen großen Stein. Mann. Es war echt gruselig, wie dunkel es ohne Lichtquelle weit und breit sein konnte. Nicht einmal der Mond kam gegen diese fette Wand aus Regenwolken und Nebel an.

Irgendwo in der Ferne glaubte ich, ganz schwach ein oranges Flackern zu erkennen. Dort musste das Herrenhaus stehen!

»Emma Grünwald, du schaffst das!«, sprach ich mir selbst Mut zu.

Doch noch während ich mich wacker – einen Schritt nach dem anderen – durch die Finsternis tastete, traf mich auf einmal etwas von hinten an den Schultern und schleuderte mich mit einem heftigen Ruck zu Boden. »Aah!«

Mit dem Gesicht voran landete ich auf der moorigen Erde.

Ich wagte kaum noch, mich zu rühren. Etwas drückte gegen meinen Rücken, als hätte es sich ein verdammt großes Tier auf mir gemütlich gemacht. Ein warmer Hauch strich über meinen Nacken. Und plötzlich fühlte ich etwas an meinem linken Ohr. Nass. Sabberig. Eine Zunge?!

»Charleston! Was machst du dort unten? Lass die Enten in Ruhe!«, hörte ich jemanden rufen.

Nein.

Moment mal.

Das war nicht irgendeine Stimme. O Gott. Das war Vinzenz!

Das Ungetüm namens Charleston ließ augenblicklich von mir ab und stürmte dem Ruf entgegen. Ich konnte die Umrisse eines riesengroßen, schwarzen Hundes ausmachen.

Ich rappelte mich auf und spürte sogar noch den Matsch an meinen Lippen kleben. »Vinz! Vinz!«, brüllte ich mir die Seele aus dem Leib. Ich rannte Charleston nach, bis ich auf einmal weiter oben auf dem Wiesenhügel – umgeben von dichten Nebelschwaden – Vinzenz' Gestalt entdeckte. Er bückte sich gerade seinem Hund entgegen und streichelte ihm den Kopf. Charleston reichte ihm bis über die Hüfte.

Ich sammelte alle Kraft, die ich hatte, und schrie, so laut es meine Stimmbänder zuließen: »Vinzenz Brandfair!!!«

Er richtete sich auf und guckte wild um sich. Doch plötzlich erstarrte er zur Salzsäule. »Emma?!« – Wumm.

So fühlte sich also eine Bruchlandung auf alten, stinkenden Schuhen an. Mein Herz raste immer noch. Ich hatte Vinzenz gefunden! Wieso hatte mein Rücksprung in die Realität ausgerechnet in diesem Moment passieren müssen?

Verärgert kickte ich ein Paar grüne Stiefeletten zur Seite und blickte direkt auf den Monokel-Mann. Der hielt jetzt nicht nur sein behämmertes Monokel in der Hand, sondern auch eine laut tickende Taschenuhr. »Wunderbar! Zehn Minuten. Jettie, hast du sie?«

Erschrocken fuhr ich mit dem Kopf herum, doch Jettie war schneller. Sie packte meine Arme aus einem Hinterhalt und band sie eng an meinem Rücken zusammen.

»Was soll das?«, fauchte ich.

Jettie grinste mich an. »Wir wollen doch nicht, dass du uns hier irgendwelche Dinge um die Ohren wirfst, nicht wahr?«

Der Monokel-Mann steckte die Uhr in seinen Mantel. »Es läuft alles herrlich nach Plan. Jede Tür in diesem Laden ist abgeschlossen.

Die Fenster sind verriegelt. Ich würde also sagen: Du kleiner Frosch sitzt in der Falle!« Wieder drang aus seinem Mund dieses schauderhafte Lachen eines Superbösewichts (dabei hatte ich immer gedacht, das gäbe es nur in Filmen). »Herzzerreißend entzückend, dass ihr angenommen habt, Vinzenz Brandfair könnte noch freiwillig zurück in seine Geschichte und hoppsdiwopps ist die kleine Emma vor dem Fluch der unsichtbaren Kette gerettet. Tz, tz, tz.« Der olle Opi verpasste dem Monokel einen Schubs, sodass sich die Kette um seinen Zeigefinger wickelte. »Kindchen, Kindchen. Ich habe alles dafür getan, um die freiwillige Rückkehr unseres guten Vinzenz Brandfair zu verhindern. Denn unsere niedliche Emma muss ein Teil der Mitternachts-Trilogie werden, damit ich – Korbinian Krötenstaub – nach all den Jahren endlich zurück in meine Geschichte kann! Mein Autor lebt nicht mehr. Mir bleibt nun einmal keine andere Wahl, als ein Leben aus der *realen Welt* für immer und ewig in die *Welt der Bücher* zu verbannen. Und könntest du mir verraten, wer sich dafür besser eignet als …« Er sah mich erschreckend lange an, bevor er kicherte: »DU!«

»Du bist Korbinian Krötenstaub? Was redest du da?«, schnauzte ich ihn an. »Außerdem hat Hannah Ruderer Vinz höchstpersönlich zurück in das Buch geschrieben und er wollte das! Also was hast du bescheuerte Kröte gedreht, damit es mich trotzdem in die Mitternachtsromane reißt?«

Krötenstaub lachte einmal leise auf. »Vinzenz Brandfair ist nicht so schlau, wie er zu sein glaubt. Oder möchtest du mir erzählen, es wäre ihm *leicht*gefallen, dich für immer zu verlassen? Obwohl sein Herz doch so sehr an dir hängt. Habt ihr nicht eine ganze Nacht getanzt? Lagt ihr euch nicht in den Armen, als gäbe es kein Morgen mehr? Wie könnte es dann *wirklich* freiwillig sein? Tief in seinem Innersten war es das nicht.« Krötenstaub streckte die Arme in die Luft und rief laut: »Die LIIIIIEBEEE!«

O Mann, der Typ war nicht nur bösartig, sondern auch noch komplett durchgeknallt. Aber es dauerte nicht lange, bis er wieder ernst wurde und mich anblickte. »Und das, liebe Emma, war die ganze Zeit mein Plan. Der Junge *sollte* sich in dich verlieben und denken, er müsste dich retten, indem er aus freien Stücken zurück in seine Geschichte kehrt. Nur habt ihr noch etwas übersehen. Du hättest ihn einfach nur einmal aus tiefstem Herzen und freiwillig bitten müssen, in dieser – der deinen – Welt zu bleiben, um die Kette zu brechen. Der freie Wille ist *immer* die Lösung. Aber jetzt ist es dafür leider, leider zu spät, er ist schließlich schon wieder Teil seines Romans. Und du wirst es in wenigen Minuten auch sein. Tut mir leid.«

»Und woher wollten Sie wissen, dass das alles klappt?«, fragte ich. »Vinz und ich hätten einander hassen können.«

»Och, Mädchen. Tz, tz, tz«, schnalzte Korbinian Krötenstaub die Zunge. »Mir scheint, du hast meinen Herkunftsroman nicht gelesen. Das hier«, er rollte das Monokel von seinem Finger und hielt es schwankend in die Luft, »ist ein Zaubermonokel.

Ja, ich weiß. Hört sich schwachsinnig an, doch in Romanen existieren solche Absurditäten. Ich sammle Kröten mithilfe von Hypnose.« Er unterbrach sich selbst mit seinem garstigen Gekicher, das viel zu schrill und hoch für einen alten Mann mit tiefer Brummstimme wirkte. »Und es funktioniert auch in der Realität einigermaßen tadellos. Gleich am ersten Abend, als ihr mich im Büro deines Vaters überrascht habt, waren du und deine kleine Freundin an der Reihe. Hast du dir nie die Frage gestellt, wie es sein konnte, dass ihr *scheinbar* eine Viertelstunde im Büro gewesen seid, aber wie durch Zauberhand mehrere Stunden vergangen waren? Die Antwort ist, ich habe euch via Hypnose für vier Stunden zu Salzsäulen erstarren lassen. Ha, ha. Was für ein drolliger Anblick. Genauso war es ein Leichtes, Vinzenz in dich verliebt zu machen. Dafür musste ich euch nur in meine Nähe locken. Die Gutscheine haben dafür beste Dienste geleistet. Sofort seid ihr hier im Laden aufgekreuzt und ich konnte den guten Vinzenz in aller Ruhe hypnotisieren.«

Mein Herz raste. Wie hatten wir so blind sein können? Die Gutscheine, die Jettie im Friseursalon bei Leonas Mutter deponiert hatte. Sie waren nichts als ein Mittel gewesen, um uns anzulocken! O Mann! Wie oft waren wir ihm in den letzten zwei Wochen begegnet, ohne davon zu wissen?

»Habt ihr euch in der Nacht nach eurem Tanz zwischen den Kleiderstangen nicht geküsst?« Krötenstaub feixte. »Ziemlich unerwartet, nicht wahr?«

Der Kuss. *Unser* Kuss.

»Soll das bedeuten, dass zwischen Vinz und mir ist bloß …« Ich brachte es gar nicht über die Lippen. Wenn das stimmte, waren unsere Gefühle reine Einbildung! Vinzenz hatte mich nicht geküsst, weil er es so gewollt hatte. Es war nichts weiter als die Reaktion auf eine Hypnose gewesen.

Ich fühlte mich, als würden dunkle Wolken in meinem Kopf aufziehen.

»Och, Kindchen«, lachte Krötenstaub. »Das bricht einem glatt das Herz, nicht wahr? Keine echte Verliebtheit, alles nur herbeigeführt mithilfe eines hin- und herschwingenden Monokels.« Für das kehlige Kichern wäre ich ihm gerne an die Gurgel gesprungen. Genauso wie für diesen duseligen Blick, mit dem er sein doofes Monokel anlächelte. »Vergiss nicht, dich bei Jettie zu bedanken. Ohne sie, wäre das alles nicht möglich gewesen.«

Mein Blick wanderte zu ihr. Zorn stieg in mir auf. Wieso steckte sie mit Krötenstaub unter einer Decke? Was hatte ich ihr jemals getan?

Jettie grinste. »Ja, ich habe Korbinian geholfen. Nicht nur jetzt, sondern die letzten zwölf Jahre. Ich war die Einzige, die ihm geglaubt hat, dass Cecilia ihn aus seiner Geschichte gelesen hat.«

»O ja«, ergänzte Krötenstaub. »Das war ein Versehen. Ich wollte nie aus meinem Roman. Es war nur diese eine Vollmondnacht, in der ich mich gefragt habe, wie es wäre, wenn. Mit solchen Gedanken muss man vorsichtig sein, denn plötzlich war es passiert, da deine Mutter dir kleinem Fratz laut aus meinem Buch vorgelesen hatte. Und dann ist Cecilia auch noch so schnell danach gestorben! Was also hätte ich in dieser gottverdammten Realität tun sollen?«

Jettie ergriff wieder das Wort: »Ich habe Korbinian aufgenommen. Die letzten zwölf Jahre verbrachten wir beide auf der Suche nach einer Möglichkeit, ihn auch ohne Zutun seines Autors zurück in seine Welt zu bringen. Und dann haben wir diese wunderbaren Aufzeichnungen einer Romanfigur aus der Zeit der Französischen Revolution gefunden, der es trotz ihres verstorbenen Autors gelungen ist, zurück in ihre Buchwelt zu kehren. Alles, indem sie ein Leben aus der Realität in die Welt der Fantasie verbannt hat. Ist das nicht genial?«

»Nee, eher bösartig! Wo findet man solche Aufzeichnungen?«, fragte ich verwirrt.

»Das kann dir Göre doch egal sein«, entgegnete Jettie.

»Du warst gar nicht mit Mama befreundet!«, rief ich.

»Oh, natürlich war ich das nicht«, sagte Jettie verächtlich. »Ganz im Gegenteil, ich konnte Cecilia nicht ausstehen. Sie hätte bleiben sollen, wo der Pfeffer wächst, anstatt jeden Tag zu Cornelius in die Buchhandlung zu spazieren, mit ihren langen, roten Haaren und ihrem koketten Wimpernschlag. Sie war ständig in allem perfekt und hat sich ohne Rücksicht auf die Gefühle anderer genommen, was sie haben wollte! Ich hätte ihr liebend gerne bei Zeiten eine Abreibung verpasst.«

Sprachlos glotzte ich sie an. Was für eine dumme Kuh!

Jettie hakte sich bei Krötenstaub ein. »In vier Stunden kommen wir wieder und sehen nach dem Rechten! Idealerweise hat der letzte Sprung dann schon stattgefunden. Denk dran, Emma: Dreißig Minuten und es ist vollbracht!«

Moment mal. Wollten die mich etwa hier einsperren?

»Was soll das?«, rief ich in Panik. »Ihr könnt mich doch nicht einfach gefangen halten! Jettie!«

Zwar hatten sie mir die Hände gefesselt, das hielt mich aber nicht davon ab, ihnen hinterherzulaufen. Vermutlich sah ich dabei aus wie ein Pinguin, aber das war mir gerade egal.

Was sollte ich jetzt denn bloß tun? Pa dachte, dass ich bei Hannah war. Und Hannah hatte keine Ahnung von irgendwas! Bestimmt würde sie den ganzen Tag schreibend im Cupcake-Laden sitzen. Doch selbst in dem unwahrscheinlichen Fall, dass die beiden noch vor heute Abend auf mein Verschwinden aufmerksam werden würden: Wie hätten sie jemals auf die Idee kommen sollen, dass JETTIE mich entführt hatte?

Krötenstaub hob sein Monokel an. »Schweig still!«

Als ich wieder erwachte, wurde mir schlagartig übel, denn ich wurde erneut – *Wumm.*

Vierunddreißig

Meine Flugbahn endete mitten im Schilf. Ich schaffte es in letzter Sekunde, mein Gleichgewicht auszubalancieren, bevor es mich gnadenlos in den Matsch werfen konnte. Mit auf dem Rücken zusammengebundenen Händen gar nicht so einfach.

Der Nebel schien sich ein bisschen verzogen zu haben. Dafür war es immer noch entsetzlich kalt.

»Emma? Bist du es wirklich?«

Vinzenz stand hinter mir und sah mich an. Neben ihm der hechelnde Charleston. Wieder war ich erstaunt, wie extrem riesig dieser Hund war!

Hatte Vinzenz seit meinem letzten Textsprung auf mich gewartet?

Es war so dunkel, dass ich nicht viel mehr als Umrisse erkennen konnte. Aber trotzdem wusste ich, dass Vinzenz ein paar Strähnen seiner schwarzen Haare ins Gesicht fielen. Der Regen drückte sie ihm gegen die Stirn.

Mein Herz machte einen riesengroßen Satz. Wahrscheinlich war ich noch nie so froh gewesen, jemanden wiederzusehen. Und obwohl mir klar war, dass wir uns auch jetzt nur für einen kurzen Moment noch einmal sehen konnten und wir vor allem keine Zeit hatten, hätte ich diesen einen Augenblick, der uns blieb, am liebsten festgehalten. Es fühlte sich so verdammt real an, konnten diese Gefühle wirklich nur Lug und Trug sein?

»Was ist geschehen?«, fragte er, während er begann, meine Fesseln zu lösen, ohne die Antwort abzuwarten.

»Danke.« Ich rieb mir die brennenden Gelenke. »Vinz, ich fürchte, wir haben ein Problem.«

»Das dachte ich mir schon fast«, erwiderte er. »Sonst wärst du wohl kaum hier. Also nicht, dass es mich … Ich muss nur gestehen, ich hatte nicht … Aber ich wünschte vielleicht sogar ein wenig, ich wäre nie …« Er brach ab. War denn das zu fassen? Vinzenz Brandfair hatte es doch tatsächlich die Sprache verschlagen!

Wir schauten einander schweigend an. Plötzlich war es wieder so weit.

Die Zeit blieb stehen. Der Regen prasselte auf unsere Köpfe, kalter Wind wehte um unsere Nasenspitzen. Echtes britisches Muffelwetter eben.

Vinzenz machte einen Schritt auf mich zu. Er fuhr mit der Hand durch meine Haare. Immer noch sprach keiner von uns beiden auch nur ein Wort. Ich hoffte, er würde endlich etwas sagen. Denn mir hockte ein fetter Frosch im Hals.

Doch Vinzenz nahm nur sanft mein Gesicht zwischen seine Handflächen und ließ die Daumenkuppen über meine Wangen streichen, bevor er sich langsam zu mir hinunterbeugte.

Seine Lippen berührten meine. Die Kälte von draußen mischte sich mit Wärme von innen. Regentropfen vermengten sich mit unserem Kuss. Ich schlang meine Arme um seinen Hals, so wie ich es aus Filmen kannte. Und ganz ehrlich, das fühlte sich wirklich richtig gut an!

Ich spürte, wie seine Hände langsam von meinem Gesicht, über meine Schultern bis zur Taille wanderten. Er zog mich noch fester an sich heran. Mir war plötzlich, als würden ein paar glühende Kohlen in meinem Bauch brennen. Und obwohl mir so heiß war, durchfuhr ein Gänsehautschauer meinen gesamten Körper.

Wir hielten inne. Aber nur, um Luft zu holen. Langsam ließ ich meine Nasenspitze gegen seine sinken. Meine Stirn gegen seine. Ich lachte kurz und leise. Er lachte kurz und leise. Dann trafen unsere Lippen wieder aufeinander und alles begann von vorne. Sekunden? Minuten? Stunden?

Ich fühlte mich noch vollkommen benommen, als Vinzenz sich schließlich wirklich von mir löste und sogar einen Schritt zurücktrat.

Er räusperte sich leicht verlegen. »Ich denke, Emma, es wäre ein guter Zeitpunkt …?«

»Wofür denn?«, fragte ich mit heiserer Stimme. So ganz war ich noch nicht aus unserem Kuss aufgewacht.

»Um mir zu erzählen, wie genau unser Problem aussieht«, antwortete Vinzenz. »Denn sosehr es mich auch freut, dich zu sehen, bin ich mir durchaus darüber bewusst, dass deine Anwesenheit nichts Gutes zu bedeuten hat. Überdies habe ich keine Erklärung dafür. Ich bin aus freien Stücken zurück in meine Welt gekehrt, du dürftest also gar nicht hier sein. Und es erweckt den Anschein, als wärst du mehr als einmal hin- und hergesprungen?« Jetzt musste auch ich einen Schritt rückwärts machen.

Schlagartig nahm ich wieder wahr, wie eisig sich die Luft um uns herum anfühlte.

»Wir haben ein extrem wichtiges Detail übersehen«, begann ich und versuchte im Anschluss, alles, was in den letzten Stunden seit meinem Aufwachen geschehen war, so schnell wie möglich zu erzählen: Die Identität des Monokel-Opas, die erschreckende Rolle von Hokuspokus-Jettie, die Absichten der beiden und … das fiel mir besonders schwer … den wahren Hintergrund unserer plötzlichen Schockverliebtheit.

»Das mag alles stimmen«, sagte Vinzenz, kaum dass ich meinen Bericht beendet hatte. »Doch in einer Sache täuscht sich dieser Mann gehörig.«

»Womit?«, wollte ich wissen.

»Ich habe mich nicht in dich verliebt, weil er mich nach unserem Tanz zwischen den Kleiderstangen hypnotisiert hat. Emma Grünwald, wie kannst du so etwas glauben? Zu diesem Zeitpunkt war es doch schon längst um mich geschehen. Das passierte just in dem Moment, in dem ich dich samt deiner wunderschönen Sommersprossen zum ersten Mal sah.«

Wie vom Donner gerührt starrte ich ihn an – Wumm.

Ich landete auf einem Haufen muffelnder Strickpullis.

Aber ich schaffte es nicht sofort, wieder aufzustehen.

Mit Blick an die Decke von Jetties dusterem Altkleiderladen lag ich da, streckte meine Arme aus und versuchte das Chaos in meinem Bauch zu sortieren.

Hatte Vinzenz gerade wirklich meine Sommersprossen erwähnt? In der wohl schönsten Liebeserklärung, die ich mir von einem Jungen auch nur vorstellen konnte?

Und wie sollte ich jetzt noch schaffen, ihn für immer aus meinem Leben verschwinden zu lassen?

Wollte ich diese Textsprünge überhaupt wirklich stoppen? Vielleicht war es ja doch so was wie Schicksal und ich sollte den Rest meines Lebens an Vinzenz' Seite in dieser Jane-Austen-Roman-Lookalike-Welt verbringen? Tag für Tag Scones mit Clotted Cream aus der Küche der guten Misses Fitzgerald essen? Lange Spaziergänge durch das nasskalte, britische Nebelwetter unternehmen?

Aber das würde Pa endgültig das Herz brechen.

Ich fuhr kerzengerade in die Höhe. O Gott! Was waren das bloß für verrückte Gedanken? Diese Überlegung stand doch gar nicht zur Debatte! Es musste einen anderen Ausweg geben!

Wie lange hatte ich dieses Mal eigentlich in der Buchwelt gesteckt? Ich durfte nicht länger meine Zeit verschwenden. Schnell sprang ich aus dem Mottenkugel-Strickpulli-Wühltisch und rannte zur Kassentheke. Ein Gutes hatte es, dass Leona nie genügend Taschengeld für coole, neue Klamotten bekam. Wir kannten *Jetties Second-Hand* in- und auswendig. Deshalb wusste ich auch sofort, dass sich neben der Kasse ein mit Schmuck und Krimskrams behängter Drehständer befand. Es dauerte nicht lange, bis ich eine Taschenuhr entdeckt hatte.

Bei meinem nächsten Sprung würde ich also vorbereitet sein – *Wumm.*

»Du musst versuchen, aus Jetties Laden auszubrechen!«, begrüßte Vinzenz mich. Er schien sich nicht vom Fleck gerührt zu haben.

Ich hingegen war auf meinem Hintern neben der Schaukel gelandet und musste in Kauf nehmen, dass Charleston mir einmal mit seiner sabberigen Hundezunge quer über die Wange leckte. »Danke, guter Junge.« Ich drückte das Tier sanft zur Seite und warf einen Blick auf die Uhr. Mist. Es war viel zu dunkel, ich konnte das Ziffernblatt kaum sehen.

»Und dann musst du den Prozess des Rücksprungs stoppen«, sprach Vinzenz weiter.

»Wie genau soll das gehen?«, machte ich ihn auf den Haken bei diesem Plan aufmerksam. Genervt ließ ich die Uhr in meiner Jeanstasche verschwinden. Wieso hatte Jettie auch diese alten Dinger und keine anständige Uhr, mit einer beleuchteten Anzeige?

Dankbar registrierte ich, dass Vinzenz mir seine Hand entgegenstreckte, um mir auf die Beine zu helfen. Meine Knie fühlten sich wie Pudding an. Von diesem ständigen Hin und Her war mir in der Zwischenzeit nicht nur schwindelig, sondern schlicht und ergreifend kotzübel.

»Es könnte gelingen, wenn Hannah Ruderer die Szene, die für meinen Rücksprung gedient hat, wieder löscht. Diese Szene ist immerhin, was die Prozedur überhaupt erst gestartet hat. Ja, Emma! Das ist es! Diese Szene ist nicht nur mein Tor zurück in die Welt der Bücher, sie ist auch der Auslöser deiner Sprünge! Und es schleudert dich hin und her, weil deine Verbindung in die Realität noch zu stark ist. Etwas hält dich dort, sonst hätte es dich gleich von Anfang an dauerhaft mitgerissen!«

»Und was passiert mit dir, wenn ich diese Szene lösche?«, fragte ich verunsichert.

»Mit mir?« Obwohl es so dunkel war, nahm ich genau wahr, wie Vinzenz mich betrachtete. »Mich hat es seit meiner Rückkehr nicht mehr aus dem Text gerissen. Ich denke, meine Heimkehr ist vollständig abgeschlossen. Wenn es dir also gelingen würde, die Szene zu löschen, bevor es dich das nächste Mal in die Buchwelt schleudert, haben wir

eine winzige Chance, das letzte Band zwischen uns zu trennen. Natürlich ohne Garantie. Aber was können wir anderes tun, als es zu versuchen?«

Ich schaffte es nicht, ihm zu antworten. Mir gefiel diese Idee nicht, auch wenn ich wusste, dass sie vermutlich meine einzige Möglichkeit war. Aber sie fühlte sich schrecklich endgültig an.

»Folge mir!« Vinzenz griff nach meiner Hand und zog mich mit sich. Charleston rannte hechelnd voraus.

»Wohin gehen wir?«, wunderte ich mich.

»Wie ich sagte, du musst es irgendwie schaffen, aus Jetties Laden auszubrechen!«

»Und wieso laufen wir deshalb zu eurem Herrenhaus?«

»Meine werte Ziehmutter besitzt eine beträchtliche Sammlung an Haarnadeln. Damit kannst du das Schloss knacken.«

»Moment mal. Du willst, dass ich Jetties Ladentür mit einer Haarnadel knacke, die ich vorher deiner Ziehmutter klaue und mit in die Realität nehme?«

»Man kann Gegenstände mitnehmen«, antwortete Vinzenz. »Sonst hätte Krötenstaub kaum sein Monokel bei sich. Und ich war doch auch nicht im Adamskostüm, als ich meine Geschichte verließ, oder?« Er schmunzelte mich keck an.

»Nee, warst du nicht«, gab ich stimmlos zu. »Aber das ist ja auch gar nicht mein Problem.«

»Sondern?«

»Verdammt, Vinz! Ich habe doch keinen Schimmer, wie man mit einer Haarnadel ein Schloss aufbricht! Denkst du, ich bin ein Panzerknacker, oder was?«

»Das ist nicht schwer«, hielt er dagegen. »Ich werde es dir genauestens erklären.«

Wirklich überzeugt hatte er mich nicht, aber was blieb denn für eine andere Möglichkeit?

»Dann los.« Vinzenz bugsierte mich durch ein Labyrinth von Rosenhecken, vorbei an grauen Steinstatuen und dem winzigen Cottage des

Gärtners. Im Gegensatz zu mir, fand er sich trotz Dunkelheit und Nebel vollkommen problemlos zurecht.

Kein Wunder. Vinzenz war hier aufgewachsen.

Zum ersten Mal wurde mir so richtig bewusst, dass dieser Ort genauso sehr sein Zuhause war, wie für mich der Buchladen und unsere Wohnung.

Es dauerte eine Weile, bis wir den Teich hinter uns gelassen hatten und ich das Herrenhaus in voller Pracht vor mir sah. Im unteren Stock flackerte Licht durch die Fenster. Dadurch war es hier schon viel heller als in den anderen Teilen des Grundstücks.

An den Seiten ragten zwei kleine Türme mit spitzen Giebeln empor und drei Krähen hatten sich auf dem Sims des Daches niedergelassen.

»Wir müssen durch den Dienstboteneingang schleichen«, raunte Vinzenz über die Schulter. »Mutter und Vater dinieren. Sie sind bestimmt ohnehin längst darüber erbost, dass ich so lange mit Charleston unterwegs bin, anstatt mich pünktlich bei Tisch einzufinden. Es wäre ungünstig, würden sie uns gemeinsam erwischen. Besonders meine Ziehmutter wäre ein Stör… Wumm.

Auf allen vieren landete ich auf dem Boden des Secondhandshops. Die Wände schienen zu wackeln. Buchwelt – Realität – Buchwelt – Realität … Drehwurm.

Das Springen begann mir mächtig zuzusetzen. Ich fühlte mich vollkommen benebelt und wusste einen Augenblick nicht einmal mehr, welche Welt welche war. Der muffige Secondhandshop erschien mir unwirklich. Es war, als würde ich Buchgeruch anstelle von Mottenkugeln riechen. Was hatte das zu bedeuten? Begann mir die Realität Stück für Stück zu entgleiten?

Was auch immer geschah, ich musste so oder so zusehen, dass ich aus diesem bescheuerten Laden kam und Hannah fand. Und wer behauptete denn, dass es nicht auch bei Jettie einen passenden Gegenstand gab, um die Tür aufzubrechen?

Panisch wirbelte ich herum. Verdammt! Nichts als alte Klamotten! Auf dem Drehständer mit dem Schmuck hingen heute nicht einmal Ohrringe! Jettie hatte sich offensichtlich auf alle Eventualitäten vorbereitet.

Obwohl auf der anderen Seite ohnehin das Problem blieb, dass ich noch nie irgendwo ausgebrochen war. Doch in der Not kann man bekanntlich zur Höchstform auflaufen. Und wenn das hier kein Notfall war, was dann?

Ich griff nach der Taschenuhr. Es vergingen fünfzehn Minuten bis zum nächsten – *Wumm.*

Damit stand fest: Meine Aufenthalte in der Realität wurden kürzer, während die Dauer in der Buchwelt eindeutig wuchs.

Erleichtert stellte ich fest, dass ich nicht unweit von der Stelle landete, an der Vinzenz und ich zuvor gestanden hatten.

»Wie oft bist du jetzt schon gesprungen?«, fragte Vinzenz.

»Ich weiß es nicht mehr«, musste ich zugeben. Vor lauter wildem Hin und Her hatte ich wirklich komplett die Übersicht verloren.

»Dann dürfen wir keine Zeit verlieren«, sagte Vinzenz. »Das hier sollte in jedem Fall dein letztes Mal in dieser Welt sein.«

Ich nickte bloß und folgte ihm bis zum Herrenhaus.

Wir drückten uns zügigen Schrittes an der Wand entlang.

Dieses Mal stand das Glück offenbar auf unserer Seite.

Ohne Zwischenfälle gelang es uns, bis zum Dienstboteneingang vorzudringen. Und – die Tür war sperrangelweit offen!

»Wer hätte das gedacht?«, raunte Vinzenz. »Bleib dicht hinter mir.«

Wieder nickte ich still und heftete mich an seine Fersen.

Wir kamen in einen Bereich des Anwesens, in dem das Risiko, entdeckt zu werden, deutlich stieg. Die Zimmermädchen, die Köchin, der Butler … die Brandfairs lebten wirklich nicht unbedingt einsam in ihrem riesigen Haus.

Wir schlüpften ins Gebäude und landeten unmittelbar in einem langen Flur mit kahlen Wänden. Nicht gerade einladend, auch wenn die düstere Atmosphäre irgendwie zum Gebäude passte.

Die einzige Lichtquelle bildeten zwei Kerzen an der Wand. Doch im Vergleich zu dem kühlen Schmuddelwetter draußen, war es hier drinnen wenigstens kuschelig warm.

Ich hörte Geräusche hinter einer angelehnten Tür. Lautes Klappern, gefolgt von einem Rascheln. Mist!

Vinzenz bugsierte mich schleunigst in die entgegengesetzte Richtung. »Das ist die Küche. Misses Fitzgerald ist am Werk. Ich kann den Lammeintopf schon riechen.«

»Du riechst einen Lammeintopf?«, fragte ich leise. Es kam mir vor, als würde der Geruch nach druckfrischem Buch in den Gemäuern des alten Hauses noch intensiver werden. Ansonsten merkte ich nichts.

Vinzenz betrachtete mich konfus. »Du etwa nicht?«

»Äh, ein Lammeintopf, der nach Buch riecht?«

»Nach Buch? Humbug, der strenge Geruch rührt von dem alten Hammel, den die gute Fitzi sich hat andrehen lassen. Das passiert ihr des Öfteren. Du musst wissen, ihre Sehkraft ist nicht mehr die beste«, zischte er und zwinkerte einmal.

Erstaunt glotzte ich ihn an. Da fiel es mir wie Schuppen von den Augen! Für Vinzenz roch hier alles normal!

»Oh, Master Vinzenz, guten Abend«, ließ uns eine Stimme zeitgleich zusammenfahren. Shit.

Hinter uns stand eine rundliche, ältere Frau in blauem Kleid, Schürze und Spitzenhaube. Das musste dann wohl die Köchin Misses Fitzgerald sein.

Ich lächelte sie angespannt an und hob die Hand. »Hi.«

Sie nickte mir nur freundlich zu, während sie sich mit einer dampfenden Schale an uns vorbeidrückte. »Verzeiht, ich muss das servieren. Dieses nichtsnutzige Dienstmädchen ist schon wieder krank. Braucht Ihr dann noch etwas, Master Vinzenz?«

Vinzenz winkte ab. »Nein, danke. Alles wunderbar.«

Sie nickte und verschwand hinter einer Tür.

»Scheiße, was jetzt?«, fragte ich.

»Wie meinen?«

»Sie hat mich gesehen!«

»Nicht weiter tragisch«, er schmunzelte. »Sie wird sich nichts dabei denken.«

»Ernsthaft?«

»Mh hm.«

Ich wollte lieber gar nicht wissen, wieso es für die Köchin normal war, dass Vinzenz sich mit einem Mädchen durchs Haus schlich.

Der düsterte Gang führte bis in ein Treppenhaus. Es war so dunkel, dass man die eigenen Füße nicht mehr vor Augen sah. Ich musste mich konzentrieren, um nicht über eine der vielen Stufen zu fallen, während sich meine Finger die Wand entlang nach oben tasteten. Hingegen Vinzenz kannte das Gebäude wie seine eigene Westentasche – und unbemerkt durch lange Gänge schleichen, zählt bekanntlich zu den Hauptbeschäftigungen eines fiesen Romanschurken.

Im dritten Stock blieb er stehen und wartete, bis ich auch oben angekommen war. Hier war es richtig gemütlich. Auf dem Boden lag ein mit Schnörkeln verzierter Läufer, die Wand wurde von Gemälden geschmückt (irgendwelche Jagdszenen) und Kerzen spendeten Licht.

»Wo müssen wir hin?«, flüsterte ich.

Vinzenz winkte mich flüchtig mit einer Hand hinter sich her und tigerte dicht an die Wand gepresst dem Ende des Flures entgegen. Wir erreichten eine Tür. Bevor er sie öffnete, legte er das Ohr an und lauschte. »Niemand da.«

Das wäre aber auch echt mies gewesen, wenn uns so knapp vor dem Ziel noch einmal jemand in die Quere gekommen wäre.

Behutsam drückte Vinzenz die goldene Klinke nieder, spähte in das Zimmer und drehte sich im Anschluss um. »Die Luft ist rein!« Ermutigend streckte er die Hand in meine Richtung. Ich griff zu und wir huschten gemeinsam in den Raum.

Unser Weg führte zu einem kleinen Schrank, in dem sich ein paar Schmuckschatullen befanden. »Wie ich sagte«, flüsterte Vinzenz. »Olivia Brandfair besitzt nahezu vierhundert Haarnadeln. Du nimmst drei. Das sollte genügen.«

»Wieso drei?«

»Für den Fall, dass eine beschädigt wird. Und jetzt sieh mir gut zu.« Er ging zur Zimmertür, versperrte sie und warf den Schlüssel weg. Dann steckte er die Haarnadel in das Schloss und ruckzuck hatte er es wieder aufgedreht. »Firlefanz.«

Ich biss mir auf die Lippe. Ob ich das wohl hinkriegen würde?

Vinzenz drückte mir die Haarnadeln in die Hand. Unsere Finger berührten sich. »Mal sehen, wie viel Zeit uns noch bleibt«, sagte er. »Um das klarzustellen: Danach möchte ich dich bitte nicht mehr wiedersehen.«

»Sei nicht so fies!«, beschwerte ich mich, musste aber schmunzeln.

»Weißt du noch, wie der Plan lautet?«

»Das Schloss knacken, Hannah finden und die Szene löschen«, wiederholte ich und hielt inne. »Vinz?«

»Hm?«

Ich rang mit meinen Worten. »Krötenstaub hat behauptet, es hätte noch einen anderen Weg gegeben, die Kette zu lösen … Ich hätte dich aus tiefsten Herzen bitten müssen zu bleiben. Wenn ich nur gewusst hätte …«

Meine Lippen begannen zu zittern. Mist. Ich wollte nicht heulen. Dafür war doch auch echt gar keine Zeit. »Weißt du, wenn Pa nicht wäre, würde ich sogar bei dir bleiben. Auch, wenn ich dafür das Zimmermädchen deiner stinkreichen, versnobten Adelsfamilie werden müsste. Doch das geht nicht, ich kann ihm das nicht antun … Würdest du wieder mit mir zurückkommen?«, presste ich mühselig hervor. Es gelang mir fast ganz ohne Tränen. Meine Augen wurden nur ein bisschen feucht.

»Ach, Miss Emma.« Vinzenz sah mich an. »Ich würde nichts lieber tun als das. Aber es ist zu spät.«

»Wieso?«, wollte ich es einfach nicht wahrhaben.

»Wie ich schon sagte, mich hat es nicht mehr zurück in deine Welt geschleudert. Ich gehe davon aus, dass mein Rücksprung abgeschlossen ist. Und ich wüsste nicht, wie wir daran etwas ändern könnten.«

»Wenn wir es könnten«, fragte ich heiser. »Würdest du denn dann mit mir gehen? Für immer?«

Es fühlte sich wie Minuten an, obwohl es bestimmt nur Sekunden waren, bis er antwortete: »Um bei dir zu sein, Miss Emma, würde ich mein ganzes Leben aufgeben.«

Wieder lag diese besondere Stille zwischen uns, die immer nur entstand, kurz bevor wir uns küssten. Dieses Mal aber war ich es, die auf ihn zutrat. Ich schlang meine Arme um seinen Hals. Unsere Lippen berührten sich. Einen Moment nur sanft wie ein Hauchen, dann immer stärker … – Wumm.

Fünfunddreißig

Wir küssten uns, küssten uns und küssten uns.

Bis ich auf einmal stoppte. »Vinz!«, rief ich.

»Miss Emma?«

»Wir sind in Jetties Laden!«

Vinzenz sah sich erstaunt um, dann wandte er sich wieder mir zu: »Wie ist das möglich?«

Ich zuckte die Schultern. »Erkläre du es mir! Du bist doch derjenige, der sich mit diesem Textsprungzeug auskennt.«

»Aber …« Vinzenz schüttelte den Kopf.

Meine Aufmerksamkeit fiel auf die Haarnadeln in meiner Hand. »Wenn man Gegenstände von einer Welt in die andere bringen kann«, grübelte ich. »Geht dasselbe dann vielleicht auch mit Menschen?«

»Möglich.« Vinzenz wirkte immer noch ratlos.

Aber uns blieb keine Zeit! Die Dauer meiner Aufenthalte in der Realität schrumpfte.

Ich drückte ihm die Haarnadeln in die Hand. »Schnell! Hier, knack du das Schloss! Und dann müssen wir zu Hannah!«

Vinzenz blinzelte, bevor offensichtlich auch ihm klar wurde, in welcher brenzligen Lage wir steckten. Eilig lief er zur Tür. »Hm«, er kniff die Brauen eng zusammen. »Das ist ein neumodisches Schloss, schwieriger zu knacken.«

Nein, bitte nicht! Wir mussten es einfach schaffen! Ich lugte ihm über die Schulter, presste die Hände an meine Lippen und hielt die Luft an. Das hier war ja schlimmer als alle Horrorfilme, die ich jemals gesehen hatte.

Plötzlich machte es laut »Klick«. Die Tür sprang auf. Die Kleegasse lag vor uns. Kalte Luft schlug uns entgegen.

»Hannah ist im Cupcake-Laden!«, rief ich.

Vinzenz drehte sich zu mir um. Wir sahen uns schweigend in die Augen. Alles in seinem Blick schrie: »Renn!«

Und genau das taten wir im nächsten Moment auch.

Wir stürmten über das Kopfsteinpflaster. Wahrscheinlich war ich noch nie in meinem ganzen Leben so schnell gelaufen. Genau genommen war die Hoffnung wirklich gering, dass wir es in weniger als fünfzehn Minuten schaffen würden, nicht nur das Café zu erreichen, sondern anschließend auch noch Hannah alles zu erklären.

Wie schrecklich unsere Lage wirklich war, wurde mir jedoch erst bewusst, als wir vor dem Cupcake-Laden anhielten. Der hatte schon geschlossen!

»Scheiße!«, entfuhr es mir panisch. Ich sah auf die Uhr.

Wow. Wir waren wirklich schnell gewesen. Trotzdem blieben uns nur noch lächerliche zehn Minuten.

»Zur Buchhandlung!« Vinzenz riss mich mit sich.

Jeder Schritt drang laut pochend an meine Ohren. Ich spürte das Herzklopfen durch meinen ganzen Körper rasen.

Es drängelten sich heute megamäßig viele Menschen durch die Gasse. Am schlimmsten war diese Gruppe Mädchen, vielleicht ein bisschen jünger als ich. Die standen mitten in unserer Laufbahn herum und blockierten alles.

»Achtung!«, rief Vinzenz von hinten kommend, sodass sie sich erschrocken umdrehten. Aber leider gingen sie nicht aus dem Weg, sondern glotzten nur verwundert. Vinzenz schubste sie auseinander und kassierte bitterböse Blicke.

Ich murmelte leise »Sorry«, drückte mich ebenfalls vorbei und lief schnell weiter durch das Gewühl, bis ich endlich das grüne Schild mit der Aufschrift *Bücher Grünwald* vor uns erkennen konnte. Mein Brustkorb war kurz davor, zu explodieren.

Wir flogen nahezu in den pickepackevollen Laden. Verflixt und zugenäht, was war hier los?! Mindestens drei Dutzend Teenager tummelten sich zwischen den Regalen! Es herrschte ein Trubel wie bei Hannahs Lesung. Und auch Pa war genauso gestresst. Oder sogar mehr ... Seine Ohren hatten sich knallrot verfärbt und die Schweißperlen kullerten von der Stirn bis in seine Bartstoppeln.

Die Menschenschlange reichte bis zur Kochbuchabteilung.

Erst als Pa mich und Vinzenz entdeckte, entspannte sich seine Miene, und er winkte über die Kassentheke in unsere Richtung. »Karottenzwerg, Gott sei Dank! Ich brauche Hilfe! Auf diesen Wirbel war ich nicht vorbereitet.«

Ich schüttelte den Kopf.

Die Uhr.

Fünf Minuten!

Es ging um ALLES!

Nun flog auch noch die Eingangstür auf und die Truppe Mädchen trat ein, die wir eben erst stürmisch zur Seite geboxt hatten. »Na, war ja klar, dass ihr hierher wolltet, so eilig wie ihr es hattet. Ihr Drängler!«

Ich packte Vinzenz bei der Hand und wir pressten uns ohne Rücksicht auf Verluste durch die Menschenmenge.

Hannah hockte in der Kinderbuchecke auf dem lila Sitzsack und signierte ein Buch nach dem anderen. Ihre braunen Haare fielen ihr vor lauter Konzentration total wirr ins Gesicht.

Nun erst verstand ich das volle Ausmaß dieses Tumults.

Die Fans, die sich bei Pa eines ihrer Bücher kauften, gingen danach zu Hannah und reihten sich in eine Warteschlange ein. Die bestand jetzt schon aus locker dreißig Personen!

Hatte sie eigentlich noch alle? Wie konnte sie JETZT eine spontane Signierstunde veranstalten?!

»Hannah!«, rief ich.

Drei Minuten!

Hannah reichte einem der Mädchen den frisch signierten Roman. »Viel Spaß beim Lesen.« Sie zwinkerte ihr freundlich zu.

»Danke schön. Wird es einen vierten Teil geben?«

»Möglich, meine Süße.«

»Hannah, wo ist dein Laptop?«

»Süße, wieso willst du meinen Laptop?« Sie sah richtig streng aus, trotz rosa Pulli mit Schmetterlingsaufdruck, den sie heute trug und der eher zu einer Vierjährigen als zu einer über dreißigjährigen Frau gepasst hätte. Aber Hannah konnte so was irgendwie trotzdem anziehen, ohne dass es total dämlich an ihr wirkte. Ein Mädchen schob sich zwischen uns. Hannah seufzte auf und fasste den Roman, der ihr vor die Nase gehalten wurde. »Hallo Süße, wie …«

»Der Laptop!«, fiel ich ihr ins Wort.

Sie strich sich ein Haar von den Lippen. »Im Büro, aber …«

»Danke!« Vinzenz schnappte meine Hand und zog mich stürmisch durch die Menge bis zur Bürotür im Kassenraum. Wir hatten so ein Tempo drauf, nicht einmal Pa bemerkte uns vorbeihuschen. Was aber auch daran lag, dass er immer noch versuchte, die größer werdende Menschenmasse ruhig zu halten.

Erst als Vinzenz die Bürotür hinter uns zufallen ließ, wurde es mir klar. Ich blieb abrupt stehen und sank keuchend gegen das Holz der Tür. »Scheiße, Hannahs Laptop ist doch bestimmt passwortgeschützt!« Meine Hände zitterten.

Ich traute mich gar nicht mehr, auf die Uhr zu sehen.

Wie sollten wir das bloß schaffen? O Mann …

»Wir müssen das Passwort einfach knacken. Du hast doch gesehen, dass Hannah nicht bei Sinnen ist«, sagte Vinzenz.

Hannahs Computer lag auf dem alten Sekretär.

Vinzenz klappte den rosa Deckel des Laptops auf und begann fieberhaft in die Tasten zu hauen. Seine Finger bebten und sein gesamter Brustkorb hob und senkte sich hektisch. Er wischte nicht einmal die Haarsträhne weg, die in sein linkes Auge hing und bestimmt ziemlich nervte.

»Ich werde Hannah fragen«, sagte ich dann doch panisch und machte auf dem Absatz kehrt, um zurück in den Kassenraum zu rennen.

Dort angekommen, guckte ich mich irritiert um. Wieso standen alle stocksteif im Raum und rührten sich nicht mehr? Als hätten sie sich in Statuen verwandelt … Pa war damit beschäftigt, ein Buch über die Kassentheke zu reichen. Aber seine Hand war währenddessen regungslos in der Luft hängen geblieben.

Ich plusterte meine Wagen auf. Mist! Keine Frage, was hier lief. Krötenstaub hatte unser Verschwinden bemerkt. Er musste uns gefolgt sein und … Ich konnte den Gedanken nicht zu Ende denken. Vorher traf mich nämlich vollkommen plötzlich und wie aus dem Nichts ein harter Gegenstand an der Stirn, sodass ich ins Straucheln geriet und rücklings gegen ein Regal knallte. Dabei lösten sich durch die Wucht meines Aufpralls ein paar Bücher. Eines nach dem anderen landete auf meinem Kopf. Autsch! Sternchen tanzten vor meinen Augen. Ich kniff die Lider zusammen und versuchte, mir an die Stirn zu greifen, doch meine Hand war schwer wie Blei. Auf einmal fühlte ich mich, als hätte ich keine Macht mehr über meinen eigenen Körper. Immer weiter glitt ich in düstere Dunkelheit davon. Nein. Nein. Nein. Ich durfte nicht ohnmächtig werden. Nicht jetzt!

Alles wurde schwarz.

Sechsunddreißig

Mein Kopf dröhnte wie verrückt, als ich die Augen aufschlug. Ächzend rubbelte ich die pochende Stelle an meiner Stirn.

Wo war ich? Hatte es mich schon in den Roman gerissen? Aber hätte Vinz dann nicht bei mir sein müssen? Ich konnte ihn nirgendwo sehen.

Und wieso lag ich nicht im Haus der Brandfairs, sondern auf diesen Holzdielen? Neben mir standen Regale. Unter Blinzeln bemühte ich mich, den Titel auf einem der bunten Buchrücken zu erkennen. *Sieben Suppen bis zur Schönheit.*

Ruckartig schoss ich mit dem Oberkörper in die Höhe. O Mann! Ich war nach wie vor in der Buchhandlung! Was wiederum hieß, dass es mich noch nicht davongerissen hatte. Wie lange war ich ohnmächtig gewesen? Wo steckte Vinz? Und wer schob sich da eigentlich gerade in mein Sichtfeld und lachte dermaßen belämmert?

Es dauerte eine Sekunde, dann erinnerte ich mich wieder.

Die Stimme. Der Hut. Der Mantel. Der Schnauzbart … Es gab nur einen, der freiwillig in diesem Aufzug durch die Gegend lief und sich dabei keine Spur seltsam vorkam.

Krötenstaub zupfte sich mit einem breiten Lächeln die rechte Spitze seines Schnauzers und wackelte die buschigen Brauen.

Toll. Es hätte mir klar sein müssen, dass wir den Kerl nicht so schnell loswerden würden. Aber tatsächlich hatte ich nach dem Ausbruch aus Jetties Laden die leise und total naive Hoffnung gehabt, diesen Schnauzbart samt dem Monokel niemals wiedersehen zu müssen. Und dieses nervtötende »Tz, tz, tz« konnte ich auch nicht mehr hören. Aber da hatte ich mich zu früh gefreut, es folgte gleich mal eine ganze Ladung an »Tz, tz, tz«. Krötenstaub sah mit einem amüsierten Blick auf mich herab und ließ die Bartspitzen gegen seine Wangen schnalzen. »Gut, dass du solch ein kleiner Tollpatsch bist. Es war ein Leichtes, dich auszuschalten.«

Ich wollte aufspringen, doch ein ziepender Widerstand hielt mich zurück. Jetzt erst merkte ich es: Meine Hände und Füße waren mit Seilen zusammengebunden, die sich schmerzhaft in meine Haut gruben. Mann. Das war dann wohl die Masche von dem alten Opa. »Mach mich sofort los! Wo ist Vinz?«, rief ich und trat heftig um mich. Die Fesseln bewegten sich keinen Zentimeter.

»Och.« Krötenstaub grinste weiter dämlich vor sich hin. »Die kleine Emma Grünwald windet sich wie eine panische Fliege im Spinnennetz. Tz, tz, tz.« Mit einem garstigen Lachen fischte er das Monokel aus der Brusttasche seines schwarzen Mantels. Wie in Zeitlupe schwenkte er es durch die Luft. »Ihr armen, dummen Kinder. Ihr solltet es akzeptieren. Sieh dich nur um. Was wollt ihr gegen mich tun? Ich kann dich genauso wie alle anderen in diesem Raum mithilfe meines Monokels erstarren lassen und gemütlich einen Tee trinken, bis es erledigt ist. Aber es ist lustiger, wenn du es mitkriegst. Earl Grey? Oder English Breakfast?« Er sah mich fragend an und wackelte die Brauen.

Ich schnaubte und versuchte weiterhin, mich unter wildem Zappeln und Treten von den Fesseln zu befreien. Er fragte mich doch wohl nicht allen Ernstes, welchen Tee er trinken sollte, während er mich gefangen hielt? Dieser Grusel-Opi hatte echt einen an der Klatsche.

Krötenstaub holte eine Tasse und eine Holzbox aus seiner übergroßen Mary-Poppins-wäre-neidisch-gewesen-Manteltasche und klappte den Deckel auf. Teebeutel kamen zum Vorschein. »Das ist mein letzter Tee in der Realität. Der soll gut sein, nicht wahr?« Er setzte einen Blick auf, der deutlich klarmachte, dass er nicht scherzte. Er wollte sich hier und jetzt Tee aufbrühen. Es hätte mich kaum noch gewundert, wenn er dazu auch einen Wasserkessel und Kekse aus seiner Tasche gezogen hätte.

»Mach auf der Stelle diese Fesseln ab!«, zischte ich mit drohender Stimme. »Du … du …« Mir kamen tonnenweise böse Schimpfwörter in den Sinn, die ich ihm gerne alle auf einmal an den Kopf geworfen hätte. Dann blieb ich aber bei: »Miese Kröte!«

»Na, na, nicht so zickig«, sagte die Kröte. »Ich kann dich nicht losmachen, dafür bist du nicht kooperativ genug. Tz, tz, tz.« Krötenstaub warf einen Teebeutel in die Tasse. »Ah, es wird Earl Grey.« Er platzierte den Becher auf dem Kassentisch und rieb sich die Hände. »Oh, aber wie komme ich bloß an Wasser?«

So viel dazu. Er war doch nicht auf alles vorbereitet …

»Hm, was soll's. Es gibt Wichtigeres zu klären. Wo ist er?«

»Wer?«, antwortete ich sauer.

»Na, wer wohl? Der Junge. Ich habe gesehen, dass ihr auf einmal gemeinsam durch die Gasse gerannt seid. Denkst du, ich hätte Jetties Laden nicht genauestens beobachtet, während wir dich dort gefangen hielten? Ich habe zwar nicht die leiseste Erklärung dafür, wie du Göre ihn wieder aus der Geschichte bekommen hast, aber eines weiß ich: Diesen Kerl muss man im Augen behalten. Im Büro steckt er nicht. Und das beunruhigt mich. Bei ihm weiß man nie, was ihm einfällt.«

Was das betraf, konnte ich ihm kaum widersprechen. Ich richtete mich verwundert auf und schüttelte den Kopf. Wieso war ich eigentlich noch hier? Und irgendwie war mir nicht einmal mehr schwindelig. Ich fühlte mich vollkommen normal. Mal abgesehen von dem wilden Pochen in meiner Stirn, das wohl an der Beule lag. »Vinz ist weg?«, fragte ich stutzig. Mir kam eine Ahnung. Eine, die mich gar nicht freute …

»Ja«, sagte Krötenstaub. »Oder denkst du, ich hätte ihn nicht überall gesucht, während du bewusstlos warst? Ihr Kinder wollt mich doch zum Narren halten! Also, wo ist er?«

»Ich weiß es nicht!«

Krötenstaub glaubte mir kein Wort. Er ging ganz dicht an Pa heran und hielt ihm das Monokel vor die Augen. »Eigentlich wollte ich dir anbieten, deinen lieben Papi vergessen zu lassen, dass es dich gibt. Das macht es bestimmt leichter für ihn, sobald er dich an diesen Roman verloren hat. Doch wenn du nicht verrätst, wo dieser Junge steckt, sorge ich dafür, dass Papi niemals aus diesem Zustand aufwacht. Wie findest du das?«

Mir wurde glühheiß. »Aber wie soll ich etwas verraten, das ich nicht weiß?«, rief ich panisch. »Vinz war dabei, das Passwort zu knacken. Wir wollten die Szene lösch…« Ich brach ab. Shit. Shit. Shit. Wie dumm war ich eigentlich?

»Die Szene löschen? Sieh mal einer an!«

Ich hatte unseren Plan ausgeplaudert. Aber wie sollte man auch klar denken, wenn einen ein durch und durch Verrückter (Hallo? Der Typ trug eine Box Teebeutel spazieren!) gefangen hielt und damit drohte, den eigenen Vater unwiederbringlich zur menschlichen Statue werden zu lassen? Oder wenn man fürchtet, der Junge, in den man sich verliebt hatte, wäre auf immer und ewig zurück in sein Buch gerissen worden.

»Es kann sein, dass er längst wieder im Roman ist«, sprach ich es schließlich aus. Ich hoffte, dass Krötenstaub darüber alles, was ich zuvor gesagt hatte, schnell wieder vergessen würde.

Aber was, wenn es stimmte?

»Und weshalb bist du dann noch unter uns? Es hat dich seit einiger Zeit nicht mehr in den Roman gerissen!« Diese leichten Zuckungen unter seinem Schnauzbart enttarnten Krötenstaub. Er war verunsichert.

Ich stockte. Was war das gewesen? Ein dunkler Schatten beim Schaufenster. Draußen in der Gasse. Blitzschnell und ohne jedes Geräusch. Zaghaft reckte ich den Hals. Aber klar doch, da war jemand vor der Tür! Jettie? Oder Vinzenz?

Krötenstaub hatte davon zum Glück nichts mitbekommen, er war noch dabei, sein Monokel anzustarren und Selbstgespräche zu führen. »Die Textsprünge zu stoppen ist unmöglich!« Der Kröten-Opi merkte anscheinend nicht einmal, dass ich aufgehört hatte zu reden. Gott sei Dank bekam er deshalb auch nicht mit, was gerade passierte. Im Gegensatz zu mir. Ich hatte mich zu früh gefreut. Bei dem Schatten handelte es sich nicht um Vinzenz, es war Leona. Sie presste die Nase gegen die Scheibe und lugte durch die Tür, bis sich ihr Atem auf dem Glas festsetzte und die Scheibe völlig anlief, sodass sie den Dampf mit der Handfläche wegrubbeln musste. Bestimmt hatte sie mir heute hundertmal geschrieben und sich gewundert, wieso keine Antwort kam. Und jetzt fand sie auch noch einen verschlossenen Laden vor. Das musste ihr einen gehörigen Schrecken einjagen. Leona wusste, dass Pa *niemals* früher Schluss machte. Es sei denn, etwas wirklich Schlimmes war passiert. Und das war es ja leider auch. Aber das Letzte, was dagegen half, war, wenn sie nun ebenfalls in diesen Schlamassel tappte. Was kurz bevorstand, sicherlich würde sie jeden Moment anklopfen. Verflucht! Ich musste sie warnen! Krötenstaub durfte sie nicht entdecken. Es reichte, dass Pa sich in seiner Gewalt befand.

Langsam robbte ich auf dem Hosenboden ein Stück nach vorne, ohne Krötenstaub auch nur für eine Sekunde aus den Augen zu lassen. Wunderbar, er merkte nichts, weil er immer noch viel zu vertieft in das Betrachten seines Monokels war und »Das ist einfach unmöglich« vor sich hin brabbelte.

Ich versuchte, in den Raum hineinzurutschen, sodass Leona mich von der Tür aus sehen konnte. Wenn sie mich gefesselt auf dem Boden entdeckte, wäre sie zumindest auf die Gefahr vorbereitet. Und konnte Hilfe holen! Das war DIE Chance!

Leider gestaltete sich mein Robben wegen der reglosen Fans ziemlich schwierig. Ständig stieß ich gegen irgendjemandes Beine und kam einfach nicht schnell genug voran. So lange, bis es passierte: *Dock. Dock.* Das Geräusch ließ mich innerlich zusammenzucken und ich kniff die Augen zu kleinen Schlitzen.

Verdammter Mist aber auch!

»Emma! Emma! Hallo? Ist da jemand?« Leona polterte noch einmal gegen die Tür, diesmal lauter. Sofort schreckte Krötenstaub auf und steckte das Monokel in die Brusttasche seines Mantels. Aber aus irgendeinem Grund schien er Leona nicht zu bemerken … Hä? Was war denn mit dem los?

Ich verbarg mich hinter den Füßen eines Mädchens und beobachtete ihn irritiert.

»Was war das?«, murmelte er kopfschüttelnd. Sein Blick fiel auf die Stelle, an der ich zuvor gesessen hatte. Da war ich natürlich nicht mehr. »Diese Göre! Wo ist sie hin?«

Donnerwetter, der Kerl war echt nicht unbedingt das, was man unter einem intelligenten Bösewicht verstand. Erst ließ er sich mir nichts, dir nichts von seinem Monokel ablenken (und dachte auch noch, ich würde diese Gelegenheit nicht nutzen, um ihm zu entkommen), und dann suchte er nicht richtig nach mir. Es hätte doch ein winziger Blick auf den Boden genügt! Ich kauerte nur etwas weiter links zwischen den Turnschuhen (Marke: schweineteuer) eines der erstarrten Mädchen und hielt die Luft an. Und konnte deshalb gar nichts tun, als sein Blick schließlich doch zum Eingang fiel. »Ha, wen haben wir denn da?«, fragte er lang gezogen.

Verdammt! Ich setzte zu einem Schrei an, um ihn abzulenken, doch das war am Ende gar nicht mehr nötig.

Wenn ich ehrlich bin, alles, was danach geschah, passierte so schnell, dass ich kaum noch gucken konnte.

Wo auch immer er herkam, Vinzenz tauchte wie aus dem Nichts ganz oben auf der Wendeltreppe auf. Er lehnte sich über das Geländer, räusperte sich laut und hielt die Arme vor der Brust verschränkt. »Krötenstaub! Du tust nun besser, was ich sage. Punkt eins: Finger weg von Emma. Punkt zwei: Du erlöst diese Menschen aus deinem lachhaften Monokel-Hokuspokus und Punkt drei: Sieh zu, dass du Land gewinnst!«

Krötenstaub guckte genauso erschrocken wie ich. Mit dem Unterschied, dass ich vor Freude fast platzte. Er wohl eher nicht. Er starrte mit in den Nacken gelegtem Kopf nach oben zu Vinzenz und holte sein Monokel wieder hervor. »So ein Unsinn!«

»Doch, doch«, entgegnete Vinzenz ernst. »Es gibt einen Weg, den Textsprung zu stoppen. Wir mussten nur den Text löschen. Und das habe ich längst getan. Es wird also Zeit, hier wieder für Ordnung zu sorgen. Ich zähle bis drei. Eins. Zwei. Drei.«

Immer noch rührte Krötenstaub sich nicht. Abgesehen von den buschigen Brauen in seinem Gesicht. Die zuckten aufgeregt.

Wahrscheinlich, weil ihm gerade klar wurde, dass er echt verloren hatte – und nichts dagegen tun konnte.

Vinzenz rollte die Augen. »Alles muss man selber machen.«

Mit einem geschickten Satz hievte er seinen Hinter auf das Geländer und schlitterte bis in den Verkaufsraum. Dort angekommen, stürmte er geradewegs auf Krötenstaub zu. Der war so überrumpelt, dass er gar nichts tun konnte, als Vinzenz ihm das Monokel entriss. Eine Millisekunde später guckte er erschrocken seine leere Hand an. »Du dummer Junge, gib das sofort zurück!«

Vinzenz grinste. »Na, dann werden wir uns das doch gleich einmal ansehen, was so ein Zaubermonokel alles kann …«

»Nein!« Krötenstaub hielt sich die Augen zu. Wow. Er hatte echt Angst vor seinem eigenen Monokel! Gut, wenn ich mal um mich sah, und die ganzen erstarrten Menschen anblickte, war das eigentlich nicht weiter erstaunlich. »Schon gut. Lasst mich gehen, und ich lasse euch in Ruhe.«

»In Ordnung«, sagte Vinzenz. »Aber erst, wenn Emmas Vater und alle anderen hier im Raum anwesenden Menschen nicht mehr aussehen, als wären sie leblose Wachspuppen.«

»Der Zauber hält maximal vier Stunden.« Krötenstaub klang richtig kleinlaut, als er das sagte. War ihm wohl peinlich, zuzugeben, dass seine Macht nicht grenzenlos war.

»Sieh mal einer an. Ist das so?«, fragte Vinzenz kritisch.

»Ja.« Krötenstaub log nicht, das merkte man an diesem beduselt-verlegenen Blick in seinem Gesicht.

»Gut.« Offenbar dachte sich das auch Vinzenz. »Dann darfst du jetzt gehen.«

»Mein Monokel.« Krötenstaub streckte die Hand aus.

Ich bekam kaum noch Luft, aber brachte gerade noch hervor: »Vinzenz, gib es ihm nicht!«

»Nun«, Vinzenz betrachtete es nachdenklich, »das hatte ich nie vor.« Damit zerdrückte er das Glas knirschend zwischen seinen Fingern. »Solche Gegenstände haben in der Realität keinen Platz.«

Leona kam durch die Tür und musterte irritiert die reglosen Leute. »Was ist denn hier passiert? War das der Monokel-Opa? Und wieso sind hier alle schockgefroren?«

Vinzenz war nach dem Vorfall sofort zu mir gestürmt, hatte mich in die Arme geschlossen, die Fesseln gelöst und war dann, nachdem ich mich beruhigt hatte, wieder die Treppe emporgelaufen. Jetzt kam er zurück und balancierte Hannahs aufgeklappten Laptop in der Luft herum. »Werte Leona, wir werden dir gleich alles berichten. Aber das Wichtigste zuerst«, er wandte sich in meine Richtung, »Hannahs Passwort lautet Teatime123. Wahrlich eine Schande, dass ich für solch einen Firlefanz dermaßen lange gebraucht habe. Ich hätte es wissen müssen, die Frau zelebriert Teatime mehr als die Queen höchstpersönlich.«

Ich betrachtete ihn erstaunt. »Hannahs Passwort ist Teatime?«

Vinzenz lachte sein Grübchenlachen. »Nein. Teatime123.«

»Okay, ganz langsam. Das heißt, wir sind sicher? Du hast die Szene gelöscht? Und wo warst du die ganze Zeit? Und was ist hier überhaupt los? Ich weiß nämlich selbst gar nicht mehr, was los ist …« O Mann, mein Plappern wurde immer wirrer.

Vinzenz' Schmunzeln dafür noch breiter. Er legte den Laptop ab, trat dicht an mich heran und ging zu mir in die Hocke. »Schsch.« Seine rechte Hand berührte meine Wange. Das war ein gutes Gefühl. »Ja, wir sind sicher, Emma. Leider warst du schon losgelaufen, um Hannah nach dem Passwort zu fragen, als es mir gelungen ist.

Als ich Krötenstaubs Stimme hörte, gab es für mich keinen Zweifel, was los war. Mir wurde bewusst, dass ich dir nur helfen kann, wenn ich nicht auch in seine Gewalt gerate. Also bin ich über den Hinterausgang in den Hof und die Regenrinne empor bis in dein Zimmer. Dort konnte er mich nicht finden, weil ich an der Regenrinne gewartet habe, bis er wieder weg war. Auf die Idee, einen Blick aus dem Fenster zu werfen, ist der nicht gekommen. Intelligent ist anders, oder?«

»Hm«, machten Leona und ich gleichzeitig.

»Wie dem auch sei. Ich habe gewartet und im rechten Moment zugeschlagen. Es hat doch etwas Gutes, dass Hannah mich als Schurken konzipiert hat. Nicht wahr?« Und mit diesen Worten beugte er sich zu mir runter und ließ mir keine Gelegenheit, etwas zu erwidern. Er küsste mich. Ein bisschen zu kurz allerdings. Aber sein süßes Lächeln machte das wett. Zumindest, bis er sagte: »Nun denn, um jedes Risiko zu beseitigen, habe ich auch den Rest gelöscht.«

»Äh, welchen Rest?«, stotterte ich, mit Beinen so weich und zittrig wie Wackelpudding. Das hatte zugegebenermaßen nur zur Hälfte mit dem Schrecken über Krötenstaub zu tun. Viel mehr lag es an Vinzenz' Kuss. Weil es sich bei diesem Kuss um unseren ersten Kuss ohne unsichtbare Kette handelte. Wir waren einfach nur noch Vinzenz Brandfair und Emma Grünwald. Zwei Teenager. Die sich geküsst hatten. Waren wir jetzt zusammen? Also, war Vinzenz mein Freund? O Mann. Bei der Überlegung wurde ich ganz hibbelig. Sofort war klar: Auch ohne Bücherzauber-Textsprung-Hokuspokus konnte das Leben ziemlich aufregend sein.

»Alles. Jedes noch so winzige Dokument auf Hannahs Laptop.«

»Vinz!«, sagte ich. »Das heißt dann aber auch, dass du nie wieder in deine Welt kannst!«

Er nickte. »Meine Entscheidung dazu ist gefallen.«

Wie vom Donner gerührt saß ich da und wusste nicht, was ich sagen sollte. Ein Junge, der sein Zuhause für *mich* aufgab? War das denn noch zu fassen?

Vinzenz nahm mich in den Arm. Hey, wie war ich eigentlich auf die Idee gekommen, dass ich darauf jemals verzichten könnte? Seine Umarmungen waren Weltklasse.

Leona neigte sich lässig gegen den Bestsellertisch. Als sich unsere Blicke begegneten, deutete sie mir einen nach oben gestreckten Daumen. Ihre Augen glänzten gerührt. Bei so viel Romantik freute sie sich nun mal wie eine Schneekönigin. Aber irgendwie war das wirklich total romantisch. Die gute Sorte von Romantik. Es gab sie wohl doch …

Und jetzt …

… treffen Vinz und ich uns häufig noch nach achtzehn Uhr im Buchladen. Immer dann, wenn Pa geschlossen hat und sich keine Kunden mehr zwischen den Regalen von *Bücher Grünwald* herumtreiben. Wisst ihr, warum? Weil eine Buchhandlung der romantischste Ort für Küsse ist. Manchmal lesen wir auch, aber meistens küssen wir uns.

Ich glaube, Pa freut sich, wenn wir uns verkrümeln, weil er und Hannah auf diese Weise Ruhe haben. Vermutlich knutschen sie heimlich oben auf dem Sofa rum. Aber das will ich gar nicht so genau wissen.

Übrigens hat Pa bis heute nicht die geringste Ahnung davon, was damals im Laden passiert ist. Nachdem er aus der Starre aufgewacht war, hatte er weitergearbeitet und sich nur über die schnell verflogene Zeit gewundert. Natürlich war ihm auch die fette Beule auf meiner Stirn aufgefallen, aber ich war nun mal ein Tollpatsch. Deshalb hatte er mir geglaubt, dass sie von meinem Treppensturz kam.

Was hingegen Vinzenz' Textsprung betrifft, ist er immer noch skeptisch. Doch wir sprechen nicht viel darüber. Das liegt auch daran, dass Pa der Kopf sowieso woanders steht. Dieses rosarote Zuckerwatte-Traum-Glänzen geht gar nicht mehr aus seinen Augen weg, besonders, seit Hannah in ein kleines Haus am Stadtrand gezogen ist und er sie nicht mehr nur jedes zweite Wochenende sehen kann.

Das mit dem Haus finde ich auch gut, vor allem, weil Hannah ein großes Zimmer unter dem Dach hat, das sie nicht braucht. Sie hat es für Vinzenz eingerichtet. Auf die Dauer wäre das Sofa in unserem Wohnzimmer nicht bequem (oder »komfortabel«, wie Vinz es nennt) gewesen. Obwohl Hannah nie zugegeben hat, dass sie an Vinzenz' Textsprung glaubt, scheint sie es irgendwie doch zu tun.

Jetzt fühlt sich alles auf einmal an, als wären wir ein ganz normales Teenagerpärchen. Wir verabreden uns zu Dates und treffen uns, wenn ich aus der Schule komme.

Außerdem arbeitet Vinz neuerdings als Aushilfe bei *Bücher Grünwald.*

Philippa hat nämlich gekündigt. Sie ist jetzt Au-pair-Mädchen bei einem reichen Diplomatenehepaar in London.

Wahrscheinlich werden wir nie erfahren, ob sie dort auch so oft krank wird. Aber ich gehe schwer davon aus.

Übrigens sind auch im echten Leben wahre Wunder möglich.

Bestes Beispiel: Tommy und Leona. Leona gibt es zwar nicht zu, aber als ihre beste Freundin bin ich überzeugt, dass sie Tommy mehr mag, als anfangs gedacht. Die beiden treffen sich auffällig oft zum Mathelernen (mit Erfolg: Leona hat in der letzten Matheklausur eine glatte Vier geschrieben!). Und heute haben sie auf dem Pausenhof eine Banane geteilt. Wenn das mal keine Liebe ist …

Korbinian Krötenstaub haben wir nie mehr gesehen.

Eine Woche nach ihm hat auch Jettie die Stadt verlassen. Seither steht ihr Secondhandladen leer. Laut Spinatwachtel ist Jettie in Nepal und besteigt den Kilimandscharo. Die Spinatwachtel hat offenbar in Erdkunde nicht aufgepasst. Selbst ich weiß, dass der Kilimandscharo in Afrika liegt.

Aber solange Jettie und Krötenstaub uns in Ruhe lassen, ist mir egal, ob sie den Kilimandscharo besteigen, auf den Himalaya klettern oder Kröten in Paris sammeln. Denn sind wir mal ehrlich, so schlimm war ihre Aktion am Ende gar nicht. Ohne sie hätte ich an diesem ganz speziellen Mittwoch in der letzten Woche der Sommerferien nicht aus *Zwanzig Minuten vor Mitternacht* vorgelesen – und dann wäre mir auch niemals das Beste passiert, was mir hatte passieren können: Ein Junge, der mich vergessen lässt, dass er vor ein paar Wochen aus einem Buch gefallen ist.

– *Ende* –

Danke

Hinter einem Buch stecken so viele Namen mehr, als auf dem Cover Platz haben. Ich möchte mich an dieser Stelle bei all diesen Personen bedanken.

Angefangen beim gesamten Team des Ueberreuter-Verlags! Als die Nachricht kam, dass ihr an »Booklove« und an mich glaubt, musste ich erst einmal einen Freudentanz durch das Zimmer machen. Ein schöneres Verlagszuhause hätte ich mir für diese Geschichte gar nicht erträumen können. Einen riesengroßen Dank vor allem auch an Emily Huggins für die Begeisterung und an Angela Iacenda für den liebevollen, klugen Blick auf den Text.

Danke an die Agentur Rumler dafür, dass ihr sofort so überzeugt von »Booklove« wart! Danke besonders an Martina Kuscheck, die mir immer mit Rat und Tat zur Seite steht.

Danke an Stefan Wendel, ohne dessen Begeisterung für diese Idee ich vielleicht niemals den ersten Satz geschrieben hätte.

Danke an Suse Kopp für das wunderschöne Cover. »Booklove« hat damit ein Gesicht bekommen, das ich mir besser nicht hätte vorstellen können.

Danke an meine engagierten Testleserinnen Anna Brünner, Denise Nekola und Victoria Löffelmann (und Teresa Löffelmann, die es gerne gelesen hätte, wäre die Schule nicht gerade so stressig gewesen).

Danke an meine Buchhandlungs-Chefin Monika Winter und das ganze Power-Team, die jetzt schon Pläne schmieden, um »Booklove« stapelweise an die Leser*innen zu bringen.

Und tausend Dank auch an alle anderen Buchhändler*innen, die sich für »Booklove« starkmachen! Eure Arbeit ist Gold wert!

Tausend Dank an Birgit und Mira, die mich immer voller Elan anfeuern. Ihr seid meine Leonas!

Maria, du bist für mich die beste Schreibfreundin!

Danke an meine tolle Familie, die mich mehr unterstützt und bestärkt, als ich hier in Worte fassen kann.

Mama, sorry, dass ich beim Endspurt manchmal tagelang nicht angerufen habe, weil ich so im Text abgetaucht war.

Andreas, danke! Du glaubst mehr an mich als ich selbst. Du hast meine Tränen getrocknet, wenn es nicht geklappt hat. Du bist mit mir durch den Raum gesprungen, als es geklappt hat.

Du hast gesagt, es gibt für dich keine Welt ohne dieses Buch. Und du hattest recht!

Und last but not least danke ich allen Leser*innen, die »Booklove« einen Platz in ihren Bücherregalen schenken.

Eine größere Freude kann man einer Autorin gar nicht machen.

Am liebsten würde ich mit allen von euch persönlich sprechen und erfahren, wie euch die Geschichte gefallen hat.

Sehr gerne könnt ihr mich auf Instagram unter @daphne.mahr besuchen. Ich freue mich!